여기는 거북이 펜션

여기는 거북이 펜션

초판 1쇄 인쇄 2025년 10월 24일
초판 1쇄 발행 2025년 10월 31일

지은이 이광
펴낸이 박세현
펴낸곳 서랍의 날씨

기획 편집 곽병완
디자인 김민주
마케팅 전창열
SNS 홍보 신현아

주소 (우)14557 경기도 부천시 조마루로 385번길 92 부천테크노밸리유1센터 1110호
전화 070-8821-4312 | **팩스** 02-6008-4318
이메일 fandombooks@naver.com
블로그 http://blog.naver.com/fandombooks

출판등록 2009년 7월 9일(제386-251002009000081호)

ISBN 979-11-6169-365-1 (03810)

* 이 책은 저작권법에 따라 보호받는 저작물이므로 무단전재와 무단복제를 금지하며,
  이 책 내용의 전부 또는 일부를 이용하려면 반드시 출판사 동의를 받아야 합니다.
* 책값은 뒤표지에 있습니다.
* 잘못된 책은 구입처에서 바꿔드립니다.

서랍의날씨는 팬덤북스의 가정/육아, 문학/에세이 브랜드입니다.

여기는 거북이 펜션

1

 봄이 오는 속도가 유난히 더디게 느껴졌던 3월이었다. 다행히 4월에 들어서자 "이제 진짜 봄이구나!"라는 말이 절로 나올 정도로 봄은 순식간에 일상으로 스며들었다. 첫 주말을 맞이하여 서울 벚꽃 명소에는 봄을 즐기러 나온 인파로 붐볐다. 선영은 버스 안에서 길가에 만개한 벚꽃을 보고 흐뭇한 미소를 짓는다. 몇 시간 후면 그녀도 남자친구인 주호와 함께 벚꽃길을 걸을 생각을 하니 절로 흥겹다.
 선영은 지난밤 주호의 문자를 받았다.

- 우리 내일 저녁에 벚꽃 구경 가자.

 전혀 기대하지 않고 있던 터라 선영은 그 한 문장에 짐짓 설렜다. 대학 때부터 사귀기 시작한 두 사람은 회사에서도 매일 본다. 그래서 주말만큼은 각자 편하게 지내자는 주의다. 금요일에도 주호는 출판인 모임 참석차 일찍 퇴근하면서도 선영에게 주말에 만나자는 말은 없었다. 그랬던 그가 불현듯 늦은 밤 문자를 보낸 것이다. 선영은 둘만의 데이트가 언제였던가 생각해 보니 아득했다. 같은 사무실에서 일하고 밥도 같이 먹지만 그것을 데이트라고 말할 수는 없었다. 가끔 주말에도 만나 밥을 먹고 주호의 오피스텔에서 잘 때도 있지만 대부분 일에 관해 이야기할 뿐 둘만의 깊이 있는 이야기는 하지 않았다. 때로는 '나에게 관심이 없어졌나?' 하는 생각에 서운한 마음이 들기도 하지만 오래된 연인이라 이미 가족이라는 인식이 있어서 그런 거라고, 그만큼 편해서 그런 거라고 좋은 쪽으로 생각하고 넘기기 일쑤였다.

선영은 5년 전 대학 선배이자 남자친구인 주호의 제안으로 지금 다니는 출판사를 시작했다. 주호가 자본금과 영업을, 선영이 실무를 맡았다. 그전에 선영은 한 중견 출판사에서 편집자로 일했다. 출판사를 시작할 때는 주호와 선영, 이렇게 단둘이었지만 지금은 직원이 삼십 명이 넘는다. 사무실에서 주호와 선영의 관계는 사장과 편집팀장의 관계다. 출판사가 있는 10층 건물은 주호 아버지 소유다. 그 사실을 아는 사람은 선영뿐이다. 가끔 주호와 선영은 주호 부모와 밥을 먹는데, 그때마다 주호 부모는 출판사 성장에 선영의 공이 크다며 칭찬을 아끼지 않았다. 주호 부모는 두 사람의 결혼을 기정사실로 받아들이고 있었다. 그러니 주호와 선영이 이미 가족이나 다름없다고 생각하는 것도 당연했다.

 주호의 오피스텔에 도착한 선영은 휴대 전화 화면을 보며 자기 얼굴을 확인했다. 오늘 화장에 신경 쓴 게 티가 나 빙긋 웃었다. 화장뿐 아니라 옷도 나름 신경 써서 차려입었다. 주호는 선영이 하늘거리는 스타일의 치마를 입는 걸 좋아했다. 선영은 그걸 알면서도 일할 때는 치마보다는 바지를 즐겨 입었다. 사무실에 앉아서 일하거나 외부에서 사람을 만날 때는 바지가 편하기 때문이다.
 선영은 초인종을 누르려다 번거롭게 문을 열어 주러 나오게 할 필요가 있겠나 싶어 곧바로 전자식 현관문 잠금장치에 비밀번호를 눌렀다. 비밀번호는 1013. 주호의 생일이었다.
 "삐리리!"
 짧고 경쾌한 멜로디와 함께 문이 찰칵 열렸다. 선영은 얼굴에 미소를 머금고 안으로 발을 내디뎠다. 주호의 이름을 막 부르려고 할 때 욕실에서 물소리가 났다. 주호가 샤워 중이려니 생각하고 안으로 들어가 소파에 앉았다. 그때 방문이 열렸다. 선영은 주호가 샤워 중 아니었나, 생각하며 소파에 앉은 채로 고개를 뒤로 돌렸다. 거기에 낯익은 얼굴의 여자가 놀란 눈을 하고 서 있었다. 그녀는 주호의 흰 반소매 티셔츠와 트렁크 팬티 차림이었다. 모두 선영이 사준 옷이었다.

"지아…… 씨?"

"어, 팀장님!"

그녀는 다름 아닌 출판사 직원 신지아였다. 자리에서 일어난 선영은 순간적으로 골머리가 띵했다. 뒤통수를 세게 한 대 얻어맞은 기분이었다. 선영은 너무 놀라 입이 다물어지질 않았다.

지아는 놀란 눈을 하면서도 그대로 서 있을 뿐이었다. 옷을 갈아입으러 들어간다거나 허둥대지도 않았다.

"지아 씨가 왜 여기에 있어요? 그 차림은 또 뭐고요?"

말하는 선영의 입술이 파르르 떨렸다.

지아는 고개를 숙일 뿐 아무 말이 없었다. 그때 욕실 문이 열렸다. 목욕가운 차림인 주호가 선영의 시선과 마주쳤다.

"어, 선, 선, 선영아. 연락도 없이 여기 웬일이야?"

주호가 더듬거리는 걸로 봐서 적지 않게 당황한 것 같았다.

"뭐? 연락도 없이 웬일이냐고? 오빠가 벚꽃 구경 가자고 문자 했잖아요."

선영은 주호의 말을 듣고 말문이 턱 막혔다.

"뭐야? 그러면 오빠가 문자 한 거 아니었어요?"

선영은 여전히 고개를 숙이고 있는 지아에게 눈을 돌렸다. 일할 때 쓰던 그녀의 빠른 판단력이 지금, 이 순간 획획 작동했다. 그렇다면 지아가 의도적으로 선영에게 이 장면을 보여주기 위해 주호 휴대 전화로 문자를 보냈다는 말이었다. 기가 찼다. 주호도 지아를 흘긋 보며 눈을 부라렸다. 선영은 속이 뒤틀려 이 공간에 조금도 머물고 싶지 않았다. 조금만 더 있다가는 눈앞에 있는 남녀의 모습에 구역질이 나올 지경이었다. 막 나가려는 선영을 주호가 막아섰다. 하지만 선영은 주호를 있는 힘껏 밀치고 밖으로 뛰쳐나왔다.

"선영아, 잠깐만."

닫힌 문 저편에서 주호가 다급하게 부르는 소리가 들렸다.

선영은 엘리베이터 앞에 이르자 버튼을 빠르게 서너 번 연달아 눌렀다. 1층에 있던 엘리베이터가 18층까지 올라오는 몇 분이 그렇게 길 수가 없었다. 엘리베이터에 올라 1층을 누르고 문이 닫히려 할 때 운동복 차림의 주호가 슬리퍼를 끌고 선영의 이름을 부르며 달려왔다. 선영은 다급하게 닫힘 버튼을 꾹꾹 눌렀다. 다행히 주호가 손을 뻗는 동시에 엘리베이터 문은 그대로 닫혔다. 그 순간 선영은 다리가 휘청거려 그대로 털썩 주저앉고 말았다.

조금 있으면 주호와 선영이 사귄 지 10년이었다. 강산이 변한다는 시간을 함께한 두 사람은 일에 관해서 제법 의견이 잘 맞았다. 주호가 출판사를 시작하면서 선영에게 함께하자고 제안한 것도 그 때문이었다. 출판사에서 출간한 책 중에 베스트셀러가 된 책들은 전부 선영이 기획한 결과물이었다. 사실 처음에 주호는 선영의 기획서를 의심쩍어했다. 하지만 매번 기대 이상의 결과를 내는 걸 보고 주호는 더 이상 선영의 기획에 토를 달지 않았다. 일은 그렇다지만 연인 관계가 금이 간 이 마당에 선영이 주호와 계속 얼굴을 맞대고 일할 수 있을지 의문스러웠다.

터벅터벅 걸어가는 선영의 머리 위로 하얀 벚꽃이 무심히 날렸다. 믿었던 남자친구가 다른 여자와 바람피운 장면을 목격하고 눈부시게 핀 벚꽃을 본다는 건 너무도 잔인한 일이었다. 차라리 바람에 흩날리는 것이 벚꽃이 아니라 장대비였다면 더 좋았을 터였다. 그렇게 생각하자 순식간에 장대비가 가시처럼 온몸에 우두둑 박혀 혈을 막는 듯했다. 맥이 풀리고 눈물이 핑 돌았다. 하지만 선영은 남자친구의 배신 때문에 울고 싶지 않아 고개를 들고 하늘을 쳐다보았다. 오늘따라 하늘은 미세먼지 하나 없이 화창했다. 그래서인지 자신이 더욱 초라하게 느껴졌다. 아무래도 오늘은 그 어디에도 그녀의 편은 없지 싶었다. 눈물이 났지만 애써 미소를 지으며 걷고 또 걸었다. 걷고 나면 복잡한 머릿속이 비워질 것 같았고 자신이 해야 할 일이 무엇인지 명확해질 것 같았다.

2

　해가 중천에 떴지만, 선영은 여전히 침대에 누워있다. 지난밤 늦게 귀가한 그녀는 쉽게 잠이 올 것 같지 않아 와인을 마시기 시작했다. 하지만 아무리 마셔도 주호의 오피스텔에서 봤던 장면이 잊히지 않아 결국 한 병을 다 비우고서야 침대에 쓰러졌다. 선영은 평소에 술을 즐겨 마시지 않았다. 어쩌다 회식 자리에서 맥주를 마시긴 해도 몇 모금만 홀짝거릴 뿐이었다. 그런 선영의 집에 와인이 있는 것은 순전히 주호 때문이었다. 주호는 와인 마니아였다. 가끔 주호가 선영의 집에 올 때가 있는데 그때 주호를 위해 선영이 구입한 것이었다.
　초인종이 울렸다. 아무런 대답이 없자 다시 초인종이 울렸다. 여전히 선영은 미동도 없이 누워있을 뿐이다. 곧이어 문을 쿵쿵 두드리는 소리가 요란하게 났다. 마침내 선영이 부스스 눈을 떴다. 문 두드리는 소리에 몸을 일으키려 했지만, 머리가 지끈거려 쉽게 일어날 수가 없었다. 겨우 일어난 선영은 고무밴드로 머리를 질끈 묶고 현관문 앞에 섰다.

"누구세요? 음, 음."

선영의 목소리가 갈라져 나왔다.

"청소 대행업체에서 나왔습니다."

짜증 섞인 남자 목소리였다.

"네? 잘못 오신 거 같은데요."

"여기가 김순임 씨 댁 아닌가요?"

"아니에요."

선영의 말에 남자는 어딘가로 전화를 걸었다.

"아, 죄송합니다. B동이 아니라 A동 501호라네요. 정말 죄송합니다."

"네, 네."

선영은 더 이상 대꾸할 힘이 없어 그대로 침대로 돌아가 누웠다.

잠시 후 정신을 차린 선영은 침대 옆 협탁에 있는 휴대 전화를 집어 들었다. 전원이 꺼진 상태였다. 어제 선영이 주호의 오피스텔에서 나와 무작정 걷고 있을 때 휴대 전화가 쉬지 않고 울렸다. 주호였다. 선영은 받지 않았다. 그러자 주호는 문자를 보냈다. 만나서 이야기하자는 내용이었다. 그 이후로도 계속해서 휴대 전화가 울렸다. 선영은 주호 얼굴을 보는 것뿐만 아니라 주호 목소리도 듣고 싶지 않았다. 결국 휴대 전화 전원을 꺼버렸다.

휴대 전화 전원을 켜자, 스무 통이 넘는 부재중 전화가 쌓여있었다. 발신자는 모두 주호였다. 그뿐 아니라 문자와 음성 메시지도 있었다. 선영은 확인하지 않고 모두 삭제해 버렸다. 오늘이 출근하지 않아도 되는 일요일이라 다행이었다.

선영은 지금까지 출판사에 많은 시간과 노력을 쏟았다. 그 결과 출판사가 안정된 궤도에 오를 수 있었다. 선영은 그 성과가 매우 뿌듯했다. 하지만 이렇게 된 마당에 계속해서 주호의 얼굴을 보며 같은 사무실에서 일한다는 건 자신에게 너무 가혹한 일이었다. 주호가 출판사 사장이므로 자신이 그만둬야 했다. 두 번 생각할 것도 없이 선영의 다음 행동은 명확했다. 이렇게 된 이상 시간을 더 끌 것도 없었다. 선영은 오늘 저녁이나 내일 주호를 만나 직접 매듭을 지어야겠다고 마음먹었다. 주호를 만나서도 눈물을 보이거나 어떻게 사랑이 변하냐, 네가 나한테 그럴 줄은 몰랐다 같은 말은 하지 않을 셈이었다.

예전에 어느 드라마에서 엄연히 결혼할 애인이 있는 남자가 애인의 친구와 바람피우는 장면을 보고 남자가 친구와 바람난 것도 모르는 여자를 바보라고 생각했다. 막장 드라마이긴 해도 얼마나 둔하면 자기 남자친구가 바람피우는 줄도 모를 수 있냐고, 정말 한심한 여자라고까지 생각했다. 그랬던 자신이 지금은 그 둔하고 한심한 여자가 되어 있었다. 그때

했던 생각을 되돌리고 싶었다. '저런 막장 드라마나 쓰는 작가라니!'라며 작가를 비하했던 것도 후회했다. 지금의 현실이 드라마보다 더 막장이라고 생각했기 때문이었다.

주호와의 관계를 정리하기로 결론을 내리자, 오히려 마음이 차분했다. 다만 선영은 고모에게 이런 모습을 보여드리게 되어 죄송스러웠다. 고모도 주호의 부모처럼 출판사가 안정되었으니 이제 주호와 선영이 결혼하는 일만 남았다고 생각하고 있었다. 선영이 결혼해서 행복하게 사는 모습을 보면 더 바랄 게 없다고 고모는 자주 말했다. 그런 고모에게 주호와 헤어지고 출판사도 그만두었다는 말을 꺼내기까지는 시간이 필요할 터였다.

'고모, 미안해요.'

그날 저녁 선영은 주호를 만나러 나갔다. 선영이 주호에게 전화했을 때 주호는 반색했다. 일단 만나서 이야기하자고 했을 때 주호는 자신의 오피스텔에서 함께 저녁 먹자고 했다. 하지만 선영은 그럴 것 없이 밖에서 만나면 된다고 했다. 주호도 마지못해 좋다고 했다.

선영은 어제보다 화장을 더 신경 썼다. 어제 울기도 했고 와인도 많이 마셔서 얼굴에 부은 티가 났다. 그래도 바람피운 남자 때문에 세상을 다 잃은 표정을 짓는 비련의 여주인공은 되고 싶지는 않았다. 물론 말로 표현할 수 없을 정도로 슬프고 비참하기가 그지없지만, 적어도 주호 앞에서는 내색하고 싶지 않았다. 그건 마지막으로 지키고 싶은 자존심인지도 몰랐다.

선영이 약속 장소에 들어갔을 때 먼저 도착한 주호가 일어나서 손짓했다. 이런 일이 없었더라면 아마 선영도 반갑게 웃으며 손을 흔들었을 터였다. 선영은 최대한 담담한 표정을 지으며 주호 맞은편에 앉았다.

"어서 와. 차는 안 막혔어?"

주호가 몸을 앞으로 기울이며 말했다.

"일요일이라 막히지는 않았어요."

선영은 일부러 허리를 꼿꼿이 펴고 앉았다.

"아메리카노 마실 거지?"

주호가 일어섰다.

"네, 고마워요."

선영은 주문하러 가는 주호의 뒷모습을 물끄러미 바라보았다. 잠시 후 주호가 커피 두 잔과 물 두 잔을 쟁반에 들고 돌아왔다. 선영은 커피를 한 모금 마셨다. 주호는 커피를 내려놓고 물을 마셨다.

"어제 일은 내가 사과할게. 너에게 일부러 보여주려고 한 건 아니었어."

주호가 물잔을 매만지며 말했다.

"그게 중요한 건 아니잖아요. 오빠가 다른 여자를 만나고 있었다는 게 중요하지. 그것도 오빠 집에서."

"믿기 어렵겠지만, 이번이 처음이었어. 난 지아 씨에게 전혀 관심이 없어. 그날 우연히 지아 씨를 만나서 술 한잔하다가 일이 이상하게 된 거였어."

"오빠가 지아 씨를 어떻게 생각하건 내겐 중요하지 않아요. 오빠는 결혼할 사람이 있는데도 다른 여자와 밤을 보냈어요. 그게 팩트라고요."

"다시는 이런 일 없을 거야. 맹세할게. 정말이야. 지아 씨도 출판사에서 내보낼게."

"지아 씨와 오빠 관계는 오빠가 알아서 할 일이고 내가 지금 말하려는 건 우리는 끝났다는 거예요. 오빠도 알다시피 아무 일도 없었던 것처럼 지낼 정도로 내가 마음이 넓지가 못해요."

"선영아, 우리 시간을 갖고 생각하자. 우리가 만난 지가 10년인데 한번 실수했다고 단칼에 끝낸다는 게 말이 되니?"

"그럼, 만약에 내가 오빠처럼 다른 남자랑 그런 일이 있었다고 해도 오빠는 아무렇지 않다는 말이에요?"

"그게 아니라······."

"더 이상 이런 이야기는 안 했으면 좋겠어요."

"그래 이런 이야기는 그만하자. 앞으로 내가 더 잘할게. 아니, 이참에 우리 결혼하자."

"결혼? 이 상황에서 결혼하자는 말이 나와요? 결혼하자고 하면 내가 좋아할 줄 알았어요? 오빠는 끝까지 나를 비참하게 만드는군요."

선영은 너무 서럽고 화가 치밀어 눈물이 나올 것만 같았다. 하지만 눈물을 보이지는 않을 터였다. 물을 마시며 마음을 진정시킨 다음 다시 말을 이었다.

"내일 중으로 진행 중인 일은 인수인계 마칠게요."

"선영아, 그렇다고 출판사를 그만둘 것까지는 없잖아. 출판사는 우리 둘이 키운 거잖아."

"나도 일을 그만두고 싶지는 않아요. 그렇다고 오빠와 같은 공간에서 일할 수는 없잖아요. 오빠가 대표니까 내가 떠나는 수밖에요."

"선영아, 며칠 쉬면서 생각한 다음에 다시 이야기하자. 오늘 다 끝낼 필요는 없잖아."

"아니요. 며칠 쉰다고 해도 내가 오빠를 용서할 수 있을 것 같지 않아요. 그럼 나 먼저 일어날게요."

선영은 자리에서 일어나 뒤도 안 돌아보고 커피전문점을 나와버렸다. 주호가 선영을 부르며 뒤따라 나왔지만, 선영은 바로 앞에서 승객을 기다리고 있던 택시를 타고 출발했다.

3

 선영은 주호에게 말한 대로 월요일 하루 만에 인수인계를 마쳤다. 직원들에게는 개인 사정으로 갑자기 일을 그만두게 됐다고 했을 뿐이다. 모두 선영이 직접 뽑은 직원들이라 그런지 직원들 얼굴에 아쉬워하는 기색이 역력했다. 그들을 뒤로하고 사무실을 나올 때는 선영도 눈물이 왈칵 쏟아졌다.
 집으로 오는 전철 창문 밖으로 지난 5년간의 기억들이 차례차례 스쳐 지나갔다. 출간 때문에 밤잠을 줄여가며 일하면서도 함께하는 사람들이 있어 힘든 줄 몰랐고 기대 이상의 좋은 성과를 낼 수 있어서 기뻤다. 비록 주호와 헤어지면서 출판사를 떠나게 되었지만, 5년간의 모든 순간이 소중한 추억이 되리라는 건 분명했다.
 그날 저녁 선영은 여행 가방을 꾸렸다. 서울에 남아 있어 봤자 생각이 많아져 마음만 산란해질 게 뻔했다. 당분간 서울을 떠나 고모가 있는 구례에 있을 생각이었다. 짐이라고 해봐야 옷가지와 책 몇 권, 그리고 노트북이 전부였다. 선영은 30분도 채 되지 않아 캐리어 지퍼를 닫았다.
 내일은 친구 현정을 만나고 모레쯤 떠날 생각이었다. 다른 사람은 몰라도 현정에게만큼은 알리고 떠나야 할 것 같았다.

두 사람은 대학 신입생 때부터 지금까지 속마음을 털어놓는 친구였다.

밤 열 시 무렵 선영은 와인을 한 잔 마실지 고민했다. 지난번처럼 쓰러질 정도로 많이 마시지는 말고 딱 한 잔만 마시고 자자고 생각했다. 막 와인 코르크 마개를 따려고 할 때 초인종이 울렸다. '이 늦은 시간에 누구지?' 생각하며 현관으로 가서 어안렌즈를 들여다봤다. 고개 숙인 누군가의 정수리가 보일 뿐이었다.

"누구세요?"

"선영아, 나야."

주호였다.

"이 시간에 웬일이에요? 더 이상 할 얘기는 없는 것 같은데……."

"얼굴 보고 할 말이 있어. 잠깐만 문 좀 열어 봐."

선영은 문을 열어야 할지 말아야 할지 잠시 망설였다. 어쩌면 이것이 마지막이 될 수도 있었다. 그동안 함께 했던 수많은 시간을 생각해서라도 주호의 마지막 항변은 들어줄 수 있지 않은가. 비록 그 항변이란 게 전혀 공감할 수 없는 헛소리라 할지라도, 하는 생각에 선영은 문을 열었다.

문이 열리자마자 주호가 안으로 들어오더니 다짜고짜 선영을 와락 껴안았다.

"지금 뭐 하는 거예요?"

선영은 주호를 있는 힘껏 밀어냈다. 하지만 힘으로는 역부족이었다. 주호는 저항하는 선영에게 강제로 입을 맞췄다. 선영은 입을 앙다물고 고개를 돌려 주호의 입술을 피했다. 주호에게 술 냄새가 진동했다.

"제발 이러지 마요. 지금 안 떨어지면 소리 지를 거예요."

선영이 큰 소리로 말했다. 이 말을 듣고 주호가 바닥에 털썩 무릎을 꿇었다.

"미안해, 선영아. 한 번만 용서해 줘. 난 너랑 헤어져서 살 수가 없어. 다시 한번 생각해 줘."

주호의 눈에는 눈물이 그렁그렁 고여 있었다.

"용서요? 허, 참 나. 같은 얘기 반복하고 싶지 않아요."

"아무리 생각해도 그떼 내가 뭐에 홀린 게 틀림없어."

"오빠, 그거 알아요? 홀린 것 치고는 너무 자연스러워 보였다는 거요. 내가 이 말은 안 하려고 했는데, 지아 씨는 오빠 속옷을 입고 돌아다니고 있었어요. 밤을 함께 보내고 그것도 모자라 오후 늦게까지 그러고 있는 게 홀린 사람이 할 행동이에요?"

"그, 그건 내가 입이 열 개라도 할 말이 없어. 미안해."

"두 번 다시 생각하고 싶지 않아요. 난 더 이상 할 말이 없으니까 그만 돌아가요."

선영은 현관문을 활짝 밀어제치고 주호가 나가기를 기다렸다. 무릎 꿇은 채 앉아 있던 주호는 마지못해 천천히 자리에서 일어섰다. 그리고 돌아서서 선영을 바라보았다. 선영은 끝내 눈을 마주치지 않았다. 주호는 선영에게 무슨 말을 하려다 말고 엘리베이터를 향해 투덜투덜 걸었다. 선영은 그런 주호의 뒷모습을 보니 마음이 먹먹했다. 어쩌다 두 사람이 이렇게 되어버렸는지 생각할수록 가슴이 미어졌다. 선영은 생각이 복잡해지자 이내 문을 꽝 소리가 날 정도로 세게 닫고 들어와 버렸다.

선영은 와인을 마시며 생각해 보니 10년이란 긴 세월 동안 쌓아온 관계가 한 순간에 무너져 내릴 수 있다는 게 허망했다. 그렇다고 지난 모든 추억까지 부정하고 싶지는 않았다. 만약 그렇게 생각한다면 자신이 더욱 초라해질 것 같았기 때문이다. 이쯤에서 인생이 자신에게 새로운 페이지를 펼쳐 주고 있다고 생각하기로 했다. 당분간은 힘들겠지만, 자신이 잘 견뎌내리라 믿었다. 선영은 와인잔을 마저 비우고 알딸딸한 기분으로 침대에 누웠다. 그때 문자 도착 알림음이 울렸다. 나른한 상태로 손을 뻗어 협탁 위에 놓아둔 휴대 전화를 집어 들었다. 발신인은 주호였다.

― 선영아, 지금은 네가 하자는 대로 할게. 그렇다고 우리의 관계가 이대로 끝났다고 생각하지는 않아. 너에게는 생각할 시간이 필요할 거야. 그래. 충분히 생각한 뒤에 다시 이야기하자. 우리가 다시 마주할 때는 네가 나에게 한 번 더 기회를 주겠다는 말을 들을 수 있으면 좋겠다. 너를 실망시켜서 정말 미안해. 다시는 그런 일 없을 거야.

선영은 "시간이 흐른다고 있었던 일이 없었던 일이 될 리 없잖아." 하고 휴대 전화를 내려놓았다.

4

선영은 이른 아침부터 당분간 집을 비울 것을 대비해 집 구석구석을 청소했다. 먼저 세탁기를 돌리고 냉장고에서 상할 것 같은 음식을 치웠다. 모아 둔 재활용품도 지하 분리 수거장으로 가져다가 분리해서 배출했다. 그 다음엔 바닥을 빗자루로 쓸고 물걸레로 빡빡 닦았다. 진공청소기가 있지만 속이 시끄러울 때는 빗자루질과 물걸레질만 한 게 없었다. 바닥 청소를 마치고 나니 등에 땀이 배어 티셔츠가 등에 달라붙었다. 세탁이 끝난 옷들은 발코니에 건조대를 펴고 널었다. 다행히 날씨가 좋아서 옷들이 보송보송 잘 마를 것 같았다.

선영은 아직 아무것도 먹지 않은 터라 배가 고팠다. 점심은 현정이와 먹기로 했다. 그때까지 커피 한 잔으로 허기를 달래야 할 것 같았다. 블랙커피 한 잔을 타서 소파에 앉았다. 커피를 마시면서 한결 깔끔해진 실내를 둘러보고 '청소한 보람이 있네' 하고 생각했다. 비록 어깨가 뻐근하고 허리가 아프긴 해도 복잡한 생각을 몰아내는 데에는 청소만큼 좋은 게 없었다.

"아차!"

선영은 고모에게 전화하는 걸 잊고 있었다. 고모의 이름은 미자였다. 미자는 선영에게 부모나 마찬가지였다. 선영의 부모는 선영이 초등학교 5학년 때 교통사고로 한날한시에 사망했다. 그 후로 선영은 5년 전 미자가 구례로 내려갈 때까지 줄곧 미자와 같이 살았다. 서울에서 미자는 본인의 세례명을 딴 안나 베이커리 카페를 운영하며 직접 만든 빵과 쿠키, 그리고 커피와 차를 판매했다. 미자는 환갑이 되면 조용한 시골에서 명상 센터와 다도 체험 교실을 하며 살고 싶어 했다. 운 좋게도 그녀는 환갑도 되기 전에 자신의 꿈을 이룰 수 있었다. 지인이 섬진강 인근에 매물로 나온 초등학교 분교를 소개했을 때만 해도 미자는 큰 기대를 품지 않았다. 매입하기에는 금액이 너무 컸기 때문이었다. 서울 집을 팔면 쉽게 충당할 수 있겠지만, 그 집이 오빠 내외의 추억이 깃든 집이라 건드리고 싶지 않았다. 그래서 원래 계획했던 대로 서울에서 5년 정도 베이커리를 더 운영한 후 형편에 맞는 곳을 찾아 자신의 꿈을 이루기로 마음먹었다. 하지만 지인과 함께 구경이나 하자 싶어 그곳을 방문한 미자는 그곳의 풍광에 첫눈에 매료되어 5년 후 계획을 앞당기고 싶어졌다. 그만큼 놓치고 싶지 않은 곳이었다. 문제는 금액이었는데 서울 집을 팔 생각이 없던 미자는 소유주를 만나 폐교를 매매가 아닌 임대할 수 있게 해달라고 간곡하게 부탁했다. 칠십 대 소유주는 폐교가 경매로 나오자 부동산 개발업자 손에 넘어가 학교가 흔적도 없이 사라질 것을 염려해 입찰에 참여했고 결국 낙찰받았었다. 소유주가 특별한 용도를 생각하지 않고 무조건 폐교를 매입한 것은 죽은 자신의 외동딸 때문이었다. 불치병에 걸린 그의 딸이 죽기 전까지 그 학교에 다녔던 터라, 그는 비록 폐교가 되었지만 딸의 추억이 깃든 곳이 사라지게 놔둘 수는 없었던 것이다. 그럼에도 그가 폐교를 팔려고 내놓은 것은 그곳을 함께 돌봐왔던 아내가 죽고 자신도 더 이상 건강을 자신하지 못한 나이가 되었기 때문이었다. 미자의 이야기를 들은 그는 미자가 폐교를 잘 관리하리라는 확신이 들어 임대를 허락했다. 단, 적어도 10년 이내에 폐교를 매입해야 한다는 조건을 달았다. 미자는 자신을 배려해준 소유주에게 머리가 땅에 닿을 듯이 고개를 숙여 고마움을 표했다.

  그곳은 다도 체험 교실이나 명상 센터를 하기에는 최적의 장소였다. 하지만 거기에서 나온 수입으로 먹고살기엔 턱없이 부족할 터였다. 그러던 참에 펜션을 운영해 보는 게 어떻겠냐는 지인의 권유를 받았다. 지자체의 경제적 지원도 받을 수 있었다. 숙박에 적합하도록 내부 수리를 한다면 펜션을 해도 근사할 거라고 판단했다. 미자는 생각 끝에 펜션을 운영하기로 하고 거기에 맞춰 건물 안팎을 단장했다. 펜션 이름은 '거북이'라고 지었다. 토끼처럼 숨차게 달리기만 했던 도시 생활을 잠시 멈추고 거북이처럼 조금은 느릿하게 자신을 돌보는 곳이란 의미였다.

  다도와 명상 체험은 펜션 이용자들의 예약을 받아 운영했다. 이용자들이 가장 좋아하는 건 정원과 운동장이었다. 정원은 양탄자처럼 푸른 잔디로 덮여 있었고 잘 가꾸어진 나무들이 대칭을 이루며 자라고 있었다. 정원 한가운데는 분수가 하늘로 치솟는 작은 인공 섬이 조성되어 있었다. 운동장에서 축구나 농구를 즐길 수 있었고 한쪽에는 아이들이 놀 수 있는 기구들도 있었다. 펜션에서 조금 걸어가면 섬진강이 있어 산책하기에도 좋았다.

미자는 이른 아침부터 저녁까지 할 일이 많았다. 근처에 사는 관리인 노부부가 있긴 해도 손님들이 먹을 빵과 쿠키를 굽고 체험 교실을 운영하는 것은 오롯이 그녀의 몫이었다. 두 달 전, 설 연휴 때 선영이 머무는 동안에도 가족 단위 손님들이 있었다. 선영이 바쁜 미자를 걱정하자 미자는 바빠서 오히려 건강해졌다며 시골 생활에 매우 만족해했다.

미자의 전화가 꺼져있어 곧장 음성 사서함 안내가 나왔다. 오후에 다시 전화하기로 하고 문자를 남겼다.

-고모, 저 내일 구례에 내려가요.

선영은 점심시간에 맞춰 현정과 만나기로 한 파스타 전문점에 갔다. 현정이 오자마자 먹을 수 있도록 파스타를 미리 주문했다. 잠시 후 현정이 도착했다.
"어서 와, 내가 주문은 미리 했어."
"잘했어. 일찍 나오려는데 인쇄소에서 전화가 와서 좀 늦었어."
"괜찮아. 난 시간 많아."
선영이 물수건을 건네며 말했다.
"시간이 많다니 그게 무슨 말이야."
현정이 물수건으로 손을 닦으며 말했다.

"사실 나 출판사 그만뒀어."

"뭐라고? 말이 돼? 네가 차린 출판사를 그만두게?"

현정은 선영이 괜히 하는 말이라고 생각했다.

"못 믿겠지만 사실이야. 오늘 만나자고 한 것도 너한테는 알려야 할 것 같아서야."

현정은 선영의 말이 믿어지지 않는다는 듯이 선영의 얼굴을 멀거니 바라봤다.

"너 진짜구나. 무슨 일 있는 거야?"

현정이 심각한 표정으로 물었다.

"그렇게 심각한 표정 안 해도 돼. 어디 아파서 그런 건 아니니까."

"그것도 아니면 그만둘 이유가 없잖아. 주호 선배랑 결혼하고 집에서 살림할 것도 아니고."

"그럼, 파스타 나오기 전에 빨리 말할게. 사실 나 주호 오빠랑 헤어졌어."

"뭐라고? 그걸 믿으라고?"

"무슨 말인 줄 아는데, 사실이야. 안 그러면 내가 출판사를 그만둘 이유가 없잖아."

그때 주문한 파스타가 나왔다. 현정은 여전히 선영을 바라볼 뿐이다.

"시간 없잖아. 일단 먹은 다음에 이야기하자. 아침부터 대

청소했더니 배가 고프네."

선영이 포크로 면을 돌돌 말면서 말했다. 현정은 대수롭지 않은 척하는 선영이 오히려 걱정스러웠다.

"그래, 어서 먹어. 배고프겠다."

현정도 포크를 들고 먹기 시작했다.

선영과 현정은 식사 후 테이크아웃 전문점에서 커피를 사서 한적한 공원 벤치에 앉았다.

"나는 점심 먹고 사무실에 들어가기 전에 여기 자주 와. 골목 안쪽에 있는 공원이라 사람들도 많이 없고."

현정이 공원을 둘러보며 말했다.

"땅값 비싼 동네에 이런 공원이 있다는 게 고마운 일이네."

선영도 커피를 마시면서 공원을 둘러보았다.

"그렇지? 여기 앉아서 커피 한 잔 마시면 피로가 풀린다니까."

현정은 잠시 망설이다가 말을 이었다.

"근데 둘이 어떻게 된 거야?"

"아, 그거. 사실은……." 선영은 그간에 있었던 일을 담담하게 털어놓았다. "……그렇게 된 거야."

"말도 안 돼. 어떻게 주호 선배가 그럴 수가 있어? 다른 남자들이 다 바람을 피워도 주호 선배만은 안 그럴 줄 알았는데, 세상에 믿을 사람 하나도 없다."

현정은 몹시 실망스러워 미간을 찌푸렸다. 현정은 주호가 유쾌하고 예의 바른 사람이라고 생각했다. 주호와 선영이 함께 일하는 것도 좋아 보였다. 그랬던 주호가 다른 여자와 바람을 피우다니, 그것도 선영이 아는 여직원이랑. 주호가 다른 여자와 있는 장면을 선영이 목격하고 얼마나 충격을 받았을지 생각하니 현정은 화가 치밀어 올라 가슴이 답답해졌다. 날씨는 화창한데 커피가 유난히 썼다.

"그래서 말인데 나 당분간 구례에 내려가 있을 거야. 여기서는 정리가 안 될 것 같아서."

"그래, 그게 좋겠다. 아 참, 고모님은 잘 계시지?"

"어, 잘 지내셔. 바쁘긴 해도 재미있으시대."

"작년에 남편이랑 갔을 때 보니까 고모님은 그곳이랑 잘 어울리시더라. 경치가 좋아서 그런지 여기서 베이커리 운영하실 때보다 훨씬 여유로워지신 것 같고. 그래서 말인데 다음에는 나 혼자 고모님 펜션에 가서 며칠 있다 올 생각이야."

"남편은 어쩌고 혼자 간다는 거야."

"아, 거기서 글 쓰면 좋을 것 같아서 남편한테 말했더니 자기도 같은 생각이라고 하더라고. 그래서 다음에 글 쓸 일 있으면 따로 가자고 했지, 뭐."

"그거 좋은 생각이다. 수창 씨 책방은 잘되고?"

"너도 알다시피 독립서점이나 독립출판이라는 게 낭만적으로 보일지는 몰라도 무지 고독한 일이잖아, 돈도 안 되고. 그런데도 남편이 꼬박꼬박 월세 내는 것 보면 신기해."

"현정이 네가 항상 응원하니까 수창 씨도 더 열심히 하겠지."

"그렇겠지. 무엇보다 자기가 좋아하는 일이니까 포기하지 말고 계속했으면 좋겠어."

"하다 보면 대박 날 수도 있잖아. 아무도 내일 어떻게 될지 모르는 게 출판 일이니까."

"책을 계속해서 내려고 글도 꾸준히 쓰고 있으니까 잘되겠지. 좋아하는 일 하면서 돈도 벌면 금상첨환데 말이야."

"잘될 거야. 이왕이면 수창 씨가 구례에서 쓴 글로 대박 나면 좋겠다. 아무튼 나도 구례에 갈 때마다 며칠 있고 싶어지더라. 잔디밭에 누워서 책을 읽고 낮잠도 자고 그러다 강변을 따라 산책도 하고, 밤에는 별도 보고 말이야."

"선영이 넌 그래도 되잖아."

"그러고는 싶은데 그게 잘 안되더라. 내가 은근히 일중독이거든."

"나도 이해해. 출판사에 대한 책임감 때문이었겠지. 이왕 시작한 거 잘하고 싶은 마음도 있었을 테고. 결과적으로 네 덕에 출판사가 빠르게 안정 궤도에 들어설 수 있었던 거지."

"현정이 네 말이 맞는데, 일이 이렇게 되고 나니까 후회가 되더라."

"후회?"

"내가 너무 일만 한 건 아닌가 하고 말이야. 나는 우리 두 사람의 미래를 위해서 지금 좀 고생하자고 그런 건데, 결국 그것 때문에 오빠를 다른 여자한테 눈 돌리게 한 거잖아."

"어떻게 그게 네 탓이야? 다른 여자한테 눈 돌린 사람이 잘못이지."

"잠깐 그런 생각이 들었어. 그게 내가 출판사를 빨리 그만둔 이유이기도 해. 뭐가 됐든 더는 일 때문에 놓치며 살고 싶지 않았거든."

"그러고 보면 살면서 놓쳐야 하는 것들이 많다."

현정이 길게 한숨을 내쉬며 말했다.

"그러게."

선영은 커피를 한 모금 마시며 하늘을 올려다봤다. 하늘이 참 맑았다.

"구례에는 언제 내려갈 거야?"

"내일쯤."

"그래, 이참에 충전한다고 생각하고 푹 쉬다 와."

"나도 그럴 생각이야."

5

 선영은 현정과 헤어져 집으로 오면서도 미자에게 여러 번 전화했다. 하지만 여전히 그녀의 휴대 전화는 꺼져있었다. '펜션에 무슨 일이 있는 건가?' 혹시 미자가 숙직실이었던 건물을 수리하고 있는지도 몰랐다. 거북이 펜션 부지에는 여섯 개의 교실과 교무실, 과학실, 양호실이 있던 기다란 본관 건물과 그 건물 뒤쪽으로 조금 떨어진 곳에 교감 선생님이 쓰던 관사 한 동, 그 옆쪽으로 10미터 정도 떨어진 곳에 숙직실로 썼던 작은 건물 한 동이 있다. 본관은 수리를 통해 손님들이 묵는 객실과 식당 겸 휴게실로 변했고, 관사였던 별관은 수리되어 미자가 생활하는 공간으로 변했다. 그런데 숙직실이었던 작은 별관은 외벽만 도색하고 방 2개와 주방 겸 거실이 있는 내부는 아직 수리 전이었다. 미자는 올해 중으로 숙직실 내부도 수리할 생각이었다.
 선영은 다시 문자를 남겼다.

— 고모, 혹시 숙직실 공사 시작하신 거예요? 전화를 안 받으시길래요. 저 내일 가요.

선영은 집에 와서 제일 먼저 건조대에 널어둔 빨래를 만져 보았다. 저절로 미소가 지어질 정도로 잘 말라 있었다. 그래서인지 옷을 탈탈 털 때 나는 소리가 경쾌했다. 마지막 옷을 털 때는 마음에 박혀 있는 날카로운 상념의 가시들이 후드득 떨어져 나가는 기분이었다. 털면서 옷에 배인 은은한 라벤더 향이 코끝을 간질이는 것도 기분을 좋게 했다. 상쾌한 기분으로 빨래 한 옷들을 차례차례 개켜서 옷장에 넣었다. 귀찮다고 생각했던 빨래라는 행위가 이렇게 큰 기쁨을 준다는 걸 처음으로 깨달은 순간이었다.

　선영은 책을 한 권 들고 거실 소파에 앉았다. 선영이 최근에 공들여서 출간한 에세이였다. 책에 대한 독자들의 반응이 궁금해 휴대 전화로 독자들이 자발적으로 온라인 서점이나 SNS에 올린 리뷰를 찾아 읽었다. 다행히 독자들의 반응이 좋았다. 자기 손을 거쳐 출간된 모든 책에 애정을 느끼지만, 이 책은 더 특별했다. 주호와 함께 시작한 출판사에서 선영이 낸 마지막 책인 것도 있지만, 이 책이 특별한 다른 이유가 있었다. 선영은 시간을 할애해 신인 작가를 발굴하기 위해 여러 온라인 문학 플랫폼에 연재되는 글을 읽는다. 모두 무명작가가 무료로 연재하는 글들이었다. 그러다 글이 좋아 작가에게 출간 제의를 해서 낸 책들은 특별했다. 지금 손에 들고 있는 책도 그렇게 만들어진 책이었다. 무명작가의 글을 책으로 내는 일은 출판사로서는 모험이었다. 잘 될 수도 있는 만큼 잘 안될 수도 있기 때문이다. 출판사는 이렇게 책을 낼 때는 손해를 감수해야 했다. 그래서 편집자는 뛰어난 안목이 필요했다. 다행히 선영이 기획한 무명작가의 책들은 타율이 좋은 편이었다. 기존의 인기 작가의 글을 책으로 내면 출판사가 감당해야 하는 위험 부담이 줄었다. 그래도 선영은 무명작가를 발굴하는 일을 멈추지 않았다. 대부분 경제적으로 힘든 상태에서 글 쓰는 작가들이 많다는 걸 알기 때문이었다. 선영은 무명작가의 좋은 글을 발견할 때는 마치 무수히 많은 모래 속에서 다이아몬드를 발견한 듯 짜릿한 쾌감을 느꼈다.

  선영이 책 한 장 한 장을 넘기며 작업하던 때를 회상하고 있을 때 휴대 전화가 울렸다. 화면에 뜬 발신자의 이름을 확인했다. 신지아였다. 선영은 자신도 모르게 미간을 찌푸렸다. 지아를 마지막으로 본 건 주호의 오피스텔에서였다. 선영이 인수인계하러 출판사에 갔을 때 지아는 보이지 않았다. 선영은 아마도 주호가 자신과 지아를 마주치지 않게 했을 거로 짐작했다. 지아를 다시 보고 싶지 않았던 선영에게는 잘된 일이었다. 그렇다고 걸려 온 전화를 피할 이유는 없었다.

  "여보세요."

전화는 받았지만 목소리가 평소처럼 산뜻할 수는 없었다.

"안녕하세요, 팀장님."

지아의 시르죽은 목소리가 들렸다. 평소 구김살 없이 밝은 그녀와는 전혀 어울리지 않은 목소리였다.

"지아 씨가 나한테 전화를 다 하고 웬일이에요? 다시는 얼굴을 마주하거나 대화할 일은 없을 줄 알았는데."

"팀장님이 저를 보고 싶어 하지 않는다는 건 당연해요. 그렇지만 팀장님이 출판사를 그만두셨다는 소식을 듣고 너무 죄송해서 그냥 있을 수가 없었어요."

"그걸 말이라고 해요? 그런 일이 있었는데도 아무 일 없었다는 듯이 계속 같은 공간에서 일하는 게 더 이상한 거 아닌가요?"

"죄송해요, 팀장님. 다 저 때문이에요."

"다 끝난 마당에 그런 말 듣고 싶지 않아요."

"팀장님 마음은 이해해요. 하지만 제가 팀장님 얼굴 뵙고 드릴 말씀이 있어요. 제가 지금 팀장님 댁 근처에 와있어요. 10분, 아니 5분만 시간 내주시면 안 될까요?"

지아는 분명 울먹이고 있었다.

잠시 후 선영은 집 근처 한 카페에서 지아를 만났다. 울먹이는 지아의 목소리에 마음이 약해져서 나온 건 아니었다.

평소에 자신이 아끼던 지아가 자신과 주호의 관계를 뻔히 알면서도 어떻게 주호와 그럴 수 있는지 따져 묻고 싶은 마음, 막장 드라마의 한 장면처럼 컵에 든 물이라도 얼굴에 끼얹고 싶은 마음, 남의 마음에 상처 내고 잘사는 사람 없다며 오만 가지 저주를 퍼붓고 싶은 마음, 내가 뭘 잘못했다고 그녀를 못 만나나 하는 마음, 이런 복잡한 마음들이 조금씩 영향을 미쳤다. 무엇보다도 깨끗이 마무리 짓고 싶은 마음이 컸다. 그렇지 않으면 미해결된 감정들이 죽을 때까지 무의식 속에 부유할 것만 같았다.

"피차 불편한 자리니까 할 이야기 있으면 빨리하고 가요."

선영이 커피잔을 내려놓으며 말했다.

"믿기 어려우시겠지만, 저도 일이 이렇게 될 줄은 몰랐어요. 죄송해요." 지아는 고개를 숙인 채로 울먹였다. 선영은 그런 지아를 빤히 보고만 있었다. 지아가 계속해서 말을 이었다.

"평소에 팀장님을 보면서 저도 나중에 팀장님처럼 유능한 편집자가 되고 싶다는 꿈을 가졌어요. 그뿐만 아니라 팀장님은 사랑도 성공하셨으니까 더욱 팀장님을 닮고 싶었어요. 그러다 집에서 혼자 있을 때면 버릇이 하나 생겼어요, 팀장님처럼 말하고 행동하는……. 마치 제가 팀장님이 된 것처럼이요." 선영은 지아의 말을 듣고 일순 등이 오싹했다. 저 정도면 스토커 아닌가, 하는 생각이 스쳤기 때문이다.

"지아 씨, 지금 무슨 말을 하려는 거예요?"

"그래도 거기까지는 다른 사람에게 폐를 끼치는 건 아니니까 괜찮았어요. 그런데 문제는 저도 모르게 대표님을 자꾸 제 남자친구로 생각한다는 거예요. 그러면서 대표님을 보면 제 가슴이 뛰었어요. 나중에는 생각에서 그치지 않고 대표님을 진짜 제 남자로 만들고 싶어졌어요. 지난 금요일에 제가 대표님을 만난 건 우연이 아니었어요. 제가 일부러 대표님을 뒤따라갔으니까요. 대표님이 모임에 참석하는 동안 저는 그 주변에서 기다렸어요. 그러다가 모임을 끝내고 나오는 대표님에게 아는 체했어요. 친구 만나러 왔다가 우연히 대표님을 봤다면서요. 그리고 제가 대표님을 유혹했어요. 호텔이 아닌 대표님의 오피스텔로 가자고 한 것도 저였어요. 대표님 휴대전화로 팀장님에게 문자 보낸 것도 저고요. 저랑 대표님이 그러고 있는 걸 팀장님에게 보여주고 싶었어요. 그때는 내가 진짜 팀장님이 된 것 같았거든요."

"내가 지아 씨를 아끼는 거 알면서 어떻게 나한테 그럴 수가 있어요?"

선영은 지아의 이야기를 들으면서 영화 『리플리』에서 살인까지 저지르고 누군가의 도플갱어로 살아가는 주인공 리플리가 떠올랐다. 일순 온몸에 소름이 돋는 동시에 화가 불끈 치밀었다. 아무리 막장이라 해도 이보다 막장일 수는 없지 싶었다. 불현듯 손에 쥔 물컵이 눈에 들어왔다. 그 순간 헛웃음이 났다. 막장 드라마를 너무 많이 본 탓이었다.

"저도 많이 후회하고 있어요. 제가 대표님을 정말 사랑하는 건 아니니까요. 그날 오피스텔에서 뛰쳐나간 팀장님을 뒤따라갔다가 돌아온 대표님이 저보고 회사를 그만두라고 하시더군요. 저와 그런 건 단지 일시적인 충동이었을 뿐이고 자신은 팀장님을 사랑한다면서요. 저도 그러겠다고 했어요."

"출판사에 계속 다니든 아니면 그만두든 지아 씨가 알아서 할 일이지 더 이상 내가 상관할 일이 아니에요. 주호 오빠와 나는 이미 끝난 사이니까 지아 씨와 주호 오빠 관계가 앞으로 어떻게 되느냐도 마찬가지고요."

"다시 한번 말씀드리지만, 제가 팀장님을 너무 존경한 나머지 일이 이렇게 돼버린 거예요. 정말 죄송해요, 팀장님."

"그럼, 할 말 다 한 것 같으니까 그만 일어날게요."

선영이 자리에서 막 일어서려고 할 때 지아가 "잠깐만요." 하면서 선영을 붙잡았다.

"마지막으로 묻고 싶은 게 있어요."

"뭐죠?"

"대표님 부모님이 꽤 많은 부동산을 가지고 있다고 들었어요. 지금 출판사가 있는 건물도 그중 하나고요."

지아는 냅킨으로 눈물을 훔쳤다.

"그래서요?"

선영은 그것이 도대체 무슨 상관이 있다는 건지 이해되지 않아 냉소적으로 말했다. 그러자 지아가 갑자기 씩 웃었다. 그 순간 선영과 지아는 눈이 마주쳤고 선영은 온몸에 냉기가 번졌다.

"나중에는 그 건물들이 다 대표님 소유가 될 텐데, 그래도 대표님을 포기하겠단 말인지 묻고 싶어요."

"뭐라고요?"

선영은 너무 어처구니가 없어서 말문이 막혔다. 그런 지아가 제정신인지 묻고 싶었다.

"아니, 제 생각에 이대로 대표님을 잃는 건 팀장님에게 손해 아닌가 해서요."

"그래서 지금 나보고 주호 오빠네 부자니까 그냥 넘어가란 말인가요? 지아 씨는 어떨지 몰라도 난 아무리 돈 많은 남자라도 딴 여자랑 자고 다니는 남자랑은 결혼할 생각 없어요."

선영은 지금까지 지아를 잘못 알고 있었구나, 하고 생각했다. 그런 헛소리를 듣자고 더 앉아 있을 이유가 없었다. 선영은 그대로 자리를 박차고 일어났다.

"분명 팀장님은 저랑 대표님이 어떻게 되든 상관없다고 하셨죠? 저는 두 분 잘되시라고 조용히 물러날 생각이었는데 …… 이제 생각이 달라졌어요. 앞으로 대표님하고 잘해볼 생각이에요."

"그건 지아 씨가 알아서 할 일이에요. 그럼, 먼저 갈게요."

아무리 생각해도 미쳤다는 생각밖에 안 들었다. 막장 드라마에서 왜 여주인공이 남편과 바람난 상간녀의 따귀를 때리고 얼굴에 물을 끼얹는지 확실히 알 것 같았다. 선영은 카페를 나오면서 속으로 두 번 다시 마주치지 말자, 했다.

선영은 집으로 돌아오는 내내 지아의 말과 행동을 떠올리며 어쩌면 사람이 저럴 수 있을까, 하는 생각에 한숨이 나왔다. 처음에는 괜히 나갔나, 하는 생각도 들었다. 하지만 나중에는 피하지 않고 마주하길 잘했다고 생각했다. 그러면서도 알다가도 모르는 게 사람 마음이구나, 싶었다.

6

다음날 선영은 수서역에서 구례행 고속열차에 올랐다. 서울에서 구례까지는 두 시간 사십 분이 걸린다. 구례역에서 거북이 펜션까지는 마을버스나 택시를 타야 한다. 마을버스는 고속열차 도착 시간에 맞춰 운행되고 있어서 기다리지 않아도 된다. 마을버스로는 30분, 택시로는 15분이 걸린다. 선영의 짐은 캐리어 하나로 단출하다. 선영은 구례에서 한 달 정도 미자와 지낼 생각이다. 그래서인지 기분이 좋고 몸도 가볍다. 미자와 전화 통화는 아직이었다. 미자는 선영이 예정에도 없이 눈앞에 나타나면 처음에는 놀랄 것이다. 하지만 언제나 그랬던 것처럼 금세 잘 왔다며 기뻐할 것이다. 언젠가 주호와 헤어졌다는 것과 출판사를 그만둔 것에 대해 말해야겠지만 그때도 미자는 선영의 결정을 전적으로 지지해 줄 것이다.

열차는 평일임에도 만석이었다. 선영은 캐리어를 선반에 올리고 통로 쪽 좌석에 앉았다. 원래 창 쪽 좌석을 예매할 생각이었다. 하지만 남아 있는 건 통로 쪽 좌석뿐이었다. 옆자리는 아직 비어 있었다. 옆자리에 손님이 도착하면 간이 테이블을 접어야 했다. 그래서 선영은 일단 읽을 책과 휴대 전화를 무릎 위에 올려놓았다. 휴대 전화로 시간을 확인했더니 출발 시간까지는 5분이 남아 있었다.

구례에 갈 때는 주로 주호와 함께였다. 주호는 가면서 먹을 간식거리와 음료를 챙겼다. 그뿐 아니라 함께 들을 음악도 휴대 전화 플레이리스트에 담아 왔다. 현정의 말대로 주호는 예의 바르고 배려심이 깊은 사람이었다. 선영이 주호의 차에 탈 때는 항상 차에서 내려 차문을 열어 주었고, 어디 들어가고 나올 때는 주호가 한 발짝 앞에 가서 문을 열고 선영을 기다렸다. 카페에 들어가서도 그는 습관적으로 선영이 앉을 의자를 빼주었다. 대학 때도 마찬가지였다. 선영은 그런 주호가 신기했다. 선영의 주위에 그렇게 행동하는 사람은 없었으니 신기한 것도 당연했다. 나중에 주호의 부모를 만나고 주호가 아버지를 닮았다는 것을 알았다. 주호는 어렸을 때부터 아버지의 매너를 보고 자라서 자연히 몸에 밴 것이었다. 선영이 주호가 더욱 맘에 들었던 건 그가 모든 사람에게 그렇게 행동하는 게 아니라는 점이었다. 주호는 자신이 좋아하는 사람에게만 그렇게 행동했다. 그러니 선영이 그런 주호에게 설레는 건 자연스러운 일이었다.

그때 열차가 덜컹하는 소리와 함께 움직였다. 선영은 주호를 생각하고 있는 자신이 우스웠다. 앞으로도 이렇게 문득문득 주호가 떠오를 터였다. 알고 지낸 세월이 무려 10년이었으니 그만큼의 추억이 있는 것이었다. 떠오르는 추억을 먼지를 털어내듯 애써 지울 수는 없는 일이었다. 시간이 필요했다. 시간이 지나면 자연스럽게 추억도 희미해진다는 건 누가 알려주지 않아도 알 수 있는 법이다.

선영은 다음 역까지는 옆좌석이 비어 있을 거로 생각하고 앞에 달린 간이 테이블을 펼쳤다. 그 위에 책과 휴대 전화를 내려놓았다. 그런 다음 휴대 전화에 이어폰을 연결해 귀에 꽂고 책을 펼쳤다. 작년에 일본에서 출간되어 베스트셀러가 되었고 최근 국내에서 번역본이 출간되었다. 장르는 소설로 산골 마을에 있는 작은 서점에 관한 이야기였다. 시간이 갈수록 책 유통이 온라인으로 쏠린 상황에서 오프라인 서점은 점점 줄어들 수밖에 없다. 그런데 도시도 아니고 산골 서점이라니, 관계자의 시각이 아니더라도 심히 걱정스러울 수밖에 없다. 역시 소설에서도 서점은 폐업 위기에 내몰린다. 하지만 서점 운영을 맡게 된 젊은이와 베스트셀러 작가의 인연으로 서점이 점차 알려진다. 그 마을에는 매년 1월 등불 축제가 열리는데 그 축제에 온 많은 사람이 산골 서점에 들러 책을 산다. 그 결과 서점은 폐업 위기에서 벗어난다. 사람들이 그곳까지 와서 책을 사는 이유는 그 서점과 서점 운영자의 이야기 때문이라고 선영은 생각했다. 사람들은 단순히 책을 사는 것이 아니라 이야기를 사는 것이었다. 그래서 휴대 전화 화면에서 터치 한 번이면 살 수 있는 책을 굳이 멀리 떨어진 산골 서점까지 가서 사는 것이었다. 선영은 이미 이 책을 읽었고 이번이 두 번째였다. 좋은 책은 하늘을 올려다보는 것과 같아서 읽을 때마다 이전에 느끼지 못한 새로운 점을 발견할 수 있다는 게 선영의 평소 생각이었다. 그래서 선영은 마음에 드는 책이 있으면 반복해서 읽는 걸 좋아했다.

"저, 죄송한데 안쪽으로 좀 들어가겠습니다."

키가 훤칠한 남자가 선영의 바로 옆에 서서 말했다.

"아, 네."

선영은 뒤늦게 나타난 옆자리 승객이 안으로 들어가도록 서둘러 간이 테이블을 접고 자리에서 일어섰다. 그 순간 선영의 손에 들린 휴대 전화가 바닥에 쿵 하고 떨어져 앞좌석 밑으로 사라졌다. 그때 서 있던 남자가 빠르게 엎드려 앞좌석 밑을 들여다보더니 무릎을 꿇고 손을 쭉 뻗어 휴대 전화를 꺼냈다.

"괜히 저 때문에 휴대 전화 화면에 흠이 생겼는데 어쩌죠?".

"아, 괜찮아요. 제 잘못인데요, 뭐. 휴대 전화를 주워 주셔서 고맙습니다."

선영은 남자가 건네는 휴대 전화를 받아들면서 말했다.

"별말씀을요."

남자가 안으로 들어가 앉았다. 이어서 선영도 자기 자리에 앉았다. 그리고 간이 테이블을 다시 펴서 휴대 전화와 책을 올렸다.

"혹시 강 팀장님?"

옆에 앉은 남자가 선영을 보면서 말했다. 선영은 남자에게 고개를 돌렸다.

"누구?"

"저, 신재하예요, 팀장님."

"어머, 작가님, 오랜만이에요."

선영은 2년 만에 본 재하를 몰라볼 뻔했다.

"이야, 이렇게도 만나게 되네요. 그동안 잘 지냈어요?"

재하는 오랜만에 본 선영이 몹시 반가웠다.

"네, 작가님도 잘 지내셨어요?"

"저야 잘 지내죠."

"작가님 머리 스타일이 달라져서 작가님인지 못 알아봤어요."

"아, 제 머리가 좀 짧죠. 헤헤. 시골에서는 이런 스포츠머리가 편해서요."

재하는 한 손으로 자신의 짧은 머리를 뒤로 훑으며 웃었다.

"시골이요? 작가님 서울에 계신 거 아니에요?"

"아, 작년에 서울 생활 정리하고 구례로 내려갔어요."

"구례요?"

"네, 구례가 제 고향이거든요."

"아, 그러셨구나."

"팀장님은 어디 가시는 거예요?"

"저도 구례에 가요."

"팀장님도 구례에요? 와, 이런 우연이 다 있네요. 근데 구례에는 어쩐 일로 가시는 거예요?"

"아, 고모가 구례에서 펜션을 하시거든요."

"펜션이요? 구례에 펜션이 많지 않은데, 펜션 이름이 어떻게 돼요?"

"혹시 거북이 펜션이라고 아실지 모르겠네요."

"당연히 알고 말고요. 같은 마을에 있는데 모를 수가 없죠. 더구나 제가 2학년 때까지 그 초등학교에 다녔는걸요. 이야, 신기하네요."

"정말이요? 그럼, 저희 고모도 아세요?"

"아니요. 아직 뵌 적은 없어요. ······제가 펜션 앞으로 자주 지나다니는데 그때마다 펜션 정원이 워낙 예뻐서 안을 들여다보고 가거든요. 학교 다닐 때 생각도 나고요."

"예전에 초등학교였던 곳이라 그런지 정원을 잘 꾸며났더라고요."

"어딜 가도 그렇게 잘 가꾼 정원을 보기가 쉽지 않아요. 근데 요즘에는 펜션 영업을 안 하는 것 같던데요."

"그럴 리가요. 작가님이 잘못 보셨을 거예요. 고모가 펜션만 하는 게 아니고 다도 체험이랑 명상 수업도 하셔서 계속 바쁘세요."

"그래요? 그럼, 제가 잘못 봤나 봐요."

"그건 그렇고 작가님은 글 계속 쓰고 계시죠?"

"그럼요. 글 쓰면서 살려고 고향으로 내려갔는데 글 써야죠. 헤헤."

"그러셨구나. 좋은 글 기대할게요."

"안 그래도 가을쯤에 팀장님에게 연락할 생각이었어요. 그때쯤 다음 책 원고가 마무리될 것 같아서요."

"이야, 그럼, 이번에 책을 내면 세 번째네요. 두 번째 책도 워낙 평이 좋아서 다음 책을 기다리는 독자들이 많을 거예요."

"다 팀장님 덕분이에요."

"제가 뭘 했다고요. 다 작가님이 글을 잘 쓰셔서 그런 거죠."

"그때 팀장님이 출간을 제안하지 않았다면 베스트셀러가 되는 건 꿈도 못 꿨을 거예요. 사실 저는 블로그에 글만 쓸 줄 알았지, 책 낼 생각은 못 했거든요. 그러니 다 팀장님 덕분이죠."

"작가님의 일상이 담긴 글을 읽다 보면 어떻게 사는 게 행복한 건지 생각하게 되고, 하루하루를 좀 더 유의미하게 살아야겠다고 마음먹게 되더라고요. 편집자 이전에 구독자로서 저는 작가님 글이 아주 좋았어요. 그래서 출간 제안도 한 거구요."

"좋게 봐주셔서 항상 감사하고 있어요. 지금 글을 쓰는 것도 다 팀장님 덕택이에요."

"벌써 작가님 다음 글이 궁금해지네요. 어서 빨리 가을이 됐으면 좋겠어요."

"하하하, 감사해요, 팀장님."

선영이 주호와 함께 시작한 출판사에서 처음으로 기획한 책이 재하의 에세이였다. 주호의 염려가 있었지만, 선영은 재하의 글에 확신이 있었던 터라 밀고 나갔다. 출간 계약서를 작성하기 위해 출판사를 방문한 재하는 잔뜩 긴장한 상태였다. 선영은 재하의 글을 통해 재하가 새로운 사람을 만나는 것이 쉽지 않아 늘 자신과 싸운다는 걸 알고 있었다. 그래서 선영은 재하가 최대한 편하게 있을 수 있도록 대화를 이끌었다. 그 덕분에 재하는 서서히 긴장이 풀렸고 마침내 선영에게 마음을 열 수 있었다. 그날 두 사람은 꽤 오래 대화를 나눴다. 재하는 그런 선영이 참 고마웠고 기회가 되면 다음 책도 선영과 작업해야겠다고 마음먹었다. 그 결과 두 번째 책까지 냈고 좋은 결과를 얻을 수 있었다. 선영은 자신을 작가로 만들어준 고마운 사람이었다.

"구례에서 살기 어때요?"

선영의 질문에 재하는 대답 대신 주머니에서 휴대 전화를 꺼냈다. 선영은 의아한 표정으로 재하의 휴대 전화에 시선을 고정했다. 재하는 휴대 전화 화면에서 유튜브 로고를 눌렀다. 곧이어 두세 번 빠르게 터치한 후 휴대 전화를 선영에게 내밀었다.

"여기에 있어요."

재하가 쑥스러워하며 화면을 가리켰다.

"네? 뭐가요?"

선영은 고개를 갸웃하며 화면을 들여다봤다.

"작가 노트?"

선영이 유튜브 채널 이름을 읽었다.

"이거 제가 운영하는 채널이에요."

재하는 여전히 쑥스러워하며 씩 웃었다.

"정말이에요? 이야, 작가님, 대단하시네요. 유튜브 채널 운영하기가 쉽지 않을 텐데. 우와, 구독자가 벌써 3천 명이 넘어요."

선영은 화면을 아래로 내리며 동영상을 살펴보았다. 동영상은 두 종류였다. 하나는 재하의 시골 일상을 담은 브이로그, 다른 하나는 '일상 속 심리학'이라는 제목의 동영상이었다. 선영은 재하가 새삼 대단해 보였다.

"작가님 얼굴도 나오는 거예요?"

선영이 시선을 화면에 두고 물었다.

"네. 일상 브이로그 찍을 때는 괜찮은데 혼자 카메라 보고 앉아서 진행하는 '일상 속 심리학' 영상 찍을 때는 너무 어색해서 진땀이 날 정도예요. 하하하."

"정말 대단하시네요."

"아이고 말도 마세요, 팀장님. 촬영한 영상을 편집할 때 잔뜩 긴장한 제 모습을 보면 안쓰럽기까지 하다니까요. 도저히 아니다 싶으면 다시 촬영하는데 어떨 때는 재촬영하느라 며칠씩 걸린 적도 있어요."

"짐작이 가요. 그래도 그렇게 만들어진 동영상을 보면 뿌듯하실 것 같아요."

"그렇더라고요. 저만의 방식으로 세상과 소통하고 있다고 생각하니까 계속하게 되더라고요."

"요즘에도 강연 요청 자주 들어오죠?"

"아, 강연이라고 하기엔 좀 뭐하지만, 가끔 초대받고 가서 '일상 속 심리학'이라는 주제로 제가 심리학을 공부하게 된 계기나 일상에서 심리학을 적용해 행복해지는 법 같은 이야기를 들려주고 있어요. 주로 원고를 뚫어져라 보면서 읽는데 너무 긴장해서 정신이 하나도 없을 때가 많아요. 그런데도 원고 속으로 안 빨려 들어가는 걸 보면 신기하다니까요. 하하하."

재하는 강연할 때를 떠올리며 웃었다. 그런 재하를 보고 선영도 같이 웃었다.

"다른 사람 앞에서 강연할 때 안 떨리는 게 이상한 거죠. 중요한 건 작가님처럼 떨림에도 불구하고 그 상황과 기꺼이 맞서는 거죠. 그게 오늘을 살아가는 사람들에게 필요한 용기 아니겠어요. 독자들도 작가님 글에서 그런 용기와 진정성을 느끼기 때문에 작가님의 글을 좋아하는 거고요."

"저는 두려운 게 많지만 그럼에도 그것들에 맞서야 제가 행복할 수 있다는 걸 알아요. 그래서 실수해도 자책보다는 피하지 않고 해냈다는 것에 감사하며 살고 있어요."

선영은 자신이 어떻게 해야 행복한지 안다는 재하의 말을 듣고 재하가 참 멋있는 사람이구나, 했다. 출판사에서 재하를 처음 만났을 때 자신은 행복하게 살기 위해 심리학을 전공했다던 재하의 말이 떠올랐다. 그는 심리학을 아는 데에서 그치는 게 아니라 심리학을 삶에 적용하면서 스스로 행복할 수 있는 선택을 해 나가고 있었다. 배울 점이 많은 사람이었다.

어느새 고속열차는 구례역에 도착했다. 선영은 재하와 이야기하면서 오다 보니 시간 가는 줄 몰랐다.

"작가님 덕분에 시간 가는 줄도 모르고 왔어요."

"저도 팀장님 덕분에 오는 내내 즐거웠습니다. 여기에 얼마나 계실지는 모르겠지만 서울로 가시기 전에 제 작업실에 초대하고 싶어요."

"아, 좀 쉴 생각으로 온 거라 서울로 빨리 돌아가지는 않을 거예요."

"잘됐네요. 그러면 제가 다시 연락드릴게요."

"네, 그렇게 하세요."

열차가 멈추자, 재하는 자기 백팩을 등에 메고 선영의 캐리어를 들고 열차에서 내렸다. 선영은 캐리어가 무겁지 않아서 자신이 끌 수 있다고 말했지만, 재하는 자기 손이 심심해한다면서 헤헤 웃었다. 선영도 웃는 재하를 보고 방긋 웃었다.

7

재하와 선영은 같은 마을버스를 타고 오다가 재하가 선영보다 한 정거장 앞서서 내렸다.

"연락할게요, 팀장님."

재하가 내리면서 선영에게 손을 흔들었다.

"네, 조심히 가세요, 작가님."

정류장에서 재하의 집까지는 걸어서 5분 거리였다. 재하는 그곳에서 태어나 초등학교 2학년 때까지 살다가 서울로 이사 갔다. 그 이후로 집은 계속 비어 있었다. 지난해 초 재하는 고향에 돌아와서 살기로 결심하고 허물어지기 직전인 한옥을 대대적으로 수리하기 시작했다. 말이 수리지 골격만 그대로일 뿐 새로 짓는 거나 마찬가지였다. 가장 신경 쓴 부분은 안에서 밖을 훤히 볼 수 있도록 만든 넓은 창이었다. 수리를 끝내고 들어가 살면서 창에 신경 쓴 보람을 느꼈다. 앉아서 작업하다가 고개만 들면 눈앞에 근사한 풍경이 펼쳐졌다. 재하는 그때마다 구례에 내려와 살길 잘했다는 생각이 들었다.

집 뒤편에는 경사가 완만한 작은 언덕이 있다. 그곳에 봉긋 솟은 재하의 부모 묘가 있다. 공무원이었던 재하의 아버지는 재하가 초등학교 2학년 때 사망했다. 과로사였다. 갑작스러운 재하 아버지의 사망은 두 모자에게 큰 충격이었다. 재하 어머니는 충격에서 쉽게 벗어나지 못해 재하를 데리고 외가가 있는 서울로 이사했다. 서울에서도 재하 어머니는 증세가 호전되기는커녕 오히려 악화할 뿐이었다. 급기야 얼마 지나지 않아서는 침대에서 일어나지도 못했다. 의사는 심한 우울증이라고 진단했다. 의사나 외가 식구들은 어머니가 혹시 자살할지도 모른다고 걱정했다. 하지만 재하가 생각하기에 침대에서 일어나지도 못하는 사람이 스스로 목숨을 끊는다는 건 전혀 불가능한 일이었다. 아무런 의욕이 없는 재하 어머니는 대소변도 침대에서 해결해야 했다. 낮에는 외할머니가 기저귀를 갈았지만, 밤에는 재하의 몫이었다. 그때도 어머니는 별다른 말 없이 한숨만 내쉬며 허공만 바라볼 뿐이었다. 재하는 그런 어머니를 8년 동안 지켜봐야 했다. 어머니는 재하가 고2 때 사망했다.

재하는 아버지가 죽은 이후로 웃어본 기억이 없었다. 학교에서 집으로 가는 길이 그만리 같았고 집에서 맥없이 늘어져 있는 어머니를 볼 때면 숨이 막혔다. 기저귀를 갈 때도 차마 말로 표현할 수 없는 복잡한 감정을 느껴야 했다. 이러다가 결국 어머니는 죽는 건가, 하는 생각이 들 때면 그때 차라리 자신도 같이 죽어버렸으면 좋겠다고 생각한 적도 여러 번이었다. 원래 이렇게 살려고 세상에 태어난 건가, 자문하며 비관한 적도 헤아릴 수 없을 정도로 많았다. 밥을 먹어도 아무 맛을 느낄 수가 없을 만큼 희망이라고는 전혀 찾아볼 수 없는 길고 지난한 암흑의 시간이었다.

어머니 사망 후에도 재하에게 드리워진 잿빛 구름은 쉽게 걷히지 않았다. 재하는 그 잿빛 세상에서 하루라도 빨리 벗어나고 싶었다. 이제라도 다르게 살고 싶었고, 무엇보다도 행복하고 싶었다. 하지만 그게 말처럼 쉽지 않았다. 그동안 재하의 내면에서 잔뜩 위축된 자아가 단단히 똬리를 틀고 있어 행복해지려는 생각과 행동을 자꾸 방해했다. 부모 없이 산다는 것도 쉽지 않았다. 하지만 그것보다 힘들었던 건 행복해지려고 발버둥을 칠 때마다 암흑으로 이끄는 자기 자신이었다. 행복하게 살기 위해서는 끊임없이 위축되려는 자기 자신을 먼저 알아야 했다. 그래서 재하는 대학에서 심리학을 공부했다. 심리학을 공부한다고 금세 행복해지는 건 아니었다. 행복은 직접 미지의 문을 열고 들어가는 사람에게 주어지는 선물 같은 것이었다. 재하가 배운 것을 적용하는 것은 매번 도전에 가까웠다. 그럼에도 도전하고 또 도전했다. 그래야 행복할 수 있다는 걸 알기에 멈출 수가 없었다. 심리학을 공부하면서 알게 된 건 부정적인 감정은 쉽게 전염된다는 것과 심리적인 문제로 고생하는 사람이 비단 자기만이 아니라는 것이었다. 그래서 재하는 그들에게도 도움이 되었으면 하고 블로그에 글을 쓰기 시작했고 선영이 그 글을 구독하게 되었다.

  선영의 제안을 받고 책을 냈어도 베스트셀러가 되지 않았다면 고향으로 내려와 살 생각은 못 했을 터였다. 다행히 두 권 모두 좋은 결과를 얻었고 가끔 강연도 나가면서 전업 작가로 살겠다고 결심할 수 있었다. 그렇다고 수입이 많은 건 아니지만 글 쓰고 유튜브 채널도 운영하고 텃밭에 채소도 기르며 사는 지금의 생활에 재하는 매우 만족했다.

집 마당에 들어서자, 진순이가 꼬리를 흔들며 짖어댔다. 구례 터미널 부근에서 마트를 운영하는 작은집에서 기르는 진돗개가 새끼 세 마리를 낳았고 그 중 한 마리를 재하가 데려와 기르고 있었다. 재하는 이름을 진순이라고 지었다.
"진순아, 아빠 왔다."
재하가 백팩을 멘 채로 쭈그리고 앉아 진순이 머리를 쓰다듬으며 웃었다.
"아이고, 우리 진순이 잘 있었어?"
진순이가 재하의 손길을 좋아하며 꼬리를 정신없이 흔들더니 그대로 드러누웠다.
"하하하, 우리 진순이 기분 좋구나. 아빠도 진순이 보니까 좋다."
재하는 진순이 배를 여러 번 쓰다듬고는 진순이 목줄을 풀었다. 그러자 진순이는 좋아서 마당 여기저기를 펄쩍펄쩍 뛰어다녔다. 재하도 진순이 뒤를 따라다니며 하하하 웃었다. 재하가 진순이를 데려올 때는 너무 작아서 진돗개인지 아닌지도 분간할 수 없었다. 그랬던 진순이가 1년이 지난 지금은 멀리서 봐도 한눈에 의젓한 진돗개임을 알 수 있을 정도로 컸다. 하지만 재하에게 진순이는 처음 봤을 때처럼 여전히 여리고 귀여울 따름이다.

   재하는 한참 진순이와 놀아준 다음 집 안으로 들어왔다. 진순이도 현관까지 들어와 밖을 향해 앉았다. 재하가 안에서 글을 쓸 때면 진순이는 주로 현관에 앉아 있었다. 진순이 집은 현관 밖에 있다. 집수리할 때 남은 목재로 재하가 손수 만든 집이다. 처음에 재하는 지금보다 훨씬 작게 만들 생각이었다. 그걸 재하의 작은아버지 기동이 보고 개는 금세 자라니 이왕이면 크게 만드는 게 좋다고 조언했다. 그때 작은아버지가 아니었다면 하루가 다르게 커가는 진순이 때문에 얼마 안 가 집을 또 만들어야 했을 것이다.

   재하는 글을 쓰다가도 이따금 "진순아!" 하고 이름을 불렀다. 그러면 진순이는 밖을 보고 있다가도 꼬리를 흔들며 멍멍 짖었다. 그런 진순이를 보고 재하는 껄껄 웃었다. 진순이가 없었다면 어땠을까, 하고 생각할 때가 있다. 아마 재하가 소리 내서 웃는 일은 좀처럼 없지 싶다.

   재하는 아침저녁으로 진순이를 데리고 산책하는 걸 매우 좋아한다. 특히 적막할 수도 있는 밤에 진순이가 있어서 얼마나 든든한지 모른다. 그러니 재하가 진순이를 보면 자동으로 입꼬리가 올라가는 것도 당연했다.

   재하는 백팩에서 노트북을 꺼내 테이블에 올려놓았다. 어제는 서울에 있는 한 서점을 방문했다. 그곳에서 운영되는 독서 모임 회원을 대상으로 강연해달라는 요청을 받았기 때문이다. 재하는 많은 사람을 대상으로 일방적으로 말하는 것보다 서로 눈을 보며 대화할 수 있는 작은 모임을 선호했다. 참석한 사람들은 서점 관계자를 포함해 스무 명 남짓이었다. 그들은 재하가 어떻게 해서 베스트셀러 작가가 될 수 있었는지 궁금해했다. 재하는 서울에 가기 전에 서점 사장으로부터 참석자들이 글쓰기에 관심이 많다는 걸 들었다. 그래서 자신의 어두웠던 어린 시절부터 시작해서 심리학을 공부하고 글을 쓰고 책을 내기까지의 이야기를 진솔하게 들려주었다. 재하의 말을 들으며 눈물을 글썽이는 참석자들도 있었다. 재하는 자신의 이야기에 공감해 주는 그들이 고마웠다.

모임이 끝나고 참석자 중 열 명 정도가 재하의 책을 들고 와서 사인을 요청했다. 사인을 받기 위해 줄을 서는 사람들을 보고 고마워서 눈물이 핑 돌았다. 재하는 사인할 때마다 한 사람 한 사람과 눈을 마주치며 고마움을 전했다.

서점을 나와 숙소로 가면서도 사인받으려고 줄 선 사람들이 생각났다. 이 모든 게 재하가 책을 낼 수 있도록 도와준 선영이 아니었으면 상상할 수 없는 일이었다. 재하는 지금 쓰고 있는 원고가 완성되면 가장 먼저 선영에게 보여줄 생각이었다. 그런데 우연히 구례로 내려오는 고속열차 안에서 선영을 만난 것이다. 그것도 바로 옆자리에! 재하는 다시 생각해도 선영과 나란히 앉아서 시간 가는 줄 모르고 이야기했던 시간이 신기하기만 했다. 이어서 재하는 선영을 초대할 때 음식은 무얼 준비하고 음료는 차를 준비할지 아니면 커피를 준비할지 생각이 바빠졌다. 음식은 사촌 준석의 도움을 받는 게 좋을 것 같았다.

작은아버지 기동의 외동아들인 준석은 요리학교를 나와 양식 조리기능사 자격증을 땄고 얼마 전까지 서울에 있는 한 레스토랑에서 일했다. 지금은 사귀던 여자친구가 임신하는 바람에 집에 내려와 있다. 여자친구의 이름은 슬기였다. 슬기는 준석의 고등학교 친구로 농협 근처에 있는 한 테이크아웃 커피전문점에서 바리스타로 일했다. 기동은 이제 스물한 살인 준석이 덜컥 애부터 가졌다며 못마땅해했다. 평소 두 사람은 부딪히는 일이 많았다. 기동은 준석이가 구례에 남아서 마트 일을 도우며 살기를 바랐다. 하지만 준석은 요리에 관심이 있었던 터라 고등학교를 졸업하자마자 집을 떠나 서울로 갔다. 그 후로 준석은 아버지에게 의지하지 않고 본인들이 알아서 살 테니 조금도 걱정하지 말라고 큰소리친 상태였다. 준석은 조만간에 방을 얻어 슬기와 둘이 살림을 차릴 생각이었다.

재하는 열두 살 차이가 나는 준석이 곧 애 아빠가 될 거라는 말을 듣고 입이 쩍 벌어졌다. 그래도 피하지 않고 스스로 책임지려는 준석이 기특했다. 만약 자신이 준석의 나이에 그런 일이 있었다면 어땠을지 생각하면 준석이처럼 하지는 못했을 것 같았다. 그런 생각에 재하는 전적으로 준석을 지지하고 있다. 준석도 자주 재하를 찾아 속마음을 털어놓았다. 재하는 준석에게 전화하기 위해 휴대 전화를 집어 들었다.

8

버스 정류장에 내린 선영은 저만치 보이는 언덕 위로 평화롭게 자리 잡은 거북이 펜션을 바라보았다. 펜션 위 하늘에는 솜사탕 모양의 커다란 뭉게구름 사이로 오후의 햇살이 쏟아져 내렸다. 정류장에서 바라보는 펜션을 둘러싼 풍경이 아주 근사했다. 선영은 양팔을 활짝 벌리고 숨을 깊이 들이마셨다. 상쾌했다.
"아, 좋다."
선영은 학창 시절 방학 때 시골 조부모님 댁을 방문하는 친구들을 종종 부러워했다. 서울에서 나고 자란 선영은 시골에 갈 일이 없었다. 부모가 교통사고로 한날한시에 세상을 떠났을 때 선영의 조부모도 이미 이 세상 사람이 아니었다. 고모와 살면서 가끔 경치가 좋은 수도원으로 피정 가는 고모를 몇 번 따라간 적이 있다. 하지만 그곳에 머무는 내내 침묵해야 했기 때문에 친구들이 흔히 말하는 시골의 훈훈한 추억 같은 건 생길 여지가 없었다. 5년 전 고모가 구례로 내려갈 거라고 했을 때는 고모와 떨어져서 살아야 한다는 생각에 몹시 서운했다. 하지만 막상 이곳에 와서 보고는 생각이 달라졌다. 심리적 고향이 새로 생긴 느낌이었다. 게다가 부모나 다름없는 고모가 이렇게 경치 좋은 곳에서 좋아하는 일을 하면서 살게 되었으니 더욱 고마울 따름이었다.

선영은 자신을 보고 반가워할 고모 미자를 생각하며 힘차게 캐리어를 끌고 거북이 펜션을 향해 걸었다. 펜션이 가까워질수록 선영의 얼굴에 웃음이 번졌다. 정문 한쪽 '거북이 펜션'이라고 쓰인 작은 간판이 선영을 반겼다. 정문에 설치된 인터폰을 누르면 미자가 안에서 문을 열었다. 선영은 반가운 미자 목소리를 기대하며 인터폰을 눌렀다.

뚜-뚜-.

대답이 없었다. 다시 인터폰을 눌러도 역시 마찬가지였다. 선영은 고개를 갸웃했다. 생각해 보니 낮에 정문이 닫혀있는 것도 이상했다. 정문은 관리인 할아버지가 아침 일찍 열었다가 저녁 늦게 닫았다. 문득 요즘에 펜션 영업을 안 하는 것 같다던 재하의 말이 떠올랐다.

"어떻게 된 거지?"

휴대 전화를 꺼내 미자에게 전화를 걸었다. 신호음이 계속되는 동안 선영은 정문 안쪽을 들여다보았다. 아무도 보이지 않았다. 선영의 눈에도 영업 중인 펜션이라고 하기엔 그지없이 썰렁했다. 계속되는 신호음 뒤에 음성 사서함으로 넘어간다는 안내음이 나왔다. 선영은 미자가 걱정되기 시작했다.

선영은 오른쪽 펜스를 따라 펜션 부지 뒤쪽에 있는 후문으로 갔다. 후문에서 100미터 정도 떨어진 곳에 펜션 관리인 노부부의 집이 있었다. 선영은 노부부의 집 대문을 두드렸다.

"할머니! 할아버지! 댁에 계세요? 저 거북이 펜션 조카예요."

안에서 문소리가 들렸다.

"누구요?"

할머니 목소리였다.

"안녕하세요, 할머니. 저 거북이 펜션 조카딸이에요."

선영이 문틈으로 할머니를 보고 말했다. 할머니가 대문을 열고 나왔다.

"아이고, 어서 와."

할머니는 반색하며 선영의 손을 잡았다.

"안녕하셨어요, 할머니?"

"나야 잘 지내지. 평일에 온 걸 보니 고모가 걱정돼서 왔구면."

"네? 고모한테 무슨 일이 있나요? 고모가 전화를 통 안 받아서요."

"아이고 저런, 고모가 입원한 거 모르고 왔나 보네."

할머니는 혀를 끌끌 차며 안타까워했다.

"네? 고모가 입원을요? 무슨 일로요?"

일순 선영은 눈앞이 어질했다. 관리인 할머니에 따르면 미자는 3월 초 돌부리에 걸려 넘어져 대퇴부가 골절되어 수술받았고 지금은 요양병원으로 옮겨 회복 중이었다. 선영은 3월에도 미자와 자주 통화했지만, 미자는 자신이 병원에 입원했다거나 수술받아야 한다는 말은 한 번도 하지 않았다. 심지어 골절로 심한 통증을 겪어야 했을 텐데도 전혀 내색하지 않았다. 미자가 그랬던 이유는 쉽게 짐작할 수 있었다. 출판사 일로 바쁜 선영에게 걱정거리를 안겨주고 싶지 않았던 것이다. 아무리 그래도 세상에 혈육이라고는 미자와 선영 단 둘뿐인데 어떻게 병원에 입원한 것도 알리지 않을 수 있는지 선영은 무척 서운했다. 그러면서도 혼자서 입원하고 수술받았을 미자를 생각하니 너무 속상했다.

선영은 펜션 후문으로 들어가 미자가 생활하는 별관 현관문을 열었다. 현관 비밀번호는 서울에서 쓰던 번호 그대로였다. 그곳에는 선영의 방도 있었다. 선영은 신발도 벗지 않은 채로 거실에 캐리어를 밀어 넣고 곧장 나왔다.

고모가 입원해 있는 요양병원은 구례 고속버스 터미널 부근에 있었다. 시간은 걸려도 마을버스를 타면 한 번에 병원에 갈 수 있었다. 하지만 선영은 마음이 급해 택시를 불렀다. 택시가 도착할 때까지는 아직 시간이 있었다. 그동안 선영은 펜션을 둘러봤다. 숙직실이었던 곳은 어느새 공사가 끝난 상태였다. 아마도 설 연휴 후 곧장 공사를 시작한 것 같았다. 본관은 비교적 잘 정리되어 있었다. 정원이나 운동장도 한 달 넘게 영업 안 하고 있다는 게 전혀 느껴지지 않았다. 관리인 노부부가 펜션을 잘 돌보는 덕분이었다. 펜션 부지를 한 바퀴 둘러본 선영은 정문 앞에서 택시를 기다렸다.

선영이 탄 택시가 요양병원 입구를 지나 양쪽으로 소나무가 즐비한 길을 따라 미끄러졌다. 곧이어 택시는 병원 건물 앞에서 멈췄다. 택시에서 내린 선영은 1층 로비 안쪽에 있는 원무과로 향했다. 미자가 있는 병실은 2층이었다.

엘리베이터를 타고 2층에서 내린 선영은 벽에 붙은 병실 번호를 보면서 복도를 따라 천천히 걸었다. 잠시 후 병실 문에 부착된 아크릴판에서 '강미자'라는 이름이 눈에 들어왔다. 그 옆에는 '55세'라고 쓰여있었다. 그 순간 선영은 '그래, 고모 나이가 쉰다섯이었지.' 했다. 그 아래로 다섯 명의 이름이 더 있었다. 모두 7, 80대였다.

선영은 조심스럽게 병실 문을 열고 미자를 찾았다. 침대 등받이를 세우고 앉아 있던 몇몇 환자들이 선영을 바라봤다. 선영은 그들을 향해 살짝살짝 고개를 숙여 인사했다. 하나같이 누구를 찾아온 건지 궁금해하는 표정이었다. 오른쪽 첫 번째 침대 발치에 미자 이름이 보였다. 하지만 침대는 비어 있었다.

"혹시 이 병상 환자 어디에 갔는지 아세요?"

선영은 맞은편 병상에서 선영을 지켜보고 있던 노인에게 물었다. 그녀는 허리에 보호대를 두르고 있었다.

"거기 동생은 걷기 운동하러 나갔어. 아마 보호사랑 건물 뒤쪽에서 왔다갔다하고 있을 거야."

"아, 그래요. 감사합니다."

선영은 꾸벅 고개를 숙였다.

"근데, 그 동생이랑은 어떻게 되는고?"

"아, 제가 조카예요."

"조카딸이네. 찾아오는 사람이 없어서 아무도 없는 줄 알았지."

"아, 네."

일순 선영은 얼굴이 화끈거렸다. 그간 같이 살아온 세월이 얼만데 그 정도는 말 안 해도 알아채야 하지 않나, 하는 생각이 머릿속을 관통했다. 그러자 너무 미안한 나머지 미자가 말해주지 않아서 자신은 알 수가 없었노라고 스스로 면죄부를 주고 싶은 마음도 꿈틀거렸다.

 병실을 나온 선영은 엘리베이터를 타고 1층으로 내려와 건물 뒤쪽으로 통하는 문으로 나갔다. 잘 가꾸어진 정원 사잇길로 휠체어를 탄 대여섯 명의 환자들이 보였다. 각각 환자의 휠체어를 미는 사람들은 간호사 복장이었다. 가까이 가서 확인하기 전에는 누가 미자인지 알 수 없을 것 같았다. 선영은 먼저 가까운 곳에 있는 환자부터 확인했다. 그러나 휠체어를 탄 환자 중에 미자는 없었다. '여기에 있을 거라고 했는데, 이상하다.' 생각하고 돌아서 나오던 선영은 건물 옆 평평한 공간에서 양손으로 허리 높이의 보행기를 붙잡고 천천히 걷고 있는 환자 한 명을 발견했다. 그 옆에는 평상복 차림의 할머니가 같이 걷고 있었다. 선영은 한눈에 그 환자가 미자라는 걸 알았다. 눈물이 핑 돌더니 순간적으로 눈앞이 흐려졌다.
 "고모!"
 선영은 그쪽으로 다가가며 미자를 불렀다. 그 소리에 두 사람 모두 선영에게 고개를 돌렸다. 역시 보행기를 붙잡고 있던 환자는 미자였다. 미자는 놀란 눈으로 선영을 바라봤다.

"선영아! 여긴 어떻게 알았어?"

미자는 선영이 걱정할까 봐 일부러 병원에 입원한 사실을 선영에게 알리지 않았다. 그런데 어떻게 알고 병원까지 찾아온 선영을 보자 미안한 마음이 앞섰다.

"그럼, 제가 모를 줄 알았어요? 다른 사람은 몰라도 저한테는 알렸어야죠."

선영은 환자복 차림의 미자를 보고는 속상해 눈물이 또르르 흘렀다.

"미안해요, 고모. 제가 좀 더 일찍 알았어야 했는데……."

"미안하기는, 이제는 걸을 수도 있어서 괜찮아. 걱정할 거 없어."

"수술받았다고 하던데, 수술은 잘된 거예요?"

선영은 손수건으로 눈물을 훔치며 말했다.

"그래. 수술 끝나고 집으로 갈까, 했는데, 회복할 때까지는 아무래도 집보다는 요양병원이 나을 것 같아서 이리로 왔을 뿐이야. 보다시피 이제는 천천히 걸을 수도 있으니까 곧 집에 갈 수 있을 거야. 근데 서울에서 언제 온 거니?"

미자는 보행기를 조금씩 옮겨가며 가까운 곳에 있는 벤치에 앉았다. 미자가 내딛는 한 걸음 한 걸음이 신중했다.

"아, 참, 인사드려라, 선영아. 나 걷기 연습할 때 도와주시는 요양보호사님이셔."

미자가 옆에 서 있는 여성을 가리키며 말했다.

"아, 안녕하세요. 고모를 돌봐주셔서 감사합니다."

선영이 깍듯이 고개 숙여 인사했다.

"안 그래도 고모가 자주 이야기해서 한번 보고 싶었어요. 반가워요. 호호호. 그럼 나는 먼저 들어갈 테니까 둘이 천천히 이야기하고 올라와요."

보호사는 둘을 남겨두고 병실로 돌아갔다.

"근데 어쩌다 다친 거예요?" 선영이 미자 옆에 앉으며 물었다.

"어, 숙직실이었던 별관 공사하는 거 보면서 뒷걸음질치다가 뒤로 넘어진 거야."

"큰일날 뻔했네요."

"그러게 말이다. 그렇다고 살짝 넘어졌을 뿐인데 뼈가 골절이 될 게 뭐니."

"이제 더 조심해야겠어요."

"그래서 여기로 온 거야. 집에 있으면 내 성격상 가만히 못 있을 게 뻔하니까."

미자의 말을 듣고 선영이 피식 웃었다.

"잘하신 거예요."

"그런데 출판사는 어쩌고 평일에 내려온 거야?"

"아, 여유가 좀 생겨서 쉬러 온 거예요. 내려오기 전에 고모한테 여러 번 전화했는데 통 전화가 안 되더라고요."

"그랬구나. 며칠 전에 휴대 전화를 한번 떨어뜨렸는데 그 뒤로는 안 켜지지 뭐냐. 요양보호사님한테 부탁해서 수리 맡겼는데 며칠 더 있어야 한다더구나."

"휴대 전화가 오래돼서 그래요. 이번에 새 걸로 바꿔야겠어요."

"나중에 휴대 전화 수리되는 거 봐서 그러든지 하자꾸나."

미자가 입원한 요양병원은 보호자가 오래 있을 수 없었다. 그래서 선영은 미자가 저녁 식사를 마친 것까지 보고 여섯 시경에 병원을 나왔다. 미자는 집에 먹을만한 반찬이 없을 거라며 마트에 들러 먹을 것 좀 사 가라고 했다. 선영은 미자가 알려준 대로 마을버스를 타고 마트로 향했다.

9

선영이 초등학교 3학년 때 엄마 손을 잡고 따라간 곳에서 봤던 미자의 모습은 시간이 많이 지난 지금도 잊히지 않는다. 엄마에게 듣기로는 미자가 입고 있는 옷은 수녀복이었고, 선영이 엄마와 간 곳은 봉쇄수도원이었다. 그 당시 선영이도 엄마를 따라 성당에 다녔기 때문에 수녀가 뭐 하는 사람인지쯤은 알고 있었다. 하지만 봉쇄수도원이 뭐 하는 곳인지는 알지 못했다. 그래서 선영은 집에 오는 길에 엄마에게 물었다.

"엄마, 봉쇄수도원이 뭐 하는 데예요?"

"어, 한번 들어가면 죽기 전에는 못 나오는 수도원이야."

선영의 손을 잡고 가던 엄마가 걸음을 멈추고 대답했다.

"성당에 계시는 수녀님들은 안 그러던데……."

선영은 이해가 안 간다는 표정이었다.

"물론이지, 성당은 봉쇄수도원이 아니거든. 그런데 고모가 있는 곳은 출입이 엄격해서 밖으로 나올 수가 없는 거야."

"누가 지키고 있는 거예요?"

"스스로 그렇게 살겠다고 서약한 사람들만 있는 곳이니까 굳이 지키고 있을 필요는 없겠지."

"그 안에만 있으려면 답답하지 않을까요?"

"선영이는 고모가 답답할 것 같니?"

엄마가 심각한 표정을 짓는 선영을 보고 빙그레 웃었다.

"사람 마음속에는 우주만큼 크고 넓은 세계가 있어. 수도원에 계시는 수녀님들은 자기 안에 있는 그 세계를 탐험하는 거고. 그러니까 답답할 리가 없겠지?"

선영은 잘 이해가 안 가 엄마 얼굴을 멀뚱멀뚱 바라볼 뿐이었다. 그런 선영을 보고 엄마는 선영의 손을 톡톡 두드리면서 말했다.

"내년에 고모 면회 가면 그곳 생활이 어떤지 선영이가 직접 물어볼래?"

하지만 선영은 다음 해에 미자가 있는 봉쇄수도원을 방문하지 못했다. 그건 미자가 한 번 들어가면 나올 수 없다는 그곳에서 나왔기 때문이다. 미자가 집으로 돌아왔을 때 선영은 턱을 떨어뜨리고 멍하니 미자를 바라봤다. 한 번 들어가면 죽기 전에는 나올 수가 없다던 엄마의 말이 떠올랐기 때문이다. 그렇다고 눈앞에 서 있는 미자가 죽어서 귀신으로 나타났다고 생각한 건 아니었다. 다만 평생 그곳에서 살 줄 알았던 미자가 그곳을 나온 그 자체가 놀라워서였다.

미자는 다음날 일찍 집을 나갔다가 며칠 만에 집에 돌아왔다. 선영이 엄마에게 미자가 어디에 갔다 오는 거냐고 물었을 때 엄마는 대답했다.

"고모는 병원에서 아픈 사람을 돌보고 있어."

그리고 일종의 봉사활동이라고 덧붙였다. 그렇게 미자는 누군가를 보살피느라 병원에 다녔다. 그러다가 1년 가까이 되던 어느 날부터 미자는 병원에 가지 않았다. 그 대신 방에 들어가 무릎 꿇고 앉아 밤낮으로 기도했다. 선영은 나중에 미자가 병간호했던 사람이 죽었다는 것을 알았다. 미자는 죽은 사람의 영원한 안식을 위해 기도했던 것이다. 엄마는 자신이 아닌 다른 사람을 위해 기도하는 것도 사랑을 실천하는 한 방법이라고 했다. 선영은 아무런 대가 없이 오랫동안 누군가를 간호하다가 그 사람이 죽은 뒤에도 그를 위해 몇 날 며칠 무릎 꿇고 기도하는 미자가 대단해 보였다.

시간이 흐른 뒤 그때 미자가 병간호한 사람은 미자를 사랑하던 남자였고, 미자는 그 남자가 중병에 걸렸다는 소식을 듣고 혈혈단신인 그를 간호하기 위해 봉쇄수도원을 나왔다는 걸 알았다. 언젠가 선영은 미자에게 이렇게 물었다.

"고모를 사랑하는 사람이 있는데 왜 수도원에 들어간 거예요?"

그때 미자는 쿠키를 굽기 위해 반죽을 치대고 있었다. 선영의 물음에도 반죽을 치대는 미자의 손은 멈추질 않았다. '고모에게는 곤란한 질문일 수 있겠다'라는 생각이 뒤늦게 들었다. 선영은 속으로 실수했구나, 했다. 바로 그때 미자가 반죽하던 동작을 멈추고 입을 열었다.

"글쎄. 난 고등학교 때부터 막연하게 수녀원에 들어가고 싶었단다. 그러고는 대학 4학년 때까지 그걸 잊고 살았지. 그런데 졸업을 얼마 앞두고 다시 수도원에 들어가야겠다는 열망이 들끓기 시작하더구나. 그때는 고등학교 때와는 다르게 더욱 강렬했지. 결국 나는 수녀가 되는 것이 나에게 주어진 소명이라고 믿었단다. 그때 한 남자가 나타나 나를 좋아한다고 하더구나. 사실 그 남자가 갑자기 나타난 건 아니고 친하게 지내던 대학 선배였어. 물론 나는 수녀가 될 생각이었으니까 그 선배의 마음을 받아들일 수가 없었지. 서로 갈 길이 다르다고 믿고 나는 생각했던 대로 수도원에 들어갈 준비를 하나하나 하고 있었어. 그런데 그 선배가 등산 갔다가 다쳐서 입원했다는 소식이 들리더구나. 다행히 그 선배는 타박상만 입었고 며칠 있다 퇴원했다고 하길래 다행이라고 생각하고 나는 얼마 후 봉쇄수도원에 들어갔지. 그 뒤로는 수련하느라 그 선배를 생각할 겨를도 없었단다. 그런데 내가 수도원에 들어간 지 1년 가까이 되던 어느 날 한 통의 편지를 받게 되었지. 친구가 보낸 편지였는데, 그 선배 소식도 들어있더구나. 뇌종양 때문에 투병 중이라고. 등산 갔다가 다쳐서 병원에 입원한 적이 있는데 그때 뇌에 종양이 있다는 걸 알았던 거지. 문득 보육원 출신인 그 선배를 누가 돌봐줄지 궁금해지더구나. 그래서 친구에게 편지를 썼는데 역시나 병간호해 줄 사람이 없다는 걸 알았지. 그때부터 마음이 진정이 안 되더구나. 증세가 심각해서 얼마 못 살 거라는데 혼자서 얼마나 외로울까, 하는 생각에 아무것도 손에 잡히지 않았지. 기도하면 눈물만 나오고 도대체 나보고 어쩌라는 거냐고 하느님에게 묻고 또 물었단다. 그러다 하느님이 나에게 뭘 원하시는지 알겠더구나. 사랑의 하느님이 원하시는 건 내가 그 선배를 돌보는 거였지. 내가 충분히 할 수 있는 일을 모른 척하고 그대로 수녀가 되는 것도 말이 안 되는 거니까. 수도원에는 나중에 다시 들어가면 된다고 생각했지. 그래서 수도원을 나온 거란다."

미자는 손에 붙은 반죽을 떼어 내면서 다시 말을 이었다.

"결국 수도원으로 돌아가지는 못했지만 그래도 후회하지는 않아. 오히려 그런 삶을 살 수 있어서 감사할 뿐이지."

미자가 수도원으로 돌아갈 수 없었던 것은 죽은 그 남자 때문이 아니었다. 얼마 지나지 않아 선영의 부모가 교통사고로 사망했기 때문이었다. 그 당시에 미자가 수도원에 들어가면 초등학교 5학년인 선영은 보육원에 가야 했다. 미자는 어린 조카를 보육원에 보내고 수도원에 들어가서 편히 지내질 것 같지 않았다. 결국 미자는 수녀가 되겠다는 생각을 접고 선영과 함께 사는 걸 선택했다. 수도원에서 빵과 쿠키를 담당했던 미자는 제과제빵 학원에 다니며 자격증을 땄고 몇 년 후에는 '안나 베이커리'라는 이름으로 작은 가게를 열었다.

만약 미자가 수도원에 들어가는 걸 선택했다면 어땠을지, 그리고 초등학교 5학년이었던 자신이 보육원에 가서도 혼자 잘 지낼 수 있었을지 선영은 이따금 생각했다. 하지만 그럴 때마다 정신이 아찔했다. 미자가 아니었다면 지금의 자신과는 거리가 먼 삶을 살아야 했을 터였다. 선영은 자신을 위해 희생한 고모가 고맙고 미안할 따름이다. 언젠가 선영이 미자에게 자신을 돌봐줘서 고맙다고 했을 때 미자는 "너랑 같이 살 수 있어서 얼마나 행복했는지 몰라. 다 하느님이 베풀어 주신 은총이란다." 하고 십자성호를 그었다. 그 모습을 보고 선영도 성호를 그으며 "감사합니다." 하고 말했다.

10

 선영이 탄 마을버스가 도착한 구례 터미널 주위로 서서히 어스름이 내리고 있었다. 버스에서 내린 선영은 서둘러 근처에 있는 K마트로 향했다. 선영이 K마트에 온 건 처음이었다. 마트는 생각보다 꽤 컸다. 손님은 열댓 명 남짓 있었고, K마트라고 인쇄된 연두색 조끼를 입은 계산원이 선영을 보더니 "어서 오세요." 하며 생긋 웃었다. 살짝 고개를 숙여 인사에 답한 선영은 입구 벽면에 세워진 카트 하나를 밀고 다니며 필요한 물건을 빠르게 담았다. 국 끓일 때 넣을 두부와 채소, 그리고 아침에 먹을 우유 한 팩과 시리얼 한 봉지가 전부였다. 선영은 들어간 지 채 10분도 되지 않아 카트에 있는 물건을 계산대에 올렸다.

"손님, 마일리지 카드 번호를 알려주시겠어요?"

사십 대로 보이는 계산원이 바코드를 찍으면서 말했다.

"아, 저는 마일리지 카드가 없어요."

"네, 손님. 그럼 포인트 적립 없이 계산하겠습니다."

선영이 신용카드를 계산원에게 건네자, 계산원이 숙련된 동작으로 계산을 끝내고 카드와 영수증을 돌려주었다.

"저희 마트에서는 사신 물건이 많으면 배달도 해드려요. 바쁘시면 전화로 주문하셔도 되고요."

"집이 멀어도 배달이 되나요?"

"군내에는 어디든지요."

"그럼, 배달료가 추가되나요?"

"아니요. 저희 사장님이 무료로 배달해 드리는 거예요."

"좋은 일 하시네요. 다음에 양이 많으면 부탁드려야겠어요."

"그러세요. 감사합니다."

"수고하세요."

선영은 계산원이 계산한 물건을 담아준 누런 종이봉투를 품에 안고 마트에서 나왔다. 나오면서 생각해 보니 펜션으로 돌아가 밥하고 국을 끓여서 먹으면 시간이 너무 늦을 것 같았다. 오늘 저녁은 간단하게 김밥이나 샌드위치로 해결할까,

하고 주위를 둘러보니 마을버스 정류장 옆에 있는 편의점이 눈에 들어왔다. 선영은 편의점으로 들어가 김밥 한 줄을 샀다. 그런 다음 마을버스 정류장 벤치에 봉투를 내려놓고 버스를 기다렸다. 주변 가게 간판에 하나둘 불이 들어왔고 도로를 오가는 자동차에도 전조등이 켜졌다. 선영은 더 어두워지기 전에 택시를 타는 게 좋을 것 같았다. 길 건너편 터미널 앞에 빈 택시가 줄줄이 서 있었다. 선영은 봉투를 다시 들어 품에 안고 횡단보도를 향해 걸었다.

그때 선영의 앞쪽에서 흰 SUV 한 대가 오른쪽 지시등을 깜박이며 길가에 멈췄다. 곧이어 조수석 창문이 내려지더니 진돗개 한 마리가 빼꼼 고개를 내밀고 멍멍 짖었다.

"진순아, 짖지 마. 착하지."

운전자는 재하였다.

걷고 있던 선영은 불현듯 우렁차게 짖는 멍멍 소리에 놀라 걸음을 멈칫하고 고개를 돌렸다. 그때 운전석에 있던 재하가 손을 흔들며 "팀장님!" 하면서 해맑게 웃었다.

"어머, 작가님. 여기서 또 보네요."

선영이 미소를 지으며 꾸벅 고개를 숙이자, 재하가 차에서 내려 선영에게 다가왔다.

"볼 일이 있어 나왔다가 팀장님인 것 같아서 멈췄어요. 장 보셨나 보네요."

재하는 선영이 품에 안은 종이봉투를 보고 말했다.

"네. 마트에 왔다가 택시 타고 들어가려던 참이었어요."

"아, 잘됐네요. 저도 집에 들어가는 길이니까 같이 가면 되겠네요."

재하는 선영이 안고 있는 종이봉투를 덥석 빼앗아 들었다.

"아이고, 제가 들어도 되는데……, 그럼, 신세 좀 질게요, 작가님."

재하가 조수석 문을 열고 진순이를 뒷좌석으로 보내고 물티슈를 꺼내 자리를 닦았다.

"개를 키우시나 봐요. 혹시 진돗개 아닌가요?"

선영이 뒷좌석으로 옮겨간 진순이를 보고 말했다.

"네, 태어난 지 1년 된 제 반려견이에요. 이름은 진순이고요.

"진순이요? 정겨운 이름이네요."

선영은 창문 너머로 보이는 진순이에게 "안녕, 진순아. 반가워."라고 말하며 활짝 웃었다.

"하하하, 진순이도 꼬리를 흔드는 걸 보니 어지간히 좋은가 보네요."

재하가 뒷좌석에 선영의 봉투를 내려놓으며 말했다.

"어머, 진순아, 고마워."

선영이 호호 웃었다.

"자, 팀장님, 타세요."

금세 재하가 조수석 문을 잡고 서 있었다.

"그럼, 신세 좀 지겠습니다."

"가는 길인데 신세는요."

선영이 조수석에 타자 재하가 문을 닫고 앞쪽으로 돌아 운전석에 올랐다.

잠시 후 재하와 선영이 탄 SUV가 전조등을 밝히고 어둠이 내려앉은 한적한 시골길을 달렸다.

"장 보러 일부러 나가신 거예요?"

재하가 선영에게 물었다.

"병원에 갔다가 잠깐 들른 거예요."

"병원에요? 팀장님이 어디 아픈 거예요?"

"제가 아니라 고모가 요양병원에 입원해 있어서요."

"아이고, 저런, 어디가 편찮으신 거예요?"

"넘어지셨다는데 수술은 잘됐고 지금은 요양병원에서 회복 중이세요. 저는 그것도 모르고 있었어요."

"팀장님이 걱정할까 봐 안 알리셨나 보네요. 빨리 좋아지셔야 할 텐데요."

"다행히 지금은 걷는 연습할 정도로 좋아지셨더라고요."

"다행이네요."

그때 뒷좌석에 있던 진순이 멍멍 짖었다.

"집에 다 왔다고? 그래 알았어, 진순아."

재하가 룸미러로 진순이를 일견하고 말했다.

"집이 가까워지니까 진순이가 좋은가 봐요."

선영이 진순이를 돌아보며 말했다.

"진순이가 집을 아주 잘 찾아요. 한번은 오늘처럼 마트에 데려갔었는데, 어느 순간 진순이가 사라져서 찾느라 고생한 적이 있었어요."

"어머나, 놀랐겠어요."

"말도 마세요. 진순이 찾느라 진땀깨나 흘렸으니까요."

"그럼, 어디서 진순이를 찾으신 거예요?"

"아무리 찾아도 못 찾고 누가 데려갔다고 생각하고 축 처져서 집으로 왔죠, 뭐. 그런데 제 차를 보고 진순이가 집에서 뛰어나오는 거예요. 그때 얼마나 반갑던지 나도 모르게 눈물이 왈칵 나더라니까요."

"그래서 반려견이라고 하나 봐요. 아무튼 그때 찾아서 다행이지, 큰일 날뻔했네요."

"여기 내려와 살면서 진순이가 얼마나 의지가 되는지 몰라요."

"그럴 것 같아요. 펜션에도 개 한 마리 있으면 고모한테 의지가 되겠죠?"

선영이 재하에게 고개를 돌리며 말했다.

"물론이죠. 엄청 든든하실 거예요. 펜션 부지가 워낙 넓어서 둘러보는 데도 시간이 꽤 걸릴 텐데, 개 한 마리 기르면 혼자 알아서 지키니까요."

"그렇겠네요. 나중에 고모랑 의논해 봐야겠어요."

"만약 펜션에서 개를 기르실 것 같으면 제가 한 마리 구해드릴 수 있어요."

"어머, 정말요?"

"그럼요. 저희 작은집에 진돗개가 몇 마리 되거든요. 진순이도 거기서 데려왔어요."

"아, 그러셨구나. 그래도 모르는 사람한테 가족이나 다름없는 개를 내주실까요?"

"꼭 필요한 사람이 있으면 흔쾌히 주실 거예요. 조금 전에 팀장님이 가셨던 마트 있죠."

"네. 마트가 꽤 크던데요."

"아마 구례에서는 제일 클 거예요. 거기가 제 작은아버지가 운영하시는 마트예요. 개들은 마트 뒤쪽에 있고요."

"아, 그랬구나. 그럼, 고모랑 의논해 보고 작가님에게 말씀드릴게요. 고맙습니다, 작가님."

"별말씀을요. 헤헤."

선영은 선뜻 개를 구해주겠다는 재하가 진심으로 고마

웠다. 예전에도 느꼈지만 재하는 마음이 참 따뜻한 사람 같았다.

잠시 후 재하의 차가 거북이 펜션 후문 앞에 멈췄다. 펜션에 불이 켜지지 않아 어두웠다. 재하는 짐을 들고 펜션까지 선영을 따라 들어갔다. 선영도 혼자였다면 무서웠을 터였다. 진순이는 어둠 속으로 먼저 뛰어 들어가 멍멍 짖었다. 선영은 진순이 짖는 소리를 들으며 별관으로 들어가 불을 켰다. 재하는 짐을 내려놓고 진순이와 함께 펜션 부지를 한 바퀴 둘러봤다.
"들어와서 차 한 잔 드시겠어요?"
선영이 별관 현관에 들어선 재하에게 말했다.
"그럴까요. 근데 혼자 있어도 괜찮으시겠어요?"
재하는 이 넓은 펜션에 혼자 있을 선영이 걱정되었다.
"고모 없이 있는 건 처음이긴 한데, 그래도 괜찮아요. 가까운 곳에 펜션을 관리해 주시는 분들이 사시거든요."
"그렇구나. 혹시 무슨 일 있으면 언제든지 저한테 연락하세요. 언덕 넘어서 오면 금방이거든요."
"어? 뒤쪽 언덕으로 오가는 길이 있어요?"
"네, 작은 오솔길이 나 있어요."
"아, 그렇구나. 저도 언제 한번 그쪽으로 가봐야겠어요."

선영이 차 한잔을 재하가 있는 거실로 가져왔다.

"앉아서 드세요. 캐모마일차예요."

캐모마일 향이 향긋했다.

"향이 좋은데요. 팀장님은 안 드세요?"

"아, 저는 나중에 밥 먹고 나서 마시게요."

"아직 식사 안 하셨으면 배고프실 텐데, 그러지 말고 지금 드시지 그래요."

"음, 그럼, 그럴까요."

선영은 마트 봉투에서 알루미늄 포일로 싼 김밥을 꺼내 접시에 담고 우유를 유리잔에 따라 거실로 가져왔다.

"작가님도 좀 드세요."

선영이 젓가락을 재하에게 건넸다.

"아니요. 저는 작은집에서 먹었어요. 시장하실 텐데 어서 드세요."

"아, 네. 그럼 저는 먹을게요."

선영이 젓가락으로 김밥을 집어 입에 넣고 오물거렸다. 입에 밥이 들어가자 배고팠던 게 느껴졌다. 오후에 펜션에 도착해 미자가 병원에 있다는 말을 듣고 가슴을 졸이며 병원으로 갔던 게 생각났다. 미자를 직접 본 후에는 놀란 가슴이 가라앉았지만, 그래도 물 한 잔 마실 생각을 못 했다. 선영은 일순 재하 앞에서 너무 허겁지겁 먹는 건 아닌가 하는 생각이 들어 멈칫했다.

　재하는 거실 창문으로 진순이를 내다보며 차를 마시고 있었다. 그 모습을 보면서 선영은 재하가 사람을 편하게 하는 능력이 있다고 생각했다.

　잠시 후 재하와 진순이가 탄 차가 내보내는 전조등 불빛이 어둠을 가르며 거북이 펜션에서 멀어졌다. 선영은 정문까지 나가서 재하의 차 불빛이 시야에서 사라지는 걸 보고 집으로 돌아왔다. 집에 혼자 있어도 언제든지 연락하라던 재하의 말이 떠올라 조금도 무섭지 않았다.

11

　샤워를 마친 재하는 감정 일기를 쓰기 위해 작업 테이블에 앉아 노트북을 열었다. 그날 하루를 돌아보며 감정 일기를 쓰는 것은 하루도 빠지지 않는 그의 루틴이다. 감정 일기를 쓰기 시작한 것은 심리학을 공부하면서부터였다. 일기를 쓰다 보면 자신의 감정이 어떤 상황에서 긍정적으로 되고 어떤 상황에서 부정적으로 되는지 알아차릴 수 있었다. 부정적인 감정이 생겨났다면 왜 그런지 자기 내면을 들여다봤다.

그 과정을 통해 그 감정을 일으킨 무의식 속 원인을 찾아 수용함으로써 부정적인 감정을 점차 줄일 수 있었다. 그뿐만 아니라 감정 일기를 씀으로써 자신이 무엇을 좋아하고 무엇을 싫어하는지도 파악할 수 있어서 긍정적으로 살아가는 데 많은 도움이 되었다.

재하는 한참 자신의 감정을 기록하다가 기차 안에서 선영을 우연히 만났던 순간이 떠오르자, 자기도 모르게 웃음이 새어 나왔다.

"세상에 어떻게 그런 우연이 다 있지?"

재하는 지금 생각해도 신기하기만 하다. 누구나 같이 있으면 편해져서 평소와 다르게 말을 많이 하게 되는 사람이 있기 마련이다. 재하에게는 선영이 그랬다. 출판사에서 선영을 처음 만났을 때도 그걸 느꼈다. 그 이후로도 쭉 그랬다. 오늘 기차 안에서도 그랬고 터미널 앞에서 우연히 만나 펜션으로 돌아오는 차 안에서도 그랬다. 재하는 일기를 쓰는 내내 히죽히죽 웃음이 나왔다. 다시 생각해도 오늘 하루는 행운이 봄볕처럼 쏟아진 날이었다.

그때 밖에서 진순이가 날카롭게 짖었다.

'이 시간에 누가 올 사람도 없는데 왜 짖는 거지?'

재하는 "진순아, 왜 그래?" 하면서 현관문을 열고 밖으로 나갔다. 진순이가 집에서 나와 밖을 향해 짖었다. 재하는 진순이가 향하는 곳으로 눈을 돌렸다. 저만치에서 작은 불빛 하나가 다가오고 있었다. 자세히 보니 이마에 헤드 랜턴을 쓴 누군가 자전거를 타고 오고 있었다.

'누가 이렇게 어두운 밤에 자전거를 타고 오는 걸까?'

재하는 마당 끝까지 나가 불빛이 더 다가오기를 기다렸다. 재하의 집이 조금 높은 곳에 있어서 마당 끝에 서면 전방이 막히는 것 없이 다 들어왔다. 재하는 그렇게 바라보는 게 좋아서 원래 있던 담장을 모두 헐어버렸다. 마침내 10미터 전방에서 자전거가 멈추고 헤드 랜턴을 착용한 사람이 자전거에서 내렸다. 그가 재하를 보고 말했다.

"형, 저 준석이에요."

"준석이? 야, 준석아, 밤에 위험하게 웬 자전거야? 올 거면 전화하지 그랬어. 내가 차로 데리러 갔을 텐데."

"그렇게 됐어요. 저 때문에 자다가 깬 건 아니죠?"

준석이 재하 앞에 서서 씩 웃었다.

"나야 자려면 아직 멀었지. 일단 들어가자."

준석은 마당에 자전거를 세우고 헤드 랜턴을 벗어 자전거 손잡이에 걸었다.

"진순아, 잘 있었어?"

준석이 진순이에게 다가가 등을 쓰다듬자, 진순이가 좋아서 준석의 손을 정신없이 핥았다.

"진순아, 오빠 보고 싶었어? 그래, 보고 싶었다고. 아이고, 나를 반겨주는 건 우리 진순이밖에 없네."

준석이 진순이를 보고 좋아서 입꼬리가 올라갔다.

"뭐래? 누가 들으면 내가 문전박대라도 하는 줄 알겠다. 그만 들어가자."

재하가 먼저 안으로 들어가면서 말했다.

"뭐 마실 거라도 줄까?"

재하가 거실 소파에 앉은 준석에게 말했다.

"형, 혹시 맥주 있어요?"

"냉장고에 캔맥주 있는데 그거라도 줄까?"

"아니, 제가 가져다 마실게요. 형도 맥주 마실 거면 하나 갖다줄까요?"

"그래, 나도 한 모금 마시자. 아, 싱크대 위 선반에 땅콩 있으니까, 그것도 가져와라."

작업 테이블에 앉아 있던 재하가 냉장고로 가는 준석에게 말했다.

잠시 후 재하와 준석은 소파에 마주 보고 앉아 땅콩을 안주 삼아 맥주를 홀짝였다.

"근데, 이 시간에 온 걸 보니까, 무슨 일 있었구나, 그렇지?"

재하가 땅콩 하나를 입에 넣고 오도독 깨물며 말했다.

"하, 아버지랑 한바탕하고 자전거로 돌아다니다가 여기까지 온 거예요."

준석이 맥주를 한 모금 들이켠 다음 말했다.

"무슨 일로?"

"뻔하죠, 뭐. 나보고 다른 데 가서 일할 생각하지 말고 마트에 나와서 일하라는 거죠."

"내 생각엔 다른 일 하기 전에 당분간 그래도 될 것 같은데, 넌 싫어?"

"난 아버지랑 같은 공간에 있는 것 자체가 싫어요. 지금도 부딪히는데 마트에서 일하면 얼마나 더 부딪히겠어요. 어휴, 생각만 해도 끔찍해요."

준석은 생각하기도 싫다는 듯 몸서리쳤다.

"그럼, 슬기랑 같이 살겠다면서 앞으로 어쩔 생각이야?"

"안 그래도 요리사를 구하는 데가 있는지 알아보고 있어요. 일을 구하고 나면 방 하나 구해서 슬기랑 같이 살 거고요."

"슬기랑은 이야기한 거야?"

"네. 슬기도 그러자고 했어요."

"집에 들어가서 사는 거 다시 생각해 보지 그러냐. 집에 들어가서 살면 방은 안 구해도 되니까 너도 부담이 훨씬 줄 텐데."

"난 아버지한테 의존하기 싫어요. 어떻게 해서든 우리 힘으로 살 거예요."

"너도 고집은 알아줘야 해. 못 이기는 척하고 작은아버지가 하자는 대로 하면 될 것을. ······가만 보면 작은아버지나 너나 똑같다니까."

"저도 형 말대로 그러고 싶은데 막상 아버지 얼굴을 보고 있으면 그게 잘 안 돼요."

준석이 한숨을 내쉬며 맥주를 들이켰다.

"작은아버지가 너를 너무 사랑해서 그래. 하나밖에 없는 자식이니 잘 살았으면 좋겠고, 그러다 보니 자꾸 간섭하게 되는 거야."

"저도 잘 사는 거 보여드리고 싶어요. 그러니까 조금만 지켜봐 달라는데 아버지가 그걸 못 하시잖아요. 사실 저도 아이가 생길 줄은 생각도 못 했어요. 말을 안 해서 그렇지, 저도 두렵고 막막해요. 그렇지만 저번에 형이 말한 것처럼 남들보다 조금 일찍 가정을 꾸릴 기회가 주어졌다고 생각하고 내가 이 상황에서 할 수 있는 일을 다 할 생각이에요."

"난 가끔 네가 그런 말 할 때면 네가 형 같다는 생각이 들더라. 만약 내가 네 입장이었다면 어땠을까 생각해 보면 너처럼 의젓하게 행동하지는 못했을 것 같거든. 아무튼 넌 대단해. 그러니까 나중에 기회가 되면 작은아버지한테도 네 속마음을 털어놓았으면 좋겠다. 그러면 작은아버지도 너를 이해해 주실 거야."

"지금 당장은 아버지가 저 좀 내버려뒀으면 좋겠어요. 자꾸 아버지가 이래라저래라하시면 제가 더 불안해진다니까요."

"무슨 말인지 알아. 나도 작은아버지한테 말씀드릴 테니까 너도 기회 봐서 차분하게 말씀드려 봐. 그건 그렇고 햄버거 가게에서는 일할만하니?"

"마음이 불편해서 그렇지, 몸은 편해요. 불경기라 식당 문 닫는 데가 워낙 많아서 요리하는 일자리가 잘 안 나오더라고요. 어쩔 수가 없어서 당분간은 햄버거 가게에서 일하고 있는데, 안정적인 일자리가 아니라서 계속 알아보고 있어요."

"지금 할 수 있는 일을 성실하게 하다 보면 또 기회가 올 거야. 나도 오가면서 괜찮은 자리가 있는지 알아볼게."

"고마워요, 형."

"언제 슬기 쉬는 날 밥이나 같이 먹자. 먹고 싶은 거 있으면 생각해 둬."

"그러자고 말하면 슬기가 좋아하겠네요. 고마워요. 제가 형 아니었으면 진작 여기 떴을 거예요. 헤헤헤."

준석이 발그레한 얼굴로 웃었다.

"근데 네 얼굴만 보면 맥주 한 상자쯤 마신 줄 알겠다. 맥주 한 캔에 얼굴이 그렇게 붉어지냐?"

"그래서 슬기가 저보고 술을 혼자 다 마셨냐고 놀리잖아요."

"네가 작은아버지를 닮아서 그래. 그러고 보면 너랑 작은아버지가 성격만 닮은 게 아니라니까. 하하하."

"그거 칭찬 맞아요?"

재하가 웃자, 준석이 따라 웃었다.

그날 밤 준석은 재하의 집에서 자고 아침 일찍 일어나 곧장 햄버거 가게로 출근했다.

12

준석이 떠난 후 재하는 진순이를 데리고 집 뒤편 언덕에 올랐다. 그곳에서 시작하는 오솔길을 따라 조금만 가면 거북이 펜션이 나왔다. 재하는 지난밤 그 넓은 펜션에서 혼자 지냈을 선영이 걱정되었다. 그래서 산책 삼아 거북이 펜션 주위를 한 바퀴 돌아볼 생각이었다. 진순이는 재하 앞에서 거북이 펜션 쪽으로 빠르게 달려갔다가 되돌아오기를 반복했다. 가끔은 풀밭에 들어가서 벌레를 잡는지 펄쩍펄쩍 뛰었다.

　재하와 진순이 거북이 펜션 후문에 도착했을 때 시간은 여섯 시 십 분이었다. 펜션 내부는 조용했다. 선영은 아직 일어나지 않은 것 같았다. 재하는 진순이를 데리고 펜스를 따라 정문으로 향했다. 가면서 펜션 안쪽을 살펴봐도 이상한 점은 없었다. 정문에서 바라본 운동장과 정원도 청량한 새소리와 함께 평온한 아침을 맞고 있었다. 이상이 없는 걸 확인한 재하는 휘파람을 불면서 왔던 길을 되돌아갔다. 후문에 도달했을 때 진순이가 재하를 보고 짖었다. 안으로 들어갈 건지 아니면 곧장 집으로 갈 건지 묻는 것 같았다. 재하가 안을 다시 살펴보면서 말했다.

　"이제 집으로 가자, 진순아."

　그러자 진순이가 먼저 고개를 돌려 집으로 향했다.

　"아이고, 착하네, 우리 진순이."

　한편 선영은 자다가 개 짖는 소리에 눈을 떴다. 어딘지 모르게 익숙한 소리였다. 어제저녁에도 들었던 소리, 진순이가 짖는 소리 같았다. 선영은 곧장 일어나 고무줄로 머리를 질근 묶고 밖으로 나갔다. 주위를 둘러봐도 더 이상 개 짖는 소리는 들리지 않았다.

　"어, 내가 잘못 들었을 리는 없는데."

선영이 본관 앞을 지나 정원 한가운데에 있는 분수대에 이르렀을 때 오른쪽 언덕에서 개 짖는 소리가 다시 들렸다. 흰 개 한 마리가 보였고 그 뒤를 검은색 운동복 차림의 남자가 따랐다. 선영은 한눈에 재하와 진순이라는 걸 알았다. 산책 나왔다 돌아가는 거라고 생각했다. 가까운 곳에 재하가 살고 있다는 게 실감 났다. 이 아침에 재하와 진순이를 보니 더욱 반가웠다. 마음 같아선 손을 번쩍 들고 좌우로 흔들면서 큰 소리로 재하와 진순이를 부르고 싶었다. 선영은 흐뭇한 표정으로 재하와 진순이가 언덕 너머로 사라질 때까지 지켜본 후 안으로 들어왔다.

선영은 우유에 시리얼을 말아 아침 식사를 하고 집 구석구석을 청소했다. 미자가 워낙 깔끔해서 모든 게 잘 정리 정돈된 상태였지만 집이 한 달 넘게 비어 있던 터라 장식장 위에 내려앉은 먼지가 눈에 보였고 바닥도 꺼끌거렸다. 본관은 관리인 부부가 매일 청소하고 있어서 미자가 사는 별관만 청소하면 될 것 같았다. 선영은 먼저 청소기를 돌려 먼지를 빨아들인 다음 물걸레로 거실 바닥을 닦았다. 이어서 미자의 방으로 들어가 바닥을 닦았다. 들어올 때마다 느끼는 거지만 미자의 방은 단출하다 못해 썰렁하기까지 했다. 바닥에 요를 깔고 자는 게 편해서 침대는 없다고 치지만, 칠십 넘은 노인들도 쓰는 화장대도 없었다. 방에 있는 가구라고는 문 두 짝

짜리 농이 전부였다. 농 안에 가지런히 걸려 있는 옷들은 대체로 무채색 계열의 원피스로 미자가 손수 염색한 천으로 만든 것들이었다. 미자는 외모를 치장하는 일에 관심이 없어서 옷이나 액세서리나 화장품에 돈을 쓰지 않았다. 미자가 얼굴과 손에 바르는 건 대용량의 순한 바디로션뿐이었다. 언젠가 선영이 미자에게 화장품 세트를 선물한 적이 있었다. 그때 미자는 선영에게 고맙다고 하면서도 두 번 다시 화장품을 사지 말라고 당부했다. 그 이유는 화장품의 향이 하나같이 강해서 머리가 지근거린다는 것이었다. 선영은 미자가 수도원에서 생활하던 습관이 몸에 배어 그런 거라고 짐작했다.

"고모, 내 결혼식 때는 화장해야 할 텐데 그땐 어떡해요?"

선영이 걱정스러운 표정을 지으며 물었다.

"어떡하긴 뭘 어떡해? 당연히 해야지. 그날은 너무 기분이 좋아서 화장품 냄새인지도 모를 거다."

미자는 선영이 웨딩드레스를 입고 있는 모습을 상상하며 흐뭇한 표정을 지었다.

선영은 그때를 생각하며 농 아래 1단 서랍 위에 거꾸로 세워진 대용량 바디로션을 들어 올렸다. 거의 다 쓰고 손가락 한 마디 정도만 남아 있었다. 나중에 병원에 갔다 오면서 마트에 들러 하나 사야 할 것 같았다.

청소를 마친 선영은 점심시간에 맞춰 미자를 면회하기 위해 서둘러 외출 준비를 했다. 현관문을 잠그고 돌아설 때 숙직실이었던 별관 옆에서 소리가 나서 그쪽으로 가보았다. 관리인 할아버지가 자재를 정리 중이었다. 선영이 관리인에게 웃으면서 인사하자, 관리인도 선영이 왔다는 얘기를 들었다면서 반가워했다. 선영이 미자에게 가는 길이라고 하자, 관리인은 여기 걱정은 하지 말고 회복하는 데에만 신경 쓰라고 미자에게 전해달라고 했다. 선영은 고맙다고 말하고 정문을 향해 걸었다.

정문에서 나온 선영이 마을버스 정류장으로 내려가면서 시간을 보니 마을버스가 오려면 아직 10분이 남아 있었다. 마을버스 배차 간격은 한 시간이었다. 천천히 내려가면 얼추 시간이 맞을 것 같았다. 예상대로 선영이 정류장에 도착하고 얼마 안 있어서 마을버스가 먼지를 뿜으며 다가왔다.

버스에 탄 승객들은 하나 같이 말쑥하게 차려입은 노인들이었다. 미자에게 듣기로는 그들 대부분은 병원에 가는 길이었다. 버스가 모퉁이를 돌아 다음 정류장이 가까워지자 맨 뒤쪽 좌석에 앉은 선영은 오른쪽 창문 밖을 바라보았다. 정류장에서 언덕으로 이어진 비포장도로 끝에 말끔한 한옥 한 채가 보였다. 바로 재하의 집이었다. 마당 한쪽에 세워진 재하의 흰 SUV 윗부분이 보였다. 마당에는 진순이도 있을 것이었다. 선영은 진순이를 생각하는 동시에 입꼬리가 올라갔다. 선영은 병원에 가서 미자에게 펜션에서도 개를 키우면 어떻겠냐고 말해 볼 생각이었다. 재하가 진돗개를 구해준다고 한 이야기를 하면 다마 미자는 고마워하며 흔쾌히 승낙할 것이다.

 선영은 얼굴에 미소를 머금고 앞을 보고 가다가 문득 재하의 유튜브 채널이 생각났다. 열차 안에서 어떤 콘텐츠인지 훑어봤을 뿐 아직 영상을 제대로 시청하지는 못했다. 휴대 전화를 꺼내 이어폰을 꽂은 다음 유튜브 앱을 열었다. 가장 최근에 올라온 영상은 재하의 일상을 담은 브이로그였다. 재생 버튼을 누르자, 경쾌한 오카리나 연주와 함께 섬네일이 나타났다. 흰 개 한 마리와 한 남자가 달리는 삽화였다. 개는 진순이일 테고 남자는 재하일 것이었다. 선영이 보기에 아주 잘 그린 삽화였다. 책 표지로 써도 좋겠다는 생각이 들 정도였다. 이어서 진순이를 데리고 산책하는 장면이 나왔다. 카메라가 오른쪽으로 돌아가자, 언덕 아래로 어딘지 익숙한 풍경이 보였다. 기다란 흰 건물 앞쪽으로 잘 가꾸어진 정원, 그 앞으로 운동장이 펼쳐졌다. 여기는 바로 거북이 펜션! 이렇게 반가울 수가! 아마도 이른 아침에 촬영한 것 같았다. 영상으로 보는 거북이 펜션의 아침 풍경은 아주 근사했다.

저 멀리 섬진강 물줄기도 보였다. 영상이 흔들리지 않고 깔끔했다. 선영은 재하의 촬영 솜씨가 대단하다고 생각했다. 편집 솜씨도 좋아 보였다. 가장 인상적인 건 장소가 바뀔 때마다 들리는 진순이의 멍멍 짖는 소리였다. 선영은 그 소리가 나올 때마다 쿡쿡 웃었다. 뒤이어 텃밭을 가꾸는 장면이 나왔다. 상추와 오이를 따면서 신기해하는 재하의 표정이 귀여워 보였다. 재하가 영상 제작에 정성을 많이 들였다는 게 느껴졌다. 10분 남짓 동영상 한 편을 보면서 재하가 이곳에서 행복하게 살고 있구나, 하는 생각이 들었다. 그러면서 선영은 문득 자기도 이곳에서 살면 어떨까, 하는 물음이 생겼다.

13

  점심시간이 지나고 선영과 미자는 병원 건물 뒤편 정원 벤치에 앉아 커피를 마셨다. 날씨가 화창한 덕에 따뜻한 봄볕이 선영의 몸을 나른하게 데웠다.
 "고모, 저도 여기서 살까 봐요."
  선영이 웃는 얼굴로 미자를 슬며시 보며 말했다.
 "그러면 나야 좋지. 나는 언제든지 환영이다. 근데 주호랑 출판사를 놔두고 그럴 수 있겠어?"

미자는 선영이 괜히 한 번 해보는 말이라고 생각했다. 그러면서도 선영이 이곳을 점점 좋아하는 것 같아 내심 기분은 좋았다.

"출판사 일은 인터넷이 되는 곳이면 어디에서도 할 수 있으니까 여기서도 얼마든지 할 수 있거든요."

"그래도 주호가 허락하겠어?"

"고모는, 제가 하고 싶으면 하는 거지 누구 허락받고 말고 할 게 뭐 있어요."

"과연 그럴 수 있을까? 여기에 잠깐 내려와 있을 때도 출판사 일 걱정하느라 편히 있지도 못했으면서……."

"그러게요. 맡겨놓으면 다들 잘할 텐데 그땐 제가 왜 그랬는지 몰라요. 제가 아니면 안 된다는 아집만 세 가지고 말이에요."

선영은 말하면서도 미자가 걱정할까 봐 별거 아니라는 듯 헤헤 웃었다.

"그때는? 그러면 지금은 아니라는 말이니?"

"왜요? 아닌 것 같아서요? 헤헤."

"혹시 출판사에 무슨 일이라도 있는 거니?"

"일은요. 출판사는 이제 자리가 잡혀서 제가 일일이 간섭 안 해도 잘 돌아가서 하는 말이에요."

"그게 다 그동안 네가 제대로 쉬지도 못하고 애쓴 덕분 아니겠니. 이제부터라도 네가 다 할 생각하지 말고 숨 좀 돌리면서 해라."

"그래서 여기 온 거예요. 이참에 푹 쉬었다 가려고요. 고모 퇴원해도 혼자 힘드실 거니까 제가 도울 수도 있고, 이래저래 잘됐어요."

"나는 말만 들어도 좋구나."

"숙박 앱에 들어가서 보니까 펜션은 지금 휴업 중이라고 뜨더라고요."

"퇴원해도 당분간 손님 받기는 힘들 것 같아서 일단 휴업 처리했는데, 여름 휴가철에나 다시 예약받을 수 있을지 모르겠구나."

"지금이 4월이니까 2, 3개월 정도는 여유가 있는 거네요. 다시 시작할 때 저도 자주 와서 도울게요."

"주말에 여기 와서 일하면 언제 쉬려고?"

"주말 아니라도 와 있으면 돼요. 인터넷만 되면 오케이라니까요."

선영이 의아해하는 미자를 보고 생긋 웃었다.

"그건 그때 가서 보도록 하자꾸나."

미자는 선영의 심경에 변화가 있는 것 같아 고개를 갸웃했다. 무슨 일인지 다시 묻고 싶었지만, 선영이 먼저 말할 때까지 기다리기로 했다. 어렸을 때부터 선영은 무슨 일이 생기면 먼저 말하는 법이 없었다. 혼자서 생각을 정리할 시간을 갖는 게 먼저였다. 미자는 혼자서 애쓰는 선영이 안쓰러웠지만, 선영은 얼마간의 시간을 갖고 나면 속에 있는 말을 털어놓으며 다시 밝은 모습을 되찾았다. 미자는 그런 선영을 잘 알기에 선영이 혼자서 너무 힘들어하지 않기를 기도하며 스스로 속마음을 털어놓을 때까지 기다리는 쪽을 택했다. 그러면서도 만약 선영의 부모가 살아있었다면 어땠을까, 하고 생각하면 마음이 먹먹했다.

"아 참, 고모, 펜션에서 진돗개 한 마리 키우면 어때요?"

선영은 문득 재하가 한 말이 생각나 손뼉을 치며 말했다.

"개를? 글쎄, 개 한 마리 키우면 좋겠다는 생각만 했지 아직 알아보지는 못했네. 근데 진돗개는 구하기 힘들지 않니?"

"사실 제가 아는 작가님이 거북이 펜션 근처에 살더라고요. 그 작가님이 진돗개를 기르는데 펜션에서 개 기를 생각이 있으면 한 마리 구해주겠다고 해서요."

"그래? 그렇게만 되면 좋지. 참 고마운 분이네."

"듣고 보니 펜션에 개가 있으면 여러모로 좋을 것 같더라고요. 작가님한테는 일단 고모와 의논해 본다고 했어요. 고모만 좋다고 하시면 작가님에게 부탁해 보려고요."

"그럼, 그렇게 하고 언제 그분 식사 초대라도 해야겠다. 근데 여기에 누구 아는 사람이 산다는 말을 못 들었던 것 같은데?"

"저도 이번에 알았어요. 고속열차 타고 여기 내려올 때 그 작가님이랑 우연히 나란히 앉아서 왔는데, 그 작가님 고향이 구례라고 하더라고요. 지금은 글 쓰려고 서울 생활을 정리하고 아예 구례로 내려와서 살고 있고요. 근데 작가님 집이 어딘지 아세요?"

"어딘데? 펜션 근처라고 해도 다들 꽤 멀리 떨어져 있는데……."

"고모, 놀라지 마세요. 펜션 오른쪽에 언덕 있죠. 그 언덕 너머가 그 작가님 집이더라고요."

"거기라면 버스 한 정거장 전에 보이는 그 한옥인가 보네."

"맞아요. 고모도 알고 계셨네요."

"그럼, 공사할 때부터 오가면서 많이 봤지. 내가 여기 내려왔을 때는 쓰러져 가는 빈집이었던 곳이 너무 근사하게 바뀌어서 지나다닐 때마다 쳐다보게 되더구나. 나도 누가 집을 저렇게 멋지게 지어서 사나 궁금했는데 글 쓰는 작가였구나. 그러고 보니까 그쪽에서 개 짖는 소리가 났던 것도 같네."

"그 개가 진돗개예요. 이름은 진순이고요."

"진순이? 하하하, 자꾸 부르고 싶은 이름이네. 누가 지었는지는 몰라도 이름 한번 잘 지었구나."

"그렇죠? 그 작가님이 지었대요. 이름 때문인지 처음 봤을 때부터 친근하더라니까요."

"나중에 펜션에서 개를 기르게 되면 그 작가님한테 이름 지어달라고 부탁해야겠다. 하하하."

"어머, 그럴까 봐요. 하하하."

선영은 온화한 햇볕을 쬐며 오랜만에 미자와 나란히 앉아 웃고 있는 지금, 이 순간이 너무 좋았다. 이렇게 소소한 일로 웃고 살다 보면 서울에서 있었던 안 좋은 기억이 아득하게 느껴질 날도 빨리 오지 않을까 생각했다.

"아 참, 고모 휴대 전화 수리 맡겨놓은 데가 어디예요? 제가 가서 찾아오게요."

"안 그래도 보호사님이 나중에 오면서 찾아온다고 했어. 오늘은 저녁 근무거든."

"아, 그래요. 그럼, 나중에 필요한 거 있으면 전화하세요. 내일 올 때 가져올게요."

"그래. ……아, 여긴 매일 안 와도 되니까 집에서 좀 쉬어라."

"그 넓은 펜션에 혼자 있는 것보다 여기 오는 게 바람도 쐬고 좋아요. 그리고 집에 가는 길에 마트에 들러서 고모 바디 로션 하나 사야겠어요. 집에 있는 건 거의 다 썼더라고요. 하나 더 사서 여기도 하나 갖다 놓을까요?"

"아니, 1층 매점에서 작은 거 하나 사서 쓰고 있는데 아직 남았어. 근데 장은 좀 봤니? 혼자 있다고 대충 먹지 말고 잘 차려서 먹어, 알았지?"

"혼자서도 잘 챙겨 먹으니까 걱정하지 마세요. 안 그래도 저녁에는 된장국 끓일 생각이에요."

"그래, 잘 생각했다."

 병원에서 나온 선영은 K마트에 들러 미자의 바디로션을 샀다. 마트에서 나와 버스터미널 앞 마을버스 정류장으로 걷고 있을 때 펜션으로 가는 마을버스가 옆으로 지나갔다. 선영은 혹시나 놓칠 수도 있다는 생각에 마을버스 정류장을 향해 뛰기 시작했다. 이번 버스를 놓치면 한 시간을 기다려야 하거나 택시를 타야 했다. 선영이 숨을 헉헉거리며 정류장에 도착해서도 탈 사람들은 버스에서 사람들이 내리기를 기다리고 있었다. 대부분 노인이라 내리는 데 시간이 걸렸다. 버스 기사도 "어르신, 조심해서 천천히 내리세요." 하면서 룸미러로 승객들이 안전하게 내리기를 지켜봤다. 기다리는 사람들도 노인들이 타고 내릴 때까지 기다려야 한다는 것을 일상적인 일로 받아들이는 것 같았다. 서울 같았으면 상대가 노인이라고 해도 인상 쓰는 사람들이 많았을 것이다. 선영 자신도 시간이 지체되는 이런 상황이 마뜩잖았을 것이다. 하지만 여기서는 누구 하나 싫은 내색을 하는 이가 없어 보였다.

14

  선영이 펜션으로 돌아와 펜션 부지를 한 바퀴 둘러보고 운동장에 이르자 오른쪽 언덕 위에 서 있는 하얀 이팝나무가 저녁 어스름에 서서히 물들고 있었다. 시간이 참 빠르다는 생각이 들 정도로 하루가 금방 지나간 것 같았다. 별관으로 들어가면서 펜션 여기저기에 설치된 등을 켰다. 어제는 워낙 경황이 없어 펜션 부지에 불 켤 생각도 하지 못했다. 여기저기에서 펜션을 밝히는 불이 켜지자, 휴양지 분위기가 물씬 풍겼다.

  집 안으로 들어온 선영은 저녁으로 먹을 된장국을 끓였다. 혼자 먹는 밥이지만 식탁에 밥과 국 말고도 김치와 밑반찬도 차렸다. 식탁에 앉아 유리창으로 내다보이는 불빛들이 더욱 근사했다. 바로 그때 개 짖는 소리가 들렸다. 선영은 그 소리를 듣자마자 입꼬리가 올라갔다. 이제 소리만 들어도 진순이라는 걸 알 수 있었다. 서둘러 현관 밖으로 나갔다. 역시 후문 밖에서 진순이가 안을 향해 짖고 있었다. 재하는 그 옆에서 진순이에게 짖지 말라고 타일렀다.

  "어머, 진순이 왔구나. 산책 갔다 오는 길이니?"

  선영이 후문을 열면서 말했다.

  "아, 안녕하세요, 팀장님. 한 바퀴 돌고 가는데 진순이가 갑자기 짖는 바람에요. 혹시 방해된 건 아닌지 모르겠네요."

"별말씀을요. 진순이 짖는 소리 듣고 반가워서 뛰쳐나왔는걸요."

선영은 진순이 등을 쓰다듬으며 웃었다. 진순이도 꼬리를 흔들며 선영의 손길을 반겼다.

"펜션에 불이 켜져서 진순이가 그냥 지나가려니 아쉬웠나 봐요."

"어제는 제가 정신이 없어서 불 켜는 것도 깜박했더라고요. 그래서 오늘은 조금 일찍부터 켰어요."

"멀리서 펜션을 보면 꼭 우주선이 내려앉은 것처럼 근사해요. 한동안 그 멋진 광경을 못 봐서 좀 서운했는데 다시 보게 돼서 좋은데요."

"오늘 안 잊고 미리 켜두길 잘했네요. 안 그래도 작가님한테 연락드리려고 했어요."

"저한테요?"

"네, 오늘도 고모 병원에 갔다 왔거든요. 혹시 시간 괜찮으시면 잠깐 들어가서 차라도 한잔하시겠어요?"

"저야 시간이 남아돌아서 문제죠. 하하하."

재하는 진순이를 현관에 묶어두고 선영을 따라 안으로 들어갔다. 주방에서 구수한 된장국 냄새가 풍겼다. 재하는 냄

새를 따라 주방으로 눈을 돌렸다. 식탁에 차려진 밥과 된장국에서 김이 모락모락 피어났다. 재하도 아직 식사 전이었던 터라 밥 생각이 나 침을 꼴깍 삼켰다.

"식사하시다가 나오셨나 봐요."

"아, 네. 작가님은 식사하셨어요?"

"저도 집에 가서 먹으려던 참이에요."

"괜찮으시면 된장국밖에 없지만 여기서 드세요. 저도 혼자 먹기가 좀 그랬는데 잘됐네요."

"그럼 저야 좋죠. 저도 집에 가면 혼자 먹어야 하는데, 제가 운이 좋네요."

선영이 재하 앞에 밥과 국을 차리고 수저를 놓았다.

"맛은 장담 못 하지만 많이 드세요, 작가님."

재하가 국을 한 숟가락 맛보고 엄지를 치켜들었다.

"음, 맛있는데요. 밥 한 공기로는 부족하겠어요."

"다행이네요. 많이 드세요."

선영은 맛있게 먹는 재하를 보고 기분이 좋아 절로 미소가 지어졌다.

"작가님은 음식 잘하시겠네요."

"하긴 하는데 잘하지는 못해요. 유튜브 보면서 간신히 해먹는 정도라고 할까요, 하하하. 저는 이런 된장국이 제일 어렵더라고요. 어떨 때는 짜고 어떨 때는 싱겁고 매번 맛이 달라져요. 근데 팀장님은 적당하게 간을 잘 맞추셨네요."

"그래요? 고모가 하는 거 보고 배운 건데, 다행이네요. 많이 드세요."

"네, 그럴게요. 근데 하실 말씀이란 게 뭐예요?"

"아, 고모한테 펜션에서 개를 기르면 어떻겠냐고 했더니 고모도 기르고 싶었다고 좋아하셨어요."

"잘됐네요. 그럼, 제가 작은집에 가서 한 마리 입양할 수 있는지 알아볼게요. 아마 작은아버지도 허락하실 거예요."

"그렇게 됐으면 좋겠네요. 밥 좀 더 드시겠어요?"

선영은 재하의 빈 밥그릇을 보고 물었다.

"아, 그럼, 조금만 더 주시겠어요? 혼자 먹을 때는 조금씩 밖에 안 먹는데, 오늘은 많이 먹게 되네요."

"그러면 식사 때 자주 오세요, 같이 먹게요. 반찬은 없어도 혼자 먹는 것보다는 나을 거잖아요."

선영이 밥솥에서 밥 한 공기를 가득 퍼서 재하에게 건넸다.

"저야 좋죠. 상추, 오이, 고추 같은 채소는 제가 텃밭에서 따올게요. 하하하."

"안 그래도 유튜브에서 텃밭 가꾸시는 거 봤어요. 종류별로 잘 가꾸셨던데요."

"저도 잘 몰라서 작은아버지 도움을 좀 받았어요. 텃밭 가꾸기가 별거 아닌 것 같아도 은근히 힐링 효과가 있더라고요."

"그럴 것 같아요. 손에 흙을 묻혀 가며 직접 먹을 채소를 기르는 그 자체가 힐링일 거예요. 작물이 매일 조금씩 자라는 모습을 보면서 물을 주고 풀도 뽑아주고, 호호, 생각만 해도 기분이 좋아지네요. 펜션 뒤쪽에 텃밭이 있는데 지금은 잡초만 무성하더라고요. 고모 퇴원하기 전에 풀부터 뽑아야겠어요."

"풀 뽑을 때 알려주세요. 저도 와서 도울게요."

"정말요? 작가님이 도와주시면 저야 고맙죠."

재하와 선영은 식사를 마치고 펜션을 돌아보다가 본관 앞 분수대에서 걸음을 멈췄다. 분수대를 밝히는 은은한 조명 때문에 분위기가 꽤 근사했다. 분수대 조명은 미자가 분교를 펜션으로 단장하면서 설치한 것이었다.

"분수대에 조명이 들어오는 거 멀리서만 보다가 직접 와서 보니까 더 멋있네요."

재하는 하늘로 치솟는 물줄기를 보면서 환하게 웃었다.

"저도 볼 때마다 느끼는 건데 조명 설치를 잘한 것 같더라고요. 아, 저기 바닥 좀 보세요."

선영이 손가락으로 분수대 바닥을 가리켰다.

"어디요? 와, 동전이 왜 저렇게 많아요?"

재하가 분수대 바닥 여기저기에 깔린 동전을 보고 신기해했다.

"손님들이 던지고 간 동전들이에요. 왠지 분수에 동전 던지면서 소원을 빌면 그 소원이 이루어질 것 같나봐요. 재밌죠?"

"소원이 이루어지는 건 모르겠는데 동전 던진 기억은 오래 가더라고요. 대학생 때 배낭여행 갔다가 로마 트레비 분수에 동전을 던진 적이 있거든요. 거긴 관광객들이 워낙 많아서 그런지 수거되는 동전이 어마어마하다고 들었어요."

"그렇겠죠. 고모도 분수대 바닥 청소할 때 수거한 동전을 불우이웃돕기 성금으로 내고 있어요."

"좋은 일 하시네요. 다음에 저도 동전을 가져와서 던져야겠어요."

"이루고 싶은 소원이라도 있으세요?"

"소원이요? 글쎄, 모두가 행복해지는 거요? 하하하."

"그럼, 저도 작가님 소원이 이루어지길 빌어야겠네요. 하하하."

"저는 여기 주위에서 아침저녁으로 산책하고 있으면 옛날 생각이 나요. 사실 저도 서울로 전학 가기 전에는 이 학교에 다녔거든요."

"아, 그러셨다고 하셨죠? 그럼, 여기가 작가님 모교네요."

"2년밖에 안 다녔지만, 모교인 셈이죠. 그때는 분수도 없었고 인공섬도 없었지만, 아버지가 살아계실 때라서 행복했던 추억들이 많아요. 운동회 때 학교 잔디밭에 앉아서 부모님이랑 도시락을 먹던 기억도 나고요. 그래서인지 여전히 푸른 잔디가 양탄자처럼 깔린 거북이 펜션을 언덕에서 내려다보고 있으면 그렇게 마음이 포근할 수가 없더라고요."

"작가님한테는 소중한 추억이 깃든 곳이네요. 앞으로는 진순이 데리고 후문으로 들어오셔서 안에도 둘러보세요."

"아, 그럴까요. 그럼, 순찰한다 생각하고 한 번씩 둘러볼게요."

"아 참, 저쪽 언덕에 이팝나무 한 그루가 있던데 언제 올라가서 사진 한 장 찍어야겠어요."

선영이 언덕 위를 가리키며 말했다.

"말 나온 김에 내일 점심때 저랑 같이 올라가 봐요. 올라간 김에 저희 집에 가서 식사도 하시고요. 저기서 3분도 안 걸리거든요."

"정말요? 안 그래도 저도 한번 가보고 싶었어요. 고모한테 말씀드렸더니 한옥이 멋있어서 지나갈 때마다 보게 된다고 하시더라고요."

"그렇게 봐주셔서 감사하네요. 근데 한옥 틀만 그대로지 실내는 일반 아파트나 마찬가지라 별다른 건 없어요."

"야간 조명도 멋있던데 작가님이 직접 설치한 거예요?"

"조명은 저랑 사촌 동생이 직접 달았어요. 어느 카페에 갔더니 장식용 전구가 빨랫줄처럼 달려 있더라고요. 그거 보고 따라 한 거예요."

"어쩐지 밤에 보면 카페 분위기가 난다 했어요."

"그래요? 그럼, 성공이네요. 하하하."

재하의 웃음소리에 선영도 재하를 따라 웃었다. 선영은 재하가 오랫동안 힘들고 지난한 시간을 보냈다는 걸 알고 있어서인지 해맑게 웃는 재하의 모습이 그렇게 보기 좋을 수가 없었다. 비록 상황은 재화와 달랐지만, 선영 자신도 힘들고 지루한 시간을 보냈던 터라 웃으며 살아가고 있는 지금이 고마울 따름이었다.

재하는 진순이와 거북이 펜션에서 나와 집으로 돌아가는 내내 실실 웃음이 나왔다. 생각지도 않게 선영이 지은 밥과 맛있게 끓인 된장국을 먹고 펜션을 거닐면서 이야기를 나누었던 조금 전 상황이 마치 선물 같았기 때문이다. 작은집에서 밥을 먹거나 준석이가 집에 놀러 와 밥을 먹을 때 말고는 다른 사람과 이야기를 나누며 밥 먹을 일이 거의 없었다. 그래서 선물 같다고 생각하는 것도 당연했다. 그것도 말만이 아니라 마음까지도 통하는 사람과 즐겁게 시간을 보냈으니 오늘 같은 날은 무슨 일이 있어도 감정 일기를 써야 할 것 같았다.

언덕에 오른 재하는 우주선이 내려앉은 것처럼 환하게 불을 밝힌 거북이 펜션을 내려다보았다. 그리고 잠깐 서 있는 동안 지금껏 켤 기회가 없어 먼지만 수북이 쌓인 마음속 전등에도 하나둘씩 불이 들어오는 것 같았다. 한동안 잊고 있었던 이웃사촌이란 말이 실감 나는 날이었다. 다만 선영이 머지않아 직장이 있는 서울로 돌아갈 거로 생각하자, 벌써 서운한 마음이 밀려왔다. 언젠가는 그런 순간이 오겠지만 그때까지는 좋은 이웃사촌으로 지내고 싶었다.

집에 돌아온 재하는 문득 내일 선영이 집에 올 때 무슨 음식을 준비하면 좋을지 생각했다. 점심이니까 텃밭에서 기른 채소로 샐러드를 만들고 파스타를 만들면 되지 않을까 생각했다. 파스타는 손쉽게 만들 수 있어서 재하도 자주 해 먹는 음식이었다.

15

다음 날 오전 열한시경 선영은 펜션 후문에서 언덕으로 이어진 길을 따라 걸었다. 언덕 위 이팝나무를 지나 재하의 집으로 이어지는 길이었다. 언덕을 오를수록 왼쪽으로 거북이 펜션이 서서히 드러났다. 조금 더 오르자 넓은 펜션이 한눈에 들어왔다. 언덕에서 환하게 불 켜진 펜션을 내려다보면 마치 우주선이 내려앉은 것 같다는 재하의 말이 떠올랐다. 재하 덕분에 밤에 불이 들어오면 펜션이 어떤 모습일지 쉽게 상상할 수 있었다. 그때 앞쪽에서 선영을 부르는 소리가 들렸다.

"팀장님, 여기요."

선영이 소리 나는 쪽으로 고개를 돌리자, 이팝나무 아래에서 재하가 활짝 웃으며 손을 흔들었다.

"작가님이 먼저 오셨네요."

선영도 반갑게 손을 흔들며 재하가 있는 곳으로 다가갔다.

"진순이는요?."

선영이 재하 뒤쪽을 둘러보며 말했다.

"아, 진순이는 집에 있어요. 금방 내려갈 거라 일부러 안 데리고 왔어요."

"아, 네."

"내려가기 전에 여기 이팝나무를 배경으로 사진 한 장 찍어드릴게요."

재하가 휴대 전화를 손에 들고 뒤로 물러나며 말했다.

"아, 그럴까요."

선영은 그 자리에 서서 재하가 휴대 전화 화면을 들여다보며 뒷걸음질 치는 모습을 바라봤다.

"여기가 좋겠어요. 자, 찍을게요."

재하가 걸음을 멈추고 선영에게 말했다. 선영은 재하의 휴대 전화를 바라보며 미소 지었다.

"하나, 둘, 셋! 한 번 더 찍을게요. 하나, 둘, 셋! 이제 됐어요. 하하."

재하가 휴대 전화를 들여다보며 선영에게 다가왔다.

"사진이 잘 나왔는데요. 이팝나무랑 팀장님도 잘 어울리고요. 제가 지금 사진 전송해 드릴게요."

"네, 고마워요."

재하는 몇 번의 터치로 선영에게 사진을 전송했다. 선영은 곧장 자기 휴대 전화에서 사진을 확인했다.

"어머, 사진이 정말 잘 나왔네요. 맘에 들어요, 작가님."

"다행이에요. 아 참, 팀장님은 여기서 잠시만 그대로 서 있으세요."

"네?"

선영은 어리둥절한 표정으로 몇 발짝 멀어지는 재하를 바라봤다. 재하는 선영에게서 다섯 걸음 정도 떨어진 곳에서 휴대 전화를 들었다. 그제야 선영은 재하가 셀카를 찍으려

한다는 걸 알고 싱긋 웃었다. 화면 속 재하 뒤로 환하게 웃는 선영이 나타나자, 재하도 웃으며 버튼을 눌렀다. 재하는 곧장 화면을 확인하고 그 사진도 선영에게 전송했다. 선영은 그 사진도 맘에 들었다.

선영이 재하와 함께 재하 집 마당에 들어서자, 진순이가 반갑게 짖으며 재하에게 달려왔다. 재하가 "그래, 진순아, 착하지. 놀고 있어." 하고 안으로 들어가자, 진순이는 꼬리를 흔들며 재하 뒤에 있던 선영에게 다가왔다. 반기는 정도로 보아 진순이도 선영이 자기를 좋아한다는 걸 아는 듯했다. 선영은 그런 진순이를 쓰다듬으면서 활짝 웃었다.

"팀장님, 안으로 들어오세요." 안으로 들어갔던 재하가 현관으로 다시 나와 선영에게 말했다. 선영은 현관으로 가면서 주위를 둘러보았다. 담장 대신에 마당 끝을 따라 빨랫줄처럼 길게 늘어진 전등들이 인상적이었다. 버스를 타고 가면서 봤을 때는 집이 아담하게 보였다. 하지만 직접 와서 보니 집이 꽤 컸다. 재하의 말처럼 한옥 틀만 살린 현대식 집이었다.

현관에 들어가자 곧장 넓은 거실이 나왔다. 커다란 창이 내다보이는 곳에 기다란 목조 테이블이 놓여 있었다. 테이블 위에 노트북과 책들이 있는 걸로 보아 재하가 그곳에서 작업한다는 걸 짐작할 수 있었다. 벽 쪽으로 소파가 마주 보고 놓여 있었고, 맞은편에는 월넛 계열의 붙박이장과 싱크대가 설치된 주방이 보였다. 마치 신축 아파트 견본 주택에서 봤음 직한 주방처럼 매우 깔끔했다. 주방 옆에는 건물 끝까지 길게 이어진 복도가 있었고 그곳에 침실과 욕실이 있었다.

"실내가 반전이네요."

선영이 집 안을 둘러보며 말했다.

"그렇죠. 집이 워낙 오래돼서 다시 짓다시피 한 거라 편리하게 구조를 바꾼 거예요. 팀장님, 이쪽으로 와서 밀크티 한 잔 드세요."

재하가 목조 테이블에 찻잔을 내려놓으며 말했다.

"아, 잘 마실게요, 작가님."

선영이 자리에 앉아서 밀크티를 한 모금 마시고 다시 말을 이었다.

"음, 달콤해서 좋아요. 작가님도 드세요."

"그럴까요."

재하도 밀크티가 담긴 찻잔을 들고 선영의 맞은편에 앉았다.

"작가님은 여기에 앉아서 작업하시면 글이 잘 써질 것 같아요. 고개만 들면 멀리 섬진강 줄기까지 내다보이고 정말 멋지네요." 선영은 넓은 창으로 내다보이는 경치에 감탄했다.

"집이 조금 높은 데 있어서 좋은 점 중 하나가 멋진 경치가 덤으로 주어진다는 거예요. 어렸을 때는 좋은지 몰랐는데 지금은 오히려 집이 높은 곳에 있어서 좋더라고요."

재하도 몸을 뒤로 돌려 앞에 펼쳐진 경치를 보며 말했다.

그때 저 멀리 정류장에서 마을버스가 한 남자를 내려주고 거북이 펜션 쪽으로 출발했다. 그 남자는 길을 건너 재하 집으로 이어진 길을 따라 걸어 들어왔다. 그 모습을 유심히 지켜보던 재하가 찻잔을 내려놓으며 말했다.

"준석이네."

"아는 사람인가 봐요."

선영도 찻잔을 내려놓으며 말했다.

"아, 사촌 동생이에요. 그러니까 진돗개 기른다는 작은집 아들이에요."

"아, K마트요?"

"네, 맞아요. 서울에서 요리사로 일하다가 지금은 사정이 있어서 햄버거 가게에서 일하고 있어요."

"오, 그래요? 저는 남자 요리사라고 하면 왠지 근사하게 보이더라고요."

"고등학교 때부터 요리를 배우더니 양식 조리기능사 자격증을 따더라고요. 작은아버지의 반대가 만만치 않았지만 준석이는 자기 주관대로 서울로 올라가 요리사로 일하면서 1년 넘게 잘 살았어요. 그런데 이곳에 책임질 일이 생겨서 다시 구례로 내려와 살고 있어요. 준석이가 저랑 열두 살 차이가 나는데 혼자 하나하나 헤쳐 나가는 거 보면 기특해요."

"제가 듣기에도 대단해 보이네요. 근데 제가 있어도 되는지 모르겠어요."

"별말씀을요. 어린 동생이라 생각하고 편하게 계세요. 아마 오늘 쉬는 날이라 오나 봐요."

준석이 마당에 들어서자, 재하가 현관문을 열고 나갔다.

"어서 와라. 오늘 쉬는 날이니?"

"네, 형. 형이랑 밥 먹고 나중에 슬기 만나러 가려고요."

"그래? 때마침 잘 왔다."

재하는 밥 먹으러 왔다는 준석의 말에 씩 웃었다. 준석이 요리한 파스타와 샐러드를 선영에게 대접하면 되겠다는 생각 때문이었다.

잠시 후 준석은 선영과 인사를 나눈 후 곧장 재하에게 이끌려 주방에서 요리를 시작했고, 선영은 두 남자가 다정하게 요리하는 모습을 흐뭇하게 지켜봤다. 재하가 재료를 준비해 놓은 덕에 준석은 제법 빠르게 요리를 끝냈다.

"이야, 레스토랑에 와 있는 기분이네요."

선영이 식탁에 차려진 파스타와 샐러드를 보며 감탄했다.

"면은 넉넉히 삶았으니까 많이 드세요."

준석이 앉으며 말했다.

"팀장님, 드세요."

재하도 준석 옆에 앉았다.

"네, 잘 먹을게요."

선영이 포크로 면을 돌돌 말아 입에 넣고 오물거렸다. 맛있었다.

"음, 맛있어요. 역시 요리사가 한 거라 다르네요."

선영의 칭찬에 준석이 히죽히죽 웃으며 좋아했다.

"다행이에요. 헤헤. 많이 드세요."

"음, 맛있다, 준석아. 다음에도 종종 부탁한다."

재하가 대견하다는 듯이 준석을 바라보며 웃었다.

"언제든지 말만 해요. 와서 후딱 만들어 줄게요."

준석은 자기가 만든 음식을 맛있게 먹는 두 사람이 고마웠다.

식사를 마치고 선영과 준석이 설거지를 하려 하자 재하가 설거지는 자기 담당이라면서 말렸다. 그래서 준석은 커피를 내렸다. 재하가 설거지를 마치자 세 사람은 마당 한쪽에 나란히 놓인 나무 벤치에 앉아 커피를 마셨다. 한참 뒤 선영이 일어서며 말했다.

"오늘 여기 와서 점심도 맛있게 먹고 고소한 커피도 마시고 가네요. 준석 씨, 다음에 저희 펜션에 한번 놀러 와요. 그땐 제가 대접할게요."

"아, 네, 그럴게요. 고맙습니다."

준석이 빙긋 웃으며 대답했다.

"팀장님, 이따가 병원에 가실 거예요?"

재하가 선영에게 물었다.

"네, 펜션에 들렀다가 곧장 고모한테 가려고요."

"그럼, 제 차로 가요. 안 그래도 준석이 데려다주러 나가야 하거든요."

"어머, 그래요?."

"잠시만 계세요. 금방 정리하고 나올게요."

재하가 커피잔을 모아들고 안으로 들어갔다. 그동안 선영과 준석은 마당에서 테니스공을 가지고 놀고 있는 진순이를 흐뭇한 표정으로 바라봤다.

16

선영과 준석은 재하의 차로 가다가 준석이 먼저 슬기를 만나기로 한 곳 부근에서 내렸다. 잠시 뒤 재하와 선영이 탄 차는 미자가 입원한 병원에 도착했다. 선영은 재하에게 고맙다는 인사를 하고 차에서 내려 차가 출발하기를 기다렸다. 하지만 재하는 손으로 운전대를 잡고만 있을 뿐 브레이크에서 발을 뗄 생각을 하지 않았다. 그러더니 선영에게 뭔가 할 말이 있는 듯 우측 창문을 내렸다.

"혹시 저도 같이 올라가서 펜션 사장님께 인사드려도 될까요? 이웃이 많은 것도 아닌데 따로 병문안은 못 올망정 여기까지 왔는데 인사도 안 드리고 가는 게 영 마음에 걸려서요. 이사 막 왔을 때 찾아뵙고 인사드렸어야 했는데, 선뜻 그러기가 쉽지 않더라고요."

재하는 일찍 인사드리지 못한 것을 아쉬워하며 한 손으로 뒷머리를 쓸어내렸다. 선영은 그런 재하가 마음이 따뜻하게 느껴져 절로 미소가 지어졌다. 무엇보다 재하가 먼저 미자에게 인사하겠다고 말해줘서 고마웠다. 선영은 자신이 서울로 돌아가도 재하와 미자가 이웃사촌으로 잘 지냈으면 하고 바라고 있었다.

"그래 주시면 저야 고맙죠. 작가님 시간 괜찮으시면 같이 올라가요."

"저는 시간이 너무 많아서 탈이라니까요. 하하하."

재하가 창문을 올리며 너털웃음을 웃었다. 그 모습을 본 선영도 같이 웃었다.

선영이 재하를 데리고 병실에 들어가자 입원 환자들의 눈이 일제히 두 사람에게 쏠렸다. 선영은 환자들에게 꾸벅 인사하고 미자에게 다가갔다. 재하도 선영을 따라 환자들과 눈을 맞추며 인사했다.

"오지 말고 그냥 집에서 쉬라니까는 말 안 듣고 또 왔네. 근데 누구……?"

미자는 선영의 뒤에 서 있는 스포츠머리에 키가 훤칠한 재하에게 호기심 가득 찬 시선을 두고 물었다.

"아, 고모, 여기는 어제 말씀드렸던 그 작가님이에요."

"아이고, 반가워요. 집 공사할 때부터 누가 사나 궁금했는데 드디어 오늘 보게 되네요."

미자는 활짝 웃으며 재하를 반겼다.

"처음 뵙겠습니다. 신재하라고 합니다. 진즉 찾아뵙고 인사드렸어여 했는데 이제야 인사드리게 되었네요. 죄송합니다."

"죄송하긴요. 저도 주변머리가 없어서 궁금해하기만 했지, 먼저 찾아가 볼 생각을 못 했어요. 장소가 그렇긴 하지만 이렇게 만나게 돼서 반가워요."

"퇴원하시면 자주 인사드리겠습니다."

"그래요. 언제든지 놀러 와서 밥도 먹고 차도 마시고 그래요. 아 참, 펜션에서 기를 개도 알아봐 줄 거라고 들었는데, 고마워요."

"별말씀을요. 작은집에서 진돗개를 기르고 있어서요. 헤헤. 조만간에 연락드리겠습니다."

"고마워요. 여기 대접할 게 없어서 어쩌지요? 선영아, 작가님에게 커피라도 뽑아 드려라."

"아니 괜찮습니다. 조금 전에 집에서 마시고 왔습니다. ……그럼, 오늘은 이만 가고 다음에 또 뵙겠습니다."

"아이고, 서운해서 어쩌나. 그럼, 다음에 펜션으로 놀러 와요."

"네. 몸조리 잘하시고요."

재하는 나오면서 다른 환자들에게도 눈인사를 건넸다.

"조카사위 될 사람인가 보네. 키도 크고 인물도 훤하게 잘생겼네. 좋겠구먼."

건너편 침대에 앉아 있던 여든 넘은 노인이 문을 열고 나가는 재하를 보면서 말했다. 재하는 그 말을 듣고 귀가 달아올랐다. 하지만 일부러 못 들은 척 그대로 병실 밖으로 나왔다. 그때 미자가 큰 소리로 말하며 웃었다.

"조카사위가 아니라 이웃사촌이에요, 할머니."

건너편 노인은 귀가 어두웠다. 재하 뒤에 나가던 선영도 얼굴이 붉어졌다. 재하와 선영은 둘 다 쑥스러워 말없이 1층 로비까지 내려왔다.

"그럼, 조심히 들어가세요, 작가님."

선영은 어색한 게 느껴져 일부러 웃으며 말했다.
"그만, 들어가 보세요, 팀장님. 그럼 또 봐요."
재하도 선영을 따라 웃으며 돌아섰다.

선영이 2층으로 올라왔을 때 미자가 보행기를 붙잡고 병실 밖에 나와 있었다.
"고모, 걷기 연습하시게요?"
선영은 미자에게 다가가며 말했다.
"그래, 우리 잠깐 정원에 나갈래?"
"그래요, 고모."

미자와 선영은 건물 뒤편 정원에 나와 벤치에 나란히 앉았다. 미자는 한참 동안 무슨 말인가를 하려다 망설이기를 반복하다가 이내 입을 열었다.
"어제 휴대 전화를 찾아왔는데 부재중 전화가 많더구나. 그중에 주호가 한 것도 있고……."
"오빠가 고모한테 안부 전화했을 거예요."
선영은 자신과 주호 사이의 일을 미자가 알게 될까 봐 지레 놀라 재빨리 둘러댔다.
"선영아, 그러지 않아도 돼. 주호랑 통화했어."
선영은 미자의 말에 가슴이 철렁 내려앉았다. 자신과 주호와의 일에 대해 미자에게 언젠가는 알려야 되겠지만 병원에 입원해 있는 동안만은 피하고 싶었다. 선영은 어린 조카 딸을 돌보기 위해 수녀가 되는 것도 포기한 미자에게 잘사는 모습을 보여주고 싶었다. 그런데 그러지도 못하고 이렇게 걱정만 안겼으니 너무 속상했다. 선영은 미자에게 너무 미안해서 미자 얼굴을 제대로 쳐다보지도 못하고 고개를 떨궜다.

"여기서 살고 싶다는 네 말이 좋기도 하면서도 한편으로는 무슨 일이 있어서 그러는 건 아닌지 걱정도 되더구나. 그러던 참에 주호한테 온 부재중 전화를 보고 무슨 일이 있구나, 했다. 주호가 내 안부가 궁금해서 전화했다면 내 휴대 전화 전원이 꺼져있더라고 너한테 말했을 텐데 너는 아무 말이 없었지. 그래서 내가 주호한테 전화한 거란다. 주호는 내가 다 알고 전화한 줄 알더구나." 미자가 선영의 손을 잡고 토닥이며 말을 이었다. "그런 일이 있었다고 말을 하지 그랬어? 내가 해줄 건 없어도 나한테 털어놓기라도 하면 마음이라도 후련했을 텐데. 우리 선영이 혼자 누구한테 말도 못 하고 얼마나 속상했을까."

미자의 눈에서 눈물이 주르륵 흘러내렸다. 선영의 어깨도 들썩였다. 미자가 다른 한 손으로 선영의 어깨를 다독였다.

"그래, 우리 오늘만 울자. 울고 싶을 때 울지 못하는 것만큼 속상한 것도 없더라. 그리고 오늘 이후로는 언제 그런 일이 있었냐는 듯이 잊어버리자. 주호가 다시는 그런 일이 없을 거라고 빌더구나. 그래서 선영이가 없던 일로 하겠다고 해도 내가 틀어 말릴 거라고 하면서 죽어도 그런 일은 없을 테니까 꿈도 꾸지 말라고 했다."

"이런 모습을 보여드리게 돼서 죄송해요, 고모."

"선영이 네가 죄송해할 것 없어. 그런 짓을 한 사람이 나쁜 거지 네가 무슨 잘못을 했다고 그래. 살면서 좋은 일만 있으면 좋은데, 그게 우리 마음대로 되니? 살다 보면 이런 일도 있고 저런 일도 있는 거라고 생각하자."

"고모한테는 잘사는 모습만 보여드리고 싶었어요. 그래서 쉽게 입이 안 떨어졌어요."

"나도 네 마음 잘 안다. 하지만 세상에 가족이라고는 너랑 나랑 둘뿐인데 말 못 할 일이 뭐가 있겠니?"

"고마워요, 고모."

"앞으로 어떻게 할 건지는 여기 있으면서 차차 생각해 보자. 여기서 나랑 같이 지내면서 펜션을 운영해도 좋고 아니면 다시 출판사를 차려도 되니까. 그러고 보니 일전에 현정이가 말한 것처럼 여기서 책방을 차려도 좋고 말이야. 할 건 많으니까 너무 걱정하지 달고 지금은 잘 쉬자."

"그럴게요, 고모."

선영은 미자의 말을 듣고 한동안 가슴을 짓눌렀던 돌덩이를 마침내 내려놓은 기분이 들었다. 동시에 미자의 말대로 여기서도 할 수 있는 일이 많다는 걸 깨달았다. 서울에서 내려올 때는 당분간 여기서 지내다 다시 올라갈 생각이었다. 하지만 굳이 그렇게 하지 않아도 되겠다는 생각이 들었다. 천천히 쉬면서 생각하다 보면 자신이 무얼 하는 게 좋을지 떠오를 것 같았다. 이럴 때 고모가 옆에 있어서 참 다행이었다. 선영도 고모에게 의지가 되는 존재가 되었으면 좋겠다고 생각했다.

17

  주말 오전 선영은 본관 중앙에 있는 휴게실에서 음악을 들으며 책을 읽고 있다. 휴게실은 투숙객들이 식사하거나 커피나 차를 마시면서 쉴 수 있는 공간이다. 한쪽에는 음식을 준비하고 빵을 굽는 주방이 있고, 한가운데에는 열댓 명이 앉을 수 있는 기다란 식탁이 놓여 있다. 복도 쪽에는 커피 머신과 정수기가 설치되어 있다. 선영은 창문으로 정원 분수대가 내다보이는 자리에 앉아 있다. 선영이 흥미롭게 읽고 있는 책은 현정의 남편 수창이 운영하는 독립출판사에서 나온 신간이다. 구례로 내려오는 고속열차 안에서 읽으려다 재하를 만나 이야기하느라 읽지 못했다.

　제목은 『그래 월세는 낼 수 있고?』다. 제목부터 웃프다. 한 대기업 퇴사자가 동네서점 겸 카페를 운영하면서 겪은 여러 에피소드를 코믹하게 그리고 있는 책이다. 시중 서점과 온라인 서점에 유통하는 일반 출판물과는 달리 독립출판물은 주로 독립서점이나 북 페어를 통해 유통된다. 그렇다 보니 독립출판 운영자가 전국에 있는 독립서점에 책을 한 권이라도 더 진열하기 위해서는 일일이 전화를 돌리기도 하고 때로는 발품을 팔아야 한다. 선영은 녹록지 않은 독립출판사의 사정을 알기에 수창이 운영하는 출판사에서 책이 나오면 여러 권을 사서 주위에 돌린다.

　이 책의 저자는 수창이 자주 가는 동네서점 사장이다. 수창은 이력이 특이한 서점 사장과 이야기하면 할수록 재미가 있어서 사장에게 책을 내보자고 제안해 책을 내게 되었다. 저자는 삼십 대 중반으로 아직 미혼이다. 저자의 어머니가 결혼도 안 하고 잘 다니던 대기업을 하루아침에 퇴사한 아들이 손님도 올 것 같지 않은 동네에 카페가 딸린 서점을 차린다는 말을 듣고 한숨이 나오는 건 당연하다. 사서 고생을 자처하는 아들이 걱정되기도 하고 한심스럽기도 한 어머니의 짠한 마음이 책 제목에 고스란히 담겼다. 그렇다고 너무 슬프거나 우울한 내용은 아니다. 선영은 책을 읽는 내내 눈가에 눈물이 맺힐 정도로 많이 웃었다. 비록 돈은 못 벌어도 자기가 원하는 삶을 살 수 있는 지금이 행복하다는 저자의 긍정적이고 코믹한 일상이 독자의 웃음 코드를 끊임없이 건드린다. 그러면서도 어려운 현실 속에서 자신이 선택한 삶을 묵묵히 헤쳐 나가는 많은 이들에게 공감을 불러일으킬 수 있는 책이다. 책을 읽던 중 선영은 문득 여기서 책방과 카페를 해보면 어떨까, 하는 생각이 스쳤다.

선영은 책을 식탁에 내려놓고 쪽매널 마루가 길게 이어진 복도로 나갔다. 휴게실 오른쪽은 미자가 다도와 명상 수업을 하는 교실이다. 휴게실과 체험 교실 그리고 비품실을 제외한 나머지 공간은 모두 객실이다. 선영은 건물 한쪽 끝에서 반대쪽 끝까지 길게 이어지는 복도를 보며 고개를 끄덕였다. 복도에 창문을 가리지 않고 길게 서가를 꾸미면 어떨지 생각했다. 서가를 꾸며도 복도 공간을 많이 차지하는 게 아니라서 좋을 것 같았다. 선영은 그런 생각을 하며 복도를 천천히 걸었다.

오른쪽 복도 끝 출구로 나온 선영은 친숙한 소리를 듣고 입꼬리가 올라갔다. 진순이 짖는 소리였다. 진순이 옆에는 재하도 있을 터였다. 언덕 쪽으로 눈을 돌리자, 재하와 진순이 내려오고 있었다. 재하는 아직 선영을 보지 못했다.

"작가님! 진순아!"

선영이 큰 소리로 불렀다. 진순이가 먼저 멍멍 짖었고 뒤이어 재하가 소리를 찾아 시선을 돌렸다.

"팀장님, 거기 계셨네요."

재하가 선영을 보고 큰 소리로 외쳤다.

"이쪽으로 오세요."

선영이 손을 쳤다.

"네, 그럴게요."

대답을 끝낸 재하는 빠른 걸음으로 후문 쪽으로 내려갔다.

잠시 후 선영은 재하에게 본관을 구경시켜 준다. 재하는 옛날에 교실, 교무실, 실험실이었던 곳이 깔끔한 객실과 휴게실로 변해있는 걸 보고 감회가 새롭다.

본관을 다 둘러본 재하와 선영은 휴게실로 돌아와 식탁에 마주 앉았다.

"안 그래도 내부가 어떻게 변했는지 한번 보고 싶었어요."

"그러실 것 같아서 작가님에게 언제 한번 보여드리고 싶었어요. 예전에 비해 많이 변했죠?"

"복도만 그대로고 나머지는 많이 바뀌었네요. 무엇보다도 본관 앞쪽 창문을 모두 통유리로 바꿔서 그런지 실내가 아늑하네요. 예전에는 교실 창문 사이로 바람이 많이 들어왔거든요."

"옛날 창문은 추억을 회상하기에는 좋은데 객실에는 부적합하다고 해서 앞쪽은 통유리로 바꾸고 뒤쪽은 창틀만 보완하고 창문은 그대로 둔 거예요."

"숙소도 아늑하게 잘 꾸며져 있어서 조용히 쉬러 오는 사람들에게는 좋겠더라고요."

"작가님 말씀대로 쉬러 오는 사람들이 많다 보니 가족 단위 손님보다는 혼자 오는 손님들이 많은가 봐요."

"다시 펜션이 열리기를 기다리는 사람들도 있을 거예요. 보통 이런 데는 단골이 있기 마련이거든요."

"맞아요. 고모에게 개인적으로 연락하는 손님들이 있다고 들었어요. 한두 달 쉬었다가 여름에 다시 열 생각인데 어떻게 될지는 모르겠어요."

"그러면 팀장님은 언제 서울로 돌아가시는 거예요?"

"안 그래도 작가님에게 말씀드릴 생각이었는데 말이 나온 김에 지금 말씀드려야겠네요."

선영의 말에 재하는 눈이 커진 채로 선영에게 귀를 기울였다.

"사실은 저 출판사 그만뒀어요."

"네? 팀장님이 설립한 출판사라고 알고 있었는데요."

"그건 맞는데, 저는 실무만 맡았을 뿐이고 출판사는 제 소유가 아니에요."

"아, 그러셨구나. 무슨 일인지는 몰라도 그동안 키워온 출판사를 떠나시게 돼서 무척 서운하시겠어요."

"아무렇지도 않다고 하면 거짓말일 거예요. 그래도 출판사를 운영하면서 보람이 컸고 좋은 추억도 많아서 후회가 남지 않아서 좋아요. 그래서 말인데 작가님은 저와 상관없이 다음에 낼 책도 지난번처럼 똑같이 하시면 돼요. 편집팀에 연락하면 좋아할 거예요."

"싫어요."

"네? 싫다니요?"

"그게 아니라. 저는 팀장님 아니면 그 출판사에서 책을 낼 이유가 없어요. 팀장님이 아니었다면 책을 낼 생각도 못 했을 테니까요."

"그래도 작가님 책을 다른 출판사에서 내는 것보다는 두 번이나 작업했던 출판사가 편하지 않겠어요?"

"저는 다른 출판사에서 책 낼 생각은 없어요. 그냥 기다렸다가 팀장님과 출간 작업하고 싶어요."

"말씀은 고맙지만 기존 출판사에서 책을 내야 작가님에게 조금이라도 더 이익이 돌아가요. 저는 앞으로 어떻게 될지도 모르고요."

"그래도 저는 기다릴게요. 저는 시간이 많은 사람이라 급할 것도 전혀 없고요. 하하하."

선영은 생각지도 않은 재하의 말에 감동이 밀려와 마음이 뭉클했다.

"그렇게 말씀해 주셔서 고마워요, 작가님."

"이번 기회에 팀장님이 직접 출판사를 차리는 건 어떨까요?"

재하가 웃음을 멈추고 진지한 표정으로 말했다.

"출판사를요?"

"팀장님이 1인 출판사를 차리시고 제 책을 출간하면 될 것 같은데요. 출판사가 꼭 서울에 있어야 하는 건 아니잖아요. 오히려 여기가 책 만드는 데에는 더 좋을 수도 있고요."

"어제 고모도 비슷한 이야기를 해서 저도 생각 중이에요."

"출판사요?"

"출판사뿐만 아니라 여기서 할 수 있는 일이 있더라고요. 그중 하나가 책방이에요. 서가는 복도에 꾸미면 될 것 같고요."

"그거 좋은 생각이에요."

재하가 손가락을 튀기며 딱 소리를 냈다.

"하하하, 좋아요?"

"네. 펜션 투숙객들이 여기서 쉬는 동안 책도 읽으면 좋을 것 같아서요."

"책과 휴식이라, 일종의 북스테이네요."

"맞아요, 북스테이! 북스테이 하기에 여기처럼 좋은 곳도 없을걸요. 팀장님은 그런 생각 안 드세요?"

"그러네요. 음, 북스테이라, 진지하게 생각해 봐야겠는데요. 생각한 것 중에 카페도 있는데 그건 휴게실 한쪽에 차리면 될 것 같더라고요. 책방에 왔다가 카페에 들러 음료나 디저트를 먹고 가면 좋을 것 같아서요."

"그것도 좋은 생각이에요. 이 주변에 별다른 편의시설이 없으니까, 카페가 있으면 바람 쐬러 오는 사람들도 많을 거예요."

"작가님이 그렇게 말씀해 주시니까 자꾸 욕심이 생기네요."

"그럼, 출판사도 생각해 보세요, 팀장님. 혹시 제 도움이 필요하시면 언제든지 말씀하시고요."

"고마워요, 작가님. 앞으로 어떻게 될지는 모르겠지만 작가님 덕분에 이곳에서 지내는 며칠이 즐거웠어요. 사실 내려올 때는 그냥 쉬어야겠다는 생각만 했지, 다른 생각은 없었거든요. 그런데 기차에서 운 좋게 작가님을 만나고부터 이곳에 집중할 수 있게 됐어요. 그 덕에 며칠 아니지만 서울에서 있었던 안 좋은 일도 벌써 까마득하게 느껴지기 시작했고요."

"제가 도움이 됐다면 고마운 일이네요. 저번에 말씀드렸다시피 제가 이렇게 살 수 있는 것도 다 팀장님 덕분이에요. 저도 팀장님의 새로운 시작에 조금이나마 도움이 되고 싶어요."

"작가님은 이미 저에게 큰 도움을 주고 있어요. ······그런데 작가님한테 한 가지 부탁이 있어요."

"어떤 부탁이든지 편하게 말씀하세요."

"다른 게 아니라 팀장이라는 호칭을 들으면 자꾸 서울에 있는 출판사가 생각이 나서요."

"아, 그 생각을 못 했네요. 그러면 어쩐다?"

재하는 검지손가락으로 턱을 매만지며 곰곰 생각한다. 그러다가 문득 뭔가 생각났다는 듯이 말을 잇는다.

"서로 이름을 부르면 어떨까요? 저도 작가님이라는 말을 들으면 좀 낯 뜨거워서요."

"그러면 이제부터는 편하게 이름을 부르기로 할까요?"

"좋아요. 그럼 저는 선영 씨라고 부를게요."

"저는 재하 씨라고 부르면 되나요?"

"아, 네, 처음이라 어색한 건 있네요. 하하, 그래도 부르다 보면 금세 편해질 거예요."

재하는 어색함을 털어내려는 듯 크게 웃었다.

"그러겠죠, 하하."

선영도 쑥스럽기는 마찬가지였다.

선영은 앞으로 여기서 무엇을 하게 될지는 아직 모르지만, 언제든지 의논할 수 있는 재하가 이웃이라서 무척 든든하고 동시에 그 일들이 기대되기 시작했다. 오늘 가장 감동적인 일은 재하가 선영을 통해 책을 내고 싶다는 말이었다. 좋지 않은 일로 출판사를 그만둔 상황에서 이보다 든든한 말이 없었다. 선영은 될 수 있으면 재하가 원하는 대로 할 수 있으면 좋겠다고 생각했다. 먼저 미자와 의논해야겠지만 다른 건 몰라도 재하의 다음 책은 자기 손으로 꼭 출간하고 싶어졌다.

18

　7월 1일, 드디어 두 달 동안 새 단장을 마친 거북이 펜션이 다시 문을 열었다. 이젠 예전 그대로의 거북이 펜션이 아니었다. 먼저 펜션은 단순 숙박 시설이 아닌 책과 휴식을 접목한 북스테이로 운영된다. 객실에도 책을 읽을 수 있는 책상과 의자를 두었고, 정원에도 앉아서 책을 읽을 수 있는 벤치를 곳곳에 설치했다. 숙박 앱도 새롭게 단장하고 책방 사업자 등록을 했다. 서가는 선영이 구상한 대로 복도에 차려졌다. 서가에 책을 장르별로 진열하고 꾸미는 일은 현정과 수창이 주말에 내려와서 도왔다. 또한 커피와 차, 그리고 디저트를 판매하는 카페 영업을 위해 음식점 사업자 등록도 마쳤다. 초여름이지만 더운 날이 많아 특별 메뉴로 팥빙수도 추가했다.

마지막으로 선영은 재하가 제안한 출판사도 등록했다. 재하의 원고가 마무리되는 가을에 출간 작업을 시작할 예정이었다. 하지만 벌써 다른 작가의 출간 기획서와 원고가 들어왔다. 보낸 이는 재하처럼 선영이 발굴해서 책을 낸 여성 작가 이해솔이었다. 해솔은 다시 책을 내기 위해 선영이 다니던 출판사에 연락했다가 선영이 퇴사했다는 소식을 듣고 선영에게 연락해 왔다. 선영으로부터 사정 이야기를 들은 해솔 역시 선영이 준비가 될 때까지 기다렸다가 책을 내겠다고 하면서 기획서와 원고를 보낸 것이다. 이 소식을 들은 재하가 선영을 축하했다.

"제 책이 도서 출판 거북이의 첫 책이 될 줄 알고 있던 터라 조금 아쉽긴 하네요. 그래도 원고가 미리 준비된 작가님이 있으니까, 제가 기분 좋게 양보하겠습니다. 하하하."

선영은 여전히 자신을 응원해 주는 재하가 고맙다. 마음 같아서는 도서 출판 거북이 이름으로 재하의 책을 가장 먼저 세상에 내놓고 싶다. 재하도 이런 선영의 마음을 잘 알고 있었다.

요양병원에서 석 달 만에 퇴원한 미자는 예전처럼 명상 체험 교실을 운영하면서 카페에서 판매할 빵과 쿠키를 굽는다. 그런데 북스테이와 책방과 카페를 운영하기에는 미자와 선영 두 사람만으로는 역부족이었다. 더구나 선영은 출판 작업도 해야 한다. 기존의 관리인 노부부는 나이 때문에 더 이상 일을 할 수 없게 되었다. 그래서 새 직원을 채용했다. 직원은 재하의 사촌 준석이다. 그 이전에 재하가 숙직실로 쓰던 펜션 별관이 비어있는 걸 알고 미자와 선영에게 준석과 슬기 이야기를 하면서 세를 놓으면 어떻겠냐고 제안했다. 준석과 슬기는 결혼식 없이 혼인 신고를 마치고 함께 살 신혼집을 구하고 있었다. 임신한 슬기가 안정을 취하면서 지내기에 좋을 것 같다는 말에 미자와 선영도 흔쾌히 승낙했다. 준석은 펜션 별관으로 이사 와서도 여전히 햄버거 가게에서 일했다. 펜션 영업을 시작하기 전에 직원을 채용할 생각이던 미자와 선영은 준석이 새로운 일자리를 구하고 있다는 말을 듣고 준석을 직원으로 채용한 것이다. 양식 조리기능사 자격증뿐만 아니라 바리스타 자격증이 있는 준석도 자기가 원하는 일을 하면서 슬기를 자주 들여다볼 수도 있어서 매우 만족스럽다. 배가 제법 부른 슬기도 운동 삼아 카페에 나와 준석을 도왔다. 미자와 선영은 부모 없이 보육원에서 자란 슬기를 식구처럼 대했고, 슬기도 그런 미자와 선영을 잘 따랐다.

  준석과 슬기는 미자를 큰 사장님으로, 선영을 작은 사장님으로 불렀다. 그러자 선영이 미자를 사장님으로 부르는 건 괜찮지만 자기는 그렇게 부르지 않는 게 좋겠다고 했다. 그러면 뭐라고 부르면 좋을지 묻는 슬기에게 선영은 물었다.

"우린 그냥 언니 동생 하는 게 어떨까?"

그 말을 듣고 있던 준석이 말했다.

"그러면 저도 누나라고 불러도 되죠?"

"이야 동생이 두 명이나 생겨서 그런지 든든한데."

선영이 활짝 웃으며 말하자, 준석과 슬기도 따라 웃었다.

미자와 선영은 어린 나이에도 책임감 있게 살아가는 준석과 슬기가 대견스러워 두 사람을 볼 때마다 흐뭇했다.

반려견도 생겼다. 일전에 재하가 기동에게 개를 부탁했을 때 기동이 흔쾌히 기르던 진돗개 한 마리를 보내주었다. 나이는 진순이와 같았고 이름은 독도였다. 개를 처음 데려왔을 때 미자가 재하에게 이름을 지어달라고 부탁했다. 그러자 재하가 이름을 독도라고 부르자고 한 것이다. 진순이처럼 진돌이나 진구 같은 이름을 기대했던 미자와 선영은 독도라는 다소 의외의 이름을 듣고 서로 얼굴을 바라보며 어리둥절했다.

"이름을 그렇게 부르자고 하는 무슨 특별한 이유라도 있어요?"

"지난해에 독도를 방문한 적이 있는데 그때 본 독도가 너무 인상적이었어요. 그래서 다음에 반려견 한 마리를 더 기르게 된다면 이름을 독도라고 부르자 했거든요. 이름을 자주 부르면서 그곳을 마음에 새기고 싶은 것도 있고요."

  이 말을 들은 미자와 선영은 그 자리에서 곧장 독도라는 이름을 받아들였다. 독도는 손님들의 안전을 생각해서 본관 뒤편에 있게 했다. 그곳에 있으면 미자나 선영이 오가면서 독도를 볼 수 있었고 뒷문으로 나가 독도와 잠깐씩 놀 수도 있었다. 독도 산책은 주로 재하가 맡았다. 재하는 아침저녁으로 독도와 진순이를 데리고 동네를 산책했다. 재하는 진돗개 두 마리를 앞세우고 동네를 산책하면서 많이 웃게 된다고 그 시간을 좋아했다. 준석도 펜션을 둘러볼 때 항상 독도를 앞세우고 다녔다. 가끔 운동장에서 준석이 공을 멀리 던지면 독도가 곧장 뛰어가 공을 찾아서 물고 돌아왔다. 미자와 선영뿐 아니라 펜션 손님들도 그 모습을 구경하면서 즐거워했다.

  숙박 앱에는 한 달 전부터 거북이 펜션이 새롭게 단장을 끝내고 7월부터 북스테이 손님 예약을 받는다는 공지를 올렸다. '여기는 거북이 펜션입니다'가 쓰인 배너 아래로 북스테이뿐 아니라 책방과 카페 영업도 함께 시작한다는 안내가 사진과 함께 이어졌다.

  소셜미디어 홍보는 슬기가 맡았다. 누가 하라고 한 게 아니라 슬기 스스로 해보고 싶다고 한 것이다. 슬기는 평상시 소셜미디어를 애용하고 있는 터라 펜션 홍보도 재미있어 했다. 소셜미디어에 올릴 사진도 슬기가 직접 찍었다. 그것뿐만 아니라 펜션을 드론으로 촬영한 동영상도 숙박 앱과 소셜미디어에 올렸다. 슬기는 지자체에서 운영하는 취미 교실에서 6개월간 드론 촬영을 배웠었다. 사진과 동영상을 게시하기 전에는 선영에게 의견을 물었고 그럴 때마다 선영은 사진과 영상뿐 아니라 설명 문구도 맘에 든다며 슬기를 칭찬했다. 그러면서 아예 슬기를 직원으로 채용해 예약 손님 관리와 홍보를 맡겼다. 컴퓨터와 휴대 전화로 힘들이지 않고 할 수 있는 일이라 슬기도 좋아했다.

 슬기가 홍보를 잘해서인지 영업도 하기 전에 7월 모든 주말 예약이 완료되었다. 주중에도 대여섯 명의 손님이 머물렀다. 북스테이를 원하는 펜션 손님들은 숙박 앱으로 예약할 때 읽고 싶은 책을 입력했다. 그러면 선영이 책을 미리 준비해 두었다가 손님이 왔을 때 객실 테이블 위에 올려두었다. 손님들은 객실에서 책을 읽기도 하고 정원 벤치나 잔디밭에 앉아 책을 읽기도 했다.

 객실에는 손님들이 이용 후기를 남길 수 있도록 공책을 비치해 두었다. 손님들은 거기에 짧게는 한두 줄, 길게는 한 페이지 가득 소감을 남겼다. 손님들이 떠나고 나면 선영은 공책을 가져다가 미자, 준석, 슬기와 함께 돌아가며 읽었다. 손님들로부터 개선할 점을 듣기 위해 시작한 것이지만, 개선할 점보다는 아무런 방해도 받지 않고 오롯이 책을 읽으며 쉴 수 있어서 좋았다는 내용이 많았다. 다음으로는 음식이 맛있었다는 칭찬이 많았다. 식사를 준비하는 준석은 음식을 칭찬하는 메모를 읽을 때마다 입꼬리가 올라갔다.

"제가 이래서 요리하는 걸 좋아한다니까요." 미자도 준석을 훌륭한 요리사라고 추켜세웠다.

그다음으로 밤 야경이 근사했다는 내용이 많았다. 주로 '조명이 켜진 분수대를 보고 있으면 너무 황홀한 기분이 들었다', '소원을 빌면서 동전을 던졌는데 꼭 이루어졌으면 좋겠다', '밤에 풀벌레 소리를 들으며 책을 읽을 수 있어서 더없이 행복했다.', 같은 글이었다. 간혹 '독도가 보고 싶어서 또 오겠다'는 손님도 있었다. 이 글을 읽고 슬기는 소셜미디어 계정에 독도 사진을 자주 올렸다. 그럴 때마다 꽤 많은 사람이 그 게시물에 '좋아요'를 누르고 '귀엽다'라거나 '늠름하게 생겼다', '보고 싶다', '독도는 내가 지킨다' 같은 댓글을 남겼다.

북스테이 손님이 아니라도 책방과 카페에 오는 손님들도 많았다. 자가용으로 오는 사람도 있었지만, 마을버스를 타고 오는 사람도 많았다. 마을버스를 타고 오는 사람들은 버스 간격이 한 시간인 것을 오히려 좋아했다. 그동안 서가를 둘러보고 책을 사서 카페로 이동해 커피와 디저트를 즐길 수 있기 때문이다. 어떤 손님들은 카페에서 두 시간 정도 머물며 구매한 책을 읽다 가기도 했다.

북스테이 손님만 챙기는 게 아니라 카페와 책방에서도 손님을 맞아야 해서 미자는 명상 수업을 주말에만 진행했다. 예전에 진행했던 다도 수업은 없애고 그 대신 명상 수업을 늘렸다. 주말에 진행하는 명상 수업에 참여하기 위해 북스테이를 예약하는 사람들도 있었다. 미자는 수도원에 있는 수사나 수녀를 초대해 진행하는 명상 수업도 계획했다.

재하의 도움으로 말끔하게 단장된 텃밭에는 어느새 각종 채소가 먹을 수 있을 정도로 자랐다. 준석은 식사 때마다 텃밭에서 기른 채소로 샐러드를 만들어 북스테이 손님 식탁에 올렸다. 나중에는 준석의 제안으로 방울토마토와 블루베리도 기르기 시작했다.

펜션에서 필요한 물품은 준석의 아버지 기동이 운영하는 K마트에 주문했다. 주문한 물품은 기동이 본인의 차로 배달해 주었다. 기동은 아들에게는 무뚝뚝했지만, 펜션에 올 때마다 영양제와 과일을 챙겨와 슬기에게 주고 갈 정도로 무척이나 다정한 시아버지였다. 마트가 바쁠 때는 재하가 차로 물품을 가져왔다. 미자와 선영이 재하에게 고맙다고 할 때마다 재하는 이웃사촌끼린데 뭐 어떠냐고 호탕하게 웃었다.

보통 미자와 선영, 준석, 슬기는 휴게실에서 함께 밥을 먹었는데 재하도 와서 밥을 먹을 때가 많았다. 그만큼 재하는 펜션에 자주 내려와 펜션 일을 도왔다. 어떨 때는 아예 노트북을 가지고 와서 하루 종일 서가에 앉아 글을 쓸 때도 있었다. 선영은 그런 재하에게 서가에 손님들이 왔다갔다해서 글이 잘 안 써지지 않냐면서 그냥 집에 가서 편하게 글 쓰라고 했다. 그러면 재하는 손사래를 치면서 서가에 앉아 있으면 마음이 안정되어서 오히려 글이 더 잘 써진다고 했다.

선영은 펜션을 단장하면서도 너무 일을 벌이는 건 아닌지 걱정했다. 그때 재하는 이렇게 선영의 걱정을 날려버렸다.

"아무리 생각해도 뭔가를 시작하기에 지금만큼 좋을 수는 없을 거예요. 지금은 시작 전이라 걱정스러울 수는 있겠지만 막상 시작하고 나면 하길 잘했다는 생각이 들 거니까 두고 보세요."

어느새 준석과 슬기가 가족처럼 지내게 된 것도 선영은 고마울 따름이었다. 미자도 식사 때마다 준석과 슬기와 밥을 같이 먹어서인지 더 이상 남처럼 느껴지지 않는다면서 좋아했다. 준석과 슬기가 여기에 들어와 살면서 안정을 찾을 수 있어서 좋다고 하는 것 또한 고마운 일이었다.

7월 한 달 동안 영업을 하면서 처음에는 정신이 없던 적도 있었지만, 서로 도와가며 하다 보니 금세 일이 익숙해졌고 여유를 찾을 수 있었다.

19

　영업을 시작하고 한 달쯤 지나자, 펜션을 다녀간 손님들이 소셜미디어에 사진과 리뷰를 올리면서 거북이 펜션 소셜미디어 계정에도 방문자가 많아졌다. 그뿐 아니라 복도에 기다랗게 꾸며진 서가 사진을 소셜미디어에서 보고 일부러 책방에 찾아와 책을 사고 서가를 배경으로 사진을 찍는 사람들도 늘었다. 그런 방문자는 대개 인근 지역에 거주하는 사람일 거로 생각하기 쉬우나 그렇지 않고 다른 지역 사람들이 훨씬 많았다.

　7월 말에는 소셜미디어 계정이 다운될 정도로 소셜미디어의 위력을 실감한 일이 있었다. 북스테이 손님들이 퇴실을 앞둔 평일 오전은 비교적 한가한 편이다. 책방이나 카페를 찾는 손님들은 주로 점심시간 이후에 방문했다. 그날도 네 사람은 청소를 마치고 휴게실에 앉아 음악을 들으며 이런저런 이야기를 나누고 있었다. 이 시간에는 보통 커피 한 잔씩 마시는 게 새로 생겨난 루틴이었다. 하지만 그날은 커피 대신 호박 식혜가 식탁에 놓였다. 미자가 요즘에 아침저녁으로 손발이 붓는다는 슬기를 위해 늙은 호박을 구해다가 식혜를 만들었다.

"음, 너무 맛있어요, 사장님."

슬기가 식혜를 한 고금 마시고 눈을 크게 뜨며 말했다. 선영도 식혜 맛을 보더니 미자를 향해 엄지를 들어 올렸다.

"호박 식혜는 처음인데, 보통 식혜보다 훨씬 더 맛있어요."

준석이 식혜를 한 번에 들이켜고 빈 잔을 내려놓으며 말했다.

"유리병에 담아놓았으니까 가져가서 냉장고에 넣어 놓고 슬기랑 같이 마셔."

미자가 식혜를 단번에 마셔버린 준석을 보고 흐뭇한 표정을 지었다.

"정말 고맙습니다, 사장님."

슬기는 식혜가 담긴 유리병을 본 순간 눈물이 핑 돌았다. 슬기는 바쁜 와중에도 자신을 위해 시간을 들여 호박 식혜를 만들어 준 미자가 무척 고마웠다. 부모 없이 보육원에서 자란 슬기에게는 이전에 느껴 보지 못한 낯선 경험이었다. 슬기는 거북이 펜션의 일원이 되고부터 임신한 자신을 세세하게 챙겨주는 미자와 선영이 친정엄마와 친언니 같다는 생각을 자주 하고 있었다.

"효과가 있으면 또 만들어 줄 테니까 아끼지 말고 열심히 마셔봐. 설탕을 안 넣었으니까 자주 마셔도 괜찮을 거야."

미자도 식혜를 맛보고 고개를 끄덕였다.

"고모, 설탕을 안 넣었는데도 이렇게 달수가 있어요?"

선영이 고개를 갸웃하면서 다시 식혜를 음미했다.

"아마 그런 걸 비법이라고 할걸?"

미자가 빙그레 웃으며 말하자 모두가 하하하 웃었다.

"다음에 고모가 호박 식혜를 만들 때 동영상 촬영해야겠어요. 하하."

선영의 말에 슬기가 맞장구쳤다.

"그럼, 촬영은 제가 할게요, 언니."

바로 그때 서가에 한 중년 여성이 들어섰다. 그녀는 선글라스를 끼고 목에는 연두색 스카프를 두르고 있었고 물 빠진 청바지에 북극곰이 그려진 흰색 반소매 티셔츠 차림이었다.

선영이 그녀를 보고 자리에서 일어나 인사했다. 그녀도 고개를 살짝 숙이며 답례했다.

"아직 다른 손님도 없으니까 저 손님한테 호박 식혜 한 잔 드시라고 해볼래?"

미자가 선영에게 말했다.

"아, 네, 제가 가서 말씀드려 볼게요."

선영이 서가에서 책을 들여다보고 있는 그 손님에게 가서 "괜찮으시면 호박 식혜 한 잔 드시겠어요?" 하고 말했다. 그러자 그녀는 호박 식혜라는 말에 반색하며 곧장 선영을 따라 휴게실로 들어왔다.

"여기 앉아서 편하게 드세요."

미자가 주방에서 크리스텔 유리잔에 호박 식혜를 가득 따라 가져와 손님에게 건넸다.

"색깔이 참 예쁘네요. 잘 마실게요."

손님은 선글라스를 낀 채로 슬기 옆자리에 앉아 식혜를 한 모금 마셨다.

"어머, 정말 맛있어요. 제가 먹어 본 식혜 중에서 최고예요."

"아이고, 입맛에 맞으시다니 다행이에요."

맞은편에 앉아 있던 미자가 활짝 웃으며 말했다.

"혹시 호박 식혜를 좀 사 갈 수 있을까요?"

"아, 죄송해서 어쩌죠? 호박 식혜를 판매용으로 만든 게 아니라서요."

선영이 미자를 일견하고 손님에게 말했다.

"아, 그러시구나. 식혜가 너무 맛있어서 저 혼자만 마시기 미안해서요."

"그럼, 한두 잔 정도는 드릴 수 있어요. 사실 손발이 붓는 데에 좋다고 해서 만든 거라서요."

미자가 슬기를 보면서 말했다. 그러자 손님도 슬기가 임신한 걸 알고 말했다.

"어머, 임신하셨네요. 축하해요."

"감사합니다."

슬기가 생긋 웃으며 대답했다.

"몇 개월이에요?"

"아, 이제 7개월 됐어요."

슬기가 배를 내려다보며 말했다.

"이제 몇 개월 안 남았네요. 조금만 더 고생해요. 사실 저도 예전에 임신했을 때 자주 손발이 부어서 호박 끓인 물을 많이 마셨거든요. 그래서 호박 식혜라는 말을 듣고 그때 생각이 떠올라 따라 들어왔어요. 호호호."

"아, 그러셨구나. 호박이 효과가 있긴 있나 봐요."

선영의 말에 손님이 말했다.

"확실히 효과가 있더라고요."

"저도 많이 마셔야겠어요."

슬기가 싱긋 웃는다.

"그런데 저희 펜션은 어떻게 알고 오셨어요?"

미자가 손님에게 물었다.

"아, 구례에 일이 있어서 왔다가 시간이 좀 나길래 이 근처에 가볼 만한 곳을 검색했더니 여기가 나오더라고요. 근데 여기 오길 잘했다는 생각이 드네요. 이렇게 맛있는 식혜도 마시고요."

"잘 오셨어요. 식혜 좀 담아놓을 테니까 나중에 가실 때 가져가세요."

미자가 식혜를 담으러 주방으로 가면서 말했다.

"식혜는 임신한 사람이 마셔야죠. 말씀만이라도 고맙습니다."

"많이는 아니고 한두 사람 마실 정도밖에 안 될 거예요."

어느새 미자는 주방에서 투명 아크릴 텀블러에 호박 식혜를 담고 있었다.

그러자 손님은 그 모습을 보고 멈칫하더니 선글라스를 벗었다. 선영과 준석이 선글라스를 벗은 손님 얼굴을 바라봤다. 뒤이어 미자를 보고 있던 슬기가 손님에게 시선을 돌리더니 놀란 표정으로 입을 열었다.

"혹시 영화배우 진보라 님 아니세요?"

그 말을 듣고 선영과 준석도 눈이 휘둥그레졌다.

"어머 저를 한눈에 알아보는 사람이 많지 않은데, 호호호."

보라는 선글라스를 식탁에 내려놓으며 활짝 웃었다. 보라는 중학생 때 단역으로 영화에 데뷔해 이십 대에 들어와 여러 작품에서 조연을 맡기 시작하더니 삼십 대에 들어서는 흥행을 보장하는 주연배우로 자리매김했다. 어느덧 사십 대 중반이 된 보라는 몇 해 전에 할리우드 영화에 출연해 아카데미 시상식에서 우수연기상을 수상함으로써 경력 30년 차 베테랑 여배우라는 걸 입증했다.

"우와, 세계적으로 유명한 영화배우를 이렇게 가까이서 볼 줄이야. 마치 꿈만 같아요."

슬기는 믿어지지 않는다는 듯 신기해했다. 선영과 준석도 유명 배우와 마주 보고 있는 이 순간이 신기하기는 마찬가지였다.

"이렇게 유명한 분이 저희 펜션을 찾아주시다니, 세상에 이런 일이 다 있네요."

미자가 식혜가 담긴 아크릴 텀블러를 보라에게 건네며 말했다.

"맛있는 식혜까지 주시고 정말 감사해요. 이렇게 좋은 분들도 만나고 오늘 제가 운이 좋네요. 호호호."

"저희가 운이 좋은 거죠. 스크린에서만 보다가 이렇게 직접 보게 될 줄 누가 알았겠어요."

선영이 신기한 듯 보라를 보면서 말했다.

"사실 구례에 촬영이 있어서 며칠 와 있었거든요."

"그럼 촬영은 다 끝난 거예요?"

선영이 물었다.

"오후에 한 장면만 촬영하면 다 끝나요. 사실 오전에 촬영이 비었는데. 숙소에만 있기 뭐해서 책이나 좀 볼까 하고 혼자 여기에 온 거예요."

"잘 오셨어요. 혹시 시간 되시면 저희랑 점심 식사도 하고 가세요. 여기 요리사가 음식을 썩 잘하거든요."

선영이 준석을 가리키며 말했다.

"저도 그러고 싶은데, 오늘은 일정 때문에 책만 사서 돌아가야 할 것 같아요. 대신 조만간 다시 와서 며칠 쉬었다 갈게요. 보니까 여기 북스테이도 하더라고요."

"그때 오시면 맛있는 거 많이 해드릴게요. 헤헤."

준석이 넉살 좋게 말했다.

"기대할게요. 호호호."

"숙박 앱으로 예약이 안 될 수도 있으니까 언제든지 이 번호로 전화하세요. 그럼, 저희가 미리 준비해 놓을게요."

선영이 휴대 전화 케이스에서 출판사 명함을 꺼내 보라에게 건넸다.

"도서 출판 거북이? 어머, 출판사도 하시네요. 고마워요. 오기 전에 미리 연락할게요."

보라는 촬영장으로 돌아가기 전에 서가에 들러 책을 열 권 넘게 샀다. 그런 다음에 펜션 식구들과 정원에 나가 사진을 찍었다. 보라가 떠나고 슬기가 보라와 찍은 사진을 소셜미디어에 올려도 될지 선영에게 물었다. 선영은 잠시 생각한 끝에 올리지 않는 게 좋을 것 같다고 했다. 유명 배우가 왔다 갔다고 하면 더 많은 사람이 펜션을 방문할 터였다. 그렇지만 사람들이 많으면 보라가 와서 쉬는 건 좀처럼 힘들지 싶었다. 보라가 언제든지 찾아와 쉴 수 있는 곳이 하나쯤은 있으면 좋을 것 같았다. 거북이 펜션이 그런 곳이길 바랐다. 선영의 말을 듣고 슬기도 공감했다.

그런데 며칠 후 거북이 펜션 소셜미디어 계정이 다운되는 일이 있었다. 갑작스럽게 계정이 다운되는 바람에 소셜미디어를 담당하는 슬기는 무척 당황스러웠다. 뒤늦게 그 원인이 밝혀졌다. 보라가 펜션에서 찍은 사진 몇 장이 소셜미디어에 돌아다녔고, 그 사진을 본 사람들이 일시에 거북이 펜션 계정으로 우르르 몰리면서 결국 계정이 다운된 것이다. 그 사진을 올린 사람은 바로 보라였다. 처음에 사진이 돌아다닌다는 것을 알았을 때 선영은 보라에게 괜히 미안한 마음이 들었다. 하지만 그 사진들이 원래 보라의 소셜미디어 계정에 올라가 있었다는 걸 알고는 다행이라고 생각했다. 아마도 보라가 일부러 펜션을 알리기 위해 사진을 올렸을 거라는 게 슬기의 추측이었다. 미자와 준석도 슬기와 같은 생각이었다. 선영은 생각할수록 보라가 고마웠다. 언제가 될지는 모르지만 보라에게 고마움을 전할 기회가 꼭 있기를 바랐다.

20

 8월이 되자 선영은 출간 작업에 들어갔다. 그렇다고 하루 종일 출간 작업만 한 것은 아니다. 오전에는 펜션 식구들과 함께 펜션을 구역별로 나눠서 청소하고 퇴실한 객실을 다시 말끔하게 단장했다. 그런 다음 다 같이 점심을 먹었다. 선영이 출판사 사무실로 들어가는 것은 그 이후였다. 선영이 사무실로 쓰는 공간은 명상 체험 교실 바로 옆으로, 교실을 반으로 나눠 만든 객실을 사무실로 꾸몄다. 선영은 집에서도 할 수 있는 작업이라 굳이 사무실까지 둘 생각은 없었다. 하지만 미자의 생각은 달랐다. 아무리 혼자 하는 출판사라도 사무실을 갖추고 있는 것과 그렇지 않은 것은 마음가짐부터 다르다, 그 일을 취미 삼아 하는 게 아니라 전문가로서 임하고 있다는 마음가짐을 위해서라도 사무실은 있어야 한다는 게 미자의 생각이었다. 맞는 말이었다. 사무실은 다른 사람에게 보이기 위해서가 아니라 그 일에 임하는 자신의 태도를 위해서라도 필요했다. 침대를 빼고 사무실로 꾸미는 일은 재하와 준석이 도왔다. 사무실 입구에는 '도서 출판 거북이'라는 아크릴 팻말을 매달았다.
 작은 객실 하나를 사무실로 바꾸면서 기존의 가족용 객실 셋 중 둘을 반으로 나눠 작은 객실로 바꿨다. 북스테이 콘셉트로 운영하면서 가족 단위 손님은 거의 없고 대부분 혼자 오는 손님이었기 때문에 넓은 객실보다는 작고 아늑한 객실이 필요했다. 그렇게 해서 본관에는 큰 객실 하나, 작은 객실 열, 카페와 주방이 있는 휴게실, 명상 교실, 출판사, 비품실 그리고 복도에 차려진 책방이 있다.

오후에는 출간 작업하는 선영을 돕기 위해 재하가 펜션에 내려와 저녁까지 머물렀다. 그는 서가 끝에 놓인 책상에 앉아 글을 쓰다가 손님들이 책 찾는 것을 도왔다. 이따금 선영은 사무실을 나와 재하와 대화를 나누며 커피를 마셨다. 대화 주제는 주로 재하가 쓰는 글이나 유튜브 영상 촬영과 편집, 그리고 펜션에 관한 이모저모였다.

"혼자 작업하는 소감이 어때요? 팀원들이랑 일하다가 혼자 하려니까 좀 이상하지 않아요?"

재하가 선영에게 묻는다.

"그런 점이 없는 건 아니지만, 그래도 예전에 출판사를 처음 시작할 때가 생각나서 좋아요. 그때는 혼자서 이것저것 하느라 바쁘면서도 몇 년 후에 출판사가 어떻게 변하게 될지 생각하면 무척 설렜거든요. 출판사를 키우고 싶다는 욕심도 있었고요."

"그러면 지금은 출판사를 키우고 싶은 욕심은 없어요?"

"지금은 출판사를 키우고 싶은 욕심은 없고, 일 년에 책 한 권을 만들더라도 즐겁게 만들고 싶어요. 책을 여러 권 낼 욕심으로 일에 치여서 살고 싶지는 않거든요."

"그 말에 저도 공감해요. 유튜브에 올리는 콘텐츠를 만들 때도 제가 즐거워야지 보는 사람도 좋아하더라고요. 그건 그렇고 설마 일 년에 책을 한 권만 낼 거란 말은 아니죠?"

재하가 씩 웃으며 선영을 흘끔 바라본다.

"그야 모르죠. 지금 만들고 있는 책 마무리되는 거 보고 생각해 봐야겠는데요."

선영은 재하의 농담을 받아 돌려주며 쿡쿡 웃다가 다시 말을 잇는다.

"왜요? 제가 재하 씨 책 내는 거 잊어버렸을까 봐요? 걱정하지 마세요. 다른 책은 안 내더라도 재하 씨 책은 꼭 낼 테니까요."

"그런 거죠? 혹시 선영 씨가 힘들어서 못 한다고 할까 봐 순간적으로 가슴이 철렁했네요. 하하하."

"재하 씨도 참, 제가 누구 때문에 여기서 출판사를 하는데, 재하 씨 책을 소홀히 하겠어요. 하하하."

"제가 선영 씨 덕분에 오늘은 글이 잘 써질 것 같네요."

"그러면 저도 이만 들어가서 작업해야겠네요. 글 열심히 쓰세요."

"네, 수고해요, 선영 씨."

재하는 사무실로 향하는 선영의 뒷모습을 흐뭇하게 바라본다.

선영이 들어가고 얼마 있지 않아 카페에 있던 준석이 재하에게 다가왔다.
"형, 선영 누나한테 남자친구가 있었던 거 알아요?"
"뭐, 뭐? 남, 남자친구?"
재하는 남자친구라는 말에 말을 더듬는다.
"네. 혹시 알아요?"
"예전에는, 그런데 갑자기 그건 왜 묻냐?"
"아니, 그 전 남자친구라는 사람이 찾아왔더라고요."
"뭐? 언, 언제?"
"조금 전에 카페로요."
"그러면 지금도 카페에 있어?"
"아니요. 사장님이 그분을 데리고 운동장 쪽으로 가셨어요. 그런데 사장님이 나가시면서 선영 누나한테는 말하지 말라고 하시더라고요. 그래서 형한테 슬쩍 물어보는 거예요."
"어, 그랬구나. 선영 씨가 전에 근무한 출판사 사장이라 정리할 게 있어서 왔나 보다."
재하는 주호와 선영이 이미 끝난 사이라고 알고 있었다. 그런데 왜 주호가 연락도 없이 찾아왔는지 궁금했다. 재하는 출판사에 계약하러 갔을 때 주호를 한 번 만난 적이 있다. 주호는 정장이 잘 어울리고 세련되게 가르마를 탄 머리 스타일이 매우 인상적인 전형적인 도시 남자였다. 그때는 주호와 선영이 사귀는 사이라는 건 알지 못했다. 나중에 담당 편집자와 밥을 먹으며 이야기하던 중 두 사람이 출판사를 같이 설립했고 곧 결혼할 사이라는 걸 알았다. 그 말을 들었을 때는 두 사람이 참 잘 어울린다고 생각했다. 그런데 그 성공한 도시 남자는 선영을 두고 다른 여자와 바람을 피웠다. 세상에 믿을 놈 하나 없다는 말은 주호를 두고 하는 말이려니 했다. 같은 남자지만 주호가 결혼할 사람을 두고 어떻게 그럴 수가 있는지, 아무리 생각해도 이해가 안 갔다. 그런 일이 있고 선영은 이곳으로 내려와 웃음을 되찾았고 나름대로 잘 살고 있었다. 그런데 몇 개월이 지난 지금 그가 이곳을 방문한 이유는 무엇이란 말인가? 재하는 주호가 겨우 아문 선영의 상처를 다시 들추는 건 아닌지 걱정됐다.

미자는 주호와 함께 정원에서 운동장으로 이어지는 계단식 관람석 맨 아래 좌석에 앉았다. 본관에서 내다봐도 보이지 않는 곳이었다. 미자는 연락도 없이 주호가 카페에 불쑥 들어섰을 때 가슴이 철렁했다. 주호의 방문이 선영에게 또다시 상처를 주지 않을까 해서였다. 일단 선영에게 알리고 싶지 않아서 곧장 주호를 데리고 나온 것이다.

"그동안 잘 지내셨어요, 고모님?"

"보다시피 나야 잘 지냈네. 그런데 연락도 없이 무슨 일로 왔나?"

"진즉 찾아뵙고 사과드렸어야 했는데, 죄송합니다."

"내가 자네를 얼마나 든든하게 생각했는지는 내가 말 안 해도 잘 알 걸세. 자네가 선영이를 두고 그런 짓을 했다고 들었을 때도 믿어지지 않더군. 지금 와서 그런 얘기해 봤자 무슨 소용이 있겠는가마는 내가 너무 속상해서 하는 말이려니 생각하게."

"제가 입이 열 개라도 드릴 말씀이 없어요, 고모님. 죄송합니다. ……그런데 고모님, 제가 잘못은 했어도 이대로 손 놓고 선영이를 놓칠 수가 없어서 왔어요. 선영이에게 한 번만 더 기회를 달라고 부탁하려고요. 미리 연락하면 오지 말라고 할 게 뻔해서 무작정 얼굴이라도 보면서 이야기하려고 이렇게 왔습니다."

"하지만 선영이는 자넬 만나고 싶지 않을 거네. 선영이가 말은 안 해도 속이 괜찮을 리 있겠는가? 다행스럽게도 여기에서 할 일을 찾았고 지금은 그 일 하면서 잘 지내고 있네."

"안 그래도 펜션을 새롭게 단장하셨더군요."

"내가 병원에 입원해 있는 동안 선영이가 맡아서 한다고 고생했지. 그래서 말인데 선영이가 겨우 상처받은 일을 잊고 살아가고 있는데 자네를 만나면 다시 힘들어지는 거 아닌지 걱정이 되네."

"무슨 말씀인지 잘 알겠습니다. 그래도 죄송하지만 선영이를 만나서 이야기 좀 하게 해주세요, 고모님. 선영이가 시간이 필요할 것 같아서 퇴직금 이야기도 못 했거든요."

"휴!"

미자는 주호의 말을 듣고 한숨을 길게 내보낸다.

"그러면 내가 들어가서 선영이에게 자네 왔다고 말해 볼 테니까 자네는 여기서 기다리게."

"감사합니다, 고모님."

주호는 일어서서 미자에게 고개를 깊이 숙인다.

미자는 주호를 뒤로하고 선영을 만나러 가는 발걸음이 무겁기만 하다. 주호가 왔다는 말을 듣고 선영이 어떻게 반응할지 생각하니 마음이 착잡할 따름이다.

재하는 노트북 너머로 밖에서 들어온 미자가 출판사 문 앞에 서 있는 것을 보았다. 미자가 곧장 사무실 문을 열지 않고 그대로 서 있는 걸로 봐서 지금 그녀의 머릿속이 얼마나 복잡한지 재하에게도 고스란히 전해졌다. 주호가 돌아갔는지는 아직 알 수 없었다. 재하는 가슴이 답답했다. 바람이라도 쐐야 할 것 같아 옆문으로 나왔다. 뒤뜰 나무 그늘에 앉아 있는 진순이와 독도가 보였다. 잠시 진순이와 독도를 운동장에 데리고 가서 공놀이라도 시키면 좋을 것 같았다.

운동장 초입에서 재하가 먼저 진순이 목줄을 풀고 운동장 끝으로 테니스공을 던졌다.

"진순아, 공!"

진순이 재하의 말이 떨어지자마자 공이 날아간 쪽으로 쏜살같이 달렸다. 재하는 독도의 목줄을 손에 쥐고 진순이가 달려가는 쪽을 지켜봤다. 진순이 순식간에 운동장 끝자락에서 공을 찾아 물고 전속력으로 재하에게 달려왔다. 독도가 그 모습을 보고 멍멍 짖었다.

"그렇지. 진순아, 잘했어."

재하가 진순이 물어온 공을 손에 들고 껄껄 웃었다. 진순이 재하의 칭찬에 격하게 꼬리를 흔들며 좋아했다.

"다음은 독도가 공을 찾아오는 거다."

재하가 진순이에게 목줄을 다시 채운 다음 독도의 목줄을 풀었다. 재하가 테니스공을 들어 보이자, 독도가 멍멍 짖으며 공에 시선을 모았다.

"독도야, 공!"

재하가 공을 힘껏 던지면서 외쳤다. 올라간 재하의 팔이 내려오기도 전에 독도는 날아가는 공을 따라 뛰었다. 그러더니 어느새 독도가 입에 공을 물고 흙먼지를 일으키며 달려왔다. 독도의 빠른 속도에 재하의 입이 벌어졌다.

"우와, 우리 독도 엄청 빠르네."

재하는 독도를 쓰다듬으며 칭찬했다. 정원에 나와 있는 손님들이 그 모습을 보고 손뼉을 쳤다. 그 소리에 재하가 고개를 돌렸다. 몇몇 손님들은 휴대 전화로 사진을 찍었다. 재하가 독도에게 다시 목줄을 채우고 독도와 진순을 앞세우고 손님들이 있는 쪽으로 다가갔다. 둘 다 한바탕 신나게 달려서인지 기분이 좋아 보였다. 독도와 진순이 다가가자, 손님들이 휴대 전화를 꺼내 촬영했다. 그때 한 손님이 독도와 진순에게 다가오며 손을 내밀었다. 보통 손님들은 개를 좋아하면서도 혹시나 개가 물기라도 할까 봐 적당한 거리를 유지했다. 그런데 그 손님은 개를 전혀 무서워하지 않고 혀로 똑똑 소리를 내며 독도와 진순을 쓰다듬었다. 독도와 진순도 손님의 손을 핥으며 좋아했다.

"어? 혹시 정주호 대표님 아니세요?"

그 모습을 지켜보던 재하가 주호를 알아보고 말했다. 비록 한 번 봤을 뿐이지만 머리 스타일이 워낙 인상적이었고 더구나 준석에게서 주호가 왔다는 소식을 들었던 터라 한눈에 알아볼 수 있었다.

"네, 그런데 누구신지?"

주호가 일어서면서 재하를 바라봤다. 주호는 재하를 알아보지 못했다.

"전에 출판사에서 출판 계약할 때 한 번 뵌 적 있는데 아마 기억 못 하실 거예요. 저는 신재하라고 합니다.『가끔은 불안해도 여전히 씩씩하게 살고 있습니다』와『심리학을 알면 우리는 얼마나 행복할 수 있을까』라는 책을 냈는데……."

"아, 알죠, 알죠. 아이고, 반갑습니다, 작가님."

주호가 재하에게 악수를 청하자, 재하가 손을 내밀어 악수했다.

"여기서 작가님을 만나 뵙게 되네요. 그런데 여기는 어떻게?"

"아, 저기 언덕 너머가 제 집이에요. 사촌 동생도 여기서 일하고 있어서 펜션 바쁠 때는 저도 여기 내려와 있거든요."

"이런 신기한 우연이 다 있네요."

주호는 놀랍다는 듯 고개를 느리게 끄덕였다.

"그러게요. 저도 선영 씨를 보고 세상에 이런 우연이 다 있다고 생각했습니다. 하하하."

재하의 말을 듣고 있던 주호는 '선영 씨'라는 말이 귀에 거슬렸다. 동시에 왠지 모를 불길한 기운이 스멀스멀 올라왔다. 일순 주호의 표정이 굳어졌다. 재하도 주호의 표정에서 불편함을 읽었다. 재하는 왠지 주호의 그런 표정이 고소했다.

"저는 이만 일이 있어서 안에 들어가야겠네요. 그러면 볼일 보시고 조심히 가세요, 대표님."

재하가 웃으며 고개를 살짝 숙이고 인사했다.

"아, 네, 작가님. 여기서 만나서 반가웠습니다."

주호도 재하의 인사에 목례로 답하며 말했다.

재하가 독도와 진순을 앞세우고 본관 가장자리를 지날 때 반대쪽에서 선영이 나오고 있었다. 선영이 정원으로 걸어가는 걸로 보아 주호를 만나러 가는 길이라는 걸 알 수 있었다. 그래, 주호를 피하는 건 선영이 지난 일을 잊는 데 전혀 도움 되는 일이 아니었다. 재하는 주호를 만나기로 한 선영에게 응원의 박수를 보내고 싶었다. 주호를 만나러 가는 지금 선영은 생각이 복잡할 터였다. 하지만 돌아설 때는 피하지 않고 만나기를 잘했다고 선영이 뿌듯해할 거라고 재하는 믿었다.

21

조금 전 미자가 출판사 문을 열고 들어섰을 때 선영은 키보드를 타닥타닥 두드리던 손을 멈추고 미자에게 시선을 돌렸다.

"고모, 손님들이 많으면 제가 가볼까요?"

선영은 갑자기 손님이 몰려서 미자가 자신을 부르러 왔다고 생각했다.

"그런 게 아니라……."

미자가 말꼬리를 흐리자 선영이 자리에서 일어나 미자에게 다가갔다.

"무슨 일이에요, 고모?"

"그래, 언제 한 번은 겪어야 할 일이니까 그냥 잘됐다고 생각하련다."

선영은 눈을 크게 뜨고 미자의 다음 말을 기다렸다.

"주호가 왔다."

선영은 주호라는 말을 듣는 순간 심장이 두방망이질을 치기 시작했다. 선영이 약간 떨리는 목소리로 물었다.

"언제요?"

"조금 전에 왔길래 내가 그냥 돌려보내려고 했는데, 주호가 너를 꼭 보고 가야겠다고 하는구나. 만나서 좋을 게 있겠나 싶으면서도 그렇다고 피할 일도 아닌 것 같아서 일단 기다려 보라고 했다. 선영이 네 생각은 어떠니?"

"그러면 주호 오빠는 지금 어디 있어요?"

"운동장 관람석에 있을 거야."

선영은 마음이 먹먹해지는 자신의 감정에 다소 혼란스러웠다. 주호와는 완전히 끝난 사이라고 생각하고, 또 그렇게 믿고 있었는데, 마치 주호가 찾아오기를 기다리고 있었던 사람처럼 일순에 들뜬 자신을 알아차렸기 때문이다. 선영은 말도 안 되는 일이라고 생각하며 고개를 저어 들뜬 감정을 흐트러뜨렸다. 주호와 헤어지고 구례에 내려온 지 어느새 3개월이 넘었다. 10년 가까이 사귄 사람을 완전히 잊기에는 턱없이 부족한 시간이다. 그럼에도 그동안 새로 벌인 일에 몰입하느라 그랬는지 주호와의 일이 아주 까마득한 일처럼 느껴졌다. 그렇다고 주호가 생각나지 않는 건 아니었다. 주호를 떠오르는 일이 처음처럼 그렇게 아프지 않았을 뿐이었다. 그러면서 두 번 다시 되돌릴 수 없는 일임을 받아들였다, 아니, 그래야 한다고 믿었다. 선영은 구례에 내려와 새롭게 시작한 지금이 행복하다. 무엇보다도 함께 일을 꾸려나가는 사람들이 좋다. 특히 재하는 선영이 출판사를 시작한 이유였다. 미자, 재하, 준석, 슬기. 진순이, 독도에 이르기까지, 이들은 선영의 삶에서 빼놓을 수 없는 소중한 존재들이다. 무슨 일을 결정할 때는 가장 소중한 것이 무엇인지를 생각해 보면 그다음에 무엇을 해야 할지가 명확해지는 법이다. 이렇게 생각하니 선영은 마음이 가벼워졌다.

"그래요, 고모. 내가 가서 만나볼게요. 걱정하지 마세요."

미자는 안쓰러운 표정으로 선영의 손을 잡고 고개를 끄덕였다.

선영은 정원 분수대를 돌아 운동장 쪽으로 걸었다. 몇몇 손님들이 나무 그늘에 앉아 책을 읽었다. 운동장 관람석 맨 아래 칸에 앉아 있는 주호가 보였다. 몇 개월 만이지만 그의 뒷모습은 여전히 듬직했다. 그 순간 선영의 심장이 빠르게 뛰었다. 선영은 마음을 가라앉히기 위해 숨을 깊이 들이마셨다가 내보냈다. 계단을 내려오는 발소리를 듣고 주호가 고개를 돌렸다.

"선영아!"

　주호는 선영을 보자마자 자리에서 벌떡 일어나 손인사를 했다. 선영은 아무 대답 없이 주호에게 다가갔다.

"오랜만이네요."

　선영이 애써 태연한 척 말하며 주호 옆에 앉았다.

"어, 그래, 잘 지냈지?"

　주호도 주뼛거리며 선영의 옆에 앉았다.

"네, 출판사 직원들도 잘 지내죠?"

"어, 다들 잘 지내지, 뭐."

"내가 안부 묻더라고 전해줘요."

"그래, 그럴게."

　언제나 그렇듯 주호의 목소리가 따뜻하게 느껴졌다.

"그런데 여긴 연락도 없이 무슨 일이에요?"

선영은 주호가 아닌 앞쪽 운동장 끝을 바라보며 말했다. 그것은 자신의 감정 변화를 주호에게 들키고 싶지 않았기 때문이다.

"연락하면 내려오지 말라고 할 것 같아서 네 얼굴 보고 이야기하지, 싶어서 무작정 내려온 거야."

선영은 아무 말 없이 주호의 말을 들었다.

"내가 그동안 연락을 안 한 건 선영이 너에게 생각할 시간을 주고 싶어서였어. 우리가 함께한 10년이란 세월을 한 번의 실수로 그대로 무너뜨리기엔 너무 아깝잖아. 그래서 말인데, 선영아, 나한테 한 번만 더 기회를 주면 안 되겠니? 앞으로 그런 일은 두 번 다시 없을 거라고 맹세할게."

선영은 주호의 말을 듣고 일을 이렇게 만든 주호가 원망스러워 울컥 화가 치밀었다. 선영은 주호가 있어 늘 마음이 든든했다. 그런 주호가 자신을 두고 여직원과 부도덕한 일을 저지르지만 않았어도 선영은 늘 그랬듯 주호와 함께 있는 이 순간이 행복했을 터였다. 그 순간 자신을 바라보는 주호의 시선이 느껴졌다. 지금 주호에게 화를 낸다면 자신이 여전히 주호를 못 잊고 있다는 걸 알리는 꼴이었다. 그럴 수는 없었다. 선영은 감정을 추스르기 위해 주호 맞은편으로 시선을 돌리며 침을 꼴깍 삼켰다. 잠시 후 마음이 진정된 선영은 울컥한 감정을 털어버리고 미리 할 말을 준비라도 한 것처럼 차분하게 말을 시작했다.

"그런 일이 있고 여기에 내려올 때만 해도 여기서 좀 쉬었다가 다시 서울로 올라갈 생각이었어요. 올라가서 오빠 없이도 잘 살아가는 모습을 보여주고 싶었거든요. 자존심 때문에라도 꼭 그러고 싶었어요. 그런데 여기에서 생각지도 않는 일이 나를 기다리고 있더군요. 원래 내가 내려올 줄 알고 미리 준비해 놓은 것처럼요. 나는 그 일을 흔쾌히 받아들였어요. 오빠하고 그런 일이 없었다면 일어나지 않았을 일이죠. 그래서 운명이란 이런 거구나, 했어요. 펜션을 새롭게 단장하면서 카페, 책방, 출판사까지 준비한다고 바빴지만 그래도 힘든 줄 모르고 나름 재미있었어요. 함께 일하는 펜션 식구들도 늘어서 하루하루가 즐겁고 행복해요. 제 말은, 오빠에게 돌아갈 일은 없다는 거예요. 그러니까 오빠도 잘 지내기를 바랄게요."

선영은 감정에 휩싸이지 않고 이성적으로 말을 끝냈다는 생각에 스스로가 대견스러웠다.

"선영이 네가 힘들게 시작한 일이니까 잘됐으면 좋겠어. 그래서 말인데 나도 네가 여기서 시작한 일을 어떻게든 돕고 싶어. 책방이나 출판사를 운영하려면 비용이 많이 들 테니까 내가 그 비용을 댈게. 그러니까 일종의 투자지, 투자."

"이런 상황에서 오빠가 투자한다고 하면 내가 잘됐다고 고마워라도 할 줄 알았어요. 다시 한번 더 말하는데, 오해하지 말아요. 난 돈 때문에 오빠를 만난 게 아니에요."

"알아. 난 지금까지 네가 돈 때문에 나를 만난다고 생각한 적은 한 번도 없어. 그건 내가 맹세할 수 있어. 내가 투자하겠다고 한 건 네가 얼마나 노력을 기울였을지 짐작하기 때문이야. 그리고 내가 너의 능력을 믿기 때문이기도 하고. 그건 우리 둘이 시작한 출판사가 증명하고 있잖아."

"정말로 그렇게 생각한다면 돈 때문에 어쩌고 하는 말은 취소할게요."

선영은 주호의 말이 진심이라는 걸 알고 있다. 그러지 않았다면 아무리 여자친구라도 같이 출판사를 차려보자거나 출판 관련 실무를 전부 맡아달라고 제안하지는 않았을 것이다. 선영은 지난 일을 떠올리고 있는 자신을 알아채고 이대로 조금만 더 있다가는 마음이 약해질 것 같아 자리에서 벌떡 일어섰다.

"난 오빠에게 할 말은 다 했으니까, 더 할 말 없으면 난 들어갈게요."

"잠깐만, 선영아." 주호가 황급히 일어서며 떠나려는 선영을 멈춰 세웠다. "내일 다시 올게."

선영은 자신이 잘못 들은 건 아닌지 하고 주호에게 고개를 돌렸다.

"내일 다시 오다니요? 여기를요? 왜요?"

"왜라니, 너랑 이야기하려고 그러는 거지."

"그러지 말고 오빠도 바쁠 테니까 할 말이 있으면 지금 하고 서울로 올라가요."

"나한테는 일보다 네가 더 중요해. 사실 선영이 네가 없으니까 일할 의욕도 안 생겨." 주호가 선영을 애정 어린 시선으로 바라보며 말했다. "그리고 우리는 대화가 필요해."

선영은 주호의 말에 멈칫했다. 아주 잠깐이긴 하지만 다시 예전으로 돌아가고 싶다는 생각이 들었기 때문이다.

"말도 안 돼." 선영은 허공에 손사래를 쳤다. "난 우리가 대화한다고 해서 아무 일도 없었다는 듯이 예전으로 돌아갈 수 있을 거라고 생각하지 않아요. 대화할수록 좋았던 우리 관계를 망쳐버린 오빠를 더 원망하게 될 거라고요. 난 누구를 미워하고 원망하면서 소중한 시간을 낭비하고 싶지 않아요."

말을 끝낸 선영이 한숨을 휴 하고 내뱉었다.

"내가 저지른 행동에 대해서는 죽을 때까지 너에게 속죄하며 살게. 다시는 네 마음을 아프게 하는 일은 없을 거야. 내가 단순히 말로만 그러는 게 아니라는 증거로 내가 가진 모든 재산의 소유권을 선영이 네 명의로 바꿀 수도 있어. 이건 내 진심이야." 주호가 선영에게 한 발짝 다가서며 다시 말을 이었다. "나한테 욕을 퍼부어도 좋고 따귀를 때려도 좋으니까 내 진심을 보여줄 수 있는 기회를 좀 줘. 부탁이야."

선영이 다시 한숨을 내뱉었다.

"정 그렇다면 좋아요. 난 오빠가 내일 여기에 오든 안 오든 상관하지 않겠어요. 그건 오빠의 자유니까요. 하지만 오빠가 여기에 온다고 해서 내가 오빠에게 시간을 내줘야 할 의무는 없다는 것만 알아 두세요."

"당연하지." 주호는 선영이 다시는 오지 말라고 하지 않는 것만으로도 너무 기뻐서 자신도 모르게 목소리가 커졌다. "시간을 내달라고 너를 귀찮게 하는 일은 절대 없을 거야. 나는 그냥 손님 중 한 사람이라고 생각해 줘."

선영은 적극적으로 나오는 주호가 조금은 당황스러웠지만 내심 싫지는 않았다. 그렇게 생각하는 자신이 놀라워 더 이상 있을 수가 없었다. 그래서 "난 들어갈 거예요."라는 말을 남기고 주호에게서 멀어졌다.

"그래, 선영아. 들어가. 수고해."

주호는 멀어지는 선영의 뒷모습에 대고 말했다. 쩌렁쩌렁한 그의 목소리가 선영의 마음을 파고들었다.

다음 날 펜션 식구들이 점심 식사 후 카페에 앉아 쉬고 있을 때 주호가 열린 카페 문으로 들어왔다. 선영과 미자가 동시에 주호를 알아봤다. 선영은 '진짜 왔네.' 하는 표정을 지으며 고개를 저었다. 미자는 안절부절못해 선영의 눈치를 살피며 자리에서 일어나 주호에게 말을 건넸다.

"아니, 자네가 웬일로 또 왔나?"

"안녕하세요, 고모님." 주호가 꾸벅 고개를 숙여 인사했다. "어제는 펜션을 자세히 못 보고 가서 오늘은 천천히 둘러보려고 왔어요. 아, 그냥 손님이라고 생각하시고 저는 신경 안 쓰셔도 돼요, 고모님."

그제야 주호를 알아본 준석과 슬기가 자리에서 일어나 주뼛거리며 주호에게 인사했다. 주호도 두 사람에게 살짝 고개를 숙여 답했다. 준석과 슬기는 일이 어떻게 돌아가는지 몰라 어리둥절했다. 미자 역시 주호를 보자마자 발끈할 줄 알았던 선영이 의외로 침착한 걸 보고 어리둥절하기는 마찬가지였다.

선영은 주호에게 눈길을 주지 않고 출판사 사무실로 향했고, 주호는 예상하고 있었다는 듯이 아무렇지도 않게 복도로 나가 느릿느릿하게 걸으며 서가에 진열된 책들을 구경했다.

잠시 후 슬기가 계산대에 앉아 있고 미자와 준석은 저녁에 쓸 식재료를 준비하러 주방으로 들어갔다.

"사장님, 어떻게 된 걸까요? 혹시 저분 선영 누나랑 화해한 거예요?" 준석이 미자에게 조용히 물었다.

"그럴 리가 있겠어. 다만 주호가 선영이의 마음을 돌리기 위해 단단히 마음먹었다는 건 분명한 것 같구나."

"그럼, 선영 누나가 저분이랑 잘될 가능성은 없는 거네요."

준석이 다시 물었다.

"글쎄, 선영이가 어떤 선택을 하느냐에 달려 있겠지. 근데 지금까지 그래왔던 것처럼 선영이가 잘 생각해서 결정하리라 믿어."

미자는 어떤 선택이 선영이에게 좋을지 확신이 서지 않았지만 선영이가 현명한 선택을 할 거로 믿었다.

출간 작업을 위해 점심 식사 후 출판사 사무실에 들어갔던 선영은 다른 날과 다르게 좀처럼 밖으로 나오지 않았다. 주호는 서가 한쪽에 놓인 의자에 앉아 책을 읽었다. 그가 정원이 아닌 서가에 앉아 있었던 것은 선영이 밖으로 나오면 잠시라도 대화할 기회를 얻기 위해서였다. 하지만 선영이 오후 4시가 다 되도록 밖으로 나오지 않자, 주호는 읽던 책 두 권을 사 들고 돌아갔다. 비록 오늘 선영과는 말 한마디 섞질 못했지만 그렇다고 해서 서울로 향하는 주호의 표정이 어두운 건 아니었다. 몇 시간 동안 선영과 벽 하나를 사이에 두고 가까이 있었다는 것만으로도 그의 마음은 이미 희망으로 가득 찬 상태였기 때문이다. 어제 서울에서 내려올 때는 혹시 선영이 자기를 만나주지도 않을까 봐 오는 내내 마음을 조렸다. 그 일을 생각하면 문전박대를 당하지 않은 것만으로도 주호는 고마울 따름이었다. 자기가 저지른 일이 선영에게 얼마나 큰 상처가 되었는지 알고 있기에 선영이 자기를 용서하기가 쉽지 않을 거란 것도 알았다. 그러기에 주호는 선영의 마음을 돌리기 위해 주말마다 구례에 내려와 펜션에서 시간을 보낼 생각이다. 매주 얼굴을 보다 보면 마음으로 느끼는 서로의 거리감도 줄어들 거로 믿는다.

"다음 주말에 또 봬요, 고모님."

주호가 책값을 계산하고 나오면서 미자에게 한 말이다. 그 말에 미자는 어리둥절한 표정으로 주호를 바라볼 뿐이었다.

재하는 볼일이 있어 아침에 광주에 갔다가 해가 질 무렵 펜션으로 돌아왔다.

"형, 그 사람이 또 왔다 갔어요."

물어볼 게 있다며 밖으로 재하를 불러낸 준석이 말했다.

"또 오다니, 누가 왔단 말이야?"

"그 왜 있잖아요, 선영 누나 전 남자친구라는 사람이요. 그 사람이 또 왔었다니까요."

"어제 왔던 출판사 대표가 또 왔단 말이야?"

"그렇다니까요."

"무슨 일로?"

재하는 어제 서울로 올라간 줄 알았던 주호가 다시 왔다는 말에 어리둥절했다.

"사장님은 그 사람이 선영 누나의 마음을 돌리기 위해 마음을 단단히 먹은 것 같다고 하시던데요. 제가 보기에도 그런 것 같았어요. 근데 선영 누나는 그 사람한테 말 한마디 안 걸더라고요. 더 놀라운 건 그 대표라는 사람이 가면서 사장님한테 뭐라고 한지 알아요?"

"뭐라고 했는데?"

"아, 글쎄, 다음 주말에 또 오겠다는 거 있죠. 선영 누나가 알아서 결정하겠지만 난 선영 누나가 그 사람하고 잘 안됐으면 좋겠어요."

"왜?"

"그야, 술이나 도박, 여자 문제로 물의를 일으킨 사람은 또 그럴 가능성이 높으니까요. 형은 그런 생각 안 해요?"

"그렇기는 하지만…… 음, 선영 씨가 잘 생각해서 결정하겠지."

재하는 말은 그렇게 했어도 속으로는 선영이 주호에게 돌아가는 일은 절대 있어서는 안 된다고 생각했다. 재하가 무엇보다도 화가 나는 건 서울에서 있었던 좋지 않은 기억을 잊고 점차 웃음을 되찾고 있는 선영을 주호가 다시 나타나 선영을 혼란스럽게 한다는 점이었다. 중요한 건 선영의 마음이었다. 제하는 선영이 주호와 다시 잘될 일은 없다고 생각하지만, 주호가 마음을 단단히 먹은 것 같다는 말이 왠지 마음에 걸렸다. 당분간 긴장된 마음으로 두 사람을 지켜봐야 할 것 같았다.

22

다음 날 선영은 출판사 책상에 앉아 컴퓨터 모니터를 읽어 내려가고 있다. 그때 슬기가 반쯤 열린 사무실 문으로 얼굴을 빼꼼 내밀었다.
"언니, 아이스크림 먹게 휴게실로 오세요."
"무슨 아이스크림?"
"아, 아버님이 왔다 가셨는데 사 오셨더라고요."
"그래? 여름에는 아이스크림이지. 가자."

선영과 슬기가 휴게실에 들어가자, 쭈쭈바를 빨고 있던 미자와 준석이 어서 오라고 손짓했다. 재하도 준석의 옆에 앉아 하드의 포장지를 뜯고 있었다.
"누나는 어떤 걸로 드릴까요?"
준석이 하드와 쭈쭈바를 들어 보이며 말했다.
"오늘은 나도 하드를 먹고 싶네."

선영은 준석이 건네는 하드를 받아들고 미자 옆에 앉았다.

"그러면 쭈쭈바는 내가 먹을게."

슬기가 준석이 들고 있는 쭈쭈바를 가져가며 말했다.

"여름인데도 안에 있으면 더운 줄을 모르겠어요."

선영이 하드 윗부분을 한 조각 베어 물면서 말했다.

"그렇죠? 서울 같았으면 여름에 에어컨 안 켠다는 건 상상도 못 했을 텐데 여기서는 문만 열어놓으면 이렇게 시원한 바람이 부니까요."

재하가 선영의 말에 맞장구쳤다.

"펜션 시작할 때 에어컨에 신경 써야 한다고 하길래 공간마다 에어컨을 설치했는데 자연 바람이 워낙 시원해서 잘 안 틀게 되더라고."

쭈쭈바를 먹던 미자가 실내를 둘러보며 말했다.

"구례라고 다 이러지는 않아요. 아버지 집에는 에어컨 안 틀면 자다가도 땀이 흐를 정도예요."

준석이 고개를 절레절레 흔들었다.

"여기가 산바람하고 강바람이 만나는 지점이라 더 시원한 것 같아요. 그리고 복도 천장에 팬이 있어서 서가에서 책 보는 손님들도 덥다고 하는 걸 못 봤어요. 그런데 복도 천장에 팬을 다는 건 누구 아이디어였어요? 손님들이 운치 있다고 좋아하더라고요."

슬기가 선영과 미자를 번갈아 보고 말했다.
"어, 복도가 길어서 다소 밋밋할 것 같아서 서가 꾸밀 때 달아달라고 한 거야."
선영이 복도 쪽을 돌아보더니 다시 말을 이었다.
"달 때는 너무 요란한 거 아닌가 하는 생각도 있었는데 지금은 잘했다 싶어."
"말이 나와서 말인데, 우리도 굿즈 한번 만들어 보면 어떨까요?"
"갑자기?"
슬기의 말에 준석이 눈을 크게 떴다.
"들어봐. 갑자기는 아니고 얼마 전에 유튜브에서 새로 생긴 카페를 소개하는 채널을 봤는데, 거기에서는 굿즈를 팔더라고. 머그잔, 나무젓가락, 에코백, 손수건 등등 종류도 다양했어."
"카페에서 직접 만들어 파는 건가 보네." 미자가 흥미를 보이며 말했다.
"그건 아니고 그 지역 공방에서 만든 것들을 가져다가 판다고 하더라고요. 진행자가 번거롭지 않냐고 물었더니 전혀 아니라고 했어요. 오히려 지역 활성화에 조금이나마 보탬이 되는 일을 하고 있다는 자부심이 생겨서 좋다면서요."
"지역 사람들끼리 상부상조하는 거네요. 그거 좋은 생각 같은데요."

재하가 사람들을 둘러보며 말했다.

"그러면 슬기 네 생각은 우리도 그렇게 해보자고?"

선영이 슬기를 바라보며 물었다.

"이 지역에 어떤 공방이 있는지는 알아봐야겠지만 책방하고 관련된 건 우리가 만들 수 있겠다 싶어서요."

"예를 들면?"

"예를 들면 책갈피도 좋고 책 담을 수 있는 에코백도 좋을 것 같아요."

선영의 말에 슬기가 곧장 대답했다.

"그걸 우리가 직접 만들 수 있을까?"

"우리가 직접 만드는 건 아니고 디자인만 고안해서 업체에 의뢰해야죠."

"고모 생각은 어떠세요?"

선영이 미자에게 고개를 돌려 물었다.

"좋은 생각 같네. 일단 두 종류로 해보고 나중에 좋은 아이템 있으면 추가하면 되잖아."

"그럼, 재하 씨 생각은요?"

"저도 찬성이에요. 굿즈를 그냥 팔기도 하고, 책 사는 손님들에게 도장 열 개를 모으면 선물로 주는 것도 괜찮을 것 같은데요."

"굿즈를 그런 식으로 활용하는 것도 좋겠네요. 준석이 생각은 어때?"

"저도 좋아요. 그러면 여기 이름을 따서 책갈피나 에코백에 거북이 그림을 넣으면 어때요?"

"이렇게?"

슬기가 메모지에 거북이를 뚝딱 그려서 앞으로 내밀었다. 거북이를 위에서 내려다본 모습이었다.

"오, 이 그림 괜찮다. 슬기가 그림을 잘 그리네."

선영이 슬기가 그린 거북이 그림을 보며 칭찬했다. 미자와 재하도 그림을 맘에 들어 했다.

"슬기가 수업 시간에 교과서 중간중간에 삽화 그리는 걸 좋아했어요."

준석이 흐뭇하게 슬기를 바라보며 말했다.

"아, 수업 시간에 연습해서 실력이 이렇게 좋은 거구나."

선영의 말에 모두 까르르 웃었다.

"그러면 슬기가 그린 거북이 그림을 굿즈에 넣는 거로 하고 어떤 재질로 책갈피와 에코백을 만들지 생각하면 되겠네요."

"그러면 언니, 에코백은 재활용 천으로 만들고 색상은 두세 가지로 하면 될 것 같아요."

"그래, 그렇게 하면 되겠다."

선영이 주머니에서 휴대 전화를 꺼내 메모했다. 그때 재하가 하드를 다 먹고 남은 막대기를 내밀면서 "이거 어때요?" 했다.

"깨끗하게 드셨네요, 형."

준석이 빙그레 웃으며 재하에게 말하자 모두가 웃음을 터뜨렸다.

"그게 아니라, 나무 책갈피가 어떠냐고? 대나무도 괜찮고. 여기에서 가로세로를 좀 더 늘려서 윗부분에는 작은 거북이 그림을 인장처럼 새기고 세로로 거북이 책방이라고 인쇄하는 거지."

"오, 좋은 생각이에요, 재하 씨. 나무나 대나무는 촉감이 좋아서 책 읽을 때 매만지면 기분도 좋아지겠어요." 선영이 곧장 휴대 전화에 메모했다.

"이야, 아이스크림 먹으면서 이야기하니까 금세 굿즈 문제가 해결됐네요."

슬기가 손뼉을 치며 좋아했다.

"그래서 아이스크림 자주 먹자고?"

준석이 슬기를 보고 천진하게 웃었다.

"하하하, 너 농담하는 거 보니까 오늘 기분 좋구나."

슬기가 준석을 어깨로 밀치며 말했다. 모두가 두 사람을 흐뭇하게 바라보았다.

"오늘 슬기가 좋은 아이디어를 낸 덕분에 거북이 펜션에 근사한 굿즈가 생겼네."

미자가 슬기를 칭찬하자 슬기가 싱글벙글 웃으며 좋아했다.

"그런 의미에서 오늘 저녁에 맛있는 음식 시켜 먹으면서 파티하면 어떨까요?"

선영의 제안에 모두가 박수를 치며 좋아했다.

"그럼 음식은 제가 만들게요."

준석이 손을 번쩍 들었다.

"준석이가 음식을 만들면 먹는 우리는 좋지. 그런데 혼자 요리하는 걸 보는 우리는 마음이 불편할 거야. 그러니까 오늘 저녁에는 다 같이 쉰다고 생각하고 그냥 주문해서 먹자."

"그래, 선영이 말대로 해. 음식 만드는 데 신경 쓰면 제대로 먹지도 못하잖아. 먹을 때 다 같이 먹어야지."

미자가 준석을 보며 말했다.

"그럼, 음식은 저랑 준석이가 가서 찾아올게요."

재하가 준석의 어깨에 팔을 두르고 말했다.

23

그날 저녁 북스테이 손님들이 식사를 끝내고 저마다 객

실로 돌아간 뒤로 재하와 준석이 주문한 음식을 가지고 돌아왔다. 식탁에 음식을 차려놓으니 파티 분위기가 물씬 풍겼다.

"탕수육, 깐풍기, 팔보채, 칠리새우, 누룽지탕에 볶음밥까지, 와, 다섯 명이 먹기에는 너무 많은 거 아니에요?"

슬기가 식탁에 차려진 음식을 보고 턱을 떨어뜨렸다.

"슬기 넌 2인분이잖아. 많이 먹어."

미자가 슬기의 배를 가리켰다.

"네, 잘 먹겠습니다."

슬기가 펭귄 박수를 치면서 귀엽게 웃었다.

"파티에 술이 빠지면 서운하겠죠?"

재하가 오는 길에 마트에 들러 사 온 캔맥주와 샴페인을 비닐봉지에서 꺼냈다.

"근데 이건 샴페인 아니에요, 오빠? 아니 아주버니?"

슬기가 재하에게 물었다. 원래 슬기는 재하를 아주버니라고 불러야 하는데, 고등학교 때부터 오빠라고 불렀던 터라 말하다 보면 자기도 모르게 오빠라는 호칭이 먼저 나왔다.

"아, 내가 샴페인 좀 사달라고 재하 씨에게 부탁했어. 다들 고생한 덕분에 이만하면 펜션도 안정을 찾았으니까 축하하고 싶어서. 슬기 너도 샴페인 조금은 괜찮지?"

선영이 재하를 대신해서 대답했다. 슬기는 기분만 내게 한 모금만 마셔보겠다고 했다.

어느새 재하는 샴페인을 다섯 개의 유리잔에 따르고 있었다. 그걸 본 준석이 곧장 한 명씩 돌아가며 잔을 건넸다.

"고모, 다 같이 건배하게 한말씀하세요."

선영이 잔을 들고 미자에게 말했다. 미자가 미소를 지으며 잔을 들었다.

"몇 달 전까지만 해도 혼자 밥 먹을 때가 많았는데, 이젠 식사 때마다 같이 밥 먹을 식구들이 있으니까 내가 얼마나 흐뭇한지 모르겠어요. 모두 고맙고, 앞으로도 지금처럼 서로 도와가며 즐겁게 살았으면 좋겠어요. 다들 수고했어요. 그리고 바쁠 때마다 와서 도와주는 우리 작가 선생님, 정말 고마워요."

미자의 말에 재하가 손사래를 쳤다.

"별말씀을요. 저도 한 식구나 마찬가진데요, 뭐. 그리고 말씀 편하게 하세요."

"평상시에는 재하라고 부르다가도 나도 모르게 한 번씩 그렇게 나오네요. 이해해요. 자, 그럼 우리 건배해요. 우리의 행복을 위하여!"

미자의 말이 끝나자, 모두가 "위하여!"를 외치면서 잔을 쨍! 하고 부딪쳤다.

식구들은 음식을 다 먹은 뒤에도 그대로 앉아서 이야기를 나눴다. 준석은 자기들이 살고 있는 별관에 잠깐 가고 없었다. 잠시 후 준석이 기타를 가슴에 끌어안고 돌아왔다.

"웬 기타야?"

선영이 의아해하며 준석이 들고 온 기타를 바라봤다.

"아, 준석이가 기타를 잘 쳐요. 한동안 기타 치는 거 못 봤는데, 오랜만에 듣겠네요."

재하가 선영을 보며 말했다.

"오, 준석이 멋지다."

선영은 준석의 또 다른 재능을 알게 되어 흐뭇했다.

"준석이가 좀 멋지긴 해요."

슬기는 자기가 말하고도 민망한지 히히 웃었다.

"그래그래, 준석이가 요리뿐 아니라 다른 재주도 많네."

미자도 준석을 보고 흐뭇한 표정을 지었다.

준석이 몇 번 기타 줄을 딩딩 퉁기며 음을 조율한 다음 연주를 시작했다. 그가 처음으로 연주한 곡은 버스커버스커의 '여수 밤바다'였다. 모두 아는 곡이라 기타 음에 맞춰 작은 소리로 노래를 불렀다. 고요한 여름밤에 퍼지는 기타 소리가 풀벌레 우는 소리처럼 정겨웠다. 밤과 기타 연주는 아주 잘 어울렸다. 준석이 연주한 다음 곡은 버스커버스커의 '벚꽃엔딩'이었다. 준석은 기타를 배울 때 자기가 좋아하는 버스커버스커 노래로 연습했었다.

"누구 기타 연주하실 분?"

준석이 연주를 끝내고 사람들을 둘러보며 말했다.

"아 맞다. 고모도 한 번 해보세요."

선영이 생각났다는 듯 손뼉을 치며 미자에게 시선을 돌렸다.

"사장님, 기타 치실 줄 아세요?"

준석이 놀랍다는 듯이 미자에게 물었다.

"잘은 못하고 가끔 악보 보면서 한 번씩 치는 정도야."

"그럼 제가 가서 악보 가져다드릴까요?"

준석이 일어서며 물었다.

"고모, 그 노래는 악보 없이도 치시잖아요."

"아, 그 노래. 그럼 오랜만에 한 번 해볼까?"

미자는 준석이 건네준 기타를 받아서 신중하게 코드를 잡고 기타 줄을 한두 번 퉁겼다. 곧이어 모두의 시선을 받고 미자의 연주가 시작되었다. 모두 미자의 차분한 기타 연주에 놀란 표정이었다. 그때 미자가 곱고 맑은 목소리로 노래를 불렀다.

널 위한 나의 마음이 이제는 조금씩 식어 가고 있어

하지만 잊진 않았지 수 많은 겨울들 나를 감싸 안던 너의 손을

서늘한 바람이 불어올 때쯤에 또다시 살아나
그늘진 너의 얼굴이 다시 내게 돌아올 수 없는 걸 알고 있지만
가끔씩 오늘 같은 날 외로움이 널 부를 때
내 마음속에 조용히 찾아와줘……

"와, 기타 연주에 노래도 잘하시고 너무 멋져요, 사장님."
슬기가 힘껏 박수를 치며 말했다.
"이야, 너무 좋아요. 저는 오늘부터 사장님 팬입니다." 재하의 말에 이어 준석이 엄지척했다.
"저도요. 저는 기타 연주하면서 노래하는 건 헷갈려서 못하겠던데, 사장님은 노래까지 잘하시네요. 대단하시고 멋지세요. 앵콜로 또 듣고 싶네요."
"악보 없이 칠 수 있는 건 이 한 곡밖에 없어."
미자가 기타를 준석에게 돌려주며 생긋 웃었다.
"그 노래 제목이 뭐예요. 저도 연습해 보게요."
준석이 미자에게 물었다.
"아, 90년대에 나온 노랜데, 장필순의 '나의 외로움이 널 부를 때'라는 곡이야."
"저도 처음 들었는데 노래가 좋아서 다시 들어봐야겠어요."
재하가 휴대 전화에 노래 이름을 메모하며 말했다.

그때 한 남자가 열린 문으로 머리를 내밀며 문을 똑똑 두드렸다. 모두의 시선이 문으로 쏠렸다. 그는 이틀째 머물고 있는 북스테이 손님으로 이름은 김달이었다.

"어머, 저희 소리가 너무 컸나 봐요. 죄송해요."

선영은 미안해하며 그에게 다가갔다.

"그게 아니라 기타 연주가 너무 좋아서 그대로 방에 있을 수가 없어서 온 거예요. 그런데 벌써 끝난 건가요?"

김달은 미안해하는 선영에게 손사래를 치며 말했다.

"아, 그러셨어요? 난 또 우리가 너무 시끄럽게 한 것 아닌가 하고 걱정했어요. 일단 안으로 들어오세요." 선영이 다시 미소를 지으며 말했다. 김달을 알아본 미자와 준석과 슬기도 반색하며 자리를 마련했다.

"괜찮으시면 맥주 좀 드시겠어요?"

준석이 김달에게 캔맥주를 들어 보이며 물었다.

"아, 네, 안 그래도 맥주 생각이 났는데 잘됐네요."

김달은 너털웃음을 웃으며 준석이 건네는 캔맥주를 받았다.

"그런데 오늘 무슨 파티 하셨나 봐요."

김달이 식탁에서 빈 그릇을 주방으로 옮기는 재하와 선영에게 물었다.

"아, 펜션 식구들끼리 그동안 수고했다고 파티하고 있었어

요."

"그러면 식구들끼리 펜션을 운영하시나 보네요. 어쩐지 단란해 보인다 했어요." 선영의 말을 듣고 김달이 식구들을 둘러보며 말했다. 김달과 눈이 마주친 재하는 '잘 보셨네요.' 하듯이 빙그레 웃었다.

"그런데 조금 전에 기타 연주를 참 잘하시던데 누가 하신 거예요?"

김달이 재하를 보고 물었다.

"아, 저 주방에 계시는 분들이 연주하신 거예요." 재하가 주방에서 정리 중인 미자와 준석을 보고 말했다.

김달이 주방으로 고개를 돌렸다. 준석이 한쪽 손을 들어올리며 헤헤 웃었다. 그 옆에 있던 미자는 그런 준석을 보고 웃음을 터뜨렸다.

"음식이 맛있는 이유를 이제 알 것 같네요. 아예 주말 같은 때 미니콘서트를 하시죠? 한 번씩 기타 연주한다고 하면 손님들도 무척 좋아할 것 같은데요."

"아이고, 준석이는 몰라도 난 그럴 실력이 안 돼요."

미자가 주방에서 나오며 허공에 손을 저었다. 준석은 미니콘서트라는 말에 약간 들떠 보였다.

"그 정도면 훌륭하시죠. 여기 북스테이 손님들도 감미로운 기타 연주를 들으면 아마 다음에 안 오고는 못 배길걸요. 무엇보다도 분주한 도시로 돌아가서도 삶을 지탱해 주는 좋은 추억거리가 될 거예요."

"듣고 보니까 그것도 좋은 생각인데요, 사장님?"

재하가 눈을 반짝이며 미자를 바라봤다. 옆에 있던 선영과 슬기도 재하와 같은 생각이었다. 준석은 이미 손님들 앞에서 기타 연주하는 자기 모습을 상상하고 있었다.

"아무리 그래도 손님들 앞에서라면 우리끼리 이야기하다가 재미 삼아 기타 치는 거랑은 다르잖아. 내가 곡을 많이 아는 것도 아니고……."

"말 그대로 미니콘서트니까 사이사이에 이야기도 나누면서 기타 연주하면 굳이 여러 곡일 필요는 없을 것 같은데요."

김달은 꼭 그렇게 해줬으면 하는 마음이었다.

"그러면 콘서트는 좀 더 생각해 볼게요. 이렇게 좋은 제안도 해주시고 고맙습니다."

선영이 김달에게 생긋 웃으며 말했다.

"준석아, 이쯤 해서 한 곡 연주하는 게 어떠냐?"

재하가 기타를 준석에게 건네주며 말했다.

"안 그래도 저도 한 곡 연주해달라고 부탁하고 싶었는데 잘됐네요."

김달이 손뼉을 치며 좋아했다.

준석이 버스커버스커의 여수 밤바다를 다시 연주하는 동안 김달은 마치 여수 밤바다를 바라보고 있는 듯이 그 분위기에 흠뻑 젖었다. 그 모습을 본 미자도 준석의 연주가 끝나자, 기타를 건네받아서 연주를 시작했다. 이번에도 노래와 함께였다. 김달은 자신을 위해 노래까지 부르는 미자에게 크게 감동했다.

24

미자의 기타 연주가 끝나고 미자와 슬기와 준석은 별관으로 돌아갔다. 휴게실에는 선영과 재하 그리고 김달이 그대로 남아 이야기를 나눈다. 창밖으로 조명이 밝혀진 분수대가 어둠 속에서 유독 돋보인다.

"풀벌레 소리도 들리고 좋네요. 여기 오기 전에는 생각이 많았는데, 아무리 생각해도 오길 잘한 것 같아요."

김달이 창밖을 내다보며 말했다.

"저도 밤에 풀벌레 소리를 듣고 있으면 저절로 마음이 맑아지는 것 같아서 그런 생각 자주 합니다. 여기 오기를 잘했구나, 하고요. 서울에서는 밤에도 평온을 유지하는 게 말처럼 쉽게 되지 않았거든요."

재하도 창밖으로 시선을 던진 상태로 말했다.

"그러면 전에는 서울에서 살았어요?"

김달이 재하를 보며 물었다.

"아, 여기서 초등학교 2학년 때까지 살았고 그 뒤로는 줄곧 서울에서 살았어요. 그러다가 지난해에 고향집을 수리해서 아예 내려와서 살고 있어요."

"아직 젊은 분이 서울 생활을 포기하고 내려오기가 쉽지 않았을 텐데요. 혹시 어떤 일을 하는지 물어봐도 될까요?"

"저는 글을 쓰고 있어요."

재하가 김달의 질문에 곧장 대답했다.

"아 그러시구나. 사실 저도 글 쓰는 사람이거든요."

"그래요? 이야 만나서 반갑습니다. 저는 에세이를 쓰는 신재하라고 합니다."

"제 이름은 김달입니다. 웹소설을 쓰고 있어요." 재하와 김달은 직업적 동질감을 느끼며 반갑게 악수했다.

"두 분 다 글 쓰는 분들이라 통하는 게 많겠어요. 자, 차 한 잔씩 드시면서 이야기하세요."

선영이 차를 내오며 말했다.

"무슨 차예요?"

재하가 물었다.

"재스민차예요. 소화와 심신 안정에 도움이 된다고 하네

요."

"그렇다면 제가 자주 마셔야겠는데요."

김달이 찻잔을 건네받으면서 말했다.

"여기에 계시는 동안이라도 자주 와서 드세요."

"고맙습니다. 여기 사장님이시죠?"

"사장님은 조금 전에 노래하면서 기타 연주하신 분이고 저는 조카예요."

"아, 그러시구나. 출판사도 있는 것 같던데요."

"출판사는 아는 작가님들 책만 낼 생각으로 얼마 전에 시작한 거예요."

"그러면 출판사 사장님이시네요."

"혼자 하는 출판사라 사장이란 말은 좀 쑥스럽네요."

"제 책 두 권 다 선영 씨가 기획하고 편집하신 거예요. 다음 책도 선영 씨가 맡아주실 거고요."

재하는 선영을 자랑스러워하며 대화에 끼어들었다.

"성함이 선영 씨?"

"제 이름은 강선영이에요."

"아, 네. 저는 웹소설을 쓰고 있어서 책을 내본 적은 없어요. 그래도 언젠가는 순수소설로 책을 내고 싶은 바람이 있어요. 그때 저도 선영 씨에게 조언을 구해야겠네요."

"도움이 필요하시면 언제든지 말씀하세요."

"그런데 김달 작가님은 여기를 어떻게 알고 오셨어요?"

재하가 찻잔을 내려놓으며 물었다.

"아, 영화배우 진보라 씨가 소셜미디어에 올린 사진을 보고 알았어요. 제가 진보라 씨 계정 팔로워거든요."

"아, 그러셨구나. 안타깝게도 제가 없을 때 진보라 씨가 펜션을 방문해서 저는 진보라씨를 못 만났어요."

재하는 아쉬워하는 표정을 지었다.

"다음에 와서 며칠 머문다고 하셨으니까 재하 씨는 그때 보실 수 있을 거예요"

선영이 미소 지으며 재하에게 말했다.

"그랬으면 좋겠어요. 김달 작가님은 진보라 씨를 직접 본 적 있으세요?"

"가까이는 아니고 전에 아내랑 영화 보러 갔다가 진보라 씨가 무대인사 하는 거 한 번 봤어요. 저도 다음에 여기서 진보라 씨를 볼 수 있으면 좋겠네요. 하하하."

"그분 덕분에 외국 감독들이 한국 영화에 관심이 많다고 들었어요. 워낙 연기를 잘하니까 그럴 만도 해요."

재하와 김달은 보라가 출연한 영화에 대해 한참 이야기했다. 선영은 대화가 끊이지 않고 이어지는 두 사람을 흥미롭게 바라봤다. 선영의 생각대로 역시 두 사람은 잘 통하는 것 같았다.

"요즘에 웹소설 시장이 커져서 인기 있는 작가님들은 수입이 엄청나다고 들었어요. 그런 이유로 웹소설 작가가 되려는 사람들도 많고요. 작가님은 웹소설 쓰신 지 오래되셨어요?"

영화 이야기가 끝나자, 선영이 김달에게 물었다.

"올해로 7년 됐어요. 그때만 해도 블루오션이라고 했는데, 요즘에는 워낙 사람들이 많이 몰려서 레드오션이라고 하더군요."

"아무리 레드오션이라고 해도 웹소설 시장은 더 커졌으면 커졌지 줄어들지는 않을 거예요. 그에 반해 일반 출판 시장은 해가 갈수록 위축되고 있고요. 그중에서 가장 표가 많이 나는 장르는 소설이에요. 판매 부수도 예전하고 비교가 안 될 정도니까요. 출판계에 있는 사람들끼리 만나면 그런 걱정이 빠지질 않아요."

"그래서 제가 그때그때 정산되는 웹소설을 그만둘 수가 없다니까요. 저 혼자 같으면 지금이라도 소설을 책으로만 내겠는데 가정이 있으니까 그럴 수가 없더라고요."

김달이 고개를 끄덕이며 말했다.

"그러면 웹소설 쓰시면서 일반 소설책도 출간하시면 되지 않아요?"

재하가 김달에게 물었다.

"그러면 좋은데 상황이 여의찮아요. 한번 작품 연재를 시작하면 마감 맞추기도 빠듯하니까요. 그렇다고 작품이 끝나고 편하게 쉴 수도 없어요."

"왜요? 충전을 위해서라도 얼마간 쉬는 게 좋지 않나요?"

재하가 김달의 말에 고개를 갸우뚱했다.

"그건 작가님이 웹소설이 어떻게 돌아가는지 잘 몰라서 그래요. 웹소설 시장이 워낙 빠르게 돌아가기 때문에 작품을 쉰다는 건 잊힐 각오를 하지 않고는 상상도 못 하는 일이에요. 그런 이유로 작품이 끝나기도 전에 다음 작품 기획서를 작성해서 계약을 마쳐야 하니까 여유가 생길 틈이 없어요"

"제가 듣기로 웹소설 시장에서 살아남는 게 쉽지 않다고 들었어요. 그런데도 작가님은 7년을 하셨으니, 구독자층이 탄탄하시겠어요." 선영의 말에 김달은 빙긋 웃으며 입을 열었다.

"고마운 일이죠. 그 구독자들 덕에 돈도 많이 벌었고 나름 이름도 유명해졌으니까요. 그래서 그 구독자들 때문에라도 작품을 쉴 수가 없어요. 팬들이 아니었으면 웹소설을 쓰겠다고 의사를 그만두지도 않았을 거예요."

"예? 의사를 그만두셨다고요?" 재하가 놀란 눈을 하고 물었다. 김달의 말에 놀란 건 선영도 마찬가지였다.

"대학 때부터 판타지 장르 소설을 쓰는 걸 좋아했어요. 공부하느라 잠도 제대로 못 자면서도 그게 유일한 낙이었죠. 의사가 되어서는 의사로서 사명감도 있었고 수입도 그 정도면 괜찮았는데도 제가 의사라서 행복한지는 잘 모르겠더군요. 그런데 밤에 잠깐씩 연재할 소설을 쓰는 건 사뭇 달랐어요. 눈이 반짝거리고 피곤한 줄도 모르겠고 그저 좋더라고요. 그러다가 운 좋게도 취미로 연재한 소설이 폭발적인 인기를 얻었어요. 들어오는 돈이 의사 연봉하고는 비교가 안 될 정도였으니까 한마디로 대박이 난 거죠. 그러면서 에이전트가 생겼고 나는 내가 좋아하는 글만 쓰면 되니까 이게 내 운명이구나, 했어요."

"와, 대단하시네요. 운명이라고 느끼셨다면 의사를 그만둔 게 이해가 되네요. 집에서 반대는 없었나요?"

재하가 물었다.

"말도 마세요. 부모님은 안정적인 직업을 팽개치고 사서 고생길로 들어간다고 펄쩍 뛰셨죠. 그래도 제가 계속해서 행복한 일을 하고 싶다고 하니까 마지못해 허락하셨어요. 말이 허락이지, 나중에 후회할 날이 있을 테니 어디 한 번 두고 보자, 하는 식이었어요. 하지만 아내는 처음부터 찬성이었어요. 만약에 그때 아내가 반대했다면 아무리 내가 좋아하는 일이었다고 해도 내가 하고 싶은 대로 하지는 못했을 거예요. 그렇게 해서 전업 작가가 된 거예요. 운이 좋았죠, 뭐."

"그러면 지금도 연재 중이신 거예요?"

선영이 고개를 끄덕이며 김달에게 물었다.

"아니요. 1년 가까이 연재하던 작품을 끝내고 큰맘 먹고 쉬러 온 거예요. 사실 다음 작품 시작하는 것도 두렵기도 하고요."

"두렵다니 그게 무슨 말씀이에요?"

선영이 걱정스러운 표정으로 김달을 바라보았다.

"시작하고 몇 년간은 행복했어요. 글도 잘 써지고 독자들 반응도 좋고 제 작품을 인정해 주는 곳도 많았으니까요. 그런데 지난 1년간은 글이 잘 안 써지더군요. 글을 쓰려면 어떻게든 쓰는데, 문제는 저 자신이 제 글에 만족하지 못한다는 거였어요. 마치 마른행주를 쥐어짜듯이 분량을 채워서 겨우 마감에 맞춰 원고를 보내고 나면 그렇게 허탈할 수가 없더라고요. 그러면서 시간이 갈수록 원고에 대한 중압감이 말로 표현할 수 없을 정도로 커지더군요. 결국 한동안 정신과 상담을 받았으니까 말 다 했죠, 뭐."

김달은 자기의 지난 이야기를 진지하게 들어주는 선영과 재하가 고마워 허허 웃었다.

"저도 글 쓰는 사람으로서 남 일 같지 않네요. 이번에 휴식 시간을 갖는 건 잘하신 것 같아요."

재하는 자신과 입장은 다르지만, 김달의 말에 충분히 공감할 수 있었다.

"저도 같은 생각이에요. 이번에 쉬면서 재충전할 수 있으실 거예요."

선영이 천천히 고개를 끄덕이며 말했다.

"제가 너무 불안해하니까 아내가 그러더군요, 우리 식구 먹고사는 데 생각보다 돈이 많이 들어가지는 않는다고요. 그러면서 몇 년 동안 글 안 써도 되니까 이참에 아무 생각하지 말고 쉬면서 불안을 견뎌보라고 하더군요. 그 말이 큰 위로가 됐어요. 그래서 여기에 올 수 있었어요. 사실 지금도 불안하기는 한데 그래도 나한테 중요한 게 무엇인지 생각하면서 불안을 견디는 중이에요."

"작가님은 응원해 주는 가족이 있고 작가님 작품을 기다리는 구독자가 있으니까, 다시 예전처럼 즐겁게 글을 쓸 수 있으실 거예요."

선영은 말하면서도 왠지 김달 작가가 꼭 그렇게 될 거라는 예감이 들었다.

"그렇게 되겠죠? 하하하. 여하튼 두 분 앞에서 제 이야기를 털어놓고 나니 마음이 한결 가벼워진 것 같네요. 고맙습니다."

김달은 선영과 재하에게 진심으로 고마운 마음이 들었다.

"별말씀을요. 저희를 믿고 이야기해 주셔서 오히려 저희가 고맙죠. 편하게 생각하시고 언제든지 말씀하세요."

재하가 김달을 보며 헤헤 웃었다.

김달은 3일을 더 머문 후 서울로 돌아갔다. 떠나기 전날에는 재하가 김달을 집으로 초대했다. 김달은 재하의 집을 둘러보고 글을 쓰기에 이보다 좋을 수는 없겠다며 몹시 부러워했다. 특히 재하가 작업하는 자리에서 고개만 들면 보이는 저 멀리 윤슬에 반짝이는 강줄기는 집에 가서도 두고두고 생각날 것 같았다. 그도 기회가 된다면 재하처럼 한적한 곳으로 이사해서 살고 싶었다. 재하는 김달에게 선물로 자신의 저서에 사인을 해서 건넸다. 김달은 책 제목을 들어봤다며 매우 기뻐했다. 그리고 거북이 펜션을 떠나면서는 선영에게 자기가 제안한 미니콘서트를 시작한다는 소식을 꼭 듣고 싶고, 그때 또 오겠다고 했다. 선영은 더 생각해 보고 콘서트를 하게 되면 제일 먼저 연락하겠다고 했다. 김달은 숙소에 마련된 이용 후기를 적는 공책에 좋은 사람들을 알게 돼서 너무 좋았고 거북이처럼 여유롭게 잘 지내고 간다는 내용의 글을 남겼다.

25

"서프라이즈! 굿즈 도착이요."

준석이 꽤 큰 상자 하나를 힘겹게 들고 휴게실로 들어왔다. 그 뒤로 재하도 라면상자 크기의 상자 하나를 들고 들어와 식탁에 내려놓았다.

"생각보다 작업이 빨리 끝났네요. 적어도 보름은 걸릴 거로 생각했는데."

계산대에 있던 선영이 두 사람을 보고 식탁으로 다가왔다. 주방에서 빵을 굽던 미자도 굿즈를 보기 위해 식탁으로 왔다.

"그러게요. 그쪽 사장님이 보름은 족히 걸릴 거라고 했는데 10일 만에 나왔네요."

슬기가 식탁에 앉아서 준석이 상자를 여는 걸 지켜보며 말했다.

"준석이랑 마트에 갔다가 굿즈 샘플을 좀 볼까 하고 업체에 들렀더니 사장님이 작업이 일찍 끝나서 오후에 가져갈 거라고 하시더라고요. 다들 궁금해할 것 같아서 먼저 에코백하고 책갈피 한 상자씩 제 차에 싣고 왔어요."

재하가 자신이 들고 온 상자에서 유리 테이프를 뜯어내며 말했다.

"이건 도장 찍는 쿠폰이에요." 준석이 상자에서 작은 상자 하나를 꺼냈다. 곧장 슬기가 상자를 열고 쿠폰 한 장을 집어 들었다. 한 면은 도장을 찍을 수 있는 쿠폰이고, 다른 면은 명함이었다.

"역시 언니 말대로 하길 잘했네요. 쿠폰 겸 명함으로 쓸 수 있어서 손님들에게 홍보용으로 나눠주기 좋겠어요."

"괜찮네. 거북이 그림도 잘 나왔고 도장 찍는 동그라미를 초록색으로 한 것도 좋은데. 역시 슬기가 미적 감각이 대단하단 말이야." 선영이 슬기를 칭찬하자, 다른 사람들도 맞는 말이라며 슬기를 흐뭇하게 바라봤다. 슬기는 좋아서 어깨를 으쓱하며 웃었다.

뒤이어 준석이 꺼낸 거북이 도장을 보고 귀엽다며 모두가 만족해했다.

"책갈피도 잘 나왔어요. 이건 나무 책갈피고 이건 대나무 책갈피예요." 재하가 책갈피를 한 묶음씩 꺼내서 식탁에 올렸다.

"칠을 해서 그런지 색상이 고급스럽네. 촉감도 좋고. 나도 하나 써야겠어."

미자가 대나무 책갈피를 손으로 매만지며 기분 좋은 표정을 지었다.

"재하 씨 제안대로 나무와 대나무 두 종류로 하길 잘했네요. 고모 말씀처럼 고급스러워 보이는 것도 좋고요."

선영의 말에 재하가 배시시 웃었다.

그때 준석이 큰 상자 속에 있는 다른 상자를 열고 에코백을 꺼냈다.

"어머 베이지와 감청색 둘 다 맘에 들어요. 이만하면 크기도 적당하고요."

슬기가 에코백을 양어깨에 메자, 그걸 본 식구들도 맘에 들어 했다.

잠시 후 서가 한가운데에 굿즈 판매대를 만들고 에코백과 책갈피를 진열했다. 도장 열 개를 모으면 굿즈를 선물로 준다는 안내문도 서가와 휴게실에 붙였다. 슬기는 소셜미디어에 굿즈와 쿠폰 사진과 함께 간략한 소개글을 올렸다.

시간이 갈수록 책을 사면서 굿즈도 사는 손님들이 많아졌다. 계산할 때 손님들에게 거북이 도장이 찍힌 쿠폰을 건네면 하나같이 거북이가 너무 귀엽다고 좋아했다. 생각보다 손님들의 반응이 좋아 고무된 식구들은 각자 다른 굿즈도 생각해 보기로 했다.

점차 책 판매량이 늘면서 특이하다고 생각되는 한 가지가 있었다. 그것은 바로 택배 주문이 늘었다는 점이다. 펜션을 북스테이로 운영하기 위해 차린 책방에 직접 찾아와 책을 사 가는 손님들이 느는 건 어느 정도 기대한 일이었다. 하지만 택배 주문이 늘 거라고는 조금도 예상하지 못했다. 그 이유는 추가 비용이 들기 때문이다. 책을 온라인 서점에서 사면 권당 10퍼센트 할인을 받는 게 일반적이다. 하지만 거북이 책방에서 택배 주문으로 책을 사려면 책을 정가로 사야 할 뿐만 아니라 택배비까지 내야 했다. 선영은 그동안 출판 일을 하면서 성장하는 온라인 서점에 비해 매출 감소로 문을 닫는 동네 책방을 많이 봐왔던 터라 추가 비용을 내고 책을 사는 손님들이 특이하게 여겨지는 게 당연했다. 그러다가 택배비라도 줄여주고 싶어서 책 세 권 구매 시 택배비를 받지 않았다. 책방 수익은 줄겠지만, 수익과는 비교할 수 없는 것을 얻었기 때문이다. 그것은 택배비까지 감수하고라도 거북이 책방에서 책을 사려는 손님들의 고마운 마음이었다. 택배로 책을 주문하는 손님들 대부분은 북스테이를 다녀간 손님들이었다. 선영은 고마움을 전하기 위해 책을 택배로 주문한 손님들에게 일일이 전화를 걸었다. 손님들과 통화를 통해 다시 한번 깨달은 것이 있다. 그것은 바로 손님들이 산 것은 책이 아니라 이야기(story)라는 것이다.

선영은 펜션 손님들에게 좋은 추억을 만들어 주고 싶었다. 펜션 식구들과 이 이야기를 하면서 웹소설 작가 김달이 제안했던 미니콘서트를 해보는 건 어떠냐고 물었다. 미자는 당황스러운 표정을 지었고 준석과 슬기는 재미있을 것 같다고 흥미를 보였다. 재하는 이야기 손님을 초대해 이야기도 듣고 음악 연주도 들을 수 있으면 좋지 않겠냐는 의견을 냈다. 거기에 선영은 펜션을 특징짓는 책과 관련된 이야기였으면 더 좋을 것 같다는 의견을 더했다. 의논 끝에 '책과 이야기와 음악이 있는 콘서트'를 기획해 보자고 의견을 모았다.

그 주 토요일 미자는 수도원에서 피정을 담당하는 김 데레사 수녀를 명상 수업에 초대했다. 미자도 해마다 수도원 피정에 참여하고 있는 터라 김 데레사 수녀와는 오랜 친분이 있었다. 토요일 오전에 도착한 그녀는 오후에 명상 수업을 진행하고 하루 쉬었다 다음 날 오후에 수도원으로 돌아갈 예정이었다. 명상 수업에는 명상 수업을 위해 펜션을 방문한 사람들과 북스테이 손님들과 주호까지 합쳐 스물세 명이 참석했다. 아침 일찍 서울을 출발해 점심때 펜션에 도착한 주호는 그날 명상 수업이 있다는 말을 듣고 미자에게 자기도 꼭 참여하고 싶다고 했다. 주호는 예전에도 미자가 진행하는 명상 수업에 여러 번 참여했었다. 미자는 주호가 주말마다 내려오는 게 달갑지는 않았지만, 주호가 명상 수업을 받을 때마다 진지했던 것을 기억하고 마지못해 그러라고 했다. 이 모습을 본 선영은 아무런 내색을 하지 않았고, 재하는 그런 선영을 보면서 속으로 혼란을 겪고 있을 선영이 염려되었다.

김 데레사 수녀는 "인간의 모든 불행은 방안에 홀로 조용히 앉아 있을 수 없는 것에서 시작된다고 블레즈 파스칼은 말했습니다. 명상은 자기 안을 들여다봄으로써 자신이 누구이고 얼마나 소중한 존재인지 깨닫는 성스러운 행위입니다. 또한 명상은 세상으로부터 도피가 아니라 오히려 침묵 중에서 세상과 소통하려는 적극적인 행위입니다. 고로 삶을 행복하고 의미 있게 살고 싶다면 매일 명상하는 시간을 가져야 합니다"라는 서두로 수업을 시작했다. 이어서 한 시간 정도 수도원 피정과 생각 비우기에 대해 설명한 후 실제로 명상하는 시간을 가졌다.

주호는 수업이 끝나고 따로 김 데레사 수녀를 찾아가 명상 초보자인 자신에게 많은 도움이 되었다며 감사 인사를 전했다. 김 데레사는 수업 내내 진지한 태도를 보인 주호가 도움이 되었다는 말을 듣고 무척 기뻐했다.

요즘처럼 주말이 기다려지는 적이 없었던 주호는 책방에서 한 시간 정도 더 머물며 시간을 보내다가 다음 주에 또 오겠다는 말을 남기고 펜션을 떠났다. 선영과는 인사만 했을 뿐 따로 대화할 시간은 없었다. 그래도 주호는 고맙고 기뻤다. 다음 주말에 다시 선영을 만날 생각을 하니 처음 연애하던 때처럼 설레기까지 했다.

그날 저녁 다 함께 식사를 끝내고 차를 마시던 중 선영은 문득 콘서트 이야기 손님으로 김 데레사 수녀를 초대하면 좋겠다는 생각이 스쳤다. 바로 그때 재하가 콘서트 이야기를 꺼냈다.

"오늘 명상 수업을 듣고 생각한 건데, 콘서트 할 때 수녀님 같으신 분을 이야기 손님으로 초대하면 좋겠어요."

"어머 나도 그 생각 하고 있었는데, 우리 둘이 통했네요. 호호호." 선영이 신기하다는 듯 손뼉을 치며 웃었다.

"이야기 손님이라니 그게 무슨 말이에요?" 김 데레사 수녀가 궁금해하며 물었다.

"아, 펜션에서 한 번씩 손님들과 함께 작은 콘서트를 열 생각이에요, 수녀님. 책과 이야기와 음악을 콘셉트로 해서 이야기 손님의 이야기를 듣고 손님들과 대화도 나누고 악기 연주도 감상하는 콘서트예요."

선영이 설명했다.

"왠지 여기 거북이 펜션과 잘 어울릴 것 같네요."

"수녀님께서 그렇게 말씀해 주시니까 왠지 콘서트가 잘될 것 같은데요."

선영은 김 데레사의 말에 활짝 웃으며 좋아했다.

"그러면 혹시 수녀님이 콘서트 이야기 손님으로 오셔서 저희 좀 도와주시면 안 될까요?"

미자가 조심스럽게 김 데레사 수녀에게 말을 꺼냈다. 수도원에서 피정을 담당하는 김 데레사 수녀가 바쁘다는 걸 미자는 알고 있었다.

"안 될 건 없는데, 저처럼 수도원에 있는 사람이 하는 이야기를 사람들이 좋아할지 모르겠네요. 이야기를 들으러 수도원으로 찾아오는 사람들에게는 공감이 되겠지만, 여기는 수도원 밖이라 조심스럽네요."

"수녀님은 책도 여러 권 내셨으니까, 책에 관해서 말씀하셔도 좋겠고, 아니면 수도원 피정 이야기도 좋을 것 같은데요."

미자가 말했다.

"그러시면 되겠네요. 30분 정도 이야기 들려주시고 이어서 손님들과 대화하는 시간을 가지면 되거든요."

선영이 김 데레사 수녀에게 대략적인 콘서트 흐름에 대해 덧붙였다.

"정 그렇다면 하는 방향으로 생각해 봅시다."

"아, 고맙습니다, 수녀님. 수녀님 덕분에 첫 콘서트를 생각보다 빨리 열 수 있겠어요."

선영은 김 데레사 수녀가 고마워 고개를 꾸벅 숙이고 인사했다. 미자를 포함한 다른 식구들도 흔쾌히 승낙한 김 데레사 수녀에게 박수로 고마움을 표했다.

"그런데 제가 9월 중순부터 피정 때문에 당분간은 시간 내기가 힘들지 싶은데, 괜찮다면 다음 주에는 어때요? 아무래도 너무 빠르겠죠?"

"다음 주에요?"

선영은 잠시 생각하면서 식구들과 눈을 맞췄다.

"이야기 손님이 중요하지, 우리가 따로 준비할 건 없잖아요. 아 차, 사장님하고 준석이 기타 연주가 있었구나."

재하는 말하던 중 기타 연주를 담당하는 두 사람 의견을 듣는 걸 깜빡했다는 걸 알았다.

"저는 두 곡 정도는 괜찮아요."

준석이 고개를 끄덕이며 말했다.

"나도 내가 아는 곡을 연주한다면야 다음 주에도 괜찮겠어."

미자의 말이 끝나자, 모두가 잇몸을 활짝 드러내고 박수를 치며 기뻐했다.

26

기대와 설렘 속에서 일주일이 빠르게 지나고 거북이 펜션의 첫 콘서트가 열리는 토요일이 되었다. 갑작스럽게 열게 된 콘서트지만 특별히 준비할 것은 없었다. 단지 북스테이 손님들에게 콘서트에 대해 알리고 소셜미디어에 콘서트 공지문을 올리는 것뿐이었다. 콘서트를 제안해 준 김달에게는 서로 연락을 주고받고 있는 재하가 알렸다. 김달은 소식을 전해 듣고 무척 기뻐했다. 그러나 안타깝게도 다른 일정이 있어 콘서트에 올 수는 없었다. 그는 다음 콘서트 때는 꼭 갈 수 있으면 좋겠다고 했다. 재하는 콘서트를 계속할 것 같으니, 다음에 참석할 기회가 많을 거라고 김달에게 말했다. 김달도 듣던 중 반가운 소리라며 좋아했다.

처음에는 콘서트를 저녁 식사 이후에 할 생각이었다. 하지만 콘서트 때문에 일부러 찾아오는 손님들 때문에 그럴 수가 없었다. 그래서 시간을 오후 3시로 변경했다. 장소는 명상 수업을 진행하는 교실이었다.

명상 수업이 끝나자, 재하와 준석은 교실로 들어가 앞쪽에 칠판 크기의 플래카드를 달았다. 명색이 콘서트인데 콘서트가 어떤 내용인지는 관객들이 알아야 하지 않냐고 하면서 선영이 만든 플래카드였다. 첫 줄에는 '책과 이야기와 음악이 있는 거북이 콘서트', 둘째 줄에는 '오늘의 이야기 : 삶을 지탱해 주는 힘은 자기 안에 있다', 셋째 줄에는 '오늘의 이야기 손님 : 김 데레사 수녀(수도원 피정 담당)'라고 쓰여 있었다.

재하와 준석은 다음으로 바닥에 방석을 넉넉하게 더 깔고 교실 뒤쪽에 의자도 간격을 두고 펼쳐놓았다. 북스테이 손님 열둘에 펜션 식구들 다섯을 합쳐 열일곱, 그리고 콘서트에 참석하기 위해 오는 손님들을 어림잡아 열 명으로 계산하고 자리를 준비했다. 하지만 콘서트 시작 10분 전에 그 예상이 완전히 빗나갔다는 걸 알았다. 시간에 맞춰 자가용으로 온 사람들이 교실로 우르르 들어오면서 앉을 자리가 부족해 멀뚱하게 서 있는 일이 발생한 것이다. 이를 본 재하와 준석이 재빠르게 여기저기 뛰어다니며 의자를 가져다가 교실에 넣었다. 그래도 자리가 부족해 교실 밖 복도에도 의자를 놓았다. 사람이 워낙 많아서 교실 안이 후끈 달아올랐다. 선영은 서둘러 창문을 닫고 에어컨을 켰다. 사람들이 모두 자리를 잡고 앉자, 재하가 온몸이 땀으로 흥건한 채로 손부채질하며 관객 수를 세어보았다. 펜션 식구를 빼고 쉰두 명이었다. 첫 콘서트치고는 대박이었다.

"이거 마시면서 땀 좀 식히세요."

슬기가 재하에게 얼음물 한 잔을 건넸다.

"아, 고마워요, 제수씨."

재하는 곧장 얼음물을 들이켰다.

"아, 이제 좀 살겠네요."

슬기는 준석에게도 얼음물을 건넸다. 준석도 차가운 얼음물을 단번에 들이켰다. 그러고는 오른쪽 손목을 매만지기 시작했다.

"정신없이 의자 나른다고 손목을 썼더니 손목에 힘이 안 들어가네."

"그 상태로 기타 칠 수 있겠어?"

슬기가 준석의 손목을 걱정스러운 눈으로 보면서 물었다.

"아직 한 시간 정도 남았으니까 조금 있으면 괜찮겠지, 뭐."

"그러지 말고 얼음 좀 가져올 테니까 찜질 좀 하고 있어."

"아니, 넌 여기 앉아 있어. 내가 가서 가져올게."

준석은 슬기를 자리에 앉게 하고 빠른 걸음으로 주방에 걸어가더니 비닐봉지에 각얼음을 담아서 가져왔다.

시작할 시간이 되자, 별관에서 기타 연습을 하던 미자도 와서 복도 의자에 앉았다. 복도 쪽 창문을 다 열어놓은 상태라 복도에서도 교실 안이 잘 보였다. 교실 앞쪽에는 선영이 사회를 보기 위해 서 있었고 한쪽에는 김 데레사 수녀가 선영이 자신을 소개하기를 기다렸다. 그때 재하는 콘서트를 영상으로 남기기 위해 교실 뒤쪽에 디지털카메라를 설치했다. 슬기도 자기 핸드폰으로 중간중간 짧은 영상을 찍을 예정이었다.

"안녕하세요, 여러분. 저희 거북이 펜션의 첫 콘서트에 참석해 주셔서 감사합니다. 저는 거북이 콘서트 프로그램 운영자 강선영입니다." 관객들이 기대에 찬 눈으로 선영을 바라보며 박수 쳤다. "원래는 북스테이 손님들과 편안히 둘러앉아서 이야기도 하고 기타 연주도 감상하자는 취지로 시작한 건데, 이렇게 많은 분이 오실 줄은 몰랐습니다. 조금 전에 자리가 없어서 저희 식구들이 의자 준비한다고 뛰어다니는 거 보셨을 거예요. 아무튼 이렇게 먼 곳까지 찾아와주신 여러분께 다시 한번 더 감사드립니다. 먼저 제 뒤에 걸린 플래카드 좀 봐주시겠어요?"

관객들이 선영이 가리키는 플래카드로 시선을 돌렸다.

"맨 윗줄에 뭐라고 적혀 있는지 다 함께 읽어 볼까요?"

그러자 관객들이 첫 줄을 소리 내서 읽었다.

"네, 고맙습니다. 읽으신 대로 거북이 콘서트에는 책과 이야기와 음악이 있습니다. 먼저 초대 손님의 이야기를 듣고 대화하는 시간을 가진 다음 저희 거북이 펜션 식구들의 기타 연주를 감상하실 거예요. 그러면 오늘의 이야기 손님을 모시겠습니다. 수도원에서 피정 프로그램을 담당하고 계시는 김 데레사 수녀님을 소개합니다. 큰 박수로 환영해 주세요."

선영의 소개에 관객들은 일제히 박수를 치며 김 데레사 수녀를 환영했다. 김 데레사 수녀는 환하게 웃으며 가운데로 걸어 나가 관객들을 둘러보며 인사했다.

"반갑습니다. 방금 소개받은 김 데레사 수녀예요. 수도원에서 20년 넘게 피정을 담당하고 있고 서원한 지는 40년이다 되어가네요."

그때 관객 중 한 명이 "어?" 하며 놀란 표정을 지었다. 그러자 김 데레사 수녀가 "외모만 보면 전혀 그렇게 안 보이죠?"라고 말해 모두가 웃었다.

"농담이고요. 저도 언제 시간이 이렇게 흘렀는지 생각하면 놀랍기만 합니다. 지난 주말에 명상 수업하러 여기 왔다가 엉겁결에 첫 콘서트의 이야기 손님이 되었어요. 그 덕에 일주일 만에 다시 거북이 펜션에 오게 되어 기쁩니다. 제가 있는 수도원도 숲속에 있어서 경치가 좋다는 소리를 많이 듣는데, 여기도 그에 못지않은 것 같습니다.

오늘 무슨 이야기를 들려드릴까, 생각한 끝에 그동안 피정에 참여한 수많은 사람을 만나면서 느꼈던 점을 말씀드리면 좋을 것 같았어요. 그래서 '삶을 지탱해 주는 힘은 자기 안에 있다'라는 제목을 붙여봤습니다. 먼저 질문 하나 드릴게요. 여러분이 생각하기에 어떤 분들이 주로 수도원 피정에 올 것 같으세요?"

김 데레사 수녀가 대답을 기다리며 관객들을 둘러봤다.

"힘든 일을 겪은 사람들이요?"

앞줄에 앉아 있는 사십 대로 보이는 여성이 대답했다.

"맞아요. 피정은 침묵 중에 쉬면서 성찰하는 시간을 갖는 걸 의미합니다. 피정에 오는 분들을 만나보면 힘든 일을 겪은 분들이 대부분이에요. 소중한 사람을 잃은 분, 가까운 사람에게 마음에 상처를 입은 분, 하는 일마다 실패를 거듭하다가 결국 좌절해서 오신 분도 있지요. 하지만 우리는 그분들이 얼마나 힘든지 안다고 말할 수는 없어요. 그건 우리가 서로 연결되어 있으면서도 독립적인 인간이기 때문입니다. 다만 짐작만 할 따름이죠. 그래서 저는 힘들어하는 사람에게 얼마나 힘든지 다 안다느니 다 털어버려라 같은 조언은 하지 않아요. 다만 그 사람과 함께 있어 주면서 자기 안을 들여다볼 수 있도록 안내만 할 뿐입니다. 그런데 신기하게도 그분들이 돌아갈 때는 며칠 동안 침묵 중에 자신을 들여다보면서 살아갈 힘을 얻었다고 말하더군요. 참으로 놀라운 일이죠? 수도원에 와서 특별한 일을 한 것도 아닌데, 그저 침묵 속에서 자기 안을 들여다봤을 뿐인데 힘을 얻었다니 말이에요. 왜 그럴까요? 그것이 바로 우리가 생각해 봐야 할 질문이에요."

관객들은 고개를 끄덕이며 저마다 그 질문에 대해 생각했다.

"우리는 어떤 문제가 생기면 외부에서 답을 찾으려는 경향이 있습니다. 하지만 우리가 살아가는 데 꼭 필요한 힘과 에너지는 외부에서 찾을 수 있는 게 아닙니다. 그건 제 말이 아니에요. 우리보다 먼저 살다 간 수많은 이들이 그들의 저서를 통해 그렇게 말했습니다. 예를 들어, 17세기 인물인 블레즈 파스칼은 그의 저서 『팡세』에서 '인간의 모든 불행은 방 안에 홀로 조용히 앉아 있을 수 없는 것에서 시작된다'라고 했어요. 이 말은 혼자 조용히 성찰하는 시간을 통해 행복하게 살아갈 힘을 얻을 수 있다는 뜻입니다. 또 명상의 대가라고 불리는 웨인 다이어는 허먼 멜빌의 『모비 딕』을 인용하면서 '사람의 영혼 속에는 기쁨과 평화로 가득 찬 고립된 섬 타히티가 있는데, 자신 안의 그 섬에 도달하지 않고는 반쪽짜리 인생을 살 뿐'이라고 했습니다. 그렇다고 은둔형 외톨이가 되라는 의미는 절대 아니에요. 침묵 중에서 혼자 자기 안을 들여다보면서 기쁨과 평화와 용기라는 힘을 얻어 방 밖으로 나가 사람들과 행복하게 살라는 의미입니다. 그래서 매일 시간을 내서 명상하라고 권해드립니다. 하루 중에 많은 생각을 하지만, 과연 그 많은 생각이 전적으로 내 편인지 생각해보면 그렇지 않다는 걸 알게 됩니다. 우리의 뇌는 생존에 유리한 쪽으로 생각하게 한다고 합니다. 긍정적인 생각보다는 부정적인 생각을 할 때 생존에 유리하기 때문에 우리의 뇌는 부정적인 생각을 하게 함으로써 우리를 걱정하게 하고 불안하게 합니다. 그래야 긴장하게 되고 경계하게 될 테니까요. 그래서 생각이나 감정은 내 편이 아니니 속지 말라고 하는 명상가도 있어요. 저 역시 맞는 말이라고 생각합니다. 그래서 매년 멍때리기 대회도 열리고 있습니다. 그것만 보더라도 생각을 멈추고 지금, 이 순간에 집중하면 우리의 지치고 피로한 마음이 회복된다는 걸 아는 사람들이 점차 늘고 있는 것 같습니다. 그런 의미에서 잠시 명상하는 시간을 가져보겠습니다. 먼저 자세를 편안하게 한 다음 눈을 감으시고 들숨과 날숨에 집중해 보도록 하겠습니다." 관객들은 김 데레사 수녀의 말에 따라 자세를 가다듬고 눈을 감았다.

"생각이 떠오르면 그저 그렇구나, 하고 그냥 지켜만 보세요. 또 다른 생각이 떠올라도 그렇구나, 하고 그냥 지켜만 보세요. 그러다 보면 생각이 없어지는 순간이 옵니다. 그러면 내 안을 들여다본다는 기분으로 더 깊이 들어가 보세요."

그 상태로 5분 정도 있다가 김 데레사 수녀는 관객들을 둘러보고 다시 말을 이었다.

"자, 서서히 눈을 뜨겠습니다. 기분이 한결 개운한 걸 느끼실 겁니다. 집에 돌아가셔서 혼자 이런 시간을 가지시길 권해드립니다. 이런 시간을 꾸준히 가지면서 점점 더 열린 마음으로 살아가는 자신을 발견할 수 있기를 바랍니다."

김 데레사 수녀는 30분 동안 준비한 이야기를 들려준 다음 관객들과 대화하는 시간을 가졌다. 관객들이 처음에는 말하기를 꺼리며 서로의 눈치를 살폈다. 그러자 이런 상황에 익숙한 김 데레사 수녀가 관객에게 먼저 다가가 그 사람의 눈을 보고 편하게 말을 걸었다. "어디서 오셨어요?", "혼자 오셨어요?", "여기 자주 오세요?" 같은 말을 건네면 상대는 조금 주뼛거리다가 말을 받았다. 그렇게 서너 번 말을 주고받은 다음에는 좀 더 편안한 마음으로 자신의 이야기를 털어놓았다.

이 모습을 보고 있던 선영은 절로 고개가 끄덕여졌다. 다른 사람 앞에서 자신의 이야기를 꺼낸다는 것은 쉽지 않은 일이다. 만약 선영 자신도 자기 이야기를 하라고 하면 자신이 없었다. 하지만 김 데레사 수녀는 친근하게 다가가서 말을 건넸고 그 말은 상대에게 경계를 거두게 했다. 오늘 들은 이야기도 많은 도움이 된다고 생각했는데, 지금 눈앞에서 김 데레사 수녀가 자연스럽게 대화를 이끄는 모습은 감탄이 절로 나올 정도였다. 사람을 열린 마음으로 대한다는 것이 어떤 것인지 깨닫는 데 모자람이 없는 시간이었다. 하루아침에 김 데레사 수녀처럼 사람을 대할 수는 없겠지만, 조금씩 노력하다 보면 선영 자신부터 마음이 열릴 거로 생각했다. 첫 번째 이야기 손님이 되어 많은 것을 느끼게 한 김 데레사 수녀가 무척 고마울 따름이었다.

나중에는 자발적으로 손을 들어 질문하는 사람도 있었고, 간단하게 오늘 참석한 소감을 말하는 사람도 있었다. 그중에 한 참석자는 "사실 복잡한 일이 있던 차에 친구가 바람이

나 쐬자고 하길래 따라왔어요. 그런데 마치 수녀님이 제 사정을 아시고 저에게 말씀하시는 것 같아서 소름이 돋았어요. 앞으로 삶을 지탱해 주는 힘이 내 안에 있다는 말을 떠올릴 때마다 힘이 날 것 같아요. 오늘 여기 오길 잘한 것 같습니다. 정말 고맙습니다." 하며 눈시울을 붉혔다. 이 말을 들은 다른 참석자들은 힘껏 박수를 치며 공감을 전달했다. 김 데레사 수녀가 마무리하는 말을 할 때 관객들의 표정은 시작할 때보다 훨씬 편안해 보였다.

김 데레사 수녀가 박수와 환호를 받으며 자리로 돌아가 앉자, 선영은 기타를 연주할 준석을 소개했다. 앞에 마련된 자리에 앉은 준석의 손목에 하얀 파스가 붙어 있었다. 슬기는 그런 준석을 걱정이 가득한 표정으로 지켜보고 있었다. 준석은 슬기가 걱정한다는 걸 알고 있다는 듯이 말했다.

"제 손목에 파스가 붙어 있어서 기타 연습을 정말 많이 했나 보다고 오해하시는 분들도 있을지 모르겠네요. 하지만 이 파스는 연습량과는 전혀 관계가 없다는 걸 미리 말씀드립니다."

준석의 말에 모두가 웃음을 터뜨렸다.

"조금 전에 의자를 허둥지둥 나르느라 손목에 힘이 빠져서 붙인 거예요. 혹시나 제 연주 실력이 높을 거라고 기대하셨다가 실망하실까 봐 미리 말씀드립니다. 헤헤헤."

넉살 좋은 준석의 말에 다시 웃음이 터져 나왔다. 그중에는 웃으면서도 걱정하는 눈빛으로 준석의 손목을 보는 사람들도 있었다.

"거북이 콘서트에 오신 걸 환영합니다. 저희는 기타를 전문적으로 연주하는 사람이 아니에요. 저는 요리하는 남자고 다음에 연주하실 분은 거북이 펜션 사장님이세요. 그럼에도 여기까지 찾아오신 분들에게 환영의 의미로 기타 연주를 들려드리고 싶은 마음에서 기타를 들게 되었습니다. 부족하지만 저희의 마음이라 생각하시고 잘 즐겨주세요. 제가 연주할 곡은 버스커버스커의 '여수 밤바다'와 '벚꽃 엔딩'입니다. 저의 치명적인 단점은 고음 불가라는 거예요. 제 노래를 듣고 불편해하지 않으시려면 노래를 크게 불러 주세요. 감사합니다."

준석의 멘트에 모두가 박수를 치며 재미있어했다. 선영은 준석이 저렇게 재미있는 사람이었나, 했다. 참으로 재능이 많은 청년이었다. 재하 역시 생소한 준석의 모습이 신기하면서도 웃겨서 자꾸 웃음이 새어 나왔다. 준석을 휴대 전화 카메라에 담고 있던 슬기는 입이 귀에 걸리기 일보 직전이었다.

준석이 연주를 시작하자 누가 먼저라고 할 것 없이 노래를 불렀다. 나중에는 준석의 기타 연주 소리가 잘 들리지 않을 정도였다. 하지만 노래 부르는 사람들의 표정에서 아주 즐겁다는 걸 읽을 수 있었다. 두 번째 곡을 연주할 때는 리듬에 맞춰 박수까지 치며 노래 불렀다. 관객들은 노래를 부르면서도 서로 얼굴을 보면서 흥겨워했다. 연주하는 준석도 흥겹기는 마찬가지였다.

준석의 연주가 끝나고 미자가 기타를 품에 안고 자리에 앉았다.

"반갑습니다. 이렇게 많은 분이 찾아주셔서 어떻게 감사드려야 할지 모르겠어요. 정말 감사드리고 이 시간이 좋은 추억으로 남았으면 좋겠습니다. 제가 연주할 곡은 좀 오래된 노래라서 아시는 분이 있을지 모르겠네요. 장필순의 '나의 외로움이 널 부를 때'를 들려드리겠습니다. 아시는 분은 같이 불러주세요."

미자는 잠시 기다렸다가 조용한 가운데 연주를 시작했다. 첫마디 연주를 듣고 몇몇 사람들은 아는 노래라고 고개를 끄덕이며 반가워했다. 곧이어 미자가 맑은 목소리로 노래를 불렀다. "널 위한 나의 마음이-"

그 순간 관객들은 노래 가사가 마음에 와닿는 기분을 느꼈다. 몇몇은 온몸에 전율이 퍼지기까지 했다. 노래가 사람의 심금을 울린다는 말이 절로 실감하는 순간이었다. 그런데 누구도 노래를 따라 부를 생각을 하지 않았다. 심지어 노래를 아는 사람도 마찬가지였다. 그저 그 순간에 몰입해 미자의 노래를 온몸으로 음미할 따름이었다.

미자의 노래가 끝나자, 모두가 환호하며 앵콜을 외쳤다. 그러자 미자가 생긋 웃으며 말했다.

"그러면 한 번 더 연주할 테니까 이번에는 같이 불러주시겠어요?"

모두가 "예." 하고 대답했다.

다시 미자의 연주가 시작되었다. 이번에는 가사를 아는 사람들은 소리 내서 노래를 불렀다. 가사를 모르는 사람들은 리듬에 맞춰 몸을 좌우로 흔들며 입술을 다문 채로 흥얼거렸다. 선영은 지금이 밤이라면 더 좋았겠다는 생각이 들었다. 사람의 숨은 감각을 일깨우는 밤에 다 같이 이 노래를 부른다면 더욱 황홀할 것이었다.

콘서트가 끝나고도 사람들은 아쉬운 마음에 펜션을 떠날 줄을 몰랐다. 조금이라도 그 분위기를 더 느끼고 싶어서였다. 콘서트 후 교실에서 나온 손님들이 카페로 몰리는 바람에 준석과 슬기는 음료를 만들고, 미자는 디저트를 준비하느라 바빴다. 책을 사는 사람들도 있어서 재하가 서가를 오가면서 손님들을 도왔다. 선영은 굿즈 판매대에서 기념으로 굿즈를 사려는 사람들을 도왔다.

북스테이 손님들을 제외한 방문객들이 돌아가고 시계를

보니 오후 다섯 시 삼십 분이었다. 북스테이 손님들을 위해 저녁 식사를 준비할 시간이었다.

오후 내내 바쁘긴 했지만, 식구들 얼굴에서 웃음이 가시질 않았다. 모두에게 새로운 경험이었고 사람과 어울린다는 것이 얼마나 마음을 뿌듯하게 하는 일인지 가슴 절절하게 느낀 하루였다.

"근데 오늘 그분이 안 오셨네요."

손님들 저녁 식사가 끝나고 펜션 식구들이 둘러앉아 식사하던 중 슬기가 말했다.

"그분이라니, 누구?"

옆자리에 앉아 있던 준석이 물었다.

"주말마다 오시는 분 있잖아. 출판사 대표라는 분."

"아, 선영 누나 전 남……." 전 남친이라고 하려던 준석이 아차! 싶어 재빨리 말을 바꿨다. "아니, 전 대표?"

"그래 그분 말이야."

슬기가 선영의 눈치를 살피며 고개를 끄덕였다. 준석도 "그러네. 오늘 정신없이 바빠서 그분이 왔는지 안 왔는지도 몰랐네." 하면서 선영을 바라봤다. 재하는 선영이 불편해할까 봐 준석과 슬기를 향해 눈을 끔적끔적했다. 그때 미자가 말했다.

"일이 있겠지, 뭐. 주말마다 내려오는 게 쉬운 일도 아니고.

나 국 더 먹을 건데 누구 더 먹을 사람 있으면 말해."

"근데 두 사람은 왜 나를 봐?" 주호가 언급되자 기분이 언짢아진 선영이 발끈해서 준석과 슬기를 번갈아 보며 물었다. "이 자리에서 분명히 말하겠는데, 나는 그 사람이 여기 오는 거랑 상관없으니까 괜히 내 눈치 보고 그러지 않았으면 좋겠어. 모두 알다시피 나와 그 사람은 10년 동안 특별한 관계였어. 하지만 그건 다 지난 일이야. 그럼에도 내가 그 사람이 여기 오는 걸 막지 않은 건 그 사람이 정리하는 데 시간이 필요할 것 같아서야. 내 생각엔 그 사람은 주말에 몇 번 내려오다가 단념할 거야. 그때까지 그 사람이 원하는 대로 하라고 난 모른 척하기로 했어. 그러니까 두 사람도 그 사람을 다른 손님들과 똑같이 대해주면 좋겠어. 부탁이야."

"이제 언니 뜻이 어떻다는 거 알았으니까 다시는 언니 눈치 보는 일은 없을 거예요."

슬기의 말이 끝나자 준석이 선영에게 거수경례하면서 쩌렁쩌렁한 목소리로 말했다.

"예. 명심하겠습니다."

급작스러운 준석의 행동에 모두가 움찔 놀라면서도 결국 웃음을 터뜨렸다. 선영도 피식 웃으며 거수경례를 따라 하며 "좋아!"라고 말했다.

재하는 선영의 말을 듣고 안도감이 들었다. 진작 선영에게 묻고 싶었지만 물을 수 없었던 말이었다. 이제 선영의 생각을 분명하게 알았으니 주호가 내려와도 덜 신경 쓰일 것 같았다. 어쩌면 다음 주에도 안 내려올 수도 있겠다는 생각이 들어 다시 안도의 한숨이 나왔다.

그날 밤 잠자리에 든 선영은 주호 이야기가 나왔을 때 자신도 모르게 발끈했던 순간이 떠올라 혼란스러웠다. '발끈할 것까지는 없었는데 그렇게 한 건 혹시 온다던 주호가 오지 않아서 화가 난 건 아니겠지?' 하는 생각이 들었기 때문이다.

"말도 안 돼."

선영은 그런 생각을 하는 자체가 말도 안 된다는 생각에 이불을 발로 차며 소리쳤다.

27

월요일 오후 재하와 펜션 식구들이 휴게실에 모였다. 재하가 촬영한 콘서트 영상을 보면서 개선할 점에 대해 서로 의견을 나누기 위해서다. 선영은 콘서트가 무료라고 해서 콘서트를 아무렇게나 진행하고 싶지는 않다. 무엇보다도 펜션 식구들뿐만 아니라 관객들에게도 긍정 에너지를 준다는 의미에서 콘서트를 거북이 펜션을 대표하는 콘텐츠로 만들고 싶다. 다른 식구들도 선영의 생각과 같다. 재하도 영상을 편집하면서 거북이 펜션의 상징이 될 새로운 콘텐츠의 탄생에 흥분했던 터라 앞으로 거북이 콘서트가 어떻게 변모할지 기대가 컸다.

모두 벽에 걸린 텔레비전 화면으로 영상을 보는 내내 입가에 미소가 사라지지 않았고 감동과 웃음으로 촉촉해진 눈빛은 오후의 햇볕이 스며 더욱 반짝거렸다. 특히 미자와 준석은 기타 연주 부분을 보면서 그때의 감정이 떠올라 다시 전율이 느껴진다며 흥분을 감추지 않았다.

영상을 시청한 후 선영은 의견을 적기 위해 클립보드와 볼펜을 가져왔다.

"준석이 별명을 양파남이라고 불러야 할 것 같아요."

"양파남이요? 그게 무슨 뜻이에요, 언니?"

슬기가 선영의 말뜻을 궁금해하며 선영에게 물었다.

"다른 게 아니라 준석이가 그렇게 재미있는 사람인 줄 몰랐지, 뭐야."

선영의 말에 미자도 활짝 웃었다.

"나도 그 말 하려던 참이었어. 준석이는 보면 볼수록 매력덩어리라니까."

"제가 말하긴 뭐하지만, 준석이가 양파처럼 까면 깔수록 매력남이라는 건 저도 인정해요."

슬기가 말하면서 부끄러웠던지 혀끝을 내밀며 히히 웃었다.

"그래 슬기가 보는 눈이 있는 거지. 아주 칭찬해, 슬기야."

선영이 옆에 앉은 슬기의 등을 토닥이며 말했다.

"아버지가 저한테 화를 내서 그렇지 보통 때는 유머 감각이 남다르세요. 재미있는 건 재하 형도 만만치 않고요. 그러고 보면 유머 유전자가 집안 내력인지도 모르겠네요."

준석이 헤헤 웃으며 말했다.

"매사에 진지한 재하 씨는 잘 알고 있는데, 유머러스한 재하 씨는 어떤 모습일까요? 막 궁금해지네요. 하하하."

선영이 재하를 보며 말하자, 재하는 귀가 빨개져 말없이 허허 웃기만 했다.

잠시 후 선영이 자신의 클립보드에 꽂힌 종이를 넘기며 말했다.

"자, 그러면 콘서트 개선할 점에 관해 이야기해 볼까요? 제가 몇 가지 적은 게 있는데 하나씩 읽어 볼게요."

식구들은 선영의 말에 귀를 기울였다.

"먼저 장소하고 예약에 관한 거예요. 다음부터는 예약제로 했으면 좋겠어요. 예상되는 참석자 수를 알면 그에 맞는 자리를 미리 준비할 수 있기 때문이에요. 아니면 장소에 맞게 참석자 수를 제한할 수도 있고요. 그렇게 하면 그날처럼 예상되는 참석자 수를 모르고 있다가 시작 직전에 몰려든 손님들 때문에 재하 씨랑 준석이가 고생하는 일은 없을 거예요."

"저도 같은 생각이에요. 예약해 놓고 나중에 취소한 사람들도 있겠지만 적어도 갑자기 인원수가 늘어나서 당황하는 일은 없을 거예요. 그리고 장소는 미리 정해 놓는 게 좋을 것 같아요. 예를 들어 평상시에는 명상 교실에서 하다가 한 번씩 콘서트를 크게 열 때는 운동장에서 한다든가 하는 식으로요."

재하의 말에 모두가 고개를 끄덕였다.

"저도 재하 형 의견에 찬성이에요. 한 번씩 운동장에서 크게 하면 축제처럼 엄청나게 신날 것 같아요."

준석은 운동장을 가득 메운 관객들을 상상하는 것만으로도 이미 기분이 들떴다.

"그러려면 준비할 것도 많을 거예요. 사람들이 많으면 안내하고 통제할 인원도 있어야 하고 의자도 미리 준비해야 하고요." 선영이 클립보드에 메모하면서 말했다.

"이러면 어떨까?"

식구들의 시선이 미자에게 쏠렸다.

"운동장에서는 더운 여름이나 추운 겨울에는 못하고 봄, 가을에나 할 수 있을 거야. 의자도 많이 필요할 거고. 그래서 말인데, 이 기회에 운동장에 잔디를 깔면 어떨까? 잔디를 깔면 콘서트 때 참석자 저마다 돗자리를 준비하라고 하면 되니까 의자를 따로 준비할 필요도 없지 않겠어. 사실 지금은 운동장을 쓰는 사람도 없으니까 차라리 잔디를 깔면 보통 때도 사람들이 맨발로 걸어 다닐 수도 있고 돗자리를 깔고 누워있을 수도 있으니까 활용 면에서도 더 좋을 거야."

"잔디를 깔면 여러모로 좋을 것 같은데, 비용이 꽤 들어갈 텐데요."

재하가 말했다.

"비용은 들어가겠지만 멀리 내다보면 고모 말씀대로 잔디를 까는 게 좋을 것 같네요. 공사 비용은 제 퇴직금으로 해결할 수 있을 거예요.

"아니, 그럴 것 없다. 그 돈은 쓰지 말고 그대로 둬. 그 돈 아니라도 공사 비용은 댈 수 있으니까 걱정하지 말고."

"그러면 공사 비용은 나중에 따로 이야기하는 걸로 하고 다음으로 넘어갈게요."

선영이 클립보드를 보며 다시 말을 이었다.

"다음은 이야기 손님과 음악 공연에 관한 거예요. 당분간은 우리가 이야기 손님을 섭외해야 하니까 초대하고 싶은 사람이 있으면 추천 좀 해주세요. 자리가 잡힐 때까지는 이렇게 하고 나중에 잘되면 이야기 손님도 신청받아서 할 수 있을지도 몰라요."

"이야 그때는 거북이 콘서트가 잘 알려져 있겠죠?"

슬기가 빙그레 웃으며 말했다.

"그렇겠지? 생각만 해도 기분 좋다. 하하하."

준석이 슬기를 보며 활짝 웃었다.

"아, 그런 날이 오면 좋겠다." 선영이 두 손을 모으며 말했다. "그전에 음악 공연할 사람부터 신청받았으면 좋겠어요. 계속 기타만 연주할 수는 없으니까, 신청을 받자는 거예요. 음악 공연은 가능하면 다채로울수록 좋으니까요."

"그러면 선영 씨, 될 수 있으면 이 지역에 거주하는 아마추어 연주자들이 참여하면 좋겠어요. 아니면 지자체에 알아보면 어떨까요? 지역 음악인들 네트워크가 있을 테니까 지자체에서도 지원해 줄지도 몰라요."

재하가 선영을 바라보며 말했다.

"좋아요. 음악 공연할 사람은 재하 씨 말대로 지자체에 알아보면 되겠어요. 그러면 그 일은 재하 씨가 좀 도와주세요."

"물론이죠. 제가 알아보고 다시 이야기할게요."

"네. 재하 씨가 있어서 얼마나 든든한지 모르겠어요. 고마워요."

"안 그래도 재하에게 어떻게 보답해야 할지 모르겠어. 여기 일 돕느라 글도 못 쓰고 말이야."

미자가 애정이 듬뿍 담긴 표정으로 재하를 보며 말했다.

"별말씀을요. 제가 좋아서 하는 일이니까 신경 안 쓰셔도 돼요, 사장님."

"고모랑 이야기하다가 생각한 건데 말이 나온 김에 지금 말할게요. 제가 출판 작업도 해야 해서 재하 씨가 정식으로 책방을 맡아주시면 어떻겠어요? 재하 씨 도움은 꼭 필요한데 재하 씨가 수고비도 안 받고 돕고 있으니까, 저희가 죄송해서요. 한번 잘 생각해 보고 저희 부탁대로 해주셨으면 좋겠어요."

"그래요, 형. 형이 그렇게 해주면 저도 든든할 것 같아요."

준석이 재하를 보며 말하자, 슬기도 꼭 그렇게 됐으면 좋겠다고 하면서 거들었다.

"아, 그럼 생각해 볼게요."

재하는 모두의 시선이 쑥스러워 뒷머리를 쓸어내리며 대답했다. 재하는 지금처럼 계속 펜션 일을 도울 생각이었다. 하지만 정식 직원이 된다는 건 생각해 본 적이 없었다. 그래도 선영이 재하의 도움이 꼭 필요하다는 말에 진짜 한 가족이 된 것 같아서 기분이 썩 좋았다.

"그럼, 좋은 소식 기다릴게요."

선영이 재하를 보고 싱긋 웃었다.

콘서트를 매달 첫째 주와 셋째 주 토요일에 열기로 의견을 모은 직후 선영에게 다음 이야기 손님으로 초대하고 싶은 사람이 생각났다. 그는 바로 독립서점과 독립출판사를 운영하는 현정의 남편 최수창이다. 식구들도 선영이 말하는 수창의 이야기를 궁금해했다.

슬기는 콘서트 때 자신이 찍은 짧은 영상을 소셜미디어에 올릴 생각이라면서 재하에게 보여주었다. 영상을 본 재하는 편집이 잘됐다고 칭찬했다. 그러면서 식구들에게 한 가지를 제안했다. 그것은 거북이 펜션 이름으로 유튜브 채널을 개설해 콘서트 영상을 올리자는 것이었다. 준석과 슬기는 그 말을 듣자마자 적극 찬성했다. 미자와 선영도 좋은 의견이라고 생각했지만, 촬영이나 편집에 관해서 아는 바가 없었다. 결국 유튜브 채널 운영은 고스란히 재하의 몫이 될 것 같아 미안함 때문에 선뜻 찬성한다고 말할 수가 없었다. 그래서 선영은 조금 전에 했던 말을 다시 꺼냈다.

"만약 재하 씨가 정식으로 펜션에서 일하겠다고 하면 저희도 미안해하지 않고 찬성할 수 있어요."

"아, 정 그러시다면 여기서 일하는 걸로 하겠습니다."

재하의 말이 끝나자 모두 박수를 치며 기뻐했다. 재하는 펜션 식구들에게 항상 든든한 사람이었다. 특히 선영에게 재하는 더욱 특별했다. 선영이 서울에서 힘든 일을 겪고 구례로 내려와 새로운 일을 시작하며 살게 된 것도 재하 역할이 컸다. 이제 재하가 정식으로 펜션 식구가 되었으니, 이것만큼 든든하고 기쁜 일이 없었다. 재하도 자신을 열렬히 환영해 주는 펜션 식구들이 무척 고마웠다.

며칠 후 재하는 거북이 펜션의 정식 직원이 되었다. 선영의 부탁대로 책방 관련 모든 사항을 재하가 담당했다. 슬기는 짧은 영상을 소셜미디어에 올렸고, 재하는 자기가 제안한 대로 거북이 펜션 유튜브 채널을 개설하고 첫 콘서트 영상을 올렸다. 구독자는 펜션 식구들 다섯이 전부였다. 슬기가 소셜미디어에 올린 짧은 영상은 많은 사람이 '좋아요'를 누르고 댓글을 남겼다. 주로 멋진 곳에서 열리는 콘서트에 참석하고 싶다는 내용이었다. 슬기는 공지란에 새로 개설된 유튜브 채널도 링크를 달아 올렸다. 콘서트에 다녀간 사람들도 저마다 소셜미디어에 사진과 소감을 올리며 거북이 펜션 계정에 링크를 달았다. 그러면서 유튜브 구독자가 개설한 지 일주일 만에 오백 명으로 늘었다. 재하를 비롯한 펜션 식구들은 신기할 따름이었다. 진보라 때에 이어 소셜미디어의 힘을 다시 한번 실감하는 순간이었다. 재하는 구독자가 남긴 댓글에 일일이 '좋아요'를 누르고 질문에 짧은 답글을 달았다. 그 이후로 책을 택배로 주문하는 사람들이 두 배 가까이 늘었다.

"마치 재하 씨가 정식 직원이 되길 기다렸다는 듯이 책 주문량이 늘었어요."

선영은 컴퓨터로 주문 체크를 하는 재하에게 웃으면서 농담을 건넸다.

"벌써 제가 책방지기가 됐다는 소문이 퍼졌나 보네요. 하하하."

"그러게 말이에요."

선영도 재하를 따라 웃었다.

"저는 이번에 다시 깨달은 게 있어요. 역시 사람들이 원하는 것은 이야기라는걸요."

"저도 선영 씨 말에 공감해요. 앞으로 거북이 펜션에서 빚어낸 많은 이야기가 사람들의 마음에 긍정적인 에너지를 심어줬으면 좋겠어요. 또 꼭 그렇게 될 거라고 생각해요. 그래서 저는요, 선영 씨, 거북이 펜션과 식구들의 미래가 무척 기대돼요. 나도 모르게 가슴이 설렐 정도로요."

선영은 거북이 펜션과 식구들의 미래를 생각하면 가슴이 설렌다는 재하의 뒷모습을 물끄러미 바라보았다. 그의 말에서 진심이 느껴졌기 때문이다. 선영은 이곳으로 내려온 후로 자신의 미래에 대해 별다른 생각을 하지 않고 살았다. 하지만 재하의 말을 듣고 거북이 펜션의 미래뿐만 아니라 자신의 미래에 대해서도 기대감이 생겼다. 이런 기대감을 심어준 재하와 함께 일할 수 있다는 게 얼마나 고마운 일인지 새삼 깨달았다. 컴퓨터 화면을 보면서 책 제목과 수량을 메모지에 적는 재하의 뒷모습이 오늘따라 더욱 멋져 보였다.

28

　콘서트 영상을 보면서 의견을 나눈 그날 저녁 선영은 수창과 통화 전에 먼저 현정에게 전화했다. 현정과 수창은 선영이 유튜브 채널 주소를 보내줘 이미 콘서트 영상을 본 상태였다. 선영은 거북이 콘서트를 앞으로 어떻게 운영할 생각인지 전했다.
　"두 번째 이야기 손님으로 수창 씨를 초대하고 싶은데, 네 생각은 어때?"
　현정은 선영의 말에 놀라 잠시 멈칫했다.
　"이야, 내 남편 이야기를 듣겠다고 초대하는 데도 있고 세상 오래 살고 볼 일이다."
　"현정이 넌 어떻게 생각해?"
　"나? 나야 당연히 좋지. 아마 남편도 그 말 들으면 꿈이냐 생시냐 할걸. 고마워, 선영아. 말만 하면 하겠다고 할 사람들이 많을 텐데 내 남편을 먼저 떠올려 줘서."
　"우리 사이에 고맙긴, 뭐. 이전부터 수창 씨 출판사에서 낸 책을 읽으면서 공감하는 부분이 많았거든. 수창 씨 이야기를 들으면 나처럼 공감하는 사람들도 많을 거야."

 선영은 현정과 통화 후 책방에 있는 수창에게 전화했다. 현정의 말대로 수창은 매우 들뜬 목소리로 흔쾌히 승낙했다.

 "언젠가 다른 사람들 앞에서 내 이야기를 들려줄 날이 있을 거라고 생각했어요. 그런데 그날이 생각보다 빨리 와버렸네요. 고마워요, 선영 씨."

 "누가 들으면 여기서 무슨 방송국 행사라도 하는 줄 알겠어요. 이 먼 시골까지 와주겠다고 하니 오히려 제가 고맙죠."

 이어서 선영이 30분은 이야기를 들려주고, 30분은 대화하는 시간이라고 알려주자, 수창은 큰소리로 웃었다.

 "할 이야기가 너무 많아서 어떤 이야기를 하면 좋을지 생각해 봐야겠어요." 수창을 오래 알아 왔지만, 어린아이처럼 좋아하는 그는 처음이었다. 선영은 그의 마음을 이해할 수 있을 것 같았다. 자기만의 방식으로 살아가는 그를 누군가 알아봐 준다는 것은 몹시 기분 좋은 일임이 틀림이 없다. 돈을 많이 벌지는 못해도 자신이 좋아하는 일을 하면서 나름대로 행복하게 살고 있다고, 그러니 혹시 자기다운 삶을 살고 싶은데, 현실적인 문제 때문에 망설이는 사람이 있다면 두려워하지 말고 한번 시작해 보라고, 그래야 한 번뿐인 인생 후회가 남지 않는 법이라고 수창은 말하고 싶을 것이다.

 "지금 수창 씨가 어떻게 살고 있는지 그대로 들려주면 사람들이 분명 좋아할 거예요. 저희 콘서트 이야기 손님이 되어줘서 고마워요, 수창 씨."

선영은 수창과 통화를 끝내고 수창을 이야기 손님으로 초대하길 잘했다는 생각에 마음이 뿌듯했다.

그 주 수요일 재하와 선영은 지자체 청사를 방문했다. 문화·관광·체육부 담당자를 만나기 위해서였다. 하루 전 재하는 미리 전화로 담당자에게 거북이 콘서트에 관해 설명하면서 참여할 음악인이 있는지 알아보고 있다고 했다. 그리고 거북이 콘서트 영상을 올린 유튜브 채널을 알려주면서 시청을 권했다. 몇 시간 뒤에 담당자로부터 만나서 이야기하고 싶다는 연락이 왔다. 재하가 이 소식을 선영에게 전하자, 굿즈 문제로 이 지역에 어떤 공방이 있는지도 알아보면 좋겠다고 하면서 같이 가자고 했다.

작은 키에 후덕한 인상을 가진 사십 대 중반의 여성 담당자는 재하와 선영을 보고 반색했다. 그녀는 자리에 앉자마자 유튜브에서 본 거북이 콘서트 영상이 매우 흥미로웠다고 했다. 그리고 콘서트가 계속 열린다면 지역 활성화에 많은 도움이 될 것 같다며 지자체에서도 도울 일이 있으면 뭐든지 적극적으로 돕겠다고 했다. 이 말을 들은 재하와 선영은 지역사회를 위해 뭔가를 하고 있다는 생각에 어깨가 으쓱해졌다.

이어서 담당자는 음악인 섭외는 지자체 홈페이지에 올리면 쉽게 해결될 거라고 했다. 그래서 선영은 담당자의 요청으로 그 자리에서 홈페이지에 올릴 내용을 종이에 적어서 건넸다. '여기는 거북이 펜션입니다. 당신의 음악을 들려주세요.'로 시작하는 내용이었다.

내용을 읽어 본 담당자는 거북이 펜션 소셜미디어 계정과 유튜브 채널 주소도 링크를 걸어두겠다고 했다. 그리고 지역 음악인이 많은 게 아니라서 얼마나 신청할지는 잘 모르겠지만 전문 음악인이 아니더라도 콘서트에서 연주하려는 사람은 있을 테니 곧 연락이 올 거라고 했다.

이어서 선영이 봄, 가을 콘서트를 운동장에서 할 생각이고 이를 위해 운동장에 잔디를 깔 생각이라고 말했다. 그러자 담당자는 지자체 연수원 개축 때문에 부지 내 잔디를 철거해야 하는데 그 잔디를 거북이 펜션에 제공할 수 있을지도 모르겠다고 했다. 생각지도 않은 말이라 선영은 절로 입꼬리가 올라갔다. 재하도 눈이 동그래져서 선영을 바라봤다. 그뿐 아니라 지역 문화 활성화 차원에서 봄, 가을 콘서트 때 필요한 안내 요원도 지자체에서 지원할 수 있을 것 같으니 알아보고 다시 연락하겠다고 했다. 선영은 기쁜 마음에서 챙겨간 굿즈를 담당자에게 내보이며 지역 공방에서 만든 제품을 펜션 굿즈 판매대에 진열해 놓고 팔았으면 좋겠다고 했다. 그러면 비교적 영세한 지역 공방에 조금이라도 도움이 되지 않겠냐고 덧붙였다. 담당자는 다시 반색하며 지자체에서 적당한 공방이 있는지 알아보고 연락하겠다고 했다.

선영은 재하의 차로 펜션으로 돌아가는 길에 자꾸 웃음이 나왔다.
"재하 씨, 이럴 때 천군만마를 얻은 기분이라고 하는 거겠죠? 지자체에서 이렇게 적극적으로 도와줄 줄은 생각도 못 했어요."
"저도 그래요. 조금 전에 담당자가 잔디 이야기를 꺼낼 때는 이거 하늘이 돕고 있구나, 하는 생각이 들더라니까요. 그러지 않고서야 이렇게 일이 술술 풀릴 리가 없잖아요. 잔디만 제공받아도 그게 어디예요. 아무리 생각해도 하늘이 돕는 게 틀림없어요."
"그럴지도 모르죠. 모든 게 고마울 따름이에요. 게다가 거북이 펜션에서 하는 일이 지역사회에 도움이 된다고 생각하니 자부심도 생기고 은근히 기분 좋아요. 고모도 얘기 들으면 좋아하실 거예요."
선영은 말하면서도 계속 웃음이 새어 나왔다. 그때마다 재하는 선영을 보면서 같이 웃었다. 선영도 재하가 자신을 보는 걸 알고 고개를 돌리다가 눈이 마주쳤다. 그 순간 선영은 문득 재하의 스포츠머리를 한번 쓰다듬고 싶다는 다소 엉뚱한 생각이 들었다. 스스로 생각해 봐도 너무 생뚱맞은 생각이었다.

"재하 씨!"

"왜요, 선영 씨?"

"재하 씨 머리 한 번 쓰다듬어 봐도 돼요?"

"갑자기 제 머리를요?"

"왜요? 싫어요?"

"싫은 건 아닌데, 누가 내 머리 쓰다듬어 보고 싶다고 하는 말을 처음 들어봐서요."

재하의 귀는 이미 붉어져 있었다. 선영은 그런 재하가 귀엽고 재미있었다.

"저도 누구 머리 쓰다듬어 보고 싶은 건 처음이에요. 왜, 안 돼요?"

"아니, 그게 아니라. 음-, 그래요, 뭐, 어때요, 닳는 것도 아닌데. 자, 만져봐요."

재하가 머리를 선영 쪽으로 살짝 기울였다. 그때 선영이 푸하하 웃었다.

"농담이에요, 농담. 아무리 그래도 제가 어떻게 재하 씨 머리를 쓰다듬겠어요. 오늘 제가 기분이 좋아서 그러려니 하고 이해하세요. 날씨가 더워지니까, 재하 씨 머리를 만지면 기분이 어떨까, 하는 생각이 들었나 봐요. 까슬거릴 것도 같고 간질거릴 것도 같고 무엇보다 여름이라 시원할 것 같아서요."

"아, 네, 여름에는 스포츠머리가 시원하기도 하고 관리하기도 편해요."

그때 선영이 주머니에서 검은색 고무밴드를 꺼내 머리카락을 하나로 모아 질끈 묶었다.

"선영 씨는 그렇게 묶는 게 잘 어울려요."

"그래요? 그러면 자주 이렇게 묶어야겠네요. 하하하."

선영의 말에 재하는 귀와 볼에 후끈거리는 열감을 느꼈다. 선영은 웃다가 묶은 머리를 다시 매만졌다.

"여름에는 이렇게 묶는 게 시원해요."

재하는 선영과 웃고 있는 이 순간, 선영과 한결 가까워진 기분이 들었다. 선영이 재하에게 서슴없이 농담을 건넬 수 있는 건 선영도 재하가 편하기 때문이었다. 재하는 선영이 구례로 내려오고부터 웃을 일이 많아졌다. 최근에는 선영도 자주 웃었다. 그만큼 이곳에 잘 적응하고 있다는 의미였다. 선영이 많이 웃을수록 주호에 대한 기억도 희미해질 터였다. 재하는 선영과 지금처럼 웃는 날이 많기를 바랐다.

지자체에 다녀온 지 이틀 후에 유튜브 구독자가 이백 명 넘게 늘었다. 재하는 지자체 홈페이지를 보는 사람이 얼마나 있겠냐, 잠시 의심했던 것을 반성했다. 이백 명 중 대부분이 지자체 공무원일지도 모르지만, 저마다 또 한 명의 구독자를 불러들일 수 있다는 점에서 적지 않은 수였다.

　담당자의 말대로 지자체 홈페이지에 올린 글을 보고 펜션으로 문의 전화가 오기 시작했다. 정식으로 이름과 연락처, 연주할 악기, 활동 경력을 적은 신청서를 제출한 신청자에 대해 순차적으로 면접이 이루어졌다. 면접에는 펜션 식구가 모두 참석했다.

　가장 박수를 많이 받고 그 자리에서 면접에 통과한 신청자는 오카리나 연주자 이환이었다. 스물다섯인 그는 어렸을 때 아버지에게 오카리나를 배운 뒤로 계속 연주를 해왔고 지금은 직접 작곡해서 연주할 정도로 실력이 수준급이었다. 그는 키가 180이 넘었고 몸은 호리호리했다. 놀라운 점은 그가 태권도 사범이란 것이다. 그는 태권도하기 전에 오카리나를 연주하면 마음이 맑아지고 정신 집중이 잘된다고 했다. 그의 오카리나 연주를 들은 펜션 식구들도 그 말에 고개를 끄덕였다.

　재하는 오카리나를 초등학교 때나 몇 번 연주하는 악기 정도로 알고 있었는데 이렇게 멋진 연주가 가능할 줄 몰랐다면서 놀라워했다. 미자는 그가 작곡한 곡이 매우 맘에 든다면서 다음에 기회가 되면 함께 연주해 보고 싶어 했다. 선영은 콘서트 때 이환의 연주를 듣기 전에 어떤 계기로 오카리나 연주를 시작했고 어떤 점 때문에 지금까지 오카리나를 연주하고 있는지 잠깐 인터뷰를 하면 좋을 것 같았다. 그도 좋다고 했다. 펜션 식구 모두 그의 연주가 흡족했던 터라 그가 두 번째 콘서트에서 어떤 연주를 들려줄지 벌써 기대가 컸다.

굿즈도 지자체에서 공방을 연계해 준 덕에 두 종류가 늘었다. 하나는 고래나 올빼미가 달린 메추리알 크기의 풍경이었고, 다른 하나는 편백나무로 만든 독서대였다. 둘 다 책방과 잘 어울렸다. 제품을 가져온 공방 사장들은 같은 지역에서 이런 기회가 생겨 작품을 만들 힘이 난다고 하면서 몹시 기뻐했다. 선영도 지자체의 도움을 받은 만큼 앞으로 굿즈 판매가 잘돼서 지역 공방에 도움이 되기를 바랐다.

두 번째 콘서트를 일주일 앞둔 시점에는 유튜브 구독자가 천 명을 돌파했다. 계속해서 지자체 홈페이지에 모집 공고가 올라가 있는 영향도 있었고 콘서트에서 오카리나 연주를 하게 된 이환이나 새로 인연이 된 공방 사장들이 자신들의 소셜미디어에 유튜브 채널을 소개한 영향도 있었다. 재하는 이

추세대로라면 두 번째 콘서트 영상을 올리고 나면 구독자가 이천 명이 넘는 건 아닌지 모르겠다고 하면서 히죽히죽 웃었다.

29

　두 번째 콘서트 당일 아침 재하와 선영은 독도와 진순을 앞세우고 섬진강 강변을 따라 산책에 나섰다. 아침 산책이 좋다는 재하의 말을 듣고 선영도 동행한 것이다. 서울에서 구례에 한 번씩 내려올 때는 가끔 강변을 따라 산책하는 걸 즐겼다. 하지만 구례에서 살고부터는 펜션 손님들에게 강변을 따라 산책할 것을 권유는 했어도 정작 자신은 한 번도 가지 못했다. 산책뿐만 아니라 미자를 포함한 펜션 식구들이 개인 시간을 갖도록 배려하면서도 정작 자신은 일 아니고서는 펜션에서 벗어나는 법이 없었다. 처음에는 자신이 벌여놓은 일에 대한 일종의 책임감 때문이었고 거기에 주호를 잊기 위한 몸부림이 더해져서 그러지 못했다. 시간이 가면서 주호에 대한 기억은 시나브로 희미해졌고 책임감은 펜션 식구들에 대한 애정으로 바뀌었다. 그래서 펜션 식구들과 행복하게 지내고 있는 지금이 너무도 소중해서 그 자리를 지키고 있었던 것이다. 더욱이 펜션에 혼자 남더라도 어느새 옆에 와 있는 재하가 있어서 외로울 틈이 없었다.

지난밤 재하가 집으로 가면서 선영에게 말했다.

"내일은 콘서트 있는 날이니까 생각도 정리할 겸 아침 일찍 저랑 같이 산책하러 가요."

"그래도 될까요? 아침에 할 일이 없으려나?"

선영은 곰곰 생각했다. 그때 재하가 그럴 줄 알았다는 듯이 입을 열었다.

"콘서트 때문에 아침부터 할 일은 없어요. 괜히 마음이 조급해져서 그러는 거지. 이럴 때일수록 잠깐이라도 일터에서 벗어나는 시간이 필요한 거예요. 저도 아침마다 강변으로 산책하러 가는데, 돌아올 때 기분이 그렇게 상쾌할 수가 없더라고요. 그러지 말고 저랑 같이 산책하고 와요."

"재하 씨가 그렇게 말하니까 기분이 좀 이상하네요."

"이상하다니 뭐가요?"

"아니, 꼭 데이트 신청하는 것 같아서요."

선영이 일부러 재하의 반응이 재미있어서 웃음을 참고 말했다. 예상했던 대로 재하의 귀가 순식간에 붉어졌다. 선영은 참았던 웃음이 새어 나왔다.

"아, 이번에도 저를 놀리는 거죠." 웃는 선영을 보고 재하가 말했다. "이제 안 속아요."

"안 속는데 재하 씨 귀는 왜 그래요?"

"글쎄요. 내 귀가 왜 이럴까요?"

재하가 양쪽 귀를 비비며 헤헤 웃었다.

"고마워요, 재하 씨. 제 짓궂은 농담도 잘 받아줘서요. 제가 재하 씨에게 어떻게 보답해야 할지 모르겠어요."

"참 나, 한 식구끼리 보답은 무슨 보답이에요. ……그러면 내일 아침에 저랑 같이 산책하러 가는 거죠?"

"물론이죠. 내일은 무슨 일이 있더라도 재하 씨 따라갈게요."

재하는 최근 들어 부쩍 농담이 는 선영을 보고 안심이 됐다. 이제 서울에서 있었던 좋지 않은 기억을 완전히 잊어버리고 이곳 생활에 흠뻑 젖어 있다는 생각이 들어서였다. 그렇다고 선영이 다른 사람에게 이런 농담을 하는 건 아니었다. 오직 재하에게만이었다. 재하의 귀를 달아오르게 한 건 바로 그 점 때문이었다. 또한 귀가 붉어지는 건 부끄러워서가 아니라 선영에 대한 감정이 이미 특별하다는 것을 자각하는 신호였다. 한동안 느껴보지 못한 감정이었다. 그래서 재하는 좋으면서도 낯설었다.

지금은 시간이 꽤 지난 일이지만, 재하는 몇 번 여자를 사귄 적이 있었다. 하지만 모두 오래가지는 못했다. 헤어진 이유도 매번 비슷했다. 청소년기에 힘든 시간을 겪었던 재하는 지난날의 상처에서 비롯된 우울을 잠재우고 살아갈 용기를 얻기 위해 가끔 혼자 있는 시간이 필요했다. 하지만 그녀들은 그런 재하를 두고 사람을 외롭게 만드는 사람이라며 재하를 떠났다. 그때는 재하도 붙잡을 용기가 없었고 붙잡는다고 달라질 것 같지도 않았다. 재하는 시간이 필요하다고 말하고도 싶었지만, 상대는 그럴 마음이 없어 보였기 때문이었다. 그래서 이별을 받아들였다. 그 이후로는 사적으로 이성을 만나는 것을 꺼려 왔다. 그럼에도 선영에게는 꺼려지는 마음이 없었다. 물론 선영도 어렸을 때 갑작스럽게 부모를 떠나보낸 아픔이 있어서 재하를 좀 더 이해할 수 있다는 것도 어느 정도 영향을 줬을지도 모른다. 하지만 그것보다도 선영은 재하를 알아봐 주고 작가로서의 삶을 살 수 있도록 이끌어 준 사람이었다. 선영이 아니었다면 지금의 삶은 상상하지도 못했을 것이다. 그러니 재하에게 선영이 특별한 건 당연했다. 시작은 그러했다. 하지만 지금은 그 특별함을 넘어 이성에게 느끼는 감정까지 문득문득 느끼고 있었다. 그러니 재하의 귀가 붉어지는 건 낯설면서도 행복한 일이었다.

"재하 씨 말대로 나오니까 좋네요."

선영이 펜션으로 돌아가는 길에 말했다.

"그거 봐요. 머리도 맑아지고 좋잖아요. 분명 오늘 하는 모든 일이 잘될 거예요."

"이러다가 아침마다 재하 씨를 따라오는 거 아닌지 모르겠네요."

"네? 그러면 저야 좋죠. 그런데 선영 씨가 안 피곤하겠어요?"

"그걸 떠나서 사실 매일 일찍 일어날 자신은 없어요. 제가 은근히 아침잠이 많거든요."

"그럼 너무 무리하지 말고 일찍 일어나지는 날에만 가는 걸로 해요."

"아무래도 그게 좋겠어요." 재하와 선영이 펜션 정문에 이르렀을 때 독도와 진순이 큰길을 향해 짖었다. 시선을 돌려 보니 오토바이 한 대가 펜션 쪽으로 오고 있었다. 재하와 선영은 '이른 아침에 웬 오토바이지?' 하며 오토바이가 가까이 오길 기다렸다.

펜션 정문 앞에서 멈춘 오토바이에서 내린 사람은 바로 오늘 오카리나를 연주하기로 한 이환이었다. 그의 오토바이 헬멧에는 흰 글씨로 천하무적이라고 쓰여있었다. 이환이 태권도 사범임을 단번에 일깨워 주는 단어였다.

"어, 이환 씨가 이 시간에 웬일이에요?"

선영이 물었다.

"안녕하세요. 오늘은 수업이 없어서 아침 운동하고 곧장 이리로 왔어요."

"그러면 아침 식사 전이겠네요. 들어가서 식사 같이해요."

"아, 그래도 될까요? 나중에 빵으로 때우려고 했는데."

"아이 참, 운동까지 했다면서 빵으로 되겠어요? 그러다 나중에 힘없어서 연주도 못 하고 쓰러져요."

"그래요, 선영 씨 말대로 같이 들어가서 식사해요." 재하도 거들었다.

"아, 감사합니다. ……조금 전에 두 분 진돗개랑 산책하는 모습이 참 보기 좋던데요. 저도 나중에 결혼하면 두 분처럼 반려견 데리고 산책 다니고 싶어요."

재하와 선영이 부부인 줄 알았던 이환이 펜션으로 들어가며 말했다. 그 말을 들은 선영은 풋! 하고 웃음을 터뜨렸다. 그 모습을 본 이환이 '왜 이러지?' 하는 표정으로 선영을 바라봤다. 귀가 붉어진 재하는 웃음을 머금고 앞만 보고 걸었다.

"왜요? 제가 무슨 실수라도……?" 이환이 머뭇거리며 선영을 보고 물었다.

"이환 씨는 우리가 부부인 줄 알았나 봐요."

선영이 어색한 표정을 짓는 이환을 보며 말했다.

"부부 아니었어요? 저는 사장님하고 두 아들 내외가 펜션을 운영하시는 줄 알았는데, 아닌가요?"

"하하하, 그렇게 보였어요?"

"네."

"그런데 어쩌죠? 다른 두 사람은 부부 맞는데, 우린 아니에요."

"아, 죄송해요, 제가 잘 알지도 못하고 불쑥 말부터 해버렸네요."

"그럴 수도 있지, 뭘 그런 걸 가지고 죄송하고 말고 그래요? 자, 들어가요."

선영이 허공에 손을 저으며 활짝 웃었다. 이환이 재하에게 눈을 돌리자, 재하는 여전히 앞만 보고 웃기만 했다. 그 모습을 본 이환은 고개를 잠깐 갸웃하더니 뭔가 알았다는 듯 씩 웃었다.

오전 열한 시경에 이야기 손님인 수창도 재하의 차로 펜션에 도착했다. 재하가 수창이 탄 고속열차가 도착할 시간에 맞춰 구례역에서 수창을 차로 데려온 것이다. 재하는 펜션을 단장할 때 서가 꾸미는 걸 도우러 온 수창과 현정을 만난 적이 있었다. 수창은 재하의 SUV를 타고 펜션으로 오는 내내 여전히 흥분을 감추지 못하고 있었다.

"저는 강연하러 갈 때마다 긴장되던데, 수창 씨는 전혀 그렇게 안 보여서 다행이네요."

"긴장되는 건 잘 모르겠고 너무 설레서 며칠 동안 잠이 안

오더라고요. 하하하."

"설마 이야기하다가 자는 건 아니겠죠?" 재하가 수창을 옆눈으로 흘끔 보며 웃었다. 수창은 재하의 말에 웃음을 터뜨렸다.

"에이, 설마 그럴 리가요. 그런데 혹시 제가 말하다가 잠들면 재하 씨가 저를 깨워줄 거죠?"

"네? 그러죠, 뭐. 걱정 마세요. 제가 두 눈 부릅뜨고 지켜보다가 잠잘 것 같으면 얼음물 한 사발 끼얹어 드릴게요."

"이야, 얼음물 안 뒤집어쓰려면 정신 바짝 차려야겠는데요. 하하하."

"혹시나 수창 씨가 긴장할까 봐 농담한 건데, 역시 긴장하고는 거리가 멀어서 다행이네요."

"아, 재하 씨 덕에 마음이 한결 차분해졌어요. 고마워요, 재하 씨."

"별말씀을요. 콘서트까지는 아직 시간 많으니까 가서 편하게 쉬세요."

"그럼 저는 선영 씨 사무실에서 원고 좀 보고 있을게요."

"네, 그래요. 점심 식사할 때 되면 제가 부르러 갈게요."

"네, 고마워요, 재하 씨."

"주말인데 현정 씨랑 같이 오지 그랬어요."

"아내는 같이 가자고 했는데, 제가 말렸어요."

"왜요? 오가면서 데이트도 하고 좋은 기회인데요."

"저도 그러고는 싶은데, 아내가 있으면 눈물이 날 것 같아서요. 제가 다니던 출판사를 그만두고 독립서점 운영하면서 1인 출판사를 해보고 싶다고 했을 때 아내는 조금도 망설임 없이 찬성해 줬어요. 생활은 자기 월급으로 어떻게든 할 테니까, 하고 싶은 일을 해보라고요. 그때 아내가 눈물 나게 고마웠어요. 아마 죽을 때까지 잊지 못할 거예요. 지금은 초반에 비해 많이 나아지긴 했어도 여전히 경제적으로는 빠듯해요. 그래도 아내는 이만하면 잘하는 거라고 늘 저를 응원해 주죠. 그런 아내가 눈앞에 있으면 마음이 먹먹해져서 말이 잘 안 나올 거예요."

"아, 무슨 말인지 알 것 같네요. 믿어주는 사람이 있다는 건 정말 행복한 일이에요. 수창 씨가 부럽네요."

"고마운 일이에요. 그건 그렇고 선영 씨가 여기서 잘 지내는 것 같아서 보기 좋아요. 아내도 처음에는 걱정했는데, 이제는 전혀 걱정할 것 없다고 그러더라고요. 재하 씨가 선영 씨 옆에 있어서 선영 씨한테 큰 힘이 됐을 거라면서요."

"제가 오히려 선영 씨한테 도움을 많이 받았는데요, 뭐."

"재하 씨한테만 하는 말인데, 우리 부부는 재하 씨랑 선영 씨가 잘되기를 바라고 있어요."

"네?"

재하는 수창에게 이런 말을 들을 거로 생각지도 않았던 터라, 자기 속마음을 들킨 것 같아 뜨끔해서 하하 웃어버렸다. 오늘 이환에 이어 수창에까지 이런 말을 들어서 인지 자기와 선영이 특별한 사이가 되었다는 생각에 기분이 무척 좋았다. 더구나 현정과 수창이 자기와 선영이 잘되기를 바라고 있다고 하니 선영을 생각할 때마다 심장이 저릿하기까지 했다.

　재하와 수창이 펜션에 도착해 차에서 막 내렸을 때 고가의 독일산 흰색 승용차가 펜션으로 미끄러져 들어왔다. 이를 본 수창이 부러운 듯 감탄을 내뱉었다.
　"이야, 차 한번 잘 빠졌다."
　"어, 저번에도 한 번 왔던 차 같은데……."
　수창의 말에 승용차를 본 재하가 말했다.
　이윽고 재하의 SUV 옆에 주차를 마친 승용차에서 깔끔한 골프 웨어 차림의 운전자가 내렸다. 재하는 운전자의 머리 스타일을 보고 곧장 주호임을 알아봤다. 지난 주말에 오지 않아서 선영의 말대로 그가 일찌감치 포기했을 수도 있다고 생각했다. 하지만 여유 있는 그의 표정을 보고 자신의 착각이었음을 깨달았다. 그의 등장으로 다시 혼란을 겪게 될 선영이 걱정되었다. 오더라도 하필 선영에게 좋은 감정을 키우고 있는 시점에 또다시 방문한 그가 몹시도 얄미웠다.

"또 보네요, 작가님."

주호가 재하에게 다가와 손을 내밀면서 말했다.

"아, 정 대표님, 또 오셨군요."

재하는 의도적으로 '또'라는 말을 강조하며 악수하기 위해 그가 내민 손을 잡았다.

"어? 오랜만이에요, 주호 씨."

수창이 주호를 알아보고 아는 체했다. 절친인 선영과 현정 때문에 알게 된 두 사람은 종종 어울릴 기회가 있었다.

"어? 수창 씨? 안녕하세요. 오랜만에 보네요." 주호도 수창을 알아보고 그와 반갑게 악수했다. "현정 씨도 같이 온 거예요?"

"아니요. 이번에는 거북이 콘서트 때문에 저 혼자 왔어요."

거북이 콘서트에 대해 처음 들은 주호는 수창에게서 자초지종을 듣고 자기도 운 좋게 수창의 이야기를 듣게 되었다며 좋아했다. 그 말에 수창은 헤벌쭉한 표정으로 좋아했다. 재하는 조금 전에 선영과 잘되기를 바란다던 수창이 금세 주호와 죽이 잘 맞는 걸 보고 왠지 모를 배신감을 느꼈다.

"두 분은 이야기하시고 천천히 들어오세요. 저는 준비할 게 있어서 먼저 들어갈게요."

결국 재하는 이렇게 말하고는 서둘러서 안으로 들어와 버렸다.

재하는 선영이 마음의 준비를 할 수 있도록 주호가 왔다는 소식을 알려야겠다고 생각했다. 선영은 콘서트가 열릴 교실에 앉아 진행 멘트를 점검하고 있었다.

"어, 재하 씨. 수고했어요." 선영이 교실로 들어온 재하를 보고 생긋 웃으며 말했다. "수창 씨는요?"

"수창 씨는 주차장에서 누구랑 이야기하고 있어서 나 먼저 들어왔어요."

"고모요?"

"그게 아니라, 정주호 대표님이요."

재하는 정주호라는 말에 선영의 눈빛이 얼핏 흔들리는 걸 보고 몹시 속상했다.

"재하 씨가 저 걱정하는 거 알아요. 하지만 전에 말했다시피 그 사람이 오든 안 오든 나랑 상관없어요. 그러니까 재하 씨도 내 걱정 안 해도 돼요."

재하가 자신을 걱정한다는 걸 눈치챈 선영이 곧장 표정을 가다듬으며 말했다.

"그럴게요, 선영 씨." 재하는 선영의 말에 조금은 안심이 됐다. "저는 혹시나 선영 씨가 또다시 상처받을까 봐 저도 모르게 예민해졌나 봐요."

"재하 씨 마음 잘 알아요. 그리고 고마워요. 재하 씨가 있어서 제가 얼마나 든든한지 몰라요."

"한 식구끼리 고맙기는요, 헤헤."

재하는 그렇게 말해준 선영이 더 고마웠다.

잠시 후 선영은 카페 입구에서 수창과 주호를 만났다. 선영은 먼저 수창과 반갑게 인사를 나눴다. 그 옆에서 주호는 2주 만에 보는 선영이 반가워 설레는 마음으로 자기 차례를 기다렸다.

"이제 안 오는 줄 알았는데 또 왔네요." 수창과 인사를 끝낸 선영이 주호에게 말했다.

"혹시 나 기다린 거야?" 주호의 입가에 미소가 번졌다. "지난주에 일본에서 출판 계약이 있어서 못 왔어. 기다릴 줄 알았으면 미리 못 온다고 연락할 걸 그랬다."

"기다리기는 누가 기다렸다고 그래요. 펜션 식구들 중에서 오빠를 기다리는 사람은 한 명도 없다는 것만 알아요."

선영이 발끈해서 말하고 안으로 들어가 버렸다.

"이야 선영 씨 화내니까 무섭네요. 선영 씨 저러는 거 처음 봐요."

수창이 놀란 표정을 지으며 말했다.

"나는 선영이가 저렇게라도 말해줘서 기분 좋은데요. 저번에는 말 한마디도 안 했거든요."

주호는 수창에게 말하면서 기분 좋은 티를 냈다. 수창은 그런 주호가 낯설었다. 그러면서 선영을 마음에 두고 있는 재하가 더욱 긴장해야겠다는 생각이 들어 저절로 한숨이 나왔다.

30

두 번째 콘서트는 미리 오십 명 한정으로 예약을 받았기 때문에 지난번처럼 뒤늦게 의자를 나르는 일은 없었다. 소셜 미디어 계정에 예약이 마감됐다는 공지를 보고 꼭 참석하고 싶었는데 아쉽다는 내용의 댓글을 남기는 사람들도 있었고, 다음 콘서트 예약은 언제부터 하는지 묻는 사람도 있었다.

일찍이 자리를 메운 관객들은 교실 앞쪽에 붙은 플래카드를 보면서 콘서트 시작을 기다렸다.

책과 이야기와 음악이 있는 거북이 콘서트

- 오늘의 이야기 : 독립서점과 독립출판 운영자의 일상
- 이야기 손님 : 최수창(독립서점과 독립출판사 운영자, 전직

출판사 편집자)
- 음악 손님 : 신준석(기타), 강미자(기타), 이환(오카리나)

출산 예정일을 한 달 앞둔 슬기는 복도에 미리 자리를 잡고 앉아서 소셜미디어에 올릴 짧은 영상을 찍을 준비를 하고 있었다. 재하도 미리 디지털카메라를 설치하고 슬기 옆에서 교실 앞에 서 있는 선영을 바라봤다. 선영은 하늘색 무지 반소매 셔츠에 무릎 아래까지 내려오는 베이지색 치마 차림이었다. 선영이 이곳에 내려와 치마를 입은 건 처음이었다.

점심 식사 후 옷을 갈아입고 온 선영이 재하에게 어떠냐고 물었을 때 재하는 곧장 대답하지 못하고 머뭇거렸다. 너무 잘 어울렸을 뿐 아니라 화사하게 웃는 선영이 더욱 예뻐서였다.

"재하 씨 표정을 보니 영 아닌가 봐요."

"예뻐요. 예뻐."

재하는 선영의 말에 당황한 나머지 입에서 속마음이 나와버렸다. 재하는 아 차! 싶어 다시 말을 이었다.

"옷이 참 예뻐요. 선영 씨랑 잘 어울려요."

"그러면 다행이네요. 치마를 잘 안 입다가 입으니까 조금 어색했는데 재하 씨가 그렇게 말해주니 안심이 돼요."

선영은 재하를 보고 빙그레 웃었다. 그런 선영을 보고 재하도 빙그레 웃었다.

  재하는 그 생각을 하면서 교실 앞에서 수창과 대화를 나누는 선영을 흐뭇하게 바라보았다. 작은 움직임에도 하늘거리는 선영의 치맛자락이 자꾸 재하의 마음을 춤추게 했다.

  "선영 언니 참 예쁘죠?" 휴대 전화로 영상을 찍던 슬기가 선영을 보고 있는 재하에게 하는 말이었다.

  "예?"

  재하는 슬기의 말에 놀라 재빠르게 선영에게서 시선을 거둬 슬기를 바라봤다.

  "선영 언니는 외모면 외모, 일이면 일, 뭐 하나 빠지는 게 없어요. 참 멋있는 사람이에요."

  "근데 저분 좀 보세요." 슬기가 턱으로 교실 뒤쪽을 가리키며 속삭였다. "선영 언니를 보는 눈이 예사롭지가 않아요."

  슬기가 턱으로 가리킨 곳에 주호가 있었다. 그는 그곳에 앉아 선영에게서 눈을 떼지 못하고 있었다.

  "아무리 저렇게 선영 씨를 간절히 쳐다본다 해도 선영 씨의 마음을 되돌릴 수는 없을 거예요."

  재하가 곱지 않은 시선으로 주호를 보며 말했다.

  "그건 모르는 일이에요. 저렇게 자주 찾아와서 언니에게 공을 들이면 언니도 마음이 약해지지 않겠어요. 더구나 두 사람의 관계가 하루 이틀 된 게 아니잖아요. 무려 10년이라고요, 10년."

 슬기는 재하가 긴장할 걸 알면서도 재하가 선영에게 적극적으로 나서길 바라는 뜻에서 이렇게 말한 것이다.

 재하는 슬기의 말을 듣고 혹시라도 선영이 주호의 저런 태도에 마음이 약해지면 어쩌나, 하는 생각에 긴장이 온몸으로 퍼졌다. 눈을 돌려 선영을 바라보니 선영은 앞줄에 앉아 있는 관객과 환하게 웃으며 대화 중이었다. 다시 주호에게 눈을 돌리니 여전히 그의 시선은 선영에게 고정되어 있었다. 재하는 그 모습을 보면서 주호로부터 선영을 지키기 위해 파수꾼이 되어야겠다고 생각했다. 선영이 또다시 마음을 다치지 않도록 늘 그녀 곁을 지키는 파수꾼…….

 잠시 후 선영의 소개를 받고 사람들의 박수와 환호 속에 수창이 앞으로 나와 인사했다. 그는 여전히 들떠 보였으나 의외로 말투는 차분했다.

 "반갑습니다. 방금 소개받은 최수창입니다. 저를 이야기 손님으로 초대한다는 전화를 받았을 때 이런 생각이 들더군요, 내 이야기를 궁금해하는 사람이 있는 걸 보니 드디어 나의 때가 왔구나, 하고요."

 앞쪽에서 웃음이 새어 나왔다.

 "농담입니다. 제가 기획하고 작업한 독립출판물들이 이제 겨우 안타를 치기 시작했을 뿐입니다. 제가 운영하는 독립서점도 독서 모임과 글쓰기 모임을 꾸준히 한 결과 이제 겨우 월세 걱정 안 할 정도이고요. 아직도 갈 길이 멀죠. 그런데도 이야기 손님으로 나오겠다고 한 건 나다운 삶을 성실하게 살아가고 있는 저 자신이 자랑스럽기 때문이며, 무엇보다도 제가 이 일을 하면서 행복하기 때문입니다."

수창의 말을 듣던 관객들이 고개를 끄덕였다.

"일반 출판사와 달리 독립출판사는 부족한 게 많습니다. 돈도 그렇고, 인력도 그렇습니다. 그래서 책에 관한 모든 작업을 운영자가 직접 챙겨야 합니다. 그 점은 독립출판의 단점이기도 하지만 장점이기도 합니다. 책을 만드는 모든 과정에 운영자의 생각이 그대로 반영된다는 건 굉장히 멋지고 근사한 일이기 때문입니다. 저는 지금 그런 일을 하면서 행복하게 살고 있습니다. 저처럼 자기다운 삶을 살고 싶어서 회사를 그만두고 싶어 하는 사람은 많습니다. 하지만 그들 모두 회사를 그만두지는 않습니다. 그 이유는 대부분 현실적인 문제 때문입니다. 여기서 질문 하나 드리겠습니다. 만약 가족 중 누가 잘 다니던 회사를 그만두고 독립서점이나 독립출판사를 해보겠다고 한다면 나는 찬성할 것 같다고 생각하시는 분은 손을 들어보시겠습니까?"

주뼛거리며 손을 든 사람은 서너 사람뿐이었다. 수창은 결과를 예상했다는 듯 고개를 끄덕였다.

"그러실 겁니다. 다른 사람이 그러겠다고 하면, 한 번뿐인 인생인데 하고 싶은 일 하면서 살아야지, 하면서도 막상 내 가족 중 누가 그러겠다고 하면 그냥 편하게 회사 다니면 되지 굳이 고생을 사서 하려고 한다면서 반대하기 십상이죠. 그 점에 있어서 저는 제 아내에게 고맙게 생각합니다. 제가 회사를 그만두고 독립서점 하면서 독립출판물을 만들고 싶다고 할 때 제 아내가 그러더군요. 생활은 자기 월급으로 어떻게든 할 테니까 나 하고 싶은 일을 하라고요. 그때 아내가 그렇게 예쁠 수가 없었습니다."

그때 박수가 터져 나왔다.

"사실 아내도 여기 오고 싶어 했는데 제가 혼자 가겠다고 했습니다. 아내 앞에서 이런 말을 하면 울컥할 것 같아서였습니다."

수창의 목소리가 갈라지자, 몇몇 여성들은 금세 눈이 촉촉해졌다. 수창은 목소리를 가다듬고 다시 말을 이었다.

"저는 소설을 좋아하는데 대개 소설에는 반전이 있기 마련입니다. 그런 의미에서 이제부터 지금까지와 결이 다른 이야기를 할까 합니다. 저는 MBTI에서 E 성향입니다. 사람 만나는 걸 좋아하는 편이죠. 그래서 제가 독립서점과 독립출판 일을 하게 됐지 싶습니다. 흔히들 독립서점이나 독립출판을 한다고 하면 혼자 하는 일이라고 생각합니다. 아마도 독립이라는 말 때문인 것 같습니다. 하지만 제가 하는 일은 사람 만날 일이 많습니다. 책을 기획하고 편집하고 출간하기까지는 대부분 혼자 하는 작업입니다. 하지만 책을 출간하고 나면 책을 홍보하기 위해 전국에 있는 독립서점에 일일이 홍보 메일을 보내거나 전화를 돌려야 하고 발품도 팔아야 합니다. 전국에서 열리는 북페어를 찾아다니며 책을 홍보하기도 하고 팔기도 합니다. 그래서 저희끼리 농담으로 보부상이나 다름없다고 하면서 웃곤 합니다. 어떤 사람은 인간관계에서 발생되는 스트레스를 안 받고 혼자 일하기 위해 독립출판에 발을 디딘 사람도 있습니다. 하지만 그런 분들은 얼마 못 가서 폐업하고 맙니다. 또 돈을 많이 버는 분들도 있지만 극히 소수입니다. 저처럼 독립서점을 병행하는 사람 중에는 가게 월세 내는 것도 힘들어하는 분들이 여럿입니다. 그래서 몇 년간 이를 악물고 버티고 버티다가 결국 문을 닫는 사람도 많습니다. 요즘에 독립출판사 운영에 관심을 갖는 사람들이 많은 것 같습니다. 그런데 제가 왜 이런 힘 빠지는 말을 늘어놓을까요. 그건 독립서점이나 독립출판사 운영이 막연히 낭만적일 것 같아서 뛰어들어서는 곤란하다는 말씀을 드리고 싶어서입니다. 자기다운 삶을 위해서는 도전 정신도 필요하지만, 그에 못지않게 인내심과 끈기가 있어야 합니다. 그렇지 않고는 얼마 못 가서 그만두게 될 것이 자명합니다. 인내심과 끈기는 그 일을 시작하기 전에 미리 장착해야 한다고 생각합니다. 그만큼 잘 준비해서 시작해야 합니다. 그러면 힘든 일도 있지만 그것마저도 즐길 수 있게 될 거라고 믿습니다."

관객들이 수창의 말에 공감을 표하며 박수를 쳤다. 수창은 묵례로 답하고 박수 소리가 끝나자, 말을 이었다.

"이제부터는 제 일상에 대해 말씀드리겠습니다.……"

30분간의 이야기가 끝나고 질의응답 시간이 이어졌다. 독립서점과 독립출판에 관심 있는 사람들이 많다는 걸 확인할 수 있었다. 주로 실질적인 업무와 현실적인 문제에 관한 질문들이었다. 어떤 사람은 전자책으로 많은 돈을 번 사례를 들면서 수창은 어떤지 물었다. 수창은 유머를 적절하게 섞어가며 진지하고 성실하게 질문에 답했다.

수창이 끝마칠 시간이라고 말하자, 몇몇 사람들은 벌써 시간이 그렇게 됐냐며 몹시 아쉬워했다. 관객들도 수창의 이야기를 듣고 느끼는 게 많았겠지만, 수창 자신에게도 무척 고무적인 시간이었다. 자기가 좋아서 하는 이 일을 꾸준히 성장시켜서 같은 일을 하려는 사람들에게 도움을 주고 싶다는 욕심도 생겼다. 수창은 박수를 받으며 교실을 나올 때 마음이 뭉클했다. 그동안 포기하지 않고 잘 버텨온 자신이 대견스러웠기 때문이다. 그 순간 아내 현정이 몹시 보고 싶었다. 수창은 복도로 나와 재하 옆에 서서 기타 연주자를 소개하는 선영을 바라봤다. 재하가 수창에게 좋았다면서 엄지를 들어 보였다. 이윽고 재하는 주호가 앉아 있는 교실 뒤편으로 고개를 돌렸다. 주호의 자리가 비어 있었다. 화장실에라도 갔나, 생각하고 다시 앞쪽으로 고개를 돌렸다. 그때 수창이 말했다.

"주호 씨는 도중에 전화 받으러 나가는 것 같던데 아직도 안 들어왔네요."

"아, 통화가 길어지나 보네요."

"솔직히 말하면 기분이 별로예요. 참 나, 자기는 잘나가는 출판사 사장이라 나처럼 작은 출판사나 운영하는 사람 이야기는 들을 필요도 없다는 건가."

수창이 팔짱을 끼며 미간을 찡그렸다.

"설마 그럴 리가 있어요."

"물론 내 자격지심일 수도 있지만 그래도 기분 나쁜 건 사실이에요. 조금 전에 나보고 뭐라고 하는지 알아요. 글쎄, 선영 씨랑 다시 잘될 수 있도록 우리 부부한테 도와달라고 하더군요. 선영 씨한테 그만큼 상처를 줬으면 거기서 끝내야지 또 누구 속을 뒤집어 놓으려고 여기 내려와요. 정말 염치가 없다니까요."

재하는 주호가 주변 사람들에게 도움을 요청할 수도 있다고 생각했던 터라 수창의 말이 놀랍지는 않았다.

"잠깐만요. 지금 연주 시작하네요. 그 이야기는 나중에 다시 해요."

재하가 교실 앞쪽을 가리키며 말했다. 수창도 "아, 죄송해요." 하며 교실 앞쪽으로 시선을 돌렸다.

이전 콘서트 때처럼 준석이 기타를 연주할 때는 관객들이 큰 소리로 노래를 불렀고, 미자가 연주할 때는 조용한 가운데 미자의 노래를 감상했다. 이어서 미자의 앙콜 연주도 이어졌다.

미자의 연주가 끝나고 선영이 오카리나 연주자 이환을 소개했다. 관객들 대부분 오카리나 연주가 생소했다. 이환은 관객들에게 말없이 고개 숙여 인사한 다음 곧장 연주를 시작했다. 첫 곡은 많은 사람에게 익숙한 텔레비전 여행 프로그램의 메인 테마곡이었다. 듣고 있으면 아름다운 자연 풍경을 보면서 걷는 여행자가 생각났다. 관객들은 이환의 연주 앞부분을 듣고 금세 얼굴에 미소가 번졌다. 몇몇은 고개를 좌우로 흔들면서 리듬을 탔다. 그들에게는 텔레비전에서 짧게만 들었던 곡을 온전하게 들을 수 있는 것도 기분 좋은 일이었다.

첫 곡 연주가 끝나자, 선영이 이환에게 다가갔다. 선영은 시작 전에 미리 이환에게 질문할 내용을 알려줬다. 선영이 "이환 씨의 직업은 태권도 사범입니다."라고 하자, 관객들은 전혀 예상 못 했다는 듯 웅성거렸다. 그때 이환이 "앗!" 하는 기합과 함께 오른발을 옆으로 높이 들어올리더니 거듭 발차기를 시범 보였다. 키가 180이 넘는 그의 긴 다리가 천장에 가까워진 채 멈춰있는 모습을 본 관객들 사이에 와! 하는 감탄과 함께 박수가 쏟아졌다. 이환은 자세를 바로 하고 절도 있게 인사했다. 이환을 바라보는 젊은 여성들의 눈빛이 반짝이는 걸 본 선영이 이환에게 즉흥적으로 질문했다.

"혹시 여자친구가 있나요?"

"네?"

이환이 당황한 듯 눈을 크게 뜨고 선영을 바라봤다. 선영은 생긋 웃으며 말했다. "이환 씨에게 여자친구가 있는지 궁금해하는 분들이 많을 것 같아서요. 여러분, 그렇지 않나요?"

선영이 관객들을 보면서 물었다. 그러자 몇몇 사람들이 "궁금해! 궁금해!"를 외쳤다. 복도에 있던 재하와 수창은 그 상황이 무척 재미있어 실실 웃으며 지켜봤다. 준석도 슬기와 나란히 앉아 귓속말을 주고받으며 그 장면을 즐겼다.

"여자친구는 없습니다."

이환이 뒷머리를 쓸어내리며 대답했다. 그때 "이상형이 어떻게 돼요?"라는 질문이 나왔다. 모두가 웃음을 터뜨렸다. 질문자는 준석이었다.

"아, 질문이 들어왔으니까 대답하셔야겠네요. 이환 씨의 이상형은요?"

"지금까지 딱히 이상형은 없었는데, 닮고 싶은 커플은 있어요."

"오, 그래요? 잘됐네요. 그럼 한 번 들어볼까요?"

"오늘 아침에 그 커플이 진돗개 두 마리를 앞세우고 다정하게 산책하는 모습을 우연히 봤는데, 그렇게 잘 어울릴 수가 없었어요. 문득 저도 나중에 여자친구가 생기면 저렇게 다정하게 산책도 하고 반려견도 키우고 싶어지더군요."

선영은 아침에 자신과 재하를 보고 했던 이환의 말이 생각나 재하에게 눈길을 돌렸다. 그때 재화와 눈이 마주쳤다. 아침에 이환을 만났던 장면이 떠오른 재하는 선영과 눈이 마주치자, 순식간에 귀와 볼이 후끈 달아올라 열감이 느껴졌다.

그때 수창이 팔꿈치로 재하를 찔렀다. 수창은 턱으로 교실 뒤편을 가리켰다. 고개를 돌리니 그곳에 언짢은 표정을 한 주호가 눈에 들어왔다. 그 순간 재하는 몹시 통쾌했다. 심지어 소리 내서 웃고 싶은 충동을 느꼈으나 자리가 자리인 만큼 겨우 참았다. 재하는 선영의 옆에 누가 있어야 하는지를 주호가 제대로 깨닫는 계기가 되었으면 하고 바랐다.

"아, 그 말이었군요." 선영이 알겠다는 표정으로 고개를 끄덕였다. "아무튼 이환 씨는 여자친구가 없다고 하니까 관심 있는 분들은 참고하세요. 제 생각에는 체육관에서 이환 씨에게 태권도를 배워보는 것도 좋을 것 같네요."

이어서 이환이 어떻게 해서 오카리나 연주를 하게 되었는지 등의 질문이 오갔다.

"아, 그런 사연이 있었군요. 그러면 지금부터는 이환 씨가 직접 작곡한 두 곡을 연달아 들어보도록 하겠습니다. 큰 박수 부탁드립니다."

이환은 첫 번째 곡 '유성'을 잔잔한 밤하늘에 떨어지는 유성을 보고 있다는 상상을 하면서 들어보라고 했고, 두 번째 곡 '그대를 만나러 가는 길'은 제목처럼 사랑하는 사람을 만나러 가는 길이라고 상상하며 들어보라고 주문했다. 첫 번째 곡은 듣고 있으면 마음이 차분해지고 맑아지는 기분이 들었고, 두 번째 곡은 경쾌한 리듬에 절로 흥이 나는 곡이었다.

콘서트가 끝나고 주호는 선영에게 다가와 콘서트가 정말 멋졌고 선영의 진행도 매끄러웠다며 자기 소감을 말했다. 선영은 좋게 말해줘서 고맙다는 의례적인 말로 답할 뿐이었다. 주호는 수창에게도 오늘 수고했다고 말하며 서울까지 자기 차로 가자고 제안했다. 수창은 이미 열차표를 예약한 상태로 펜션 식구들과 느긋하게 이야기 좀 하고 갈 생각이라며 그의 제안을 거절했다. 그러자 주호는 기분이 상한 듯 "그럼, 그렇게 해요." 하더니 미자에게 또 오겠다고 인사하고 펜션을 떠났다.

그날 밤 재하는 콘서트 내내 주호 때문에 신경이 곤두섰던 자신을 돌아보며 마음가짐을 새롭게 했다. 그러다 문득 수창과 주호에게 유치하게 굴었던 장면이 떠올랐다. 누군가를 좋아하게 되면 자신이 그렇게 유치해질 수도 있다는 생각에 짐짓 놀라 얼굴이 화끈거렸다.

31

9월 넷째 주 월요일 아침 덤프트럭 세 대가 굉음과 함께 먼지를 뿜으며 펜션 운동장으로 들어왔다. 지자체 연수원 개축과 맞물려 운 좋게 무료로 얻은 잔디를 실은 덤프트럭들이었다. 잔디는 운동장 곳곳에 부려졌고 펜션에서 고용한 조경회사 인력들이 운동장 앞쪽부터 잔디를 입히기 시작했다. 작업은 일주일 내에 마무리될 예정이었다.

가끔 미자와 선영은 챙이 넓은 모자를 쓰고 나가 작업하는 광경을 지켜봤다. 운동장 한쪽 놀이기구가 있는 공간은 잔디를 입히지 않고 지금 있는 그대로 둘 예정이다. 펜션 운영을 북스테이로 바꾼 이후로 어린이 손님이 줄어서 놀이기구를 이용하는 사람은 없다. 그렇다고 놀이기구를 없앨 생각은 아니다. 이용하는 사람은 없어도 그 자리를 지키고 있는 것만으로 어린 시절을 회상할 수 있는 매개체가 된다는 생각 때문이다. 실제로 어린 시절을 회상하며 그네를 타거나 미끄럼틀에 오르는 사람들이 있다. 미자는 잔디 공사가 끝나고 모든 놀이기구를 노란색으로 칠할 생각이다. 그것은 노란색으로 칠하면 동심을 일깨우는 동시에 설치미술작품 같을 거라는 선영의 아이디어였다.

오전 열 시에는 펜션 식구들이 콘서트 관련 회의를 위해 휴게실에 모였다. 이 자리에서 결정된 내용은 다음과 같다.

먼저 10월 첫째 주에 열릴 세 번째 콘서트까지는 지금처럼 실내에서 진행하고, 10월 셋째 주에 열릴 네 번째 콘서트는 관객을 100명으로 늘려 운동장에서 진행할 예정이다. 또 가을 콘서트인 만큼 가을과 잘 어울리는 코너가 들어갔으면 좋겠다는 의견이 나와 시 낭송을 추가하기로 했다. 낭송은 목소리가 맑고 단아한 미자가 하기로 했고, 준석이 기타로 배경 음악을 연주할 예정이다. 마지막으로 겨울철인 12월에서 내년 2월까지 3개월간은 거북이 콘서트를 쉬기로 했다.

오후에는 공방 사장들이 추가로 풍경과 독서대를 가져와 텅 빈 굿즈 판매대에 진열했다. 주말 콘서트 때 준비된 풍경과 독서대가 다 팔린 상태였다. 책갈피와 에코백도 많이 팔렸지만, 처음에 대량으로 제작했기 때문에 아직 재고가 넉넉했다. 재하가 밖에 일 보러 나간 김에 두 공방에 들러 굿즈를 가져올 생각이었다. 하지만 굿즈가 다 팔렸다는 소식을 들은 공방 사장들은 기분이 좋아 그대로 있을 수가 없다며 굿즈를 직접 가져오겠다고 했다. 그도 그럴 것이 공방에서 제작한 굿즈를 몇몇 기념품 가게에 납품하고 있지만 어쩌다가 하나씩 나갈 뿐이라 이렇게 빠른 시간에 굿즈가 다 팔렸다는 건 무척 고무적인 일이었다. 공방 사장들은 판매대에 굿즈를 진열하면서도 얼굴에서 웃음이 사라지질 않았다.

　공방 사장들이 진열한 굿즈에도 변화가 생겼다. 고래나 올빼미가 달린 풍경에 더해 거북이가 달린 풍경이 추가되었고, 독서대도 위쪽 중앙에 거북이 인장이 찍혔다. 공방 사장들이 거북이 펜션에 고마움을 전하기 위해 각자의 굿즈에 변화를 준 것이다. 미자와 선영은 생각지도 않은 일이라 진열된 새로운 굿즈를 보고 몹시 감동했다. 다른 식구들도 거북이가 들어간 굿즈를 맘에 들어 했다. 진열을 마친 공방 사장들은 기분이라며 펜션 식구들에게 시원한 커피 한 잔씩을 돌리겠다고 서로 자기 돈으로 계산해달라고 실랑이했다. 이 장면을 본 미자는 멋진 작품을 만들어줬으니 오히려 우리가 대접해야 한다며 커피값을 받지 않았다. 의도와 다르게 공짜 커피를 마시게 된 두 사람은 서가에서 자신들이 읽을 신간 도서 한 권씩을 사서 기분 좋게 돌아갔다.

그날 오후 재하가 서가 책상에 앉아 노트북에 글을 쓰고 있을 때 선영이 출판사 문을 열고 재하를 보더니 싱긋 웃으며 다가왔다.
"글은 잘 써져요?"
선영의 목소리를 듣고 재하는 노트북 너머로 선영을 바라봤다.
"퇴고할 때면 왜 이렇게 고민되는 문장이 많은지 모르겠어요."
선영이 재하의 앞자리에 앉으며 말했다. "그래서 퇴로 할지 고를 할지 고민한다고 해서 퇴고잖아요. 원래 퇴고할 때가 되면 생각이 많아지는 법이에요. 그 순간에 좋다고 생각하는 것을 선택하는 수밖에요."
"아 참, 선영 씨 작업하는 책은 언제쯤 나올 예정이에요?"
"10월 첫 주에 인쇄 들어가면 책을 둘째 주에는 받아볼 수 있을 거예요."

"도서 출판 거북이 이름으로 나오는 첫 책이라, 이야, 말만 들어도 설레네요."

"저도 그래요. 그동안 책을 많이 내봤지만, 혼자 시작한 출판사 이름으로 내는 책이라 의미가 남다를 것 같아요. 신생 출판사인데도 저를 믿고 맡겨준 작가님을 생각해서라도 좋은 결과가 있으면 좋겠어요."

"그건 제가 장담할 수 있어요. 두고 봐요, 잘될 테니까요."

"아직 책도 안 나왔는데 재하 씨가 그걸 어떻게 장담해요?"

"난 선영 씨를 믿으니까요."

"예? 저를요?"

"그럼요. 아무리 작가가 믿고 맡긴 원고라고 해도 선영 씨가 아무 원고나 책을 낼 리가 없잖아요. 저는 선영 씨의 안목을 믿어요."

"와, 왠지 어깨에 뽕이 꽉꽉 채워지는 기분인데요. 하하하. 그래도 그 말 들으니까, 걱정은 안 되네요."

"다 잘될 거예요. 근데 무슨 할 말이 있어서 나온 거예요?"

"사실 재하 씨에게 부탁할 게 있어서 왔어요."

"부탁이요? 제가 할 수 있는 일이면 뭐든지 말만 해요."

"다른 게 아니라 우리 콘서트 이야기 손님으로 김달 작가를 초대했으면 해서요."

"김달 작가를요?"

"네, 재하 씨는 어떻게 생각해요?"

"저는 찬성이에요. 최근에 드라마나 영화로 대박 난 몇몇 웹소설 때문에 웹소설 인기가 많다고 들었어요."

"저도 대박 난 영화 관련 기사를 읽는데 김달 작가가 떠오르더라고요. 다행히 재하 씨가 김달 작가랑 계속 연락하고 있으니까 재하 씨가 부탁하면 어떨까 해서요. 김달 작가는 지금 서울에 있나요?"

"며칠 전에 제주도에 간다고 하던데, 연락 한 번 해볼까요? 콘서트는 아직 2주 남았으니까요."

"그러면 재하 씨가 김달 작가에게 연락 좀 해주세요. 10월 첫째 주가 안 되면 셋째 주도 괜찮으니까 꼭 해줬으면 좋겠다고요."

"그렇게 아니라 제가 지금 연락해 보죠, 뭐."

재하는 곧장 노트북 옆에 놓아둔 휴대 전화를 들어 김달에게 전화했다. 신호음은 가는데 받지는 않았다. 이어서 재하는 김달에게 보낼 문자를 소리 내서 읽어가며 입력했다.

"여기는 거북이 펜션입니다. 당신의 이야기를 들려주세요."

재하는 입력한 문자를 다시 읽은 뒤 보내기 버튼을 눌

렸다.

"문자를 보냈으니까 확인하면 연락할 거예요. 나중에 김달 작가랑 통화되면, 선영 씨에게 알려줄게요."

"아, 고마워요, 재하 씨. 재하 씨가 있어서 제가 얼마나 든든한지 몰라요."

"한 식구끼리 고맙긴요. 헤헤."

"저기……." 선영이 더 할 말이 있는 듯 망설였다. "말이 나온 김에 재하 씨도 이야기 손님이 되어줬으면 좋겠는데, 재하 씨 생각은 어때요?"

"제가요?"

"네, 재하 씨는 베스트셀러 작가이면서 꾸준히 강연도 나가고 있으니까 이야기 손님으로 재하 씨만큼 적합한 사람도 없잖아요."

"아무리 그래도, 좀 뜻밖이라서 뭐라고 말해야 할지 모르겠네요."

"요즘에 심리적으로 힘들어하는 사람이 많잖아요. 그런 사람들이 재하 씨 이야기를 들으면 일상에서 자신이 행복해지는 선택을 하고 사는 데 도움이 많이 될 거예요. 지금 대답 안 해도 되니까 시간을 갖고 생각해 보세요."

"아, 조금 당황스럽긴 하지만, 생각해 볼게요."

"재하 씨 이야기를 저한테 들려준다고 생각하고 하면 부담

없이 할 수 있을 것 같은데, 잘 생각해 보고 알려주세요."

"아, 그럴게요."

재하는 말은 그렇게 했어도 생각을 오래 할 것도 없이 자신이 선영의 부탁을 받아들일 거란 걸 안다. 더구나 10월이면 퇴고를 마무리 짓고 원고를 선영에게 넘긴 상태라 한결 가벼운 마음으로 사람들 앞에 설 수 있을 터였다. 재하는 다른 사람들 앞에 서는 게 두려워서 피하거나 포기하는 일은 결코 없을 거라고 오랫동안 생각해 왔다. 그래서인지 이제는 불안과 두려움을 떨쳐내기 위해 자신과 치러야 할 싸움을 은근히 즐기는 건 아닌가 하는 생각이 들 때가 있다. 그만큼 자신과의 싸움에 이력이 붙었다는 증거였다.

잠시 뒤 선영이 사무실로 돌아가고 문자 알림이 울렸다. 선영이 보낸 문자였다.

- 여기는 거북이 펜션입니다. 당신의 이야기를 들려주세요.

조금 전에 자기가 김달 작가에게 보낸 문자 그대로였다. 문자를 읽는 재하의 얼굴에 웃음이 번졌다.

그날 저녁에 재하가 보낸 문자를 확인한 김달 작가가 재하에게 전화했다. 김달은 재하가 전화를 받자마자 인사도 생략

하고 물었다.

"설마 콘서트 때 이야기 손님 하라는 소리는 아니죠?"

"왜 아니겠어요? 요즘에 다시 웹소설이 주목받는 추세라 작가님에게 부탁하기로 한 거예요."

"저보다 차라리 작가님이 더 낫지 않을까요? 작가님이 낸 책 두 권 다 베스트셀러잖아요. 안 그래요?"

"아마 저도 하게 될 것 같아요."

"하면 하는 거지 하게 될 것 같다는 말은 또 뭐예요?"

"그러니까 저도 하기는 하는데, 다만 작가님이 언제 하겠다고 하느냐에 따라 제 순서가 달라진다는 말이에요. 작가님이 첫째 주 콘서트에 하겠다고 하면 제가 셋째 주 콘서트에 하게 되고, 작가님이 셋째 주에 하겠다고 하면 제가 첫째 주에 하게 되겠죠."

"그럼, 이러나저러나 한번은 해야 한다는 거네요."

"그렇죠. 오늘 오전에 두 번째 콘서트 영상도 유튜브에 올렸으니까 한번 보시고 하는 쪽으로 생각해 보세요."

"사실 지난 콘서트 영상을 보고 저도 한번 나가 보고 싶다고 생각하긴 했어요. 그렇다고 할 말이 있어서는 아니고요. 그저 제가 제안해서 시작한 콘서트니까 일종의 책임감이랄까, 뭐, 그런 거죠."

"그럼, 잘됐네요. 작가님 때문에 시작한 행사니까 작가님이 책임지세요."

"앞으로는 제안도 함부로 하면 안 되겠네요. 제안이 현실이 되면 지금처럼 나보고 책임지라고 할 테니까요."

김달이 허허 웃었다.

"작가님은 웹소설 작가로 성공한 분이니까 작가님 이야기가 많은 사람들에게 도움을 줄 거예요. 영상 보시면서 어떤 이야기를 할지 생각해 보시고 가능한 한 빨리 알려주세요. 아, 첫째 주에 하실 건지 셋째 주에 하실 건지도요?"

"알았어요. 그럼 생각해 보고 연락할게요. 그런데 하게 돼도 셋째 주에는 안 돼요. 제가 그때는 오랜만에 해외로 가족여행을 가거든요."

"잘 생각하셨네요. 새 작품 들어가기 전에 가족끼리 여행가서 추억도 쌓고 오면 좋죠."

"저도 그럴 생각이에요. 이번 아니면 또 언제 가겠나 싶기도 하고요."

"잘하셨어요. 그럼, 작가님은 하게 되면 첫째 주에 하는 걸로 알고 있을게요."

"그래요. 또 연락할게요."

이 소식을 선영에게 알리자, 선영은 무척 기뻐했다. 김달이 반승낙한 것도 기쁘지만 재하가 이야기 손님으로 나서겠다고 해서 더 기뻤다. 기분 같아서는 재하를 안아라도 주고 싶었다.

다음 날 김달은 재하에게 전화해 자신은 '웹소설의 세계'라는 주제로 이야기하겠다고 했다. 이 소식을 들은 선영은 직접 김달에게 전화해 고맙다는 인사를 전했다. 김달은 이번 기회에 참여할 수 있어서 기쁘다고 했다.

재하도 두 번째 책 제목인 『심리학을 알면 우리는 얼마나 행복할 수 있을까』로 이야기 제목을 정해 선영에게 알렸다.

며칠 후 재하가 유튜브에 올린 두 번째 콘서트 영상에 달린 댓글을 보기 위해 유튜브에 들어갔다가 구독자가 이천 명이 넘은 걸 보고 입을 다물지 못했다. 재하가 농담 삼아 했던 말이 실제로 이루어진 것이었다. 재하는 가장 먼저 출판사 사무실로 달려가 선영에게 이 소식을 알렸다. 그 소식을 들은 선영은 너무 좋아서 재하의 두 손을 붙잡고 펄쩍펄쩍 뛰었다. 선영은 뒤늦게 재하의 손을 잡고 있다는 걸 알아차리고 어색한 웃음을 흘리며 재하에게서 떨어졌다. 재하는 이미 양 볼이 잔뜩 달아오른 상태였다. 그때 손님이 문 앞으로 지나가는 것을 본 재하가 "찾는 책 있으세요?"라고 말하며 사무실 밖으로 허둥지둥 나갔다. 선영은 연신 손부채질을 하며 얼굴의 열기를 식혔다. 생각할수록 웃음이 나왔다. 아무리

기쁜 소식이라고 해도 왜 자기가 재하의 손을 덥석 잡고 뛰었는지 도무지 이해가 안 갔다.

32

　어제까지 운동장에 잔디를 입히는 작업이 끝나고 주말을 하루 앞둔 오늘은 작업자 네 명이 운동장에 긴 호스를 늘어뜨리고 잔디에 물을 뿌리고 있다. 잔디가 깔리지 않은 운동장 한쪽에서는 미자와 재하 그리고 준석이 놀이기구에 노란색 페인트를 칠하고 있다. 미자는 정글짐 아랫부분을, 재하와 준석은 각자 A형 사다리를 타고 올라가 윗부분을 칠하는 중이다. 정글짐 옆에 있는 철봉과 그네와 미끄럼틀은 이미 노랗게 변했다.
　그때 양손에 음료 캐리어를 든 선영이 잔디에 물을 뿌리는 작업자들에게 다가가 음료 한 잔씩을 건넨다. 그런 다음 미자 일행이 페인트 작업하는 곳으로 다가온다.
　"노란색으로 칠하니까 눈에 확 띄고 예쁜데요. 더운데 이것 좀 마시고 하세요."
　"그렇죠? 다 칠하고 슬기한테 드론으로 촬영해 보자고 해야겠어요."

준석이 사다리에서 내려오며 말했다.

"그러면 숙박 앱이나 소셜미디어에 올려진 영상을 새로 찍은 영상으로 바꾸면 되겠다. 근데 제수씨 몸이 무거울 텐데 무리하는 거 아니냐?"

재하도 사다리에서 내려오며 준석에게 말했다.

"형도 참, 드론이 위로 올라가서 찍는 거지, 슬기가 올라가서 찍는 것도 아닌데요, 뭐."

준석의 말에 모두 웃음이 터졌다.

"하여간 준석이가 은근슬쩍 재밌다니까."

미자가 선영이 건네는 컵을 받으며 말했다. 선영이 웃으면서 재하와 준석에게도 컵 하나씩을 건넸다.

"근데 누나, 이거 뭐예요? 커피는 아닌 것 같은데⋯⋯." 준석이 빨대가 꽂히지 않은 뚜껑을 열면서 물었다.

"고모가 미숫가루를 타서 냉장고에 넣어두셨길래 한 잔씩 마셔보라고 가져왔어."

"아, 시원해서 좋다. 너랑 슬기도 한 잔씩 마시지 그래."

미자가 한 모금 마신 후 컵을 들어 보이며 말했다.

"안 그래도 저희는 컵에 따르면서 한 잔씩 마셨어요. 시원하고 맛있던데요. 그렇죠, 재하 씨?"

"맛있어요. 미숫가루를 오랜만에 마시니까 좋네요."

"저도요. 이따 들어가서 한 잔 더 마셔야겠어요."

준석이 빈 컵을 선영에게 건네며 말했다.

"그래, 냉장고에 있으니까, 나중에 챙겨 마셔."

"네, 누나."

"아, 깜빡할 뻔했다. 고모, 조금 전에 진보라 씨한테 전화 왔어요."

"어? 영화배우?"

"네."

"그래, 바쁜 사람이 무슨 일로?"

"월요일에 와서 이삼일 있다가 가고 싶은데 숙박 앱으로 예약해야 하냐고요."

"예약은 무슨, 가족실을 쓰면 된다고 하지 그랬어."

"안 그래도 그렇게 말했어요. 지난번에 여기 오고 싶으면 예약하지 말고 언제든지 연락하라고 했잖아요."

"잘했다. 근데 이번에 어떻게 시간이 났나 보네."

"지난번에 촬영했던 거 보충 촬영이 있나 봐요."

"이야, 드디어 진보라 씨를 실물로 보겠네요." 재하가 반색하며 말했다. "김달 작가가 진보라 씨 찐팬이라고 하던데, 이 소식을 들으면 부러워하겠어요."

"3일간 있을 거라고 하셨으니까 김달 작가님하고는 마주칠 일이 없겠네요. 김달 작가님은 콘서트 당일에 올 거라고 한 것 같은데, 맞죠, 재하 씨?"

선영이 재하에게 시선을 돌리며 물었다.

"그렇겠네요. 토요일 정오 때 도착한다고 했으니까요. 많이 아쉬워하겠어요."

"그러면 우리가 진보라 씨 있는 동안에 불편하지 않게 신경 좀 써야겠다."

미자가 빈 컵을 선영에게 건네며 말했다.

"안 그래도 그럴 생각이에요, 고모."

"식사는 어떤 메뉴로 준비하면 좋을까요?"

준석이 미자와 선영을 번갈아 보면서 물었다.

"특별히 준비할 건 없고 지금 하는대로 하면 되지 않겠어?"

미자가 준석에게 말했다.

"그래 나도 고모랑 같은 생각이야. 지금 음식도 훌륭해."

선영이 준석을 보며 엄지척했다. 그러자 준석이 이를 드러내더니 "아, 그래요?" 하며 히죽였다.

"이야 준석이 칭찬받아서 좋겠다. 학교 다닐 때 공부는 안 하고 요리 배우러 다닌다고 작은아버지한테 그렇게 혼나더니 이렇게 인정받는 날이 오는구나."

재하가 준석의 어깨를 밀치며 말하자 준석이 "그러게요, 형." 하며 배시시 웃었다.

주말 점심때 주호가 또다시 거북이 펜션에 나타났다. 그를 대하는 선영의 태도는 똑같았지만, 선영을 대하는 그의 태도는 이전과 사뭇 달랐다. 처음에 그는 잠시라도 선영과 대화할 시간을 갖기 위해 서가에서 기회를 엿보고 있었다. 하지만 선영이 좀처럼 자기에게 시간을 내주지 않자, 조급해져서 직접 출판사 문을 열고 들어가 대화를 시도했다. 노크도 없이 문을 열고 들어온 주호 때문에 놀란 선영은 애초에 시간을 내달라고 강요하지 않겠다고 하지 않았냐며 미간을 찌푸렸다.

"노크도 없이 들어온 건 미안해, 선영아. 일을 이렇게 만든 건 나니까 네 마음을 돌리기 위해서는 시간이 얼마나 걸리더라도 기다릴 생각이야. 그래도 여기까지 와서 너랑 대화다운 대화 한 번 못 하고 서울로 올라갈 때는 내가 너무 미워서 살기 싫어지더라. 그러니까 내가 하고 싶은 말은 아무리 내가 미워도 차 한잔할 시간만 내주라는 거야. 이건 강요가 아니고 부탁이야, 부탁."

선영은 주호의 말이 끝났는데도 멀거니 주호를 바라보기만 했다. 그러다 문득 자신이 주호의 어떤 점을 좋아했는지 생각했다. 부유한 가정 환경에서 자란 그는 자신과는 달리 그늘진 곳이라고는 찾아볼 수 없었다. 그는 언제나 솔직했고 자신감이 넘쳤으며 매너까지 좋은 남자였다. 그런 주호와 함께 있으면 외롭지 않았고 늘 마음이 든든했다. 그랬던 그가 자신의 잘못으로 뒤틀린 관계를 회복하기 위해 여기까지 내려와서 자존심도 버리고 나름 애쓰고 있는 모습을 보고 있자니 속상했다. 더구나 자기가 너무 미워서 살기 싫어졌다는 말이 자꾸 마음에 걸려서 혹시나 그가 잘못된 선택을 하는 건 아닌지 걱정되기 시작했다. 이래저래 마음이 약해진 선영은 자기가 너무 했나, 하는 생각이 들었다.

"그럼 여기 앉아 있어요. 내가 마실 것 좀 가져올게요."

선영이 밖으로 나가면서 심상하게 말했다.

"어? 정말? 그래그래, 고마워, 선영아."

뜻밖의 선영의 호의에 놀란 주호는 자신이 잘못 들은 게 아니라는 걸 알고 좋아서 어쩔 줄을 몰랐다.

잠시 후 선영이 허브차를 가지고 돌아와 주호에게 건넸다.

"커피는 마셨을 테니까 허브차 한 잔 마셔요."

"그래, 고마워. 잘 마실게." 주호가 찻잔을 들어올릴 때 향긋한 허브 향이 코끝으로 스며들었다. "음, 향 좋다."

"그렇죠. 저도 향이 좋아서 자주 마셔요." 선영이 잠시 망설이다가 말을 이었다. "요즘에 내년 신간 준비한다고 바쁘지 않아요?"

"편집팀에서 몇 권 준비하고 있는데 난 좋은지 모르겠더라, 감도 안 오고 말이야. 선영이 너한테 많이 배워둘 걸 그랬어."

"그러니까 여기 오는 시간에 출판사 일에 신경 좀 써요."

"안 그래도 일요일에는 원고 검토도 열심히 하고 있어. 근데 여기서 혼자 출간 준비하는 거 힘들지 않아?"

주호가 사무실 내부를 둘러보며 말했다.

"한 권만 작업하는 거라 힘들지는 않아요. 처음 시작할 때 생각도 나서 재미있기도 하고요. 결과가 좋아야 하는데 은근히 걱정은 되네요."

"선영이 네가 선택한 원고니까 좋은 결과 있을 거야. 혹시 내가 도울 일이 있으면 언제든지 말해. 힘껏 도울게."

"말만 고맙게 받을게요."

"이렇게 선영이 너랑 책 만드는 이야기 하고 있으니까 좋다. 우리 둘이 출판사 막 차렸을 때 고생했던 생각도 나고 말이야."

"그러네요. 하지만 그때는 출판사를 키울 생각에 고생이라는 생각은 한 번도 안 했어요. 지금 생각해도 나에게는 그때 기억이 소중해요."

선영이 잠시 그때 기억을 떠올리며 흐뭇한 표정을 지었.

그때 누군가 문을 똑똑 두드렸다. 선영이 문 쪽으로 고개를 돌리며 "네." 했다. 주호도 선영을 따라 고개를 돌렸다. 문을 반쯤 열고 얼굴을 내민 사람은 바로 재하였다. 선영이 혼자 작업하고 있을 거로 생각하고 온 재하는 두 사람이 다정하게 차를 마시고 있는 모습을 보고 당황스러워 어쩔 줄을 몰랐다.

"아, 죄송해요. 난 선영 씨 혼자 있는 줄 알고 그만."

"아니에요, 재하 씨. 이야기가 끝나서 오빠도 막 가려던 참이에요."

선영이 일어서며 곤란한 표정을 짓는 재하에게 말했다.

"그래, 오늘은 이만 갈게. 차 잘 마셨어." 주호는 선영에게 그렇게 말한 후 입구로 걸어가며 재하에게 밝게 웃으며 말했다. "다음에 또 봐요, 작가님."

재하는 가볍게 고개를 숙여 주호의 인사에 답했다.

주호가 떠난 후 선영은 재하에게 자신이 왜 주호와 차를 마셨는지 얘기했다. 재하는 선영이 그렇게 할 수밖에 없었던 걸 이해하면서도 한편으로는 마음 약한 선영을 너무도 잘 알고 있는 주호의 노림수가 아니었는지 하는 생각에 기분이 안 좋았다. 그렇지만 선영이 자신에게 솔직하게 말해준 게 고마워 기분은 금세 풀렸다.

33

월요일 오후 늦게 검은색 밴 한 대가 펜션 정문에서 여성

한 사람과 큼지막한 캐리어 하나를 내려주고 그대로 돌아갔다. 진보라였다. 그 시간에는 카페나 책방을 방문한 손님들이 다 떠난 시간이라 북스테이 손님 몇 명을 제외하고 다른 손님들은 없었다. 보라는 캐리어를 끌고 가다가 운동장 한쪽에 노랗게 칠해진 놀이기구가 한눈에 들어와 걸음을 멈췄다. 놀이기구 말고도 뭔가 변한 것 같았다. 잔디밭으로 변한 운동장도 지난번에도 이랬나 하고 생각했다.

"어서 오세요?"

선영이 종종걸음으로 보라에게 다가오며 말했다.

"어, 선영 씨, 어떻게 알고 나왔어요?"

"오실 때가 됐다 싶어서 창문으로 내다보고 있었어요."

"안 그래도 되는데, 괜히 나 때문에 일도 못 했겠어요."

"제가 좋아서 그런 건데요, 뭐."

"다들 잘 지냈죠?"

"그럼요. 다들 안에서 기다리고 있어요."

"그런데 전에도 저 놀이기구들이 노란색이었던가요?"

보라가 손으로 운동장 한쪽에 줄지어 서 있는 노란 놀이기구들을 가리켰다.

"아, 이번에 운동장에 잔디 입히면서 칠한 거예요."

"어쩐지 놀이기구도 그렇고 잔디도 생소하다 했어요. 이제 잔디밭으로 변해서 여기가 예전에 학교였는지 잘 모르겠네

요."

"그대로 둘 생각이었는데 야외에서 콘서트 하기엔 잔디밭이 더 좋을 것 같더라고요."

"콘서트요? 여기서 콘서트도 해요?"

"아, 어떻게 하다 보니 9월부터 하게 됐어요. 유튜브에 콘서트 영상 올려져 있으니까, 나중에 알려드릴게요."

"이야, 유튜브도 해요?"

"좋은 이웃을 둔 덕에 그렇게 됐어요."

"그 이웃 나도 한번 보고 싶네요."

"나중에 보시게 될 거예요. 먼저 방으로 안내해 드릴게요."

"그럼 그럴까요."

선영이 보라의 캐리어를 끌고 보라가 머물 가족실로 향했다. 가족실은 별관에서 가장 가까운 본관 끝 객실이었다.

보라는 한 시간 정도 방에서 쉬다가 편한 운동복 차림으로 자기가 챙겨온 책 한 권을 들고 휴게실로 향했다. 보라가 휴게실 문 앞에 이르렀을 때 오른쪽 서가에 있는 굿즈 판매대가 보라의 시선을 끌었다.

"어, 이것도 전에는 없었던 건데." 보라는 고개를 끄덕이며 진열된 에코백, 독서대, 풍경, 책갈피를 순서대로 구경했다. 그리고 책갈피를 한 움큼 집어 들었다. 서가 맨 끝 책상에 앉아서 노트북을 들여다보고 있던 재하가 보라를 발견하고 굿즈 판매대 쪽으로 걸어왔다.

"도와드려요?"

"네, 책갈피 좀 사려고요."

보라가 재하를 향해 책갈피를 한 움큼 쥐고 있는 오른손을 들어 보였다.

"오, 많이 사시네요. 제가 몇 개인지 봐도 될까요?"

"네, 여기요." 보라가 재하에게 손에 든 책갈피들을 건넸다. 곧장 재하가 책갈피를 셌다.

"전부 아홉 개네요."

"아, 그럼 하나 더해서 열 개 채울게요."

보라가 책갈피 하나를 집어 들어 재하에게 건넸다.

"그럼, 계산은 안에서 도와드릴게요. 어? 그 책은……." 재하가 말하던 중 보라의 왼손에 들린 책을 보고 멈칫했다. 재하의 첫 번째 책 『가끔은 불안해도 여전히 씩씩하게 살고 있습니다』였다.

"아, 제가 좋아하는 책인데 여기 있으면서 다시 읽으려고 가져왔어요."

"아, 그러시구나. 진보라 배우님 맞으시죠?"

"저를 아세요?"

"그럼요. 진보라 배우님 모르는 사람이 어디 있겠어요. 안 그래도 오늘 오신다는 소식은 들었는데 이렇게 직접 뵙게 될 줄은 몰랐어요."

그때 출판사 사무실에서 나온 선영이 두 사람을 발견하고 빠른 걸음으로 다가왔다.

"나중에 소개해 드리려고 했는데 벌써 만나셨네요."
"아, 그럼 이분이 좋은 이웃이라던 그……?"
"맞아요. 재하 씨, 영화배우 진보라 님 아시죠?"
"그럼요. 저는 신재하라고 합니다."
"반가워요."
"그런데 이 책은 재하 씨 책 아니에요?" 선영이 보라가 든 책을 알아보고 말했다.
"재하 씨 책이라니요?"

보라는 눈이 휘둥그레져서 선영을 바라봤다.

"아. 그 책 저자가 재하 씨거든요. 편집은 제가 했고요. 헤헤."
"정말요? 내가 좋아하는 책 작가님과 책 편집자님을 여기서 한 번에 만나다니, 세상에 이런 일이 다 있네. 호호호."

보라는 소녀처럼 좋아했고, 재하는 웃으면서도 쑥스러워 뒷머리를 매만졌다. 선영은 재하가 쓰고 자신이 만든 책을 좋아하는 보라가 더 친근하게 느껴졌다.

"이 책뿐 아니라 두 번째로 나온 『심리학을 알면 우리는 얼마나 행복할 수 있을까』도 제가 좋아하는 책이에요. 실례가 안 된다면 책에 사인 좀 부탁해도 될까요?"

"그럼요. 되고 말고요."

"제가 좋아하는 작가님을 여기서 만나다니 영광이네요."

"오히려 제가 영광이죠."

선영이 안에 있는 계산대에서 네임펜을 가져와 재하에게 건넸다. 재하는 보라에게서 책을 받아 판매대 위에 올려놓고 사인했다.

"이럴 줄 알았다면 집에 있는 책도 가져오는 건데 아쉽네요."

"괜찮으시면 제가 가지고 있는 책에 사인해서 가져다드릴게요."

"정말이요? 고마워요, 작가님."

"우리 여기서 이러지 말고 안으로 들어가서 이야기해요. 조금 있으면 식사도 해야 하니까요."

선영이 보라와 함께 휴게실로 들어가고, 재하는 자기 책상으로 돌아가 뒷정리를 한 다음 휴게실로 향했다.

잠시 후 저녁 식사를 마치고 선영과 재하는 책 재고 파악과 주문을 위해 출판사 사무실로 갔다. 보라와 준석과 슬기는 휴게실 식탁에 그대로 앉아 있었다. 그때 미자가 노란 음료가 담긴 유리컵 네 잔을 쟁반에 들고 주방에서 나왔다. 이를 본 준석이 재빠르게 일어나 미자의 쟁반을 받아 들고 식탁으로 가져왔다.

"무슨 음료가 이렇게 예뻐요?"

보라가 준석이 건네는 유리컵을 보면서 물었다.

"일전에 보라 씨가 호박 식혜 좋아하던 생각이 나서 한번 만들어봤는데 맛은 어떨지 모르겠네요."

미자가 식탁에 앉으며 말했다.

"어머, 고마워요, 사장님. 바쁘셨을 텐데 그걸 기억하시고…… 아이고, 너무 고마워서 눈물이 나오려고 하네요."

보라는 자신을 위해 미자가 시간이 오래 걸리는 호박 식혜를 만들었다고 생각하니 순간적으로 코끝이 찡했다. 그녀는 감동한 채 식탁에 있는 티슈를 뽑아 눈초리를 찍었다. 그런 다음 어깨를 으쓱하면서 씩 웃더니 유리컵을 들고 호박 식혜를 마셨다.

"음, 너무 맛있어요. 지난번에도 맛있었는데 지금은 더 맛있어요."

"다행이네요. 넉넉하게 만들었으니까 언제든지 와서 마셔요."

미자도 자신이 만든 호박 식혜를 맛보고 고개를 끄덕였다.

"슬기 씨도 많이 마셔요. 출산 얼마 안 남았는데 몸은 좀 어때요?"

보라가 앞자리에 앉아 있는 슬기를 보고 말했다.

"그래도 한 달 가까이 남았어요. 몸은 괜찮아요. 태아도 건강하다고 그러고요."

슬기가 자기 배를 쓰다듬으며 말했다.

"저번에도 느꼈지만, 슬기 씨 옆에 준석 씨가 있어서 얼마나 든든한지 몰라요. 살다 보면 임신한 아내 옆에 있기가 쉽지 않잖아요."

"저희도 재하 형이 말 안 해줬으면 여기 들어와 살 생각도 못 했을 거예요. 그랬다면 지금처럼 슬기랑 같이 지내기 힘들었을 거고요. 지금도 그 생각하면 아찔해요. 재하 형뿐 아니라 사장님도, 선영 누나도 저희에게는 정말 고마운 분들이에요."

"준석이랑 슬기가 우리랑 같이 살게 돼서 우리가 얼마나 든든한지 몰라. 나랑 선영이 둘만 살았다면 적적했을 거야."

미자가 흐뭇한 표정으로 준석과 슬기를 바라보며 말했다.

"근데, 재하 작가님을 여기서 만나다니 지금 생각해도 꿈만 같아요, 사장님."

"나도 여기 온 지 5년이 넘었지만 그렇게 좋은 이웃이 생길 줄은 몰랐어요. 거기다가 선영이랑 아는 사이라는 말을 듣고 우연치고는 좀 신기하다는 생각이 들었어요."

"듣고 보니 그러네요. 선영 씨 때문에 책을 내게 됐는데 그 책들이 모두 베스트셀러가 되었다. 그런데 서울도 아닌 구례에서 이웃으로 다시 만났다? 이거 완전 드라마 아니에요?"

"저희도 선영 누나랑 재하 형이 너무 잘 어울린다는 말을 자주 하고 있어요."

준석이 옆에 앉은 슬기를 바라보며 말했다.

"맞아요. 곧 다음 책 출간 작업한다고 하던데 이번에도 좋은 결과 있었으면 좋겠어요."

슬기가 준석의 말을 이어받았다.

"이번에도 잘될 거예요. 저처럼 재하 작가님의 다음 책을 기다리는 사람들이 많을 거거든요."

"그런데 보라 씨는 재하 작가 책을 어떻게 알게 됐어요?"

미자가 보라에게 물었다.

"아, 우리 일이 워낙 불규칙적이라 기다리는 일이 많아요. 그러다 보면 불안하고 초조해지기 마련이거든요. 작품이 들어와도 잘해야 한다는 생각 때문에 잠 못 들 때가 많고요. 그럴 때 책을 읽으면 그런 감정을 이겨내는 데 도움이 되더라고요. 그러다 우연히 재하 작가님 책을 알게 됐는데 일상에서 마음을 다스리는 데 도움이 많이 됐어요. 알고 보니까 그 책이 작가님의 두 번째 책이더군요. 그래서 첫 번째 책도 주문해서 읽었는데 역시 좋더라고요. 그 책에서는 작가님이 힘든 시절을 보낸 이야기가 나오는 걸 보고 그래서 글에서 진정성이 느껴졌다는 걸 알았어요. 그 뒤로 촬영을 가든 여행을 가든 꼭 작가님 책 한 권은 챙겨 다니고 있어요. 그런데 제가 더 놀란 건 작가님을 선영 씨가 발굴했다는 거예요. 선영 씨 아니었으면 작가님 책이 세상에 못 나왔을 거잖아요. 선영 씨가 정말 좋은 일 한 거예요."

"선영이는 기존 유명 작가들보다 무명작가를 발굴해서 책 내는 걸 더 좋아하더군요. 기존 작가들은 자기가 아니더라도 책 낼 곳이 많다면서요."

"선영 씨가 좋은 일을 하는 거예요. 저도 언제 기회가 되면 선영 씨를 통해서 에세이 한 권 내고 싶어지네요."

"와, 그럼 다른 나라에서도 출간되겠다, 그죠?"

슬기가 손뼉을 치며 말했다.

"그건 인기 있는 책이나 그러는 거죠."

"아카데미 상까지 받은 여배우의 에세이가 인기 없을 리가 없잖아요. 분명 대박 날 거예요."

"이야, 슬기 씨가 그렇게 이야기하니까 책을 꼭 내야겠는데요. 호호호."

"꼭 내세요. 그때 돼서 그 책이 나오는 데 제가 일조했다고 자랑하게요."

슬기가 즐거워하는 모습을 보고 모두가 웃었다.

다음 날 오후 선영은 보라를 출판사 사무실로 초대했다. 보라가 책 만드는 과정이 궁금하다고 하자, 선영이 설명해 주겠다며 부른 것이다. 선영은 보라에게 편집과 표지 작업이 끝나고 이제 인쇄만을 남겨둔 가제본을 보여줬다. 보라는 책이 나오기도 전에 미리 볼 수 있다는 것이 얼마나 설레는 일인지 알았다며 좋아했다.

선영과 보라가 사무실에서 나왔을 때 재하는 서가 책상에 앉아 노트북을 뚫어지게 바라보고 있었다.

"재하 씨가 지금 하는 퇴고 끝내고 저한테 원고를 넘기면 아마 다음 주쯤에는 출간 작업 들어갈 거예요."

선영이 작은 목소리로 보라에게 속삭였다.

"그래요? 벌써 기다려지네요. 그럼, 언제쯤 책이 나올까요?"

보라도 선영을 따라서 조용히 말했다.

"11월 말 아니면 늦어도 12월 초에는 서점에서 볼 수 있을 거예요."

"그렇게 빨리요? 이제 얼마 안 남았네요. 나오면 나한테 연락 좀 해줘요. 책 사서 사인 받게요."

"걱정하지 마세요. 제일 먼저 알려드릴게요."

그때 재하가 고개를 들어 두 사람을 보고 자리에서 일어났다.

"작가님한테 방해될까 봐 그냥 가려던 참이었는데……."

보라가 재하를 보고 싱긋 웃으며 말했다.

"별말씀을요. 그냥 원고 좀 보고 있었을 뿐이에요. 그나저나 책 만드는 과정은 잘 보셨어요?"

"그럼요. 황송하게도 책이 나오기도 전에 보게 돼서 몸 둘 바를 모르겠어요."

"이야 부러운데요. 선영 씨가 저한테도 안 보여주는 건데 보라 님에게만 특별히 보여줬나 보네요."

"그 말을 들으니까 더 황송하네요. 호호호. 아 참, 선영 씨, 유튜브로 거북이 콘서트 영상을 볼 수 있다고 했었죠?"

"네, 재하 씨가 촬영하고 편집해서 올린 거예요."

"검색창에 거.북.이.펜.션.이라고 입력하시면 이렇게 콘서트 영상이 나와요."

선영의 말을 듣고 재하가 자기 휴대 전화로 유튜브에 들어가 거북이 펜션 채널을 찾는 법을 보여줬다.

"아, 거북이 펜션, 알았어요. 나중에 방에 가서 볼게요. 셋째 주 콘서트에 작가님이 이야기 손님이라고 하던데 저도 와서 보고 가면 좋을 텐데 일정 때문에 그러지 못해 너무 아쉽네요."

보라는 말뿐이 아니라 그녀의 표정에도 아쉬움이 역력

했다.

"그 영상도 유튜브에 올릴 테니 나중에 시간 나실 때 보세요."

재하가 아쉬워하는 보라를 보고 미소 지었다.

"앞으로 참석은 못 해도 유튜브로라도 거북이 콘서트를 챙겨 볼게요."

"진보라 님처럼 유명한 분이 저희 영상을 본다고 생각하니까 기분이 좋은데요."

선영의 말에 보라와 재하도 활짝 웃었다.

보라는 거북이 펜션에 머무는 동안 유튜브로 거북이 콘서트 영상 두 편을 아주 흐뭇하게 시청했다. 연주도 재미있었지만, 이야기 손님이 들려주는 이야기는 감동적이었다. 보라는 펜션을 떠나 서울로 돌아가는 길에 자신의 소셜미디어에 거북이 펜션에서 찍은 사진 몇 장과 함께 '친정에 온 기분이었다'라는 글을 올렸다. 그뿐만 아니라 거북이 콘서트 영상을 캡처한 사진을 올리고 '매우 감동적이었다'라며 유튜브 채널과 링크를 걸어두었다.

그 영향으로 세 번째 콘서트를 하루 앞둔 금요일에는 유튜브 영상 조회수가 10만 명이 넘었고, 구독자 수도 단번에 5천 명으로 껑충 뛰었다. 펜션 식구들은 진보라의 인기를 다시 한번 실감했다.

34

　세 번째 콘서트 당일 정오 재하는 구례역에서 김달을 태우고 거북이 펜션으로 향했다.
　"진보라 씨랑 사진도 찍었어요?"
　김달이 재하를 부러운 눈으로 바라보며 말했다.
　"사진은 안 찍고 책에 사인은 해드렸어요."
　"진보라 씨가 작가님 팬이라니, 어떻게 그럴 수가 있지? 처음 그 소리 듣고 입이 안 다물어지더라니까요. 혹시 진보라 씨가 웹소설은 안 좋아하시나 몰라요."
　"아, 다음에 만나면 꼭 물어볼게요."
　재하가 김달을 흘끔 보며 미소 짓는다.
　"나도 빨리 책을 내든지 해야지, 안 되겠네요."
　"웹소설계의 거장 김달 작가님께서 지금 초야에 묻혀 사는 저를 부러워하시는 건가요?"
　재하가 장난기 가득한 표정으로 말했다.
　"진보라 씨도 모르는데 거장은 무슨 거장이에요. 에휴."
　말끝에 서로 눈이 마주치자, 누가 먼저라고 할 것 없이 웃음을 터뜨렸다.
　"혹시 작가님 긴장되는 건 아니죠?"

재하가 심상하게 물었다.

"그걸 어떻게 알았어요? 티가 나요?"

김달이 신기하다는 듯이 재하를 바라봤다.

"보통 긴장 풀 때 작가님처럼 애먼 소리를 하거든요."

"정말이요? 역시 심리 관련 베스트셀러 작가는 그냥 된 게 아니었네, 아니었어."

"농담하고 나니까 긴장이 좀 풀리죠, 작가님?"

"조금은 더 나아진 것 같기도 하네요. 작가님이랑 이야기하고 가서 다행이에요. 안 그랬으면 가는 내내 생각이 많았을 거예요."

"아 참, 가족 여행은 어디로 가요, 작가님?"

"유럽이요."

"유럽이면 기간이 좀 길겠는데요. 보름 아니면 이십 일?"

"한 달이요."

"와, 그렇게나 오래요?"

재하는 김달을 흘끔 보고 다시 앞으로 시선을 돌렸다.

"실제로 여행은 열흘 남짓이고 나머지는 파리에 있으면서 작품 구상 좀 하게요."

"그럼, 그동안 식구들은 뭐해요?"

"아, 아내랑 딸은 박물관 투어를 하겠다네요."

"거긴 좀 위험할 텐데 둘만 다녀도 돼요?"

"아내 친구가 결혼해서 독일에 사는데, 같이 애들 데리고 다니자고 하나 봐요."
"아, 그래서 유럽으로 가게 된 거구나. 잘됐네요."
"가족끼리 여행다운 여행을 해본 적이 없어서 아내랑 딸은 기대가 커요."
"아빠랑 오랜만에 가는 여행인데 왜 안 그렇겠어요. 앞으로는 국내라도 가족 여행 자주 다니세요."
"그럴 생각인데 작품 들어가면 또 어떻게 될지 모르죠, 뭐."
김달이 말하면서 어깨를 으쓱했다.
"작가님은 안 그럴 거예요. 세상에 가족보다 더 소중한 건 없으니까요."
"나중에 재하 작가님은 결혼하면 식구들한테 잘할 것 같네요."
"저도 그러고 싶은데, 그럴 날이 언제나 올지 모르겠네요."
"작가님, 선영 씨한테 마음 있는 것 같던데 어떻게 잘 해봐요."
"그렇게 보였어요?"
재하가 '그걸 어떻게 알았지?' 하는 표정으로 김달에게 물었다.
"그럼요. 선영 씨를 바라보는 작가님의 눈빛이 남달랐달까. 나도 결혼 전에 아내를 만날 때는 저런 눈빛이었겠구나, 하고 생각할 정도로요."

"그래요? 작가님한테는 아니라고 못 하겠네요."

재하는 이렇게라도 자신이 선영에게 마음을 두고 있다는 것을 알리고 싶었다. 보통 때라면 "그런 거 아니에요." 하면서 대답을 피할 수도 있었지만, 주말마다 자신의 신경을 건드리는 주호 때문에 그러고 싶었는지도 몰랐다.

"내가 봤을 때 두 사람은 보통 인연이 아니에요. 강물이 돌고 돌아 결국 바다에 이르는 것처럼 두 사람도 결국 만날 운명이었던 거죠. 안 그래요?"

"역시 작가님 웹소설이 인기 있는 이유가 있었네요. 작가님은 독자가 무얼 원하는지 정확히 아시네요."

"아, 그래요? 하하하, 베스트셀러 작가님한테 칭찬 들으니까 좋은데요. 아무튼 제가 유럽에서 돌아오면 작가님과 선영 씨 사이에 생긴 운명적인 서사를 듣게 되길 바랄게요."

"어디 재촉한다고 강물이 빨리 흘러가나요? 헤헤."

"또 그렇게 되나요? 하하하."

재하는 이렇게라도 김달에게 선영에 대한 자기 마음을 말하고 나니 후련했다. 준석과 슬기, 그리고 현정과 수창에 이어 자신과 선영이 잘되기를 바라는 사람이 또 한 명 늘어난 건 마음이 든든한 일이었다.

선영이 김달을 소개하자 관객들이 환호와 함께 큰 박수로 김달을 환영했다. 관객들 대부분은 웹소설에 관심 있는 이십 대들이었다. 김달은 앞으로 나가 인사한 후 사람들을 죽 둘러봤다. 그들의 초롱초롱한 눈빛에 순간적으로 긴장감이 몰려왔다.

"여러분 눈빛을 보니까 제가 여기 잘못 온 건 아닌가, 하는 생각이 드네요. 잔뜩 기대하고 오신 것 같은데 제가 여러분의 기대에 못 미치면 어떡하나, 하는 걱정 때문입니다. 앞에 붙은 플래카드에 적힌 대로 저는 '웹소설의 세계'란 주제로 이야기할 생각입니다. 부디 그중에 건지실 게 하나라도 있으면 좋겠습니다. 저는 어렸을 때부터 공상하는 걸 좋아했습니다. 부모님은 그런 저에게 머릿속으로 공상만 하지 말고 공상한 것을 그려도 보고 글로 적어도 보라고 스케치북을 사주시더군요. 그래서 저는 스케치북에 생각했던 것을 그리기도 하고 글로 쓰기도 했습니다. 그것은 시간이 지나면서 자연스럽게 제 취미가 되었고, 그 취미는 수면이 늘 부족했던 의대에 다닐 때도 저에게 유일한 오락이자 위안거리가 되어주었습니다. 그때는 단순한 공상이 아니라 주제가 있고 서사가 있는 소설로 발전해 있었죠. 그러다 취미 삼아 웹소설을 연재하게 됐는데 그게 흔한 말로 대박이 난 거예요. 제가 완전 운이 좋았던 거죠. 그 계기로 의사를 그만두고 웹소설 작가로 먹고 산 지 올해로 7년이 되었네요."

김달에게 집중하고 있는 관객들의 눈이 초롱초롱 빛났다.

"만약 공상을 좋아하는 저에게 부모님이 너는 공부는 안 하고 쓸데없이 공상만 한다면서 야단을 치셨다면 아마 저는 판타지 소설을 쓰지도 못했을 겁니다. 그리고 지금 저는 전혀 다른 삶을 살고 있을 거예요. 그래서 저는 공부가 최우선이라는 기존의 획일적인 인식이나 가르침은 요즘 세상에는 맞지 않다고 생각합니다. 그러한 이유로 세상에 쓸데없는 일이란 없으며 인생은 모를 일의 연속이란 말을 하고 싶습니다."

그때 관객들에게서 공감의 박수가 나왔다.

김달은 이어서 자신이 작품을 어떻게 구상하고 글을 연재할 때 어떻게 마감에 맞춰 쓰는지에 관해서 소개했다. 그러면서 모든 일에는 장점이 있으면 단점도 있기 마련이라며 소설을 연재하는 과정에서 자신이 겪는 어려움을 털어놓았다. 어떤 일이 정말 좋다면 그 일에서 파생되는 어려움까지도 즐길 줄 알아야 한다, 그러니 무슨 일을 시작할 때는 장점만 보지 말고 그 이면에 있는 단점까지도 감수하고 즐길 수 있겠는지 생각했으면 좋겠다고 했다. 이 말에도 관객들은 다시 공감의 박수를 보냈다.

이어서 웹소설 작가가 되는 법을 소개하는 것으로 김달의 이야기는 마무리되었다. 다음은 대화의 시간이었는데 서로 먼저 질문하려고 손을 드는 사람들이 많았다. 가장 먼저 나온 질문은 아무리 웹소설이 좋다지만 사회적으로 추앙받는 직업인 의사를 어떻게 그만둘 수 있었냐는 질문이었다. 그 질문에는 의사라는 직업이 사회적으로나 경제적으로 안정적인 직업일지는 몰라도 김달 자신을 행복하게 하는 일은 따로 있었고 그 일이 바로 웹소설을 쓰는 것이라고 답했다.

다음은 7년 동안 쉬지 않고 글을 연재하면서 슬럼프가 없었는지, 만약 있었다면 어떻게 극복했는지에 관한 질문이었다. 김달은 사실 슬럼프 때문에 거북이 펜션에 오게 되었다고 털어놓았다. 그리고 슬럼프를 극복하는 방법은 따로 있는 게 아니라 매일 자신이 행복할 수 있는 선택을 하면서 소중한 사람들과 함께하다 보면 어느새 새로운 작품에 대한 열의가 생기는 것 같다고 대답했다.

"여기에 오는데 어느 작가님이 그러더군요. 세상에서 가족만큼 소중한 건 없다고요. 저도 여러분에게 마지막으로 이 말씀을 해드리고 싶네요. 아무리 일과 명예와 돈이 좋다고 해도 사랑하는 사람과 함께하는 시간과 바꾸지는 말라고요."

대화의 시간이 끝나고 김달은 자기에게 할당된 시간을 마무리했다.

모두가 진심이 느껴지는 이야기를 들려준 김달에게 우렁찬 박수를 보냈다. 재하와 선영도 열렬히 박수를 쳤다. 그때 김달이 재하를 보고 '드디어 끝났구나!' 하는 생각에 안도의 한숨을 내쉬었다. 그러자 재하가 양손 엄지손가락을 치켜들며 활짝 웃었다.

이때까지 주호는 나타나지 않았다. 콘서트를 시작하기 전에 재하는 주호가 신경 쓰여 계속 입구를 살폈다. 시작해서도 그가 나타나지 않자, 차가 막혀서 늦나 보다고 생각했다. 하지만 시작한 지 한 시간이 지났는데도 그가 보이지 않자, 오늘은 안 오는 게 틀림없다는 생각이 들어 온몸으로 안도감이 퍼졌다.

다음은 선영의 소개로 이환의 오카리나 연주가 있었다. 역시 모두가 그의 연주를 흥미로워했다. 이환의 연주에 이어 준석의 기타 연주가 있었고 곧이어 미자가 시를 낭송할 순서가 되었다. 연주를 마친 준석은 미자가 시를 낭송하는 동안 배경 음을 연주하기 위해 그대로 앉아 있었다. 미자가 시를 낭송하기 전 감정을 잡기 위해 눈을 감았다. 이윽고 눈을 뜬 미자가 준석에게 눈짓하자 준석이 기타 연주를 시작했다. 잔잔한 기타 음이 교실을 가득 채울 때쯤 미자가 낭송을 시작했다.

사랑하는 까닭

한용운

내가 당신을 사랑하는 것은
까닭이 없는 것은 아닙니다
다른 사람들은 나의 홍안만을 사랑하지만은
당신은 나의 백발도 사랑하는 까닭입니다

내가 당신을 그리워하는 것은
까닭이 없는 것은 아닙니다
다른 사람들은 나의 미소만을 사랑하지만은
당신은 나의 눈물도 사랑하는 까닭입니다

내가 당신을 사랑하는 것은
까닭이 없는 것은 아닙니다
다른 사람들은 나의 건강만을 사랑하지만은
당신은 나의 죽음도 사랑하는 까닭입니다

관객들의 우레와 같은 박수가 나오고 잠시 후 미자는 두 번째 시를 낭송했다.

소년

> 윤동주

　여기저기서 단풍잎 같은 슬픈 가을이 뚝뚝 떨어진다.
　…… 그래도 맑은 강물은 흘러 사랑처럼 슬픈 얼굴 – 아름다운 순이의 얼굴은 어린다.

　미자의 단아한 목소리로 듣는 윤동주의 시는 듣는 이의 마음에 더욱 그리움을 부풀게 하기에 충분했다. 관객들의 표정에서 시에 얼마나 감정이입을 하고 있는지 알 수 있었다. 잠시 후 미자가 준비한 마지막 시 낭송이 이어졌다.

수선화

> 윌리엄 워즈워스

　골짜기와 언덕 위로 높이 떠도는
　구름처럼 외로이 헤매다가
　나는 문득 보았네
　호숫가 나무 아래

미풍에 하늘하늘 춤추는
황금빛 수선화의 무리를

은하수에 반짝이는
별들처럼 이어져
물가 따라 끊임없이
줄지어 피어 있는 수선화
……
내 가슴은 기쁨에 넘쳐
수선화와 함께 춤을 추네

 미자의 맑은 목소리와 잔잔한 기타 음이 잘 어우러져 모두의 마음에 가을을 수놓은 멋진 시 낭송이었다. 콘서트가 끝나고도 시 낭송의 여운 때문에 쉽게 자리를 떠나지 못하는 관객들도 여럿 있었다. 가을에 아주 잘 어울리는 코너였다.

 김달은 펜션 식구들과 함께 저녁 식사를 하면서 콘서트에 관한 이런저런 이야기를 나누며 즐거운 시간을 보냈다. 당연히 주된 화제는 미자의 시 낭송이었다. 준석은 미자가 낭송하기 전에 감정을 잡기 위해 눈을 감던 모습이 압권이었다며 직접 눈을 감는 흉내를 내 모두를 웃게 했다. 김달은 식사 후에도 선영과 재하와 함께 차를 마시며 이야기를 나눈 후 저녁 늦게 재하의 차를 타고 구례역으로 향했다. 재하는 밤늦게 운전하면서도 전혀 피곤한 기색 없이 팔팔했다. 오늘 주호가 끝내 나타나지 않은 영향이었다. 선영도 주호를 기다리는 것 같지 않았다. 그래서 더욱 기분이 좋았다.

35

 둘째 주에는 드디어 도서 출판 거북이에서 낸 첫 책이 나왔다. 책의 저자 이해솔은 한 중견 건설사 경리과장으로 이번이 그녀의 두 번째 책이다. 삼십 대 후반에 결혼한 해솔은 아이를 빨리 갖고 싶었다. 그러나 임신하면 회사를 그만두는 게 관례처럼 되어 있던 터라 임신할 엄두가 나지 않았다. 그런데 얼마 안 지나 마흔이 된 해솔은 더 이상 임신을 미룰 수가 없어서 직장 상사들과 동료들을 찾아다니며 임신해서도 직장에 다닐 수 있도록 해달라고 설득한다. 이 과정에서 해솔이 느꼈던 점을 쓴『임신해서도 직장에 다니고 싶어요』가 그녀의 첫 책이었다. 이번 책은 그녀가 쌍둥이를 출산한 뒤 직장과 육아를 병행하면서 고군분투하는 이야기들을 담았다. 그녀는 이 책을 통해 현재 0.7인 출산율을 높이기 위해서는 스웨덴처럼 육아를 개인이 아닌 사회에서 책임져야 한다는 메시지를 전하려 한다. 책 제목은 『직장에 다니면서도 쌍둥이 육아를 잘 해낼 수 있을까요』이다.

선영이 손끝으로 책 표지에 인쇄된 출판사 이름 '도서 출판 거북이'를 매만졌다. 그 순간 가슴속 뜨거운 감정이 목을 타고 올라와 금세 두 눈이 촉촉해졌다. 어제 인쇄소에서 책을 받아본 해솔도 책이 매우 마음에 든다고 선영에게 전화했다. 선영도 그간의 보람을 느낄 수 있어 매우 만족스러웠다.

선영은 책 홍보 관련 일을 처리하기 위해 아침 일찍 서울에 가야 했다. 이를 안 재하가 선영을 자기 차로 구례역까지 데려다주겠다며 미리 나와 기다렸다.

"그냥 택시 불러 타고 가면 되는데 괜히 저 때문에 재하 씨가 피곤하겠네요."

선영이 재하의 차에 오르며 말했다.

"선영 씨도 참, 제 차로 가면 되는데 뭐 하러 이 아침에 택시를 불러요?"

"저야 고마운데, 재하 씨가 피곤하니까 그렇죠."

"조금도 안 피곤해요. 또 제가 이래야 마음이 편해요."

"아무튼 고마워요. 서울에 갔다 오면 곧장 재하 씨 책 출판 작업 들어갈게요."

"급한 것 아니니까 천천히 해요."

"그게 아니라 제가 재하 씨 원고를 빨리 읽어보고 싶어서 그래요."

"그 말 들으니까 은근히 긴장되는데요."

"재하 씨도 참, 저는 편집자 이전에 재하 씨의 글을 좋아하는 독자라는 걸 잊지 마세요."

"물론이죠. 그래도 너무 무리하지는 마요."

"알았어요. 그나저나 재하 씨가 있어서 서울에 가도 마음이 편하네요."

"서울에 있는 동안 여기 걱정은 안 해도 돼요."

"그럴게요. 아 참, 사무실 책상에 진보라 씨에게 보낼 책을 포장해 놓고 그냥 와버렸어요."

"제가 나중에 택배 보낼 때 같이 보낼게요. ……생각해 보면 진보라 씨를 알게 된 게 참 신기해요."

"그게 다 책 때문이에요. 진보라 씨는 이런 시골에 책방이 있는 게 신기해서 둘러보러 온 거니까요. 사실 저랑 재하 씨도 책 때문에 알게 된 거잖아요."

"그렇네요. 우리도 책 때문에 만났었죠. 책이 사람과 사람을 잇는 역할을 제대로 하고 있네요."

"재하 씨 말이 맞아요. 사람과 사람을 이어줄 뿐만 아니라 과거와 현재를 이어주기도 하고 이 세상에 없는 가상의 세계로 가는 통로 역할도 하잖아요. 그러고 보면 책은 정말 대단한 일을 하고 있네요. 거북이 콘서트도 사람과 사람을 이어주는 역할을 톡톡히 하는 것 같아서 기뻐요. 이야기와 음악을 통해 사람과 사람을 이어줄 뿐만 아니라 어떤 이에게는 기쁨을, 어떤 이에게는 희망을, 어떤 이에게는 위로를 선물로 주고 있으니까요."

"선영 씨 말을 들으니까 저도 콘서트 때 사람들에게 들려줄 이야기에 좀 더 신경 써야겠는데요."

"재하 씨는 지금까지 강연 나가서 하던 대로만 하면 돼요. 사람은 누구나 행복하게 살고 싶어 하는데 그게 생각처럼 쉽지 않잖아요. 그래서 재하 씨가 들려주는 행복 이야기를 들으면 느끼는 바가 클 거예요."

"하하, 그럴까요?"

"그럼요. 저만 믿어봐요, 재하 씨."

"그럼, 선영 씨만 믿겠습니다. 하하하."

선영은 서울에 간 지 3일 만에 거북이 펜션으로 돌아왔고, 다음 날부터 재하의 원고를 읽기 시작했다. 그러던 중 보라로부터 연락을 받았다. 선영이 보내준 책을 받아 앞부분을 읽고 있는데 공감하는 점이 많다고 했다. 또한 선영이 독립해서 낸 첫 책이라 더욱 애정을 느낀다고도 했다. 선영은 그렇게 말해준 보라가 무척 고마웠다.

　출산을 보름 남짓 앞둔 슬기도 책을 읽으며 자신도 도시에서 살았다면 똑같이 겪었을 일이라 남의 일 같지 않았다. 그래서 자신의 소셜미디어 계정에 책 사진과 그날 읽은 부분의 소감을 올렸다. 그랬더니 신기하게도 책의 저자인 해솔이 슬기에게 디엠을 보냈다. 공감해 줘서 고맙다는 내용이었다. 그리고 해솔은 슬기가 올린 글과 사진을 통해 슬기가 출산을 앞두고 있다는 걸 알고 진심으로 축하한다며 아이를 낳아 건강하게 잘 키우기를 기도하겠다고 했다. 슬기는 자신이 선영이 운영하는 펜션에서 살고 있다고 자신을 소개하면서 다음에 펜션에서 볼 수 있기를 바란다고 했다. 그러자 해솔은 더욱 반갑고 고맙다며 쌍둥이가 좀 더 크면 펜션에 데리고 가겠다고 했다. 그러면서 쌍둥이들이 썼던 욕조 같은 유아용품을 보내주겠다고 했다. 생각지도 않은 일이라 슬기는 연신 고맙다는 말만 반복했다.

　며칠 후 해솔이 보낸 커다란 택배 상자에는 갓난아이에게 필요한 물품들이 빼곡히 들어 있었다. 펜션 식구들은 택배 상자 속 물품을 보면서 사람 인연이란 게 참 신기하다며 흐뭇해했다. 그때 선영은 흐뭇한 표정으로 재하를 바라봤다.

　"또 이렇게 책이 사람과 사람을 이어주네요."

재하도 고개를 끄덕이며 선영의 말에 공감했다.

해솔의 책은 출산율이 역대 최저치인 현실에서 많은 관심을 받았다. 한 여성 정치인은 책을 적극적으로 추천한다는 글을 소셜미디어에 올렸고, 한 시민단체 관계자도 출산율 문제를 다루면서 이 책을 소개하기도 했다. 선영도 책이 사회적 이슈와 맞물려 어느 정도 인기가 있을 거라고 예상했던 터라, 분위기로 봤을 때 중쇄를 찍는 것은 시간문제라고 생각했다. 하지만 선영의 예감은 여지없이 빗나가고 말았다. 책에 대한 대중들의 관심이 책 구매로 이어지지 않은 것이다. '도서 출판 거북이'로 낸 첫 책인 만큼 베스트셀러에 무난하게 오를 거로 기대했던 선영은 실망이 컸다. 자신이 너무 자만했다는 반성과 함께 좀 더 큰 출판사에서 출간했다면 훨씬 더 좋은 성과를 얻지 않았을까 하는 생각에 무력감이 들었고 자신을 믿고 원고를 맡겨준 해솔에게 미안한 마음이 들었다.

"그렇게 따지면 원고를 쓴 제가 더 미안해해야죠. 근데 우리 그렇게 생각하지 말아요. 저는 제 책을 통해 대중들이 출산과 육아에 대해 관심을 갖게 된 것만으로도 나름의 성과를 거뒀다고 생각해요. 물론 책이 많이 팔리면 좋겠지만, 저는 전국에 있는 도서관 서가에 제 책이 꽂혀 있는 것만으로도 뿌듯해요."

 선영이 전화로 저자인 해솔에게 미안함을 전했을 때 해솔이 한 말이었다. 선영은 해솔이 그렇게 말해줘서 고마웠다. 그렇다고 기분이 나아지지는 않았다. 지금 작업하고 있는 재하의 책도 좋지 못한 결과가 나오면 어쩌나 하는 걱정 때문이었다. 차린 지 얼마 안 된 1인 출판사에서 베스트셀러 작가의 책을 내겠다는 건 순전히 자기 욕심이 아닌가 하는 생각까지 들었다. 비록 출간 제안을 한 건 선영이 아니라 재하였지만, '도서 출판 거북이'라는 이름으로 낸 첫 책의 성과가 내세울 만한 수준이 아니다 보니 생각할수록 자신감이 떨어졌다. 급기야 선영은 재하에게 '도서 출판 거북이'에서 출간하는 것을 재고해 보라고 하기에 이르렀다.

 "선영 씨, 나는 선영 씨와 작업하고 싶은 거지, 큰 출판사와 작업하고 싶은 게 아니에요. 그래서 선영 씨에게 출판사를 차려보라고 제안한 거고요. 그러니까 내 책 출간을 다른 출판사에서 하는 일은 없을 거예요."

 재하는 선영의 말을 처음 들었을 때 펄쩍 뛰었다. 그러다가 선영이 슬럼프에 빠진 걸 알아차리고 다시 차분하게 선영을 설득하기에 이르렀다.

 "물론 저도 잘 알고 있어요. 하지만 재하 씨도 잘 생각해 봐요. 재하 씨처럼 베스트셀러 작가의 책은 큰 출판사에서 내는 게 재하 씨에게 더 도움이 된다는 건 사실이잖아요. 첫 책에서 이렇다 할 성과를 못 낸 처지에서 나 좋다고 재하 씨 책을 내겠다는 건 순전히 내 욕심인 것 같아서 그러는 거예요."

"선영 씨가 왜 그런 말을 하는지 이해해요. 하지만 선영 씨가 이번에 내 책을 내기가 힘들다고 한다면 난 선영 씨가 내 책을 내보자고 할 때까지 기다릴 거예요."

"그렇게 말해줘서 고마워요, 재하 씨. 하지만 지금 상태로는 재하 씨 책이라 더 부담되는 게 사실이에요. 그러니까 이 자리에서 결론짓지 말고 며칠 더 생각한 다음에 다시 얘기하는 게 좋겠어요. 부탁할게요."

재하는 아무리 생각을 해본다고 한들 생각이 바뀔 것 같지 않다고 말하고 싶었지만 그러지 않았다. 선영이 슬럼프에서 벗어나기 위해 시간이 필요할 것 같아서였다.

선영은 펜션을 방문한 주호와 차를 마시면서도 좀처럼 주호의 말에 집중하지 못했다. 그런 선영을 보고 주호는 무슨 일 있냐고 물었고, 선영은 잠시 망설이다가 '도서 출판 거북이'의 첫 책이 좋은 성과를 내지 못했다는 말과 함께 그로 인해 재하의 책 출간을 망설이고 있다는 말까지 털어놓았다.

"이렇게 하면 어떨까?"

잠시 생각하던 주호가 말했다.

"어떻게요."

선영은 주호에게 좋은 생각이 떠올랐나 보다고 생각하고 주호에게 귀를 쫑긋 기울였다.

"그 책을 우리 출판사에서 내는 거야. 물론 그 책의 책임 편집자는 선영이 네가 맡는 거지."

"말도 안 돼요. 책을 오빠 출판사에서 내는 데 내가 왜 책임 편집자를 해요."

선영은 허공에 손사래를 쳤다.

"그러니까 일종의 콜라보인 셈이지. 선영이 너는 1인 출판사의 약점을 보완할 수 있어서 좋고, 우리 출판사는 너의 유능한 편집 능력으로 신재하라는 베스트셀러 작가의 책을 또다시 낼 수 있는 기회를 얻어서 좋으니까 이러면 서로 윈윈하는 거 아니겠어."

주호는 서로에게 도움이 될 수 있는 방법을 찾다가 순간적으로 콜라보를 생각해 냈다. 그런데 콜라보가 잘된다면 선영을 다시 자기 출판사로 불러올릴 수도 있겠다는 생각이 들었다. 그렇게만 된다면 선영과 자신의 관계도 자연스럽게 회복할 수 있겠다 싶었다. 주호는 생각할수록 기대감이 차올라 가슴이 두근거렸다.

선영은 주호의 말을 듣고 곰곰 생각에 잠겼다. 주호의 제안은 지금 자신의 고민거리를 일시에 해결해 줄 만큼 설득력이 있었다. 다만 마음에 걸리는 것이 있었다. 하나는 콜라보를 하게 되면 주호와 다시 얽히게 된다는 것이고, 다른 하나는 '도서 출판 거북이'의 이름으로 책을 내고 싶어 하는 재하가 이 제안을 받아들이냐는 것이었다. 차라리 재하가 '도서 출판 거북이'가 아닌 예전처럼 주호의 출판사에서 책을 내겠다고 하면 마음은 아프겠지만 오히려 좋을 것 같았다.

그날 저녁 선영은 재하에게 주호로부터 콜라보 제안이 들어왔다고 하면서 내용을 자세히 설명했다. 설명을 들은 재하는 생각할 것도 없다고 하면서 주호의 제안을 거절했다. 좀처럼 흥분하지 않는 그였지만 선영이 자기에게 상처를 준 주호와 다시 일할 생각을 한다는 게 이해가 되지 않아 순간적으로 발끈하고 말았다. 선영은 잘 생각해 보라고 재하를 설득하려 했지만, 재하는 반드시 '도서 출판 거북이' 이름으로 자기 책을 내겠다고 다시 한번 못을 박았다. 선영은 단호한 재하에게 더 이상 콜라보 제안에 대해 말을 꺼낼 수가 없었다.

선영으로부터 재하가 일언지하에 콜라보 제안을 거절했다는 말을 들은 주호는 자기가 직접 재하를 설득하기 위해 다음날 곧바로 구례로 내려와 선영 모르게 재하를 만났다. 재하는 이번 기회를 통해 선영과의 관계 회복을 꾀하는 주호의 의중을 간파한 터라 주호와의 대면이 달갑지 않았다.

"작가님도 알다시피 선영이는 작가님 책 출간하는 것 자체를 부담스러워하고 있어요. 그런 선영이를 생각한다면 작가님이 제 제안을 받아들일 거로 생각했어요. 그런데 제 예상과 다르게 작가님이 제 제안을 거절하셨다는 말을 듣고 솔직히 작가님에게 실망했습니다."

"잠깐만요. 대표님의 제안이 진정으로 선영 씨를 위한 거라는 말씀인가요?"

"그럼요. 그렇지 않고서야 제가 그런 제안을 할 이유가 없지 않습니까. 영세 출판사가 아닌 우리 출판사의 든든한 지원을 받아서 작가님 책을 출간하게 된다면 작가님의 전작보다 더 좋은 결과를 낼 수 있을 거예요. 그러면 선영이는 자신감을 되찾을 수 있어 좋고, 작가님은 다시 한번 베스트셀러 작가로서의 입지를 확고하게 다질 수 있어서 좋고요."

"그렇게 해서 대표님이 얻는 건 뭐죠?"

"베스트셀러 작가의 책을 출간하면 당연히 출판사에 이득이 되지 않겠습니까."

"그것뿐인가요?"

"하하하." 주호는 재하의 이어지는 질문에 웃음을 터뜨렸다. "역시 작가님에게는 제 속마음을 못 숨기겠네요. 어쩌면 작가님도 짐작하셨겠지만, 저는 선영이의 마음을 되돌리기 위해 자주 여기에 오고 있어요. 그만큼 선영이는 저에게 소중합니다."

"그렇게 소중한 사람을 두고 왜 그런 실수를 한 거죠?"

재하가 어이없다는 표정으로 물었다.

"작가님이 그 일에 대해서 어디까지 아시는지 모르지만, 네, 제가 큰 실수를 한 게 맞습니다. 근데 제가 선영이를 사랑하지 않아서 그런 실수를 한 게 아니에요. 뭐랄까 그저 기분전환을 위한 드라이브 같은 거였다고 할까요. 작가님도 남자니까 제 입장을 어느 정도 이해하실 거로 생각합니다. 그러니 작가님께서 저랑 선영이가 다시 잘될 수 있게 도와주셨으면 좋겠습니다. 제가 이렇게 부탁드립니다."

주호가 말끝에 재하에게 고개를 숙였다.

"이러지 마세요. 선영 씨 마음이 중요한 거지 제가 이래라저래라 할 일이 아니지 않습니까."

재하가 손사래를 치며 주호를 말렸다.

"제가 바라는 건 선영 씨가 또다시 상처받는 일 없이 행복하게 잘 사는 거예요."

"그렇다면 더더욱 제 제안을 받아들이셔야겠는데요. 선영이는 저와 함께 있어야 행복할 테니까요."

"무슨 근거로 그렇게 말씀하시는거죠? 선영 씨는 구례에 내려와서 대표님 없이도 행복하게 잘 지내고 있다고 생각하는데요."

재하가 목소리에 힘을 주며 반박했다.

"그건 작가님이 선영이를 잘 몰라서 하는 말씀이에요. 선영이는 꿈이 큰 사람이라 이런 시골에서 직원이 한 명도 없는 작은 출판사나 하면서 만족할 사람이 아니에요. 선영이가 있어야 할 곳은 서울이에요."

"왜 서울이어야 하죠?"

"그곳에 선영이의 꿈이 있으니까요. 수십 명의 직원들을 거느리면서 책을 만들고 신인 작가도 발굴하면서 출판사를 성장시키며 사는 게 선영이의 꿈이거든요."

말을 끝낸 주호는 자신이 이렇게 선영을 잘 알고 있다는 듯 턱을 내밀며 재하를 바라봤다.

"만약 대표님이 그런 실수만 안 했다면 선영 씨는 서울에서 행복하게 살 수도 있었겠죠. 하지만 이미 일어난 일을 가정하는 일은 시간 낭비일 뿐이니까 선영 씨가 서울로 돌아가야 행복할 수 있다는 대표님 말씀엔 전혀 동의할 수 없군요. 저는 선영 씨가 편집자로서 탁월한 안목이 있는 사람이라 여기서도 충분히 꿈을 이루며 살 수 있다고 믿어요. 그래서 제가 선영 씨에게 출판사를 차려보라고 제안한 거고요. 물론 지금 선영 씨가 일시적인 슬럼프에 빠진 건 사실이지만, 저는 조만간 선영 씨가 잘 이겨낼 거라 믿어요. 저도 선영 씨가 그럴 수 있도록 최선을 다해 도울 생각이고요."

"그건 어디까지나 작가님 생각이죠. 작가님이 여기서 행복하다고 해서 다른 사람도 그럴 거라고 생각하는 건 오만 아닐까요?" 주호는 고개를 저으며 말했다. 그리고 뭔가를 골똘히 생각하다가 일순 미간을 좁히더니 말을 이었다. "전부터 작가님에게 묻고 싶은 게 있었는데, 혹시 작가님이 선영이를 편집자나 이웃이 아니라 다른 감정을 갖고 대하는 건가요? 예를 들면 이성으로 좋아한다든지······? 아, 질문이 무례했다면 사과할게요."

"사과하실 것까지는 없어요. 그렇지만 그 질문에는 노코멘트하겠습니다."

재하는 주호의 직접적인 질문이 당황스러우면서도 자신이 선영에게 마음이 있다는 걸 숨기고 싶지 않았다. 그렇다고 그걸 주호에게 보고하듯 이 자리에서 말할 것까지는 없지 않나, 하는 생각이 들어 머뭇거리지 않고 대답했다.

"그 정도면 노코멘트가 아니라 맞다고 인정하는 거 아닌가요?"

주호가 인상을 찌푸렸다.

"그건 대표님 자유니까 알아서 생각하시고요. 그럼 콜라보 제안에 대해 제 의사를 분명히 말씀드렸으니까 저는 먼저 일어나겠습니다. 운전 조심하시고 다음에 뵙죠."

재하가 먼저 자리에서 일어났다.

"작가님, 잠시만요."

주호가 일어나며 재하를 붙잡으려 했으나 재하는 뒤도 안 돌아보고 멀어졌다. 주호는 멀어지는 재하의 등을 날카롭게 노려보면서 선영의 마음을 반드시 되돌리고 말겠다고 주먹을 불끈 쥐었다.

그날 이후 재하는 선영이 다시 자신감을 되찾을 수 있도록 노력을 기울였다. 책을 조급하게 출간하지 않아도 되니 시간적인 여유가 있다고 하면서 선영과 대화를 통해 용기를 북돋는 데 최선을 다했다. 그런 재하의 노력 덕분에 선영은 예상보다 빠르게 슬럼프에서 벗어날 수 있었다. 선영은 자기를 끝까지 믿고 기다려준 재하를 위해 다시 심기일전해서 책 출간 작업에 집중했다.

36

콘서트 일주일 전 공지가 나간 뒤 이틀 만에 백 명의 신청이 완료되었다. 그들 중 대부분은 지자체 공무원이었다. 공지를 올린 지 얼마 지나지 않아 지자체 문화·체육·관광부 담당자가 선영에게 전화했었다. 이번 콘서트에 참석하고 싶은 공무원들이 많다는 것이다. 지자체 공무원 중 많은 수가 펜션 유튜브 채널 구독자였던 터라 거북이 콘서트에 대해 잘 알고 있었다. 더구나 이야기 손님이 같은 지역에 사는 베스트셀러 작가 신재라는 걸 알고 그의 이야기를 들을 절호의 기회를 놓치고 싶지 않아 했다. 문제는 그들의 가족들까지 하면 수가 이백 명은 족히 넘는다는 것이었다.

선영은 펜션 식구들과 의논 끝에 이번 콘서트는 신청자가 가족과 동반할 수 있도록 하자고 했다. 그런데 인원이 늘어난 만큼 안내 요원이 필요했다. 선영은 이전에 담당자가 행사 도우미에 대해 말했던 것이 생각나 담당자에게 넌지시 물었다. 담당자는 참가 인원이 배로 늘어난 만큼 콘서트가 원활하게 진행되도록 지자체 공무원들이 행사 안내와 안전 문제를 책임지겠다고 했다. 선영은 그 말을 듣는 순간 인원 통제에 대한 걱정을 내려놓을 수 있었다.

이번 거북이 콘서트는 장소와 인원수 말고도 내용 면에서도 약간의 변화가 생겼다. 이야기 손님과의 대화가 끝나고 악기 연주와 시 낭송에 지자체 공무원들이 참여하게 된 것이다. 악기 연주는 바이올린 연주 한 명과 오보에 연주 한 명이 추가되었고, 시 낭송은 지자체 문학 동아리 회원 세 사람이 각자 한 편의 시를 낭송하게 되었다.

 거북이 콘서트가 열리기 한 시간 전에 미리 도착한 행사 안내 요원 중에는 지자체장도 있었다. 그는 굵은 명조체로 '안내'라고 적힌 노란 어깨띠를 두르고 정문에 서서 손님을 맞았다. 미자와 선영이 지자체장에게 가서 거북이 콘서트에 적극적으로 협조해 줘서 고맙다고 하자, 그는 거북이 콘서트가 지역에 많은 긍정적인 영향을 미치고 있다며 오히려 자기가 고맙다고 했다.
 단상에 플래카드를 매다는 일도 안내 요원들이 맡아서 했다. 그뿐만 아니라 마이크와 스피커도 지자체에서 가져와 설치했다. 야외에서 콘서트를 하더라도 백 명 정도는 음향 장비 없이도 괜찮을 것 같아서 펜션에서는 따로 마이크와 스피커를 준비하지 않았다. 그것만 봐도 지자체에서 얼마나 거북이 콘서트에 신경 쓰는지 알 수 있었다. 심지어 콘서트 영상을 촬영하는 것도 안내 요원이 맡았다. 촬영을 담당한 재하가 오늘 이야기 손님이라고 하자, 안내 요원 중 한 사람이 촬영을 맡겠다고 나선 것이다. 처음에 선영은 쉬는 날 안내 요원으로 차출되어 마지못해 온 사람들이 있는 건 아닌지 걱정했다. 하지만 펜션에 나타난 안내 요원들은 하나같이 밝은 표정이었고 콘서트에 참여하고 있는 걸 즐기고 있었다. 선영은 그들이 즐거워하는 모습을 보면서 거북이 콘서트가 마치 지역 축제처럼 여겨졌다.

　선영이 사회를 보기 위해 마이크를 잡고 단상에 오르자, 잔디밭에 줄줄이 앉아 있던 사람들이 일제히 환호하며 박수를 쳤다. 그 순간 선영은 관객들의 박수 소리에 소름이 돋았다. 실내에서 듣던 박수 소리와는 전혀 다른 무게의 박수 소리였다. 박수 소리만 들어도 이백이라는 숫자의 위력을 고스란히 느낄 수 있었다. 선영은 심호흡을 한 번 더 하고 입을 열었다.
　"책과 이야기와 음악이 있는 거북이 콘서트에 오신 걸 환영합니다. 반갑습니다, 여러분. 저는 거북이 콘서트 프로그램 운영자 강선영입니다."
　선영이 자신을 소개하자 박수가 터져 나왔다. 정문에서 안내를 마친 지자체장도 어느새 운동장 뒤쪽에 서서 환호하며 박수를 쳤다.
　"거북이 콘서트는 북스테이 손님들과 옹기종기 앉아서 기타 연주를 들으며 살아가는 이야기도 하자는 취지로 시작했어요. 그런데 이렇게 많은 분을 모시고 콘서트를 열게 될 줄은 전혀 생각 못 했습니다. 그런 의미에서 이번 콘서트는 저희에게도 의미가 큽니다. 콘서트를 시작한 지 오래되지는 않았지만 벌써 많은 인연이 생겼어요. 지금 여기에 오신 분들도 그렇고 이전에 다녀가신 분들도 저희에게는 모두 소중한 인연입니다. 그런 의미에서 사람과 사람을 잇는다는 건 정말 멋지고 근사한 일이 아닐 수 없습니다. 그 멋지고 근사한 일에 안내 요원으로 참여하고 계시는 지자체장님을 비롯한 모든 분께 진심으로 감사드립니다. 그럼, 본격적으로 사람과 사람을 잇는 네 번째 거북이 콘서트를 시작하겠습니다."

다시 박수가 운동장을 채웠다.

"플래카드에 적힌 대로 오늘의 이야기는 '심리학을 알면 우리는 얼마나 행복할 수 있을까'입니다. 혹시 여러분 중에 저 책을 읽어 보신 분이 계실지 모르겠네요."

그때 여기저기에서 손을 들었다.

"와, 책을 읽으신 분들이 이 자리에도 계시네요. 오늘 이야기 손님으로 모신 작가님의 첫 책은 『가끔은 불안해도 씩씩하게 살고 있습니다』이고 『심리학을 알면 우리는 얼마나 행복할 수 있을까』는 작가님의 두 번째 책입니다. 모두 베스트셀러에 오른 책들입니다. 더구나 작가님은 이 지역 출신이고 현재 이 지역에 살고 계셔서 이 자리가 더욱 뜻깊으리라 생각합니다. 작가님이 들려주는 행복 이야기에 여러분도 많이 공감하셨으면 좋겠습니다. 그러면 오늘의 이야기 손님을 모시겠습니다. 여러분, 신재하 작가님을 박수로 환영해 주세

요."

　박수갈채를 받으며 단상으로 올라온 재하가 선영에게서 마이크를 건네받았다. 선영이 귀에 대고 "재하 씨, 파이팅!" 하고 속삭였다. 그러자 재하는 "고마워요, 선영 씨." 하며 고개를 끄덕였다.

　재하는 마이크를 잡은 오른손에 힘이 잔뜩 들어갔다는 걸 느낄 수 있었다. 그만큼 긴장하고 있었다. 하지만 늘 그랬듯이, 그 긴장감마저 즐기자는 말을 주문처럼 되뇌었다. 재하는 호흡을 가다듬고 관객들을 둘러보며 가벼운 인사말로 이야기를 시작했다. 잔디밭에 앉아 있는 여러분의 모습이 마치 소풍 나온 것처럼 즐겁고 여유로워 보인다, 주위를 한 번 둘러보라, 소중한 사람과 함께 이런 경치 좋은 곳에서 시간을 보내고 있다는 것이 얼마나 근사한 일인가, 그 근사한 일을 하는 여러분은 더욱 근사하다, 같은 이야기를 하고 나자, 관객들은 옆에 앉은 사람들과 흐뭇한 미소를 주고받았다. 그중에는 옆에 있는 사람의 어깨에 팔을 두르는 사람도 있었다. 단상에서 그 모습을 보는 재하의 마음도 흐뭇했다.

　"에크하르트 톨레의 『고요함의 지혜』에 보면 이런 구절이 나옵니다. '꽃 한 송이가 발하는 고요함과 평화로움은 자연이 내게 주는 선물이고, 그로 인해 생겨나 두루 퍼지는 나의 맑은 마음은 내가 자연에게 주는 선물이다.' 저는 이 말이 좋아서 산책할 때마다 읊조리곤 합니다. 그런데 조금 전에 여러분이 옆에 있는 분들과 따뜻한 미소를 주고받는 모습을 보고 문득 이렇게 바꿔도 되겠다는 생각이 들었습니다. '꽃보다 아름다운 당신이 발하는 고요함과 평화로움은 당신이 내게 주는 선물이고, 그로 인해 생겨나 두루 퍼지는 나의 맑은 마음은 내가 당신에게 주는 선물이다.'"

재하의 말이 끝나기가 무섭게 앞에서 일제히 박수가 터져 나왔다. 박수 치는 그들 모두 행복해 보였다. 그 모습을 본 재하도 마찬가지였다.

"요즘에는 정신과에 상담받으러 다니는 사람들이 많다고 합니다. 대부분 과거에 받은 상처로 인해 지금 고통받는 사람들입니다. 저도 어린 시절 힘들었던 기억 때문에 오랫동안 고통스러웠습니다. 저는 과거의 고통에서 벗어나 행복해지고 싶었습니다. 그래서 심리학을 공부하게 되었습니다. 이 자리에서는 그동안 심리학을 공부하고 행복한 삶에 대한 글을 쓰면서 깨달은 것 중 두 가지를 말씀드리려고 합니다. 그중 하나는 '행복은 어떠한 태도를 선택하느냐에 달려있다'는 것입니다. 예를 들어 기분 좋게 산책하고 있는데, 갑자기 비가 쏟아져서 옷이 흠뻑 젖었다고 가정해 보겠습니다. 이때 예고 없이 쏟아지는 비에 옷이 젖어 화를 내는 사람도 있을 겁니다. 하지만 기억해야 할 점은 비가 내리고 안 내리고는 우리의 권한 밖의 일이라는 것입니다. 우리가 어쩔 수 없는 일로 화를 내는 건 우리 스스로 불행을 초래할 뿐입니다. 우리 권한 밖의 일, 우리가 어쩔 수 없는 일로 기분을 망치지 않기 위해 우리는 그 상황을 있는 그대로 받아들이는 태도를 길러야 합니다. 비가 오는 건 어쩔 수 없지만 비를 대하는 태도는 우리가 선택할 수 있는 권한이니까 우리가 마음먹기에 따라 그 시간을 유쾌하게 만들 수도 있습니다. 과거에 겪은 힘든 일도 마찬가지입니다. 과거는 지금 우리의 권한 밖의 일입니다. 이미 지난 일이죠. 그래 그런 일이 있었지, 하고 받아들여야 과거만 들여다보면서 괴로워하는 건 자칫 지금의 행복마저 날려버릴 수 있습니다. 과거는 나를 스쳐 지나간 비바람과 같습니다. 이미 지나간 비바람 때문에 지금 부는 선선한 바람을 놓칠 수는 없지 않겠습니까. 다시 말해서 우리가 집중해야 하는 것은 과거가 아니라 바로 지금 이 순간입니다. 그런 의미에서 라인홀드 니부어의 '평온을 구하는 기도문'을 곰곰이 음미해 보시길 권해드립니다.

'주여, 제가 바꿀 수 없는 일들을 받아들일 수 있는 평온을 주시고, 제가 바꿀 수 있는 일들을 변화시키는 용기를 주소서. 그리고 제게 그 둘을 구별할 수 있는 지혜를 주소서.'"

다시 박수가 울려 퍼졌다. 이번에는 박수 소리가 그칠 기미가 안 보였다. 재하는 사람들의 표정을 훑었다. 그들은 재하와 눈이 마주치자, 고개를 끄덕이거나 더욱 크게 박수를 쳤다.

"나머지 하나는 부정적인 생각을 줄일수록 우리는 더 행복해진다는 것입니다. 우리는 보통 하루에 수만 가지의 생각을 한다고 합니다. 그중 대부분은 부정적인 생각들입니다. 우리를 걱정하게 만들고 불안하게 만들고 화나게 만들고 우울하게 만드는 생각들입니다. 우리가 이런 부정적인 생각들을 줄일 수만 있다면 우리는 그만큼 더 행복해질 수 있습니다. 그러면 부정적인 생각을 줄이기 위해서는 어떻게 해야 할까요? 먼저 자신이 부정적인 생각을 하고 있다는 것을 알아차려야 합니다. 그런데 문제는 자신이 부정적인 생각을 하고 있다는 것을 인지하지 못한다는 것입니다. 그러면 계속 부정적인 생각의 늪에 빠지게 되는 것입니다. 자신이 부정적인 생각을 하고 있다는 걸 알아차리기 위해서는 자기가 지금 무슨 생각을 하고 있는지 스스로 점검하는 습관을 들이는 게 필요합니다. 내가 지금 무슨 생각을 하고 있지? 하고 스스로 묻고, 나는 지금 무슨 무슨 생각을 하고 있어.라고, 대답해 보는 겁니다. 그러면 자신이 어떤 생각을 하는지 알아차릴 수 있게 됩니다. 시간이 정해져 있어서 더 길게 말씀드릴 수는 없지만 집에 돌아가셔서 하루 중 자신이 어떤 생각들을 하는지 기록해 보시기 바랍니다. 그리고 부정적인 생각을 줄이려는 시도를 해보세요. 명상도 좋고 운동이나 청소도 좋습니다. 하고 있는 일에 집중해 보세요. 그러면 그만큼 행복해질 수 있습니다. 참고로 저는 매일 감정 일기를 쓰고 있습니다. 그날그날 내 자신의 감정 상태를 글로 적다 보면 어떤 상황에서 어떤 감정을 느꼈고 어떤 생각을 했는지 알 수 있습니다. 그렇게 성찰하면서 마음가짐을 새롭게 하다 보면 행복한 날도 더 많아지리라 생각합니다. 제가 준비한 이야기는 여기까지입니다. 감사합니다."

재하의 이야기가 끝나자, 관객들의 열렬한 박수가 한참 동안 이어졌다.

이어진 관객과의 대화에서는 재하에게 질문하기 위해 손을 든 사람들이 많았다. 언제부터 글을 썼고, 어떻게 작가가 되었고, 글을 잘 쓰려면 어떻게 해야 하는지에 관한 질문이었다. 이에 대해 재하는 마음을 치유하기 위해 글쓰기를 시작했고 좋은 책들을 꾸준히 읽고 글을 꾸준히 쓰는 것이 글쓰기에 도움이 되는 것 같고, 자신을 작가로 만들어 준 사람은 바로 선영이라고 대답했다. 관객들은 작가가 된 사연을 듣고 모두 놀라워하면서 선영에게 박수를 보냈다. 선영은 갑자기 자신의 이름이 나오자, 순간 당황스러웠다. 하지만 활짝 웃으며 자신을 바라보는 재하의 얼굴을 보고 금세 그녀의 얼굴에도 미소가 번졌다. 선영은 자리에서 일어나서 고개를 숙여 관객들의 박수에 답했다.

 재하의 시간이 끝나고 이환이 오카리나를 연주하기 위해 단상에 올랐다. 오카리나를 연주하기 전에 이환은 선영의 요청에 따라 발차기를 비롯한 태권도 품세를 시범 보였다. 관객들이 키가 큰 이환의 절도 있고 깔끔한 동작에 환호했다. 운동장 가장자리에 서 있던 안내 요원 중 몇몇은 이환을 따라 발차기를 하는 사람도 있었다. 누구 할 것 없이 90도도 채 올라가지 않는 자신들의 발을 보고 아쉬워하면서도 즐거워했다.
 이환의 발차기 시범 덕분에 분위기가 훨씬 더 좋아졌다. 이어진 이환의 오카리나 연주도 관객들의 큰 호응을 얻었다.

 다음에는 준석이 자전거 탄 풍경의 '너에게 난 나에게 넌'을 연주했다. 가을에 어울리는 곡을 찾다가 미자가 준석에게 추천한 곡이었다. 준석은 사람들이 노래를 모를까 봐 걱정했다. 하지만 걱정과 달리 기타 연주가 시작되자 노래를 부르는 사람들이 많았다.
 이어서 미자가 기타를 연주하며 장필순의 '나의 외로움이 널 부를 때'를 불렀다. 이 곡 역시 아는 사람들이 많았다. 하지만 미자의 고운 목소리에 푹 빠져 몸을 좌우로 흔들며 감상하기에 바빴다. 1절이 끝나고 미자가 관객들에게 2절은 같이 부르자고 했다. 그 말을 듣고 사람들이 어우러져 노래를 불렀다. 그 노래를 들으며 추억에 젖은 사람들이 많아 보였다.

다음은 공무원 지원자 두 명이 나와 바이올린과 오보에를 연주했다. 둘 다 취미로 악기를 연주한다고 했지만, 동료들과 정기적으로 연주회를 열 정도로 실력이 수준급이었다. 그녀들이 연주한 곡은 모두 세 곡이었다. 각자 한 곡씩 연주하고 마지막 곡은 함께 연주했다. 세 곡 모두 귀에 익숙한 곡으로 관객들은 리듬을 타며 흥겨워했다.

청명한 가을 하늘 아래에서 클래식 음악을 감상하는 것도 낭만적이지만 이어지는 시 낭송도 그에 못지않았다. 먼저 미자가 준석의 잔잔한 기타 음에 맞춰 황지우의 '너를 기다리는 동안'과 윤동주의 '소년'을 낭송했다. 미자의 청아한 목소리도 일품이었지만 미자가 마치 독백 연기를 하듯이 감정을 잡으며 자아낸 분위기는 시 낭송의 백미였다.

미자가 단상에서 내려가고 이어서 지자체 문학 동아리 회원들의 시 낭송 차례였다. 먼저 단상에 올라온 사람은 삼십 대 중반의 K였다. 얼마 전에 직장 동료와 결혼한 K는 선영이 건네는 마이크를 받자마자 맨 앞줄 한가운데에 있는 아내의 이름을 부르며 손을 흔들었다. 이를 본 관객들이 일제히 웃음을 터뜨렸다. K의 아내는 관객들의 반응이 쑥스러웠는지 얼굴이 빨갛게 달아오른 채로 손을 흔들며 남편을 응원했다. 잠시 뒤 웃음소리가 멎고 중저음의 K의 시 낭송이 시작되었다.

가지 않은 길

로버트 프로스트

노랗게 물든 숲 속에 두 갈래 길이 있었네
안타깝게도 두 길을 다 가보지 못하는 서운함에
한 길이 수풀 뒤로 구부러져 보이지 않는 곳까지
멀리멀리 굽어보며 한참을 서 있었네

……

먼 먼 훗날 어디에선가
나는 한숨 쉬며 이렇게 말하리
숲 속에 두 갈래 길이 있었다고
나는 사람들이 덜 지나간 길을 택했고

그로 인해 모든 것이 달라졌다고

    다음은 오십 대 여성 J가 단상에 올랐다. 후덕한 외모의 그녀는 소프라노처럼 목소리의 음이 높고 고왔다. 그녀는 시 낭송을 하기 전에 함께 온 남편과 대학생 딸의 이름을 불렀다. 그러자 뒷줄에 있던 남편과 딸이 자리에서 일어나 큰 동작으로 손을 흔들었다. J는 이 멋진 곳에 소중한 사람들과 함께 있을 수 있어서 더욱 즐겁고 행복하다고 말해 관객들의 박수를 받았다.

만약 내가

에밀리 디킨슨

만약 내가 누군가의 마음에
상처 깃들지 않도록 막을 수 있다면
나 헛되이 사는 것은 아니리라
만약 내가 누군가의 아픔을
달랠 수 있다면
혹은 그의 고통을 덜어준다면
혹은 지친 새 한 마리 둥지로 돌아가도록

도와줄 수 있다면
나 헛되이 사는 것은 아니리라

마지막 시 낭송은 삼십 대 여성 S였다. 그녀는 한 문예지의 시 공모에서 상을 받아 등단해 시집을 두 권이나 낸 시인이었다. 그녀는 서울에서 대학을 졸업한 후 공무원이 되어 고향으로 내려와 살고 있는 지금의 생활에 만족하고 있었다. 그녀는 자기가 가장 좋아한다는 하인리히 하이네의 '네 뺨을 내 뺨에'를 낭송했다.

네 뺨을 내 뺨에

하인리히 하이네

네 뺨을 내 뺨에 대면
우리 둘의 눈물이 하나 되어 흐르리
네 가슴을 내 가슴에 대면
불꽃이 하나 되어 타오르리

흘러나온 눈물이 강물이 되어
타오르는 불꽃이 속으로 흘러든다면

네 몸을 힘차게 안아본다면
그리움과 사랑에 나는 죽고 말리라

  콘서트의 모든 순서가 끝나고 관객들은 책방에 들러 책과 굿즈를 사기도 하고, 카페에서 음료를 사서 마시기도 했다. 펜션 식구들은 손님들을 응대하느라 정신이 없었지만, 손님들이 모두 떠날 때까지 힘들어하는 기색 하나 없이 얼굴에서 웃음이 사라지지 않았다. 몸이 무거운 슬기도 시종일관 밝은 표정으로 손님들을 대했다.
  콘서트 후 가장 늦게까지 손님들을 응대한 사람은 재하였다. 손님들이 재하의 책에 사인을 받기 위해 줄을 섰기 때문이다. 미리 책을 준비해 온 사람도 있었고, 거북이 책방에서 책을 구입한 사람도 있었다. 재하도 자기가 쓴 책에 사인을 받기 위해 서 있는 긴 줄을 보고 놀라지 않을 수가 없었다. 출판사의 요청으로 책을 쌓아 놓고 사인을 하거나 강연을 가서 열댓 명에게 사인을 한 적은 있지만 이렇게 긴 줄은 처음이었다. 재하는 너무 고마워 자신에게 책을 내미는 모든 사람과 눈인사를 나누며 책에 정성을 다해 사인했다.
  그날 모든 손님이 돌아가고 펜션 식구들은 콘서트를 잘 끝냈다는 흥분 때문에 그냥 있을 수 없다며 조촐한 파티를 열었다. 집에 갔다가 파티 소식을 들은 이환도 금세 오토바이를 타고 와서 합류했다. 식탁은 지난번처럼 주문한 음식으로 차려졌다. 미자는 콘서트 하느라 모두 애썼다며 음식이 모자라면 얼마든지 주문할 테니 마음껏 즐기라고 했다. 식구들은 음식을 먹으면서 오늘 콘서트에서 재미있었거나 인상적이었던 일에 관해 이야기를 나눴다. 그러던 중 선영이 오늘 콘서트 전후로 나간 책이 무려 일흔 권이 넘는데 그중 절반 가까이는 재하의 책이라고 해 모두가 놀랐다. 모두 재하를 대단하다는 시선으로 보면서 박수를 쳤다. 선영이 소감 한마디 하라고 하자, 재하는 사인을 받기 위해 길게 줄지어 기다리던 사람들을 보면서 자기도 꿈인가 했다며 아직도 어리둥절하다고 했다.

주호는 콘서트에 나타나지 않았다. 선영은 처음으로 운동장에서 진행하는 콘서트를 준비하느라 정신이 없어 주호가 오지 않았다는 것도 모르고 있었다. 콘서트를 마치고 휴대전화에서 주호가 보낸 문자 메시지를 확인하고서야 비로소 주호가 안 왔다는 것을 알 수 있었다. 오늘 구례에 내려가서 돕고 싶었는데 갑자기 일이 생겨서 내려가지 못하게 됐다는 문자였다. 며칠 전 주호는 오늘 일찍 내려와서 콘서트를 돕겠다고 했었다. 선영은 문득 주호가 언제까지 그 먼 거리를 오가려 하는지 궁금했다. 그러면서 아무리 주호가 원한다고 할지라도 선영 자신은 주호의 의도를 뻔히 알면서 언제까지 그런 주호를 보고만 있을 것인지 자문하게 되었다. 어쩌면 선영 자신은 지난 일을 다 잊었다고 하면서도 주호가 자기에게 매달리는 지금의 상황을 은근히 즐기는 건 아닌지, 하는 생각도 들어 일순 죄책감이 밀려왔다. 이런 상황을 오래 끌어서는 안 된다는 것을 알면서도 그러지 못하는 자신이 한심했다. 선영은 이불을 이마까지 끌어올리며 졸리는 목소리로 말했다. "될 수 있는 대로 빨리 내 입장을 분명하게 전해야 해. 그게 서로를 위해서 좋아."

37

11월을 며칠 앞둔 어느 날, 점심 식사 후 선영과 재하와 준석은 정원 분수대를 청소하러 나왔다. 11월에는 기온이 급격히 내려가는 날이 많아서 10월이 가기 전에 청소하기로 한 것이다. 먼저 분수대 안에 있는 물이 모두 빠지기를 기다렸다가 바닥에 있는 동전을 빗자루로 쓸어 모아 양동이에 담아야 한다. 그런 다음에는 바닥과 벽에 낀 이끼를 막대 솔로 빡빡 문질러서 제거해야 한다. 선영은 물이 차가워서 감기에 걸릴 수도 있으니, 물이 다 빠지고 난 다음에 동전을 쓸어 모으자고 했다. 물이 다 빠질 때까지 기다렸다가 작업하려면 시간이 너무 많이 걸릴 것 같았다. 재하는 안 되겠다 싶어 물이 무릎 높이 정도 되었을 때 운동복 바지를 허벅지까지 걷어 올리고 물속으로 들어갔다. 이를 본 선영이 걱정스러운 표정을 지으며 말한다.

"어머, 재하 씨, 물이 차가울 텐데 조금 기다렸다가 해요."

"그렇게 하면 시간이 너무 오래 걸릴 것 같아서요. 물이 그렇게 차가운 것도 아니라서 괜찮아요."

재하가 막대 솔을 집어 들며 말했다. 그러자 반바지 차림으로 인공 섬에 앉아서 휴대 전화를 들여다보던 준석도 내려와 물속으로 첨벙 들어갔다.

"아이, 차가워."

재하 말만 듣고 아무 생각 없이 물에 들어간 준석이 생각보다 차가운 물 때문에 몸을 부르르 떨었다.

"하하하. 천천히 들어오면 괜찮은데 너무 갑자기 들어와서 그렇다."

재하가 재미있다는 듯 웃으며 준석에게 말했다. 선영도 차갑다고 몸서리치는 준석을 보며 까르르 웃는다.

"그렇게 추우면 밖으로 나와, 준석아."

"아니 괜찮아요, 누나. 잠깐 호들갑 좀 떨었더니 금세 괜찮아졌어요. 헤헤."

준석도 재하를 따라 막대 솔로 바닥에 있는 동전들을 한쪽으로 쓸어 모았다.

"준석아, 해 지기 전에 끝내게 쓸어 모으는 건 내가 할 테니까, 준석이 넌 양동이에 담아라."

"그럴게요, 형."

준석은 돌아서서 선영에게 말했다.

"누나, 거기 양동이 좀 건네주실래요?"

"어, 알았어. 자, 양동이."

선영이 플라스틱 양동이를 준석에게 건넸다. 준석은 양동이를 인공섬 쪽 벽 위에 올려놓고 재하가 쓸어 모아 놓은 동전들을 쓰레받기로 퍼담았다.

"와, 이거 너무 무거워서 안 되겠어요. 다음부터는 반만 담아야겠어요."

준석이 금세 동전을 가득 채운 양동이를 선영 앞에 힘겹게 올려놓으며 말했다.

"그래, 준석아. 십 원짜리 동전은 하나도 없고 다 백 원짜리 아니면 오백 원짜리 동전이라 더 무거울 거야."

동전을 쓸어 모으던 재하가 준석을 돌아보며 말했다.

"여기 있는 동전 하나에 하나의 소원이 깃들었다고 생각하니까 동전이 달라 보이네."

선영이 동전 하나를 들고 매만지면서 말했다.

"소원은 이루는 데 의의가 있는 게 아니라 비는 데 의의가 있다고 하더라고요. 물론 소원이 이루어지면야 더 좋겠지만요."

재하가 선영 옆에 있던 다른 양동이를 가져가면서 말했다.

"생각해 보니 그 말도 일리가 있네요. 소원을 비는 순간만큼 진심이 담길 때도 없을 테니까요. 그래서 고모도 이 동전을 뜻깊은 곳에 쓰이도록 하시려나 봐요."

"그러면 나중에 동전 말려서 자루에 담을 때 사진 몇 장 찍어야겠어요. 불우이웃돕기 성금으로 보낸다고 유튜브랑 소셜미디어에 올리게요."

재하가 양동이에 동전을 담으며 말했다.

"그거 좋은 생각이에요, 재하 씨. 자기가 분수대에 던진 동전이 좋은 곳에 쓰인다는 걸 알면 마음이 뿌듯할 거예요."

그때 선영 앞에 동전이 담긴 양동이를 올려놓으려던 준석이 에취, 에취, 하고 거듭 재채기했다.

"아이고, 준석이 감기에 걸리는 거 아닌지 모르겠네. 출산 앞둔 슬기 때문에 아프면 안 되는데……."

"이제 물이 다 빠져서 괜찮을 거예요, 누나." 준석이 아무렇지 않은 듯 다른 양동이를 집어 들었다.

잠시 후 동전 수거 작업이 모두 끝났다. 분수대에서 꺼낸 동전은 모두 여섯 양동이였다. 재하와 준석은 곧장 벽과 바닥에 낀 이끼 제거 작업에 들어갔다. 선영도 바지를 걷고 들어가 재하 옆에서 막대 솔로 바닥을 문지르며 이끼를 제거했다. 그러다 한 발짝씩 옮겨가며 솔질하던 선영이 이끼에 미끄러져 순간적으로 균형을 잃었다. 그때 재하가 민첩하게 손을 뻗어 넘어지는 선영의 허리를 감쌌다. 그 덕에 선영은 허리만 삐끗하고 넘어지지는 않았다.

"선영 씨, 괜찮아요?"

재하가 자신의 품에 안긴 선영을 걱정스러운 표정으로 내려다봤다. 그 소리를 듣고 인공섬 다른 쪽에서 바닥을 밀고 있던 준석이 종종걸음으로 다가왔다.

"왜요, 형? 누나가 다쳤어요?"

준석이 오자 얼굴이 붉어진 선영이 서둘러 재하에게서 떨어졌다.

"재하 씨 아니었으면 큰일날 뻔했어요. 고마워요, 재하 씨."

"근데 선영 씨 허리는 괜찮아요?"

"허리를 삐끗하긴 했는데 조금 있으면 괜찮아지겠죠, 뭐."

선영이 허리에 손을 올리고 어정쩡한 걸음으로 움직였다.

"그러지 말고 선영 씨는 밖에 나가서 쉬는 게 좋겠어요."

"그래요, 누나. 형 말대로 누나는 밖에서 쉬어요."

준석이 재하를 거들었다.

그때 재하가 먼저 분수대 벽 위로 올라가서 선영에게 손을 내밀었다. 선영이 잠시 망설이다가 재하의 손을 잡자, 재하가 선영을 위로 끌어올렸다. 밖으로 나온 선영은 분수대 앞 벤치에 앉았다.

"같이 해야 빨리 끝날 텐데, 어쩌죠?"

"준석이랑 둘이 해도 금방 끝나니까, 선영 씨는 걱정하지 말고 여기서 지켜보기만 해요."

재하는 미안해하는 선영에게 생긋 웃고는 곧장 분수대로 들어가 막대 솔을 부지런히 움직였다. 선영은 그런 재하를 보면서 조금 전 재하의 팔이 자기 허리를 감싸던 순간이 떠올라 다시 얼굴이 화끈거렸다. 몸 둘 바를 몰라 하던 선영과 달리 재하는 아무렇지 않게 선영을 대했던 건 그나마 다행이었다.

재하의 말대로 바닥이 타일이라 생각보다 이끼 작업이 빨리 끝났다. 재하와 준석이 이끼를 양동이에 담아 퍼내고 물을 틀자 깨끗해진 분수대에 맑은 물이 서서히 차올랐다.

그날 저녁 펜션 식구들이 둘러앉아 젖은 동전을 마른 수건으로 닦고 깨끗한 자루에 넣는 데도 시간이 한참 걸렸다. 그 동전 자루들은 다음날 재하의 차에 실려 불우이웃돕기 성금으로 지자체에 보내졌다. 성금에는 분수대에서 건져 낸 동전뿐만 아니라 미자가 따로 보탠 돈도 포함되었다. 지난번에 지자체 도움으로 운동장에 잔디를 입히는 비용이 줄었다며 이번 기회에 지역사회에 되갚으면 좋겠다는 미자의 생각이었다.

  재하는 성금을 내는 과정을 짧은 영상으로 만들어 유튜브와 소셜미디어에 올렸다. 다음 날 재하가 영상에 달린 댓글을 확인했을 때 댓글이 무려 이백 개가 넘었다. '좋은 일 했어요', '내가 소원을 빌면서 던진 동전이 불우이웃돕기 성금으로 전달됐다고 생각하니 기분이 뿌듯하네요', '거북이 펜션 사장님은 인심도 좋으시다', '동전 줍느라고 고생 많았어요' 같은 댓글이었다. 재하는 댓글 하나하나에 '좋아요'를 누르는 내내 웃는 얼굴이었다. 재하의 말을 듣고 댓글을 읽어 본 미자와 선영, 준석과 슬기도 마음이 뿌듯하다며 기뻐했다.

38

  며칠 후 모든 일이 순조롭게 돌아가던 펜션에 예기치 않은 일이 생겼다. 그 일은 한 중년 남자의 방문으로 촉발되었는데, 그는 자신을 펜션 소유권자의 법률 대리인이라고 소개했다. 그의 말에 따르면 미자에게 펜션을 임대한 주인의 갑작스러운 사망으로 여동생의 아들이 고인의 재산을 상속받게 되었다는 것이다. 그런데 문제는 펜션의 새 소유권자가 펜션 부지에 요양병원을 지을 계획이니 펜션을 비워달라는 것이었다.

미자는 자기 펜션이나 다름없이 생각하고 펜션을 가꿔온 터라 펜션을 비워달라는 말에 어안이 벙벙할 따름이었다.

"고모, 임대 계약서에 고모가 펜션을 10년 이내에 매입한다는 조건이 있다고 하지 않으셨어요?"

선영은 계약하러 가던 미자가 계약 조건에 대해 말해준 것을 떠올리며 말했다.

"어? 계약 조건? 아, 맞다, 선영아. 임대인이 계약하면서 두 가지 조건을 달았는데, 하나는 이곳을 있는 그대로 잘 보존한다는 것이고, 또 하나가 그거였어. 내가 10년 이내에 이곳을 매입한다는 거." 미자는 선영을 바라보며 계약 조건을 떠올렸다.

"그럼 계약 조건에 따라 펜션을 고모가 매입하면 되겠네요. 그러면 펜션을 비워주지 않아도 되고요." 선영이 미자에게 말한 후 법률 대리인에게 시선을 돌리며 말을 이었다. "변호사님, 그렇게 하면 되는 거죠?"

"그렇게 할 수만 있다면 좋죠. 그런데 문제는 새 소유권자가 펜션을 팔 생각이 전혀 없다는 겁니다. 이곳에 요양병원을 지을 때 필요한 자금도 벌써 조달 계획이 끝났습니다. 사실 펜션 부지를 담보로 은행에서 대출받을 예정이거든요. 제가 굳이 이 말씀을 드리는 이유는 그만큼 소유권자가 요양병원 설립에 적극적이라는 걸 알려드리기 위해서입니다. 그렇게 아시고 펜션을 비워주시는 것이 좋으실 겁니다. 피차 시간 낭비, 돈 낭비 안 하는 길이기도 하고요."

"만약 저희가 펜션을 비워줘야 한다면 언제까지 비워주라는 거죠?"

선영이 물었다.

"기한은 맥시멈 1년입니다. 단 그것보다 빨리 비워주신다면 그동안 펜션 부지를 보수하는 데 들어간 비용 일부와 이사 비용을 섭섭지 않게 지급할 생각입니다."

"펜션을 그만두지 않고서야 1년 안에 무슨 수로 이사할 펜션을 찾아."

낙담한 미자가 혼잣말했다.

"새로 운영하실 펜션을 찾으시든 아니면 아예 펜션을 그만두시든 그것에 대해서는 사장님이 잘 알아서 결정하시고 1년이라는 기한만 잘 지켜주시길 부탁드립니다."

그는 소유권자의 입장을 충분히 전달했다고 판단하고 자리에서 일어나면서 의논할 일이 있으면 언제든지 명함에 적힌 번호로 전화하라는 말을 남기고 자리를 떴다.

그다음 날 미자와 선영은 펜션 식구들을 모아 놓고 펜션이 마주한 위기에 대해 알렸다. 두 사람이 그렇게 하기로 결정한 것은 펜션을 다른 곳으로 옮겨서 하든 아니면 그만두든 간에 미리 마음의 준비를 하자는 뜻에서였다. 더욱이 재하뿐 아니라 준석과 슬기 다 이 지역 출신이라 펜션을 할 만한 곳이 있는지도 잘 알고 있을 것이었다. 여러 시간 머리를 맞대고 장소에 대한 의견을 나눴지만, 펜션을 하기에 적합한 곳은 없었다.

재하는 이 일을 기동에게도 알리며 의견을 구했다. 기동은 자기가 알고 지내는 변호사에게 알아본 결과, 계약서에 조건이 명시되어 있기 때문에 새 소유권자라도 함부로 펜션을 비워달라고 할 수는 없다는 사실을 알려왔다. 미자와 선영은 이 말을 듣고 거북이 펜션을 포기하지 않기로 결심하고 이를 새로운 소유권자의 법률 대리인에게 알렸다.

거북이 펜션의 입장이 이렇다는 것을 들은 그쪽 법률 대리인은 계약 조건은 권고 사항일 뿐 강제 규정이 아니라며 무슨 일이 있어도 펜션을 팔 생각이 없다는 것이 소유권자의 확고한 생각이라고 했다. 미자와 선영은 설령 거북이 펜션을 매입하지는 못하더라도 이대로 몇 년 더 펜션을 운영하면서 시간적 여유를 벌 수 있다면 펜션을 계속해서 운영하기에 적당한 장소를 찾을 수 있을지도 모른다고 생각했다. 새로운 장소를 알아보는 일은 펜션과 인연이 있는 많은 사람들이 나셨다. 미자와 선영을 비롯한 펜션 식구들은 자기 일처럼 나서는 사람들이 참 고마웠다.

"제가 도울 일이 있으면 언제든지 말씀만 하세요, 고모님. 먼저 제가 펜션 소유주를 만나서 매입가를 조금 높여서 제시해 볼 생각이에요. 그렇게라도 팔겠다고 하면 부족한 금액은 제가 보탤 테니 걱정하지 마시고요." 펜션 소식을 알게 된 주호는 자신도 돕겠다고 미자에게 말했다.

"바쁠 텐데 그럴 시간이 있겠나?"

미자는 선영의 마음이 여전히 그대로라 주호의 호의가 조심스러우면서도 그렇게 말해주는 주호가 있어 든든했다.

주호는 펜션 소유권자의 법률 대리인을 만나 시세보다 높은 매입가를 제시했다. 그러나 돌아온 대답은 거절이었다. 펜션 소유권자는 제시한 금액의 두 배를 준다고 해도 팔지 않을 거라고 법률 대리인은 덧붙였다. 이 말을 들은 주호는 이 기회에 선영이 여기 일을 정리하고 서울로 갈 수도 있겠다는 생각이 들었다. 그렇다면 펜션을 매입하지 못한 게 오히려 잘된 일이었다. 거기에 더해 이 지역에서 이사할 펜션을 찾지 못한다면 모든 일이 자기가 바라는 대로 이루어질 것이었다.

"고모님, 이렇게 되면 펜션을 매입하는 일은 어려울 것 같으니 다른 곳을 알아봐야겠어요. 잘 찾아보면 여기만큼은 아니더라도 적당한 곳이 있을 테니까 너무 걱정하지는 마세요."

주호는 자기 속마음을 숨긴 채로 이사할 곳을 알아보겠다고 했다. 주호의 속마음을 모르는 미자는 주호의 손을 잡고 말했다. "자네가 그렇게 말해줘서 고맙고 얼마나 든든한지 모르겠네."

선영도 미자의 말을 듣고 주호에게 커피 한 잔을 건네며 고마움을 전했다. 주호는 미자와 선영이 이렇게 호의적이라면 선영과의 관계를 예전으로 회복하는 데는 시간문제일 뿐이라는 생각이 들어 저절로 입꼬리가 올라가는 것을 참느라 입술에 힘을 줘야 했다.

며칠 뒤 미자는 지자체 민원실 직원의 연락을 받았다. 거북이 펜션을 방문하는 사람들이 늘면서 조용하던 마을이 소란스러워졌고 길 주변의 논밭에 쓰레기가 쌓인다는 내용으로 마을 주민이 민원을 제기했다는 것이었다. 미자는 본의 아니게 마을 주민들에게 불편을 끼쳐드렸다며 사과했다. 아울러 겨울철에는 펜션을 방문하는 손님들이 줄고, 거북이 콘서트도 내년 봄까지 진행하지 않는다는 것을 알리고 내년에 다시 콘서트를 시작하더라도 주민들의 불편이 없도록 각별히 주의하겠다고 말했다. 민원실 직원은 민원을 제기한 주민에게 잘 설명할 테니 너무 걱정하지 말라고 했다. 그렇게 그 일은 일단락되는 듯했다.

하지만 다음 날 거북이 펜션 입구에 전혀 예상하지 못한 광경이 펼쳐졌다. 마스크를 쓴 노인 몇 사람이 손팻말과 플래카드를 들고 서 있는데, 거기에는 '시끄러워 못 살겠다. 거북이 펜션 물러가라.', '우리는 펜션 대신 지역 일자리에 도움 되는 요양병원 건립을 원한다.'라고 쓰여 있었다. 그들에게 사과하려고 뛰쳐나온 미자와 선영은 플래카드에 적힌 내용을 보고 어떻게 된 일인지 단번에 파악할 수 있었다. 이 모든 게 펜션 소유권자가 펜션을 빨리 내보내기 위해 주민 몇 사람을 끌어들여 벌인 일이었다.

미자와 선영은 이에 대해 펜션 소유권자의 법률 대리인에게 곧장 항의했다. 그러나 그는 주민들에게 요양병원이 들어서면 마을에 어떤 혜택이 돌아가는지 알려줬을 뿐이지 민원을 제기하라든지 펜션 앞에서 시위하라 같은 일을 사주한 적이 없다고 선을 그었다. 다만 주민 몇 사람으로부터 마을을 위해서 펜션이 나갈 때까지 시위를 멈추지 않을 생각이라는 말을 들었다고 했다. 그들이 이 지역을 대표하는 사람은 아닐지라도 펜션을 방문하는 손님들에게 매일 이 광경을 보일 수는 없다고 판단한 미자와 선영은 법률 대리인을 통해 소유권자가 원하는 대로 1년 안에 펜션을 비우겠다고 알렸다. 그러자 다음 날부터 플래카드를 든 주민들은 더 이상 나타나지 않았다.

다른 데로 옮겨서 거북이 펜션 영업을 계속하느냐 그렇지 못하느냐는 지금으로써는 알 수 없었다. 그것은 오로지 1년 안에 펜션을 할 만한 장소를 찾느냐 그렇지 못하느냐에 달려 있었다. 그렇다고 펜션 식구들 중 낙담한 사람은 아무도 없었는데, 이는 그들 모두 거북이 펜션 영업은 계속되리라는 희망을 가슴 속에 품고 있었기 때문이다.

39

출산 예정일을 이틀 앞두고 슬기는 산부인과에 입원했다. 슬기는 아이를 곧 만난다고 생각하니 무척 설레면서도 첫 출산이라 겁이 났다. 준석도 마찬가지였다. 기쁘면서도 이른 나이에 아빠가 된다고 생각하니 좋은 아빠가 될 수 있을지 걱정스럽고 긴장이 차올랐다. 그런 두 사람을 다독거리고 안심시키는 사람은 미자였다. 엄마 없는 두 사람은 미자를 엄마처럼 의지하며 잘 따랐다.

미자와 준석이 슬기가 입원한 병원에 오가야 했기 때문에 펜션에 일손이 부족했다. 그래서 오전에는 이환이 펜션 일을 도왔다. 이환은 태권도 수업이 오후에 있어서 오전에는 시간이 자유로웠다.

  오후에는 아르바이트 직원 한 명을 구했다. 그의 이름은 김선우이고 고등학교 때부터 준석과 함께 요리를 배운 준석의 절친이었다. 선우는 광주에서 다니던 대학을 휴학하고 집에 와 있으면서 오전에는 기동이 운영하는 K마트에서 아르바이트했다. 선우도 준석처럼 요리를 무척 좋아하던 터라 펜션에서 일하게 된 걸 기뻐했다. 선우를 이미 알고 있던 재하는 요리도 잘하고 커피도 잘 내리는 그를 믿음직스러워했다. 선영도 준석처럼 자신을 누나라고 부르며 잘 따르는 선우를 친근하게 대했다.

  슬기는 예정일에 맞춰 건강한 남자아이를 출산했다. 간호사가 아이를 슬기 품에 안기자, 슬기는 감격에 북받쳐 자꾸 눈물이 났다. 그러면서 자기를 낳아준 엄마가 생각났다. 슬기는 생모에 대한 기억이 하나도 없다. 미자가 슬기의 마음을 알고 슬기를 다독였다. 그 옆에서 준석은 슬기와 아이를 번갈아 보면서도 안절부절 어찌할 바를 몰랐다. 그런 준석을 보고 미자가 아이를 한번 안아보라고 권했다. 준석은 아이를 안는 법을 모른다면서 주뼛거렸다.

  "자, 이렇게 하고 있어요."

간호사가 자기처럼 하고 있으라고 아이를 안는 동작을 취했다. 준석은 손에 난 땀을 바지에 쓱쓱 닦고 간호사가 하는 대로 동작을 따라 했다. 그러자 간호사가 슬기 품에 있는 아기를 조심스럽게 안아서 준석의 품에 안겼다. 일순 아이의 따뜻한 체온이 준석의 온몸으로 퍼졌다. 준석은 아들과 눈을 마주치고 눈물을 글썽였다.

"안녕, 아가야. 내가 아빠야. 만나서 반가워."

준석은 오래전에 돌아가신 엄마 생각도 났고 평소 사이가 좋지 않은 아버지 생각도 났다. 분만실 밖에서 기다리고 있는 준석의 아버지 기동은 나중에 신생아실에서 아이를 보게 될 터였다.

다음 날 일찍 기동은 펜션에 와서 미자를 찾았다. 슬기와 아이는 3일 후에 집으로 올 예정이었다.

"이렇게 일찍 준석이 아버님께서 어쩐 일이세요?"

"사장님께 의논할 게 있어서요."

기동은 손에 든 종이가방을 미자에게 열어 보였다.

"이게 뭐예요?"

숯과 잘 마른 붉은 고추가 듬성듬성 꽂혀 있는 새끼줄이었다.

"금줄이에요, 사장님."

"금줄이요?"

"예, 애 낳은 집 대문에 걸어두면 병도 막아주고 부정한 것도 막아준다는 금줄이요."

"아, 텔레비전에서 본 적은 있는데 직접 보는 건 처음이네요. 그런데 의논하실 일이란 게……?"

"다름이 아니라 사장님은 성당에 다니신다고 들었는데 이런 거 걸어두면 미신이라고 싫어하실까 해서요."

"난 또 무슨 말씀이라고요. 태어난 아이가 안 아프고 잘 자라기를 바라는 뜻에서 할아버지가 걸겠다는데 누가 뭐라고 하겠어요. 염려 마시고 애들 집 입구에 거세요."

"아이고, 사장님, 이해해 주셔서 감사합니다. 제가 만들어 놓고도 사장님이 싫어하시면 어쩌나 걱정했거든요."

"도시에서는 이런 거 보기 힘든데 준석이 아버님 덕분에 좋은 구경하겠네요."

"그렇게 말씀해 주시니 마음이 놓이네요. 애들한테도 잘 대해주시고 이 은혜를 어떻게 보답해야 할지 모르겠습니다."

"준석이 아버님도 참, 별말씀을 다 하세요. 준석이랑 슬기가 있어서 저희가 얼마나 든든한데요. 앞으로 그런 말씀 마세요."

"아, 네, 사장님. 고맙습니다."

잠시 후 미자로부터 기동이 금줄을 쳐놓고 갔다는 소식을 들은 재하가 카메라를 가지고 나와 별관 입구에 걸린 금줄을 촬영했다. 재하는 촬영한 영상을 미자와 선영에게 보이자 둘 다 신기해했다. 금줄을 보고 신기해하기는 펜션 손님들도 마찬가지였다.

 퇴원해서 집으로 돌아온 슬기는 금줄에 대해 듣고 기동에게 고마워했다. 준석도 손자에 대한 기동의 애정을 느낄 수 있어서 마음이 뭉클했다.
 미자는 펜션 식구들에게 금줄이 쳐져 있는 동안은 별관 출입을 자제하는 게 나을 것 같다고 했다. 그것은 미신 때문이 아니라 병균에 취약한 신생아를 보호하자는 생각에서였다. 그 이야기를 하던 끝에 선영은 금줄을 치는 행위를 단순한 미신으로만 취급할 것이 아니라 충분히 합리적이고 과학적인 조상들의 지혜로 받아들여야 할 것 같다고 했다. 그 말을 듣고 재하는 금줄이 쳐진 관사 입구를 찍은 짧은 영상을 펜션 식구들만 볼 게 아니라는 생각이 들었다. 그래서 다른 사람들과 공유하자며 소셜미디어와 유튜브에 올렸다. 사람들은 그 영상을 보고 사극에서나 볼 수 있는 금줄을 현실에서 보게 될 줄은 몰랐다며 신기해했다.

금줄 때문에 재미있는 해프닝도 있었다. 손님 중 누군가가 금줄에 만 원짜리 지폐를 꽂아 놓은 것이다. 그런데 거기서 끝난 것이 아니다. 그걸 본 다른 손님 몇 사람도 만 원짜리 지폐를 꽂아 놓았다. 그 아래를 지나다니는 준석과 미자는 금줄에 지폐가 끼워져 있다는 걸 알아채지 못했다. 나중에 책방에 온 손님이 금줄에 누가 돈을 꽂아 놓았다는 말을 듣고야 알았다. 준석이 돈을 빼서 세워보니 십만 원이 넘었다. 재하가 준석을 대신해서 기동에게 전화해 금줄에 돈을 꽂아두기도 하냐고 물었더니 기동도 금시초문이라며 어리둥절했다. 미자는 점점 애 낳는 사람이 줄어드는 요즘에 손님들이 애를 낳았다는 걸 알리는 금줄을 보고 반가운 마음에서 돈을 꽂아 놓고 간 거라고 해석했다. 듣고 보니 일리가 있었다. 준석은 슬기와 의논해 아이를 위해 잘 쓰겠다고 했다.

며칠 후 기동은 손자 이름이라며 반으로 접힌 한지 한 장을 준석에게 건네고 돌아갔다. 준석은 기동이 손자 이름을 짓고 있다는 걸 재하의 귀띔으로 알고 있었다. 준석은 멀어져가는 기동에게 고맙다고 말하고 싶었으나 입이 안 떨어졌다.

준석은 한지를 그대로 슬기에게 가져가 건네며 먼저 펼쳐 보라고 했다. 슬기는 어떤 이름일지 궁금해하며 조심스럽게 한지를 펼쳤다.

"율! 신율! 이야, 근사한 이름이다. 준석이 넌 어때?"

"어, 나도 맘에 들어. 율아, 율이 엄마, 부르기도 괜찮다."

"아버님이 이 이름 짓느라 오랫동안 고민하셨겠다. 나중에 이름이 맘에 든다고 아버님께 전화드려야겠어. 준석이 너도 아버님 만나면 고맙다고 말씀드려, 알았지?"

"어, 알았어. 근데 이번 기회에 우리 호칭 좀 바꿔야겠다."

"호칭? 어떻게?"

"사장님이 그러셨잖아. 이제 아이도 태어났으니까 야, 너, 쟤 하는 건 애 교육상 안 좋다고."

"맞다, 사장님이 그러셨지. 음, 다른 사람들 앞에서는 율이 아빠, 율이 엄마라고 하면 될 테고, 그럼 우리끼리는 뭐라고 부를까? 여보, 당신?"

슬기는 쌕쌕 숨을 쉬며 자는 아이가 깰까 봐 소리죽여 쿡쿡 웃었다.

"윽! 무슨 여보 당신이야, 닭살 돋게."

준석은 질겁하며 닭살 돋은 팔을 쓱쓱 문질렀다.

"그럼 뭐라고 부를까?"

슬기는 여전히 웃는 얼굴이다.

"그냥 누구 씨라고 부르자. 슬기 씨, 준석 씨, 이렇게. 어때, 슬기 씨?"

준석은 흘끔 슬기를 보면서 씩 웃었다.

"그것도 좀 닭살이 돋기는 하는데, 그래도 그게 그나마 낫겠다. 얼마간은 호칭 때문에 좀 웃겠네. 그치, 준석 씨?"

"저기요, 슬기 씨. 간지럽게 말끝을 왜 그렇게 길게 빼고 그래요?"

"아, 간지러우세요, 준석 씨? 준석 씨는 이제 일하러 가셔야죠."

"근데 이렇게 부르니까 은근히 재밌다, 그치?"

"그러네. 근데 이제 일하러 가야지. 펜션 식구들한테도 율이 이름 알려드려."

"어, 그럴게. 갔다 올게. 율이랑 잘 놀고 있어."

준석은 먼저 슬기의 볼에 입을 맞추고 이어서 자는 아들 볼에도 입을 맞췄다.

40

11월에도 두 번의 거북이 콘서트가 열렸다. 이야기 손님은 선영과 친분이 있는 작가들이었다. 선영은 몇몇 작가들에게 '여기는 거북이 펜션입니다. 당신의 이야기를 들려주세요.'라는 제목으로 이메일을 보냈다. 그랬더니 작가들에게서 전화가 왔다. 선영이 구례에 내려와 있는 걸 아는 작가도 몇몇 있었지만, 대부분은 모르고 있던 터라 이메일의 의미를 뒤늦게 알고 놀라워했다. 선영은 그들에게 구독자가 7천 명으로 늘어난 유튜브 채널을 알려줬다. 처음으로 유튜브 채널에 들어가 거북이 콘서트 영상을 본 작가들은 언제 이렇게 유튜브 채널을 키웠냐며 대단하다는 반응을 보였다. 그들 중 두 사람이 자청해서 이야기 손님으로 오게 되었다. 음악 코너는 미자와 준석, 이환 이렇게 셋이 연주했고 이어서 미자의 시 낭송도 있었다.

  선영이 출간 작업하던 재하의 원고는 11월 말에 마무리되어 인쇄소로 넘어갔고, 드디어 12월 첫째 주에 『세상에 당연한 일이란 없다』라는 이름으로 출간되었다.
  재하는 인쇄소에서 집으로 보내온 책을 받고 너무 기뻐서 단박에 펜션까지 달려와 선영의 사무실로 들어갔다. 선영도 조금 전에 도착한 택배 상자에서 책 한 권을 막 꺼내려던 참이었다. 가쁜 숨을 내쉬며 사무실에 들어온 재하의 손에는 신간이 들려 있었다.
  "재하 씨, 책 봤어요? 어때요?"
  "하……, 너무…… 맘에…… 들어요. 하……, 그동안…… 수고……많았어요. ……선영 씨. 하, 하."
  선영은 가쁜 숨을 내쉬며 말하는 재하가 귀여워 입꼬리가 올라갔다.

"재하 씨, 일단 여기 앉아서 숨 좀 돌리고 말해요."

"하, 하, 그럴……게요."

재하가 소파에 앉자, 선영도 책 한 권을 들고 그 옆에 앉았다.

그때 선우가 사무실 문을 열고 머리를 빼꼼 내밀었다.

"저 왔어요, 누나. 아, 재하 형님도 계셨네요, 안녕하세요?"

"안녕, 근데 오늘은 빨리 왔네."

선영이 한 손을 들어 올리며 말했다. 재하는 여전히 숨 가빠하며 손만 들어 인사했다.

"아, 오늘 이환 형이 태권도 사범 회의가 있다고 조금 일찍 가야 한다고 해서요."

"그럼, 마트는 어쩌고?"

"사장님한테 사정을 말씀드렸더니 마트는 신경 쓰지 말고 어서 가보라고 하셨어요. 근데 재하 형님, 괜찮으세요?"

"괜찮아……. 왜? 하, 하."

"그게 아니라, 숨이 좀 거칠……." 선우는 말하다 말고 쿡쿡 웃더니 "아, 아무것도 아니에요. 그럼 전 가서 일 볼게요. 수고하세요." 하고 문을 닫았다.

"선우…… 왜…… 저러는 거예요?"

"그게 아니라 재하 씨 숨소리가 거칠어서 그러는 것 같은데요?"

선영은 말하면서도 왠지 모르게 얼굴이 달아올랐다. 그제야 재하도 자신의 거친 숨소리를 알아채고 남이 들으면 이상하게 생각할 수도 있겠다 싶었다. 재하는 허둥지둥 자리에서 일어났다.

"아, 그러고 보니 집 문단속도 안 하고 그냥 왔네요. 집에 좀 갔다 올게요, 선영 씨."

재하는 숨을 참아가며 랩을 하듯이 빠르게 말한 후 문 쪽으로 걸어갔다. 선영은 재하의 뒷모습에 대고 말했다.

"네, 그래요, 다녀와요."

재하의 발소리가 들리지 않을 즈음 선영은 조금 전 당황하던 재하의 표정이 생각나 빙긋 웃었다.

그날 오후 재하는 선영의 사무실에서 책을 탁자 위에 탑처럼 쌓아 놓고 사인하느라 바빴다. 이번에 거북이 책방에서는 재하의 책을 모두 사인본만 판매할 예정이었다. 그것은 선영의 결정이었다. 판매되지 않는 사인본은 고스란히 책방에서 떠안아야 했다. 그걸 알고 있는 재하는 사인본이 안 나가면 어쩌나, 하는 생각에 망설일 수밖에 없었다. 마음 같아서는 재하 자신이 떠안고 싶으나 선영이 그러자고 할 리가 없었다. 하지만 다른 데는 몰라도 직접 여기까지 와서 재하의 책을 사는 손님이라면 분명히 사인본을 선호할 거라는 게 선영의 생각이었다. 택배로 재하의 책을 주문하는 손님들도 마찬가지일 거로 생각했다. 재하는 일단 생각이 확고한 선영의 말에 따르기로 하고 선영이 미리 쌓아 놓은 책에 사인을 시작했다.

재하가 열심히 사인하고 있을 때 선영은 택배로 보낼 책을 포장했다. 그중에는 진보라, 김달, 현정과 수창, 김 데레사 수녀의 이름도 있었다. 펜션 식구들에게는 미리 재하가 점심시간에 사인본을 돌렸다. 책을 받아 든 식구들은 저자 사인본을 직접 받은 건 처음이라며 기뻐했다.

다음날부터 택배로 재하의 책을 받아본 사람들의 연락이 이어졌다. 특히 재하의 책을 누구보다 기다리고 있던 보라는 책을 받자마자 책 표지와 사인 페이지를 찍어 소셜미디어에 올렸다. 그뿐 아니라 그녀의 지인들과 소속사 직원들에게 선물로 돌릴 거라며 사인본 수 십권을 주문했다. 너무 많은 양이라 선영과 재하는 얼떨떨했지만, 보라는 자신이 도움을 많이 받은 지인들과 좋은 책을 공유하고 싶다며 부담 가지지 말라고 했다. 그들 대부분은 연예계 종사자들이었다. 보라에게서 책을 받은 이들이 저마다 소셜미디어에 사진을 올리는 바람에 포털사이트에서도 재하의 책 사진이 자주 등장했다.

이 영향으로 한 텔레비전 방송국에서 출판사로 전화가

왔다. 한 주의 신간을 소개하는 코너에서 재하의 책을 소개하고 싶다며 책에 관한 자료를 요청하는 전화였다. 작은 출판사라 다른 출판사처럼 홍보비를 많이 쓸 형편이 아니었던 터라 이보다 반가운 소식이 없었다. 여기에 더해 책을 소개하는 유튜브 채널에서도 재하의 책을 소개하고 싶다며 허락을 구하는 연락이 왔다. 그러면서 재하를 찾는 곳이 많아졌다. 주로 서점에서 주최하는 북토크 초대였다. 선영은 신간이 막 나왔을 때 북토크를 하면 홍보 효과가 크다면서 재하에게 대도시 위주로 수락하면 좋을 것 같다고 했다. 재하는 선영의 말대로 일단 대도시에 있는 서점 위주로 북토크 일정을 잡았다. 그로 인해 재하의 몸은 무척 바빠졌지만, 책 판매에는 많은 도움이 되었다.

12월 중순에는 구례에 첫눈이 내렸다. 첫눈치고는 꽤 많이 내려 거북이 펜션은 하룻밤 사이에 하얀 눈으로 덮였고, 멀리서 바라본 그 설경은 보는 이들이 감탄을 내뱉을 정도로 환상적이었다. 그로 인해 눈 쌓인 도로를 뚫고 거북이 펜션을 찾는 사람은 없었다. 그래서 펜션 식구들은 사람이 다닐 수 있는 길만 치우고 모처럼 한가한 시간을 보냈다.

매년 이맘때가 되면 미자는 수도원으로 피정을 떠났다. 1월 중순까지 진행되는 한 달간의 피정이었다. 올해도 역시 미자는 피정에 참여했다. 만약 펜션에 선영 혼자만 있어야 했다면 미자는 이번 피정을 가지 않았을 것이다. 하지만 준석과 슬기와 율이 있고 가까이에 재하까지 살고 있어서 걱정 없이 피정을 떠날 수 있었다.

첫눈 이후로도 쌓인 눈이 녹을만하면 다시 눈이 내리기를 반복했다. 재하의 책은 이전 두 권보다 훨씬 높은 판매 실적을 기록하고 있었다. 그만큼 재하는 북토크 일정으로 바빴다. 그러다 연말을 며칠 앞두고 재하가 아파서 드러눕고 말았다. 재하가 그렇게 된 데에는 출간 이후로 북토크 일정을 소화하느라 바빴던 탓도 있었지만, 서울에서 주호를 우연히 만난 후 생긴 심리적인 갈등도 한몫했다.

재하가 서울에 있는 한 서점에서 진행된 북토크를 끝내고 막 나오려는 데 주호가 연락도 없이 찾아왔었다. 주호의 말로는 서점에 볼 일이 있어 왔다가 우연히 재하의 북토크 소식을 알게 되어 신간 출간을 축하나 하자는 뜻에서 들른 것이었다. 하지만 재하는 그 말을 곧이곧대로 믿지 않았다. 커피전문점에서 그가 한 말에서 어떤 의도가 느껴졌기 때문이다. 그의 말을 요약하자면 거북이 펜션은 결국 새로운 장소를 찾지 못하고 영업을 종료할 것 같으니, 선영이 다시 자기 출판사로 돌아올 수 있도록 설득해달라는 것이었다. 재하는 거북이 펜션이 영업을 종료하게 될지는 아무도 모르는 일이라고 말했다. 그리고 선영이 '도서 출판 거북이'를 계속해서 운영할 거라 믿는다고 했다. 주호는 얼굴을 붉히면서 선영의 능력을 이대로 썩게 할 생각이냐고 하더니 금세 옅은 미소를 지으며 자신은 선영이 높이 비상할 수 있도록 날개를 달아주고 싶다고 했다. 그러면서 몸을 앞으로 기울이며 재하를 바라보더니 물었다. "작가님은 선영이에게 뭘 해줄 수 있죠?". 재하는 그 질문에 아무런 말도 할 수 없었다. 주호의 질문을 듣는 순간 재하의 몸이 얼어붙었기 때문이다. 주호와 헤어져 구례로 내려오는 열차 안에서도 주호의 말을 계속해서 떠올려보았다. 재하는 선영이 주호의 출판사로 돌아가는 것을 원하지 않았다. 하지만 선영이 그런 선택을 하게 하려면 재하 자신은 선영을 위해 뭘 해줄 수 있냐는 질문에 답할 수 있어야 했다. 지극히 평범하고 초라한 것들이 아닌 뭔가 특별한 것이어야 했다. 그래야 선영을 붙잡을 수 있을 것이었다. 이런 생각을 할수록 재하는 선영을 붙잡는 것에 대해 점점 자신이 없어졌다. 결국 재하는 예전에 사라졌던 우울증이 도지기까지 하면서 자리에 눕고 말았던 것이다.

선영은 자신이 재하를 여러 북토크에 나가도록 내몰아 재하가 아픈 것 같아서 미안한 마음이 들었다. 그래서 식사 때마다 준석이 죽을 쒀서 주면 선영이 죽과 먹을 것을 챙겨 재하 집으로 가서 재하를 돌봤다.

"선영 씨 못 할 일만 시키네요."

재하가 부스스 침대에서 일어나며 말했다.

"별말을 다 하네요. 저도 재하 씨 아픈 거에 어느 정도 책임이 있어요."

"단지 몸살이 난 건데 그게 왜 선영 씨 책임이겠어요?"

재하는 혹시 자신이 주호를 만났다는 것을 선영이 들었나 싶어 재빨리 얼버무렸다.

"그게 아니라 재하 씨 힘들겠다는 생각은 안 하고 북토크에 다니라고 떠민 것 같아서요."

"난 또. 다 내가 좋아서 한 거지 설마 선영 씨가 하라고 해서 했겠어요. 작가라도 독자들과 만날 기회가 많은 것도 아닌데 신간 나왔다고 불러주니 감사할 따름이죠. 그래서 대도시 말고도 소도시에서 하는 북토크에도 다닌 거고요."

"그래도 재하 씨가 아파서 누워있으니까 제 마음이 편치 않아요. 자, 이거 먹고 힘내요."

선영이 죽과 물김치와 장조림이 올려진 쟁반을 재하에게 건넸다.

"그냥 식탁에서 먹어도 되는데……."

"그럼 이번까지만 여기서 먹어요. 그리고 며칠 있으면 올해의 마지막 날이라 송년회 겸해서 펜션 식구들 다 같이 저녁 식사하자고 했는데 재하 씨도 올 수 있겠어요?"

"그럼요. 오늘까지만 쉬고 나면 괜찮을 거예요."
"다행이에요. 그렇다고 너무 무리하지는 말아요."
"그럴게요."

선영은 재하가 죽을 다 먹을 때까지 기다렸다가 약 먹을 따뜻한 물을 가져다 침대 옆 협탁에 올려놓았다. 재하는 약을 먹고 잠시 선영과 북토크에서 있었던 일을 이야기하다가 다시 잠들었다. 선영은 재하가 잠든 후로도 한참 거실에 앉아 책을 읽다가 펜션으로 돌아왔다.

41

다음 날 오후 선영이 출판사 사무실에 있을 때 준석이 와서 선영을 찾는 손님이 있다고 했다.
"손님? 누군데?"
"신지아라고 하던데요."
"누구라고? 신-지아?"

순간적으로 선영의 표정이 일그러졌다. 다시는 그녀를 만날 일이 없을 줄 알았는데, 그녀가 이 먼 곳까지 내려와서 자기를 찾다니, 아무리 생각해도 모를 일이었다.

잠시 후 출판사 사무실에서 선영은 신지아와 마주앉았다.

"지아 씨가 여기에 웬일이에요?"

"광주에 일이 있어 왔다가 팀장님 얼굴도 보고 펜션 구경도 할 겸 해서 와봤어요. 아, 맞다. 얼마 전에 여기에서 낸 신재하 작가 책 반응이 좋던데요. 축하드려요, 팀장님."

"신재하 작가 책은 어디서 냈더라도 반응이 좋았을 거예요. 어쨌든 고마워요. 그건 그렇고 진짜 궁금해서 그러는데, 여긴 왜 온 거예요?"

선영은 그녀와 오래 같이 앉아 있고 싶지 않아서 직설적으로 방문 목적을 물었다.

"그럼 빙빙 안 돌리고 곧장 말할게요. 혹시 팀장님, 서울로 다시 오시는 거예요?"

"서울로 다시 오냐니, 그게 무슨 말이죠?"

"그러니까 출판사로 다시 복귀하시냐고요."

"복귀? 내가 왜요? 내가 출판사를 그만둔 거 지아 씨가 잘 알고 있지 않나요? 게다가 난 여기서 출판사를 차렸고요. 비록 작긴 하지만요."

"팀장님이 서울로 그러니까 출판사로 복귀할 거란 말은 잘못된 소문이란 말씀인가요?"

"내가 그럴 리가 없잖아요. 도대체 그런 소문은 어디서 들은 거예요?"

"그럼 거북이 펜션이 문을 닫아도 팀장님은 서울로는 안

가신다는 거네요?"

"거북이 펜션이 문 닫는다는 말은 또 어디서 들은 거예요? 여기서 나가야 하는 건 맞아요. 하지만 그것 말고 결정 난 건 없어요. 근데 지아 씨가 그거랑 무슨 상관이 있어서 여기까지 와서 그런 걸 묻죠?"

"당연히 저랑 관련이 있으니까 묻겠죠? 제가 서울에서 팀장님에게 했던 말 기억 안 나세요? 제가 대표님이랑 잘해보겠다고 했잖아요. 팀장님은 그건 두 사람이 알아서 할 일이지 팀장님하고는 상관없는 일이라고 하셨고요."

"그러면 지아 씨 말은 두 사람이 결혼이라도 한다는 말이에요?"

"아직 그 정도는 아닌데, 조만간에 그렇게 될 거예요."

"그거 말 안되는 거 알죠?"

"팀장님, 무슨 말을 그렇게 하세요. 말이 안 되다니요?"

"주호 오빠가 주말마다 여기에 내려온 거는 알아요?"

"주말마다요?" 지아는 그건 모르고 있었다는 듯한 표정으로 되묻더니 이내 표정을 바꿨다.

"물론이죠."

"그렇다면 왜 내려왔는지도 알겠네요?"

"그야, 팀장님을 서울로 스카우트하려고 그랬겠죠."

"주호 오빠가 나를 스카우트하려고 주말마다 여기에 내려왔다고요? 주호 오빠가 그래요?"

"그걸 꼭 말로 해야 아나요. 출판사 사정이 안 좋으니까 대표님이 팀장님에게 공을 들인 거죠."

"주호 오빠가 그랬다는 걸 어떻게 확신하죠?"

"어떻게 들릴지 모르겠지만, 저랑 대표님은 좀 은밀한 사이거든요. 제가 팀장님한테 이런 말까지는 안 하려고 했는데요. 사실 팀장님이 이곳으로 내려오신 후로도 저 대표님 오피스텔에 자주 갔어요."

지아는 선영이 어떤 반응을 보일지 궁금하다는 듯 선영의 얼굴을 유심히 살폈고, 선영은 그런 지아의 태도 때문에 기분이 몹시 언짢아졌다. 그리고 주호에게도 화가 났다. 그는 주말마다 구례에 내려오다시피 하면서 자기에게 한 번만 더 기회를 달라고 했었다. 그런데 지금 지아의 말을 듣고 보니 그가 지아와의 관계를 유지한 채로 선영에게도 그런 말과 행동을 했다는 게 매우 불쾌했다. 이미 끝난 사이라고 생각했고 또 그렇게 그를 대했다. 비록 마음에서까지 그를 완전히 내보낸 건 아니었지만 10년이라는 추억이 있기에 완전히 정리하는 데에는 시간이 필요하다고 생각했다. 선영은 그렇게 생각했던 자신이 바보 같았다. 그러면서 어쩌면 주호가 이 먼 곳까지 내려와서 했던 말과 행동을 선영 자신이 즐기고 있었는지도 모른다는 생각이 들었다. 그러자 선영은 더욱 자신에게 화가 났다.

"이제 지아 씨가 여기에 왜 왔는지 확실히 알겠네요. 두 사람의 관계가 생각대로 잘 안되니까 나한테까지 찾아와서 그런 말을 하는 거잖아요. 전에도 내가 말했듯이 난 두 사람이 어떤 관계가 되든 상관없으니까 이만 돌아가 줘요."

선영이 말을 끝내고 자리에서 일어섰다.

"꼭 그런 거 때문에 온 건 아니에요." 지아도 자리에서 일어서서 말을 이었다. "어쨌든 팀장님 생각이 변함없다는 걸 알았으니, 저로서는 더 바랄 게 없네요. 그럼 안녕히 계세요, 팀장님."

선영은 지아가 사무실에서 나간 후 창문을 활짝 열었다. 순식간에 차가운 공기가 폐부 깊숙이 밀고 들어와 정신이 번쩍 들었다. 그 순간 가장 먼저 해야 할 일이 떠올랐다. 선영은 휴대 전화 문자 입력 창을 열고 메시지를 입력했다.

- 방금 지아 씨가 왔다 갔어요. 다시는 오빠를 마주치는 일이 없기를 바라요. 잘 지내요.

선영은 '진즉 이렇게 했어야 했는데…….' 생각하며 문자 전송 버튼을 꾹 눌렀다. 잠시 후 휴대 전화가 울렸다. 액정에 발신자의 이름이 나타났다. 정주호였다. 선영은 휴대 전화를 집어 들고 차단 버튼을 눌렀다.

 다음 날 아침 일찍 주호의 차가 재하 집 마당에 들어섰다. 주호는 선영을 만나러 거북이 펜션에 갔다가 준석으로부터 선영이 아픈 재하의 아침 식사를 챙기러 재하의 집에 갔다는 말을 듣고 집 위치를 물어 직접 찾아온 것이다. 식탁에 음식을 차려놓고 재하가 욕실에서 씻고 나오길 기다리고 있던 선영은 마당에 들어선 차 때문에 진순이 짖는 소리를 듣고 "이 시간에 누구지?" 하며 현관문을 열고 나갔다.
 선영은 차에서 막 내린 주호를 보고 순간적으로 움찔하더니 이내 어이없어하며 주호에게 다가갔다.
 "도대체 오빠가 여기에 왜 온 거예요. 다시는 보지 말자고 했을 텐데요."
 "선영아, 내 말도 안 들어보고 그러면 어떻게 해?"
 "더 이상 오빠 말은 듣고 싶지 않아요. 지아 씨랑 잘되는가 보던데, 여기 올 시간에 지아 씨에게나 잘해줘요."
 선영은 말을 끝내고 주호에게서 돌아섰다.
 "선영아, 오해야, 오해." 주호가 재빨리 달려와 선영의 앞을 가로막았다. "지아 씨가 한 말은 모두 거짓말이야."
 "지아 씨가 거짓말을 했던 아니던 그건 중요하지 않아요. 그래요, 일이 이렇게 된 건 내 책임이 커요. 오빠가 여기에 주말마다 오겠다고 했을 때 내가 더 단호하게 오빠를 막아야 했는데 그러지 않았으니까요. 그랬더라면 지아 씨가 나를 찾아오는 일도 없었겠죠."

"선영아, 먼저 내 말 좀 들어 봐. 몇 달 전에 지아 씨에게서 연락이 왔었어. 나에게 할 말이 있으니 만나자는 거였어. 내가 더 이상 만날 일이 없다고 거절했더니 내가 자기를 만나 주지 않으면 출판사 직원들에게 나랑 자기가 어떤 관계였는지를 알리겠다고 하더라. 그뿐만 아니라 자기가 회사에서 왜 퇴사할 수밖에 없었는지 SNS에 올리겠다고도 했어. 그래서 어쩔 수 없이 지아 씨를 만난 거라고. 지아 씨가 요구하는 건 다시 복직시켜달라는 거였어. 내가 그럴 수 없다고 하니까 그렇다면 어쩔 수 없이 자기 상황을 SNS에 올리겠다고 협박했어. 지아 씨를 경찰에 신고할 생각도 했는데, 출판사 형편이 어려운 시기라 일을 크게 안 만들려고 그냥 복직 선에서 타협했던 거야."

"지아 씨가 다시 복직한 건 몰랐네요."

"어쩔 수 없는 선택이었지만 그뿐이야. 회사 밖에서 따로 만나는 일은 한 번도 없었어. 그건 맹세할 수 있어."

"근데 지아 씨가 왜 나를 찾아와서 내가 다시 출판사로 복직하냐고 물은 거죠? 오빠가 무슨 말을 했으니까 그런 거 아니에요."

"그게 아니라 출판사 사정이 안 좋으니까 회의하면서 직원들이 선영이 네가 있었으면 이러지 않을 거라고 하길래, 잘하면 선영이 네가 출판사로 돌아올 수도 있다고 했을 뿐이야. 이사할 펜션을 못 찾으면 뭐 그럴 수도 있다는 거지. 지아 씨는 그 말을 듣고 오버한 거고. 아무래도 지아 씨는 정신과 치료가 필요한 것 같다니까. 너도 지아 씨를 겪어봐서 지아 씨가 어떻다는 거 잘 알잖아."

"이젠 오빠가 하는 얘기는 하나도 못 믿겠어요. 그러니 제발 아픈 사람 나오기 전에 그냥 돌아가요."

선영은 주호 옆을 지나쳐서 현관문을 향해 걸었다.

"잠깐만, 선영아." 주호가 돌아서며 선영의 팔목을 움켜잡았다. "이대로 가면 어떻게 해. 내 말 아직 안 끝났다고."

"아!" 선영이 아파하며 소리를 질렀다. "이거 놔요. 아프단 말이에요."

"내 말 듣기 전에는 절대 못 놔. 그러니까 선영아, 여기서 이러지 말고 조용한 데로 가서 마저 이야기 좀 하자, 응?"

"난 더 이상 할 말도 없고 들을 말도 없으니까 제발 이 손 좀 놔요." 그래도 주호가 손을 놔주지 않자, 선영이 주호를 노려보며 말을 이었다. "안 그러면 소리 지를 거예요."

"이거 놓으시죠?" 현관문을 맨발로 뛰쳐나온 재하가 선영의 팔을 붙잡고 있는 주호의 팔을 꽉 움켜잡았다. "아니 점잖은 분이 연약한 여성에게 뭐 하는 짓입니까."

　재하의 갑작스러운 등장에 놀란 주호는 반사적으로 재하를 밀치며 "작가님하고는 상관없는 일이니까 빠지세요." 하고 말했다.

　"선영 씨 일인데 제가 왜 상관이 없습니까. 대표님이나 어서 선영 씨 손 놓고 여기서 나가세요."

　재하는 더욱 세게 주호의 팔목을 잡으며 말했다. 그때 주호의 주먹이 날아와 재하의 얼굴을 가격했다.

　"아!" 그 모습을 목격한 선영이 비명을 질렀다. 재하도 반사적으로 주호의 멱살을 잡고 주먹으로 주호의 얼굴을 치려고 했다. 하지만 그 자세로 주호를 밀치기만 했을 뿐 주먹을 뻗지는 않았다. 그러자 주호는 재하의 손을 뿌리치며 거세게 재하를 밀쳐냈다.

　"제발 그만해요. 이게 무슨 짓이에요. 오빠, 정말 이정도 밖에 안 되는 사람이었어요?" 선영이 뒤로 밀려나는 재하를 붙잡으며 주호에게 소리쳤다. 이어서 재하에게 시선을 돌리며 안쓰러워했다.

　"괜찮아요, 재하 씨? 어머, 입술에 피 나는 것 좀 봐."

　재하는 손으로 입 주위를 쓱 닦으며 "난 괜찮아요." 하고는 선영의 팔목을 보면서 물었다.

　"선영 씨 팔목은 괜찮아요?"

"시큰거리기는 하지만 괜찮을 거예요. 여기서 이러지 말고 우리 안으로 들어가요, 재하 씨."

선영이 재하의 팔을 잡고 현관 쪽으로 끌었다.

"야, 강선영! 너 지금 뭐 하는 거야." 주호가 자신만 내버려두고 안으로 들어가는 선영에게 소리쳤다. "내가 지금까지 너한테 어떻게 했는데 네가 나한테 이래? 그리고 잘 생각해 봐. 넌 야망이 있는 여자라 결코 이런 시골에서 만족해할 수 없어. 너에게 날개를 달아줄 사람은 나란 말이야. 알겠어?"

"오빠는 나를 10년을 만나고도 나에 대해서는 정말 모르네요. 내가 바라는 건 소중한 사람들과 일상을 나누며 얻는 소소한 행복이지 오빠가 말하는 그런 거창한 게 아니라고요. 난 여기서 행복하게 잘 지낼 테니까 내 걱정하지 말고 오빠 일이나 신경 써요."

선영은 고개를 절레절레 흔들며 재하와 나란히 현관을 향해 걸었다. 선영의 말에는 며칠 동안 재하를 의기소침하게 만들었던 주호의 질문에 대한 명쾌한 대답이 들어 있었다. 재하는 선영이 바라는 삶이 자신이 바라는 삶과 다르지 않다는 것을 알게 되자 선영을 붙잡을 수 있다는 희망이 샘솟았다.

주호가 현관 쪽으로 가면서 "야, 강선영!" 하고 부르자, 진순이 집에서 뛰쳐나와 사납게 짖기 시작했다. 그러자 주호는 서둘러 차에 올라 창문을 내리고 현관을 향해 크게 소리 쳤다.

"강선영, 넌 후회할 거야. 후회할 거라고."

그러자 진순이 더 날카롭게 짖었다. 주호는 인상을 찌푸리며 진순을 노려본 후 거칠게 차를 몰고 멀어져갔다.

42

다음 날 선영은 출판사 책상에 앉아 컴퓨터 모니터를 읽어 내려가고 있다. 그러다 문득 어제 일이 떠올라 파스가 붙여진 손목을 매만진다.

어제 재하 집에서 사무실로 돌아와 작업하고 있을 때 재하가 들어왔다.

"손목에 이거라도 붙이는 게 낫겠어요."

재하가 파스를 내밀었다. 아직 다 회복되지 않은 몸으로 직접 차를 몰고 약국까지 가서 사 온 파스였다.

"난 괜찮아요. 그것보다 아직 다 낫지도 않았으면서 집에서 쉬지 그랬어요. 아, 맞다. 재하 씨 입술에 약 발라야 하는 거 아니에요?"

"이 정도면 약 안 발라도 괜찮아요. 자 봐요, 이제 표도 안

나잖아요."

 재하가 턱을 들어 보이며 "괜찮죠?" 했다. 입술 안쪽이 터진 거라 겉으로 보이지는 않았다.

 "그래도 당분간은 음식 먹을 때 따끔거릴 거예요. 괜히 저 때문에 재하 씨가 고생하네요. 미안해요."

 "미안하긴요. 당연히 해야 할 일이었는데요, 뭐."

 "그런데 재하 씨, 아까 정말로 주호 오빠를 주먹으로 칠 생각은 아니었죠?"

 "아, 그럼요. 저 이래 봬도 평화주의자예요."

 "저도 재하 씨가 그럴 줄 알았어요. 아무튼 고맙고 미안해요."

 "난 괜찮으니까 선영 씨 손목에 이거 좀 붙여요. 지금은 괜찮은 것 같아도 밤 되면 시큰거릴지도 몰라요. 아니, 그러지 말고 제가 붙이게 손목 좀 내밀어봐요."

 파스만 건네주고 가려던 재하가 그 자리에서 파스 한 장을 꺼냈다. 잠시 망설이던 선영은 재하가 파스에서 속 비닐을 떼어내는 걸 보고 "괜찮은데……." 하면서 슬며시 손목을 내밀었다. 재하가 파스를 선영의 손목에 말아 붙이고 손으로 선영의 가는 손목을 감싸며 지그시 눌렀다. 그 순간 재하의 자상함이 선영에게 고스란히 전해졌다. 선영은 얼굴이 달아올랐다.

"이제 됐어요. 나머지는 놔뒀다가 내일 또 붙여요. 헤헤."

재하가 선영의 손목을 돌려주며 해맑게 웃었다. 선영은 재하의 웃음을 좇다가 그의 눈과 마주쳤다. 검은 눈동자가 끝없이 깊어 금세 빨려들 것만 같았다. 누군가의 눈동자를 이렇게 가까이 들여다본 적은 처음이지 싶었다. 재하도 선영이 자기 눈을 들여다보고 있다는 걸 알고 어색한 표정으로 웃음을 흩뜨렸다. 선영은 속으로 아차! 하고 시선을 돌렸다. 그래도 얼굴에서 느껴지는 열감은 사라지지 않았다.

지금 생각해도 선영은 금세 얼굴이 달아올랐다. 어제 주호가 선영의 손목을 잡고 놓아주지 않을 때 재하는 슈퍼맨처럼 나타났다. 늘 부드럽고 온화하다고만 생각했던 재하가 주호의 손목을 붙잡으며 선영의 손목을 놓으라고 단호하게 말했을 때 선영은 재하에게 이런 모습이 있었나 생각하느라 다른 생각이 안 났다. 그러느라 손목이 아프다는 것도 느끼지 못했다. 사람들 앞에 설 때마다 다른 사람보다 기가 많이 빠져나간다는 재하가 그 순간 얼마나 많은 용기가 필요했을지 생각하니 마음이 뭉클했다. 참 고마운 사람이다.

12월 31일 재하는 언제 아팠냐는 듯이 멀쩡한 모습으로 펜션에 나왔다. 저녁에는 펜션 식구들의 송년회가 있었다. 다음 날부터 3일간은 펜션 휴무였다. 더구나 북스테이 중인 손님도 없는 터라 마음껏 즐기자는 분위기였다. 슬기도 율을 담요에 꽁꽁 싸서 데려와 유모차에 뉘어 놓았다. 율은 눈을 말똥말똥 뜨고 자신을 웃으면서 내려다보는 어른들을 신기하다는 듯 쳐다보았다. 잠시 뒤 밖에 눈이 내리기 시작했다. 모두 창밖에 내리는 눈을 바라보며 샴페인을 마셨다. 그러다 이런 날 음악이 빠지면 되겠냐며 선우가 준석에게 기타 연주를 주문하자 이환도 기타를 들고 준석과 함께 연주했다. 나머지 사람들은 기타 음에 맞춰 몸을 좌우로 흔들면서 노래를 불렀다. 그렇게 한참을 보낸 뒤 서로에게 덕담을 주고받으며 송년회를 마무리 지었다. 소란스럽지 않으면서도 흥겨운 시간이었다.

모두 돌아가고 선영과 재하만 휴게실에 남았다. 조금만 있으면 새해였기 때문에 재하는 선영과 같이 있다가 새해 인사를 나누고 싶었다.

"이제 몸은 괜찮아요?"

선영이 재하에게 따뜻한 차를 건네며 옆에 앉았다.

"그럼요. 선영 씨 덕분에 씻은 듯이 나았어요."

"재하 씨 이번에 아프면서 얼굴이 핼쑥해진 거 알아요?"

선영이 재하의 얼굴을 들여다보며 말했다.

"아, 그랬나요? 북토크에 다닌다고 몸이 힘들어서 그런 것도 있었겠지만, 사실 난 매년 크리스마스 때마다 이랬어요."

재하가 자기 얼굴을 쓱쓱 문지르며 말했다.

"이랬다니요? 혹시 아팠다고요?"

"네. 늦가을에 어머니가 돌아가시고 혼자 새해를 맞을 생각을 하니 마음이 허전하고 몸도 아프더라고요. 혼자라는 생각에 외롭기도 하고요. 신기하게도 삼사일 호되게 앓고 나면 언제 아팠냐는 듯이 다시 멀쩡해졌어요. 그것도 해마다 그러기에 언젠가부터는 내가 나 자신을 끌어안고 위로하는 시간이라고 생각하게 됐어요. 내가 좀 아직 어리죠?"

재하는 거기에 더해 주호의 말을 듣고 자신이 좋아하는 선영을 이곳에 붙잡아 두는 것이 선영을 위해 좋은 일인지 점점 자신이 없어져서 마음앓이를 했다는 말은 하지 않았다. 말을 끝낸 재하가 쑥스러운 듯 뒷머리를 쓸어내렸다. 그때 선영이 코를 훌쩍였다. 재하가 선영에게 눈을 돌렸다. 선영의 눈에 눈물이 그렁그렁 고여 있었다.

"선영 씨, 왜 그래요? 어디 아파요?"

재하는 걱정스러운 표정으로 선영을 바라봤다.

"그게 아니라, 재하 씨가 얼마나 외로웠을지 생각하니 나도 모르게 눈물이 나네요. 저도 일찍 부모님을 잃어서 제 생일이나 크리스마스 같은 특별한 날에는 몸서리치게 외로웠던 적이 많았거든요. 그럴 때마다 고모가 걱정할까 봐, 표 안 내려고 일부러 씩씩한 척했지만, 밤에 이불 속에서 혼자 울

때가 많았어요."

 선영이 식탁 위 냅킨으로 눈물을 닦으며 말했다. 재하가 그런 선영의 어깨에 손을 올리고 다독거렸다. 그러자 선영이 천천히 고개를 들어 재하를 바라봤다. 눈물에 잠긴 선영의 눈동자에 재하의 촉촉해진 눈이 빛났다. 선영이 흘리는 눈물은 재하 자신이 미처 흘리지 못한 눈물 같았다. 그 순간 재하는 운명이 건네는 듯한 강렬한 이끌림에 휩싸였다.

 '그래 나는 이 사람을 사랑한다. 이 사랑이 어디에서 비롯되었는지는 모르지만, 확실한 건 사랑이 우리를 아주 오래전부터 선택했다는 것이고 나는 지금 이 순간 내 감정에 충실하고 싶다는 것이다.'

 선영의 눈물을 좇던 재하의 시선이 선영의 입술에 머물렀다. 재하가 선영에게 몸을 천천히 기울였다. 재하의 뜨거운 숨결이 선영의 얼굴에 닿자, 선영은 그대로 눈을 감았다. 재하는 선영에게 입을 맞추며 선영을 끌어안았다. 선영도 재하의 허리를 감쌌다. 그때 텔레비전에서 제야의 종소리가 울렸다. 두 사람은 입술을 떼고 서로의 눈물을 닦아주며 얼굴을 쓰다듬다가 다시 입을 맞췄다.

 개가 멍멍 짖는 소리에 선영이 부스스 눈을 떴다. 몸 한쪽에 따뜻한 체온이 느껴졌다. 그때 재하의 팔이 선영을 끌어

당겼다. 제야의 종소리가 끝나고 두 사람은 그대로 헤어질 수가 없어서 재하의 집으로 와서 사랑을 나눴다.

"어, 재하 씨, 깼어요?"

"아직이요. 우리 조금만 더 이렇게 있어요. 아니면 오늘 하루 종일 이대로 있어도 좋고요."

재하가 선영을 더욱 꼭 끌어안았다. 그때 진순이 짖는 소리가 들렸다.

"진순이가 짖어요. 밥 줘야 하는 거 아니에요?"

"이 시간 되면 항상 짖어요. 산책하러 가자는 거죠, 뭐. 근데 오늘은 선영 씨랑 이대로 있고 싶어요."

재하가 얼굴을 들고 선영의 머리카락을 매만지더니 입을 맞췄다. 선영도 재하의 목덜미를 감싸고 재하의 체온을 고스란히 받았다. 두 사람이 서로의 온기에 취해 있을 때 밖에는 다시 눈이 내렸다.

오후 늦게야 그친 눈을 밟으며 재하와 선영이 언덕에서 내려다본 거북이 펜션은 하얀 눈에 덮인 동화 속 한 장면처럼 평화로워 보였다.

그날 이후 재하에게 세상이 온통 달라 보였다. 어제 본 하늘, 어제 숨 쉬던 공기가 아니었고, 어제 걸었던 길, 어제 본 나무가 아니었다. 저 멀리서 미소를 지으며 재하에게 다가오는 선영은 어제의 선영이 아니었고, 그런 선영을 보고 자신의 영혼을 발견한 듯 활짝 웃으며 그녀에게 향하는 재하 또한 어제의 재하가 아니었다. 이런 변화를 만들어낸 건 바로 사랑이었다.

재하는 자신에게 찾아온 사랑이 이미 오래전부터 예정되어 있었다는 강한 믿음이 생겼다. 그렇지 않고서는 어느 날 문득 자신을 알아보고 먼저 말을 걸어준 그녀를 설명할 방법이 없었다. 언젠가 밤하늘에 빛나는 별빛은 우리가 이 세상에 태어나기도 훨씬 전부터 지구를 향해 내달리기 시작했다는 말을 별 감흥 없이 들었던 게 생각났다. 하지만 이제는 알 것 같았다, 밤하늘의 별빛은 그냥 별빛이 아니라는 것을, 헤아릴 수 없는 긴 시간 동안 자신에게로 달려온 소중한 자기 영혼의 반쪽 같은 존재라는 것을. 재하에게 사랑은 이미 정해진 운명이었고 그 사랑의 종착지는 바로 선영이었다.

지금까지의 모든 외로움은 다 이유가 있는 외로움이었고 지금까지의 모든 슬픔은 다 이유가 있는 슬픔이었다. 이처럼 사랑은 재하의 지난 모든 순간을 단박에 설명할 수 있는 유일한 단어였다. 재하에게 선영이 그런 존재이듯 재하 자신도 선영에게 그런 존재이길 바랐다. 어쩌면 재하 자신보다 더 외롭고 슬픔이 많았을 그녀에게 지난 모든 외로움과 슬픔을 위로해 주는 존재가 되어주고 싶었다. 하지만 이를 위해 다짐 같은 건 필요하지 않을 것이었다. 지금의 사랑이 선영을 만나기 오래전부터 생겨났다고 생각하면 이미 재하의 가슴속에서 용솟음치는 정열과 용기가 느껴졌기 때문이다. 재하는 선영의 옆에 앉아서 책을 보다가도 실실 웃음이 나오고 손을 잡고 있으면 온몸으로 퍼지는 온기가 좋아 절로 "너무 좋다!"라는 말이 입 밖으로 툭 튀어나왔다. 선영은 그런 재하를 보고 행복해했다.

  3일간의 연휴가 끝나고 재하는 선영과 커플링을 해야겠다고 마음먹었다. 물론 너무 이른 건 아닌가, 하는 생각도 들었다. 하지만, 지금 시작된 사랑이 아니라 이미 오래전부터 예정된 사랑이고, 삶은 밤하늘의 섬광처럼 짧다는 것을 알아차린 순간 생각이 달라졌다. 서로에게 이르기 위해 아주 긴 시간을 달려온 만큼 이제는 더 이상 혼자가 아닌 둘만의 여정을 시작한다는 것을 세상에, 아니 운명에 알리는 데 커플링이 좋은 징표가 될 거로 생각했다.
  재하는 선영에게 같이 광주에 갔다 오자고 했다. 커플링을 맞추러 간다는 말은 차 안에서 할 예정이었다. 선영도 펜션에 손님이 뜸한 때라 흔쾌히 좋다고 했다. 다행히 눈은 새벽에 그쳤고 해가 뜨자 금세 녹기 시작했다.
  광주로 가는 차 안에서 선영은 운전하고 있는 재하에게 자꾸 시선이 돌아갔다. 재하가 정장 차림이었기 때문이다. 겨울이 됐어도 재하의 머리 스타일은 여전히 스포츠머리였다. 하지만 타이를 맨 재하는 마치 패션 잡지에 나올 법한 모델처럼 세련되고 멋스러웠다. 평상시 타이를 매지 않는 재하의 새로운 모습이 선영은 마음에 들었다. 재하는 선영이 자신을 보고 있다는 걸 알아차리고 한 손으로 얼굴을 쓱 문지르며 배시시 웃었다.

"왜요, 제 얼굴에 뭐가 묻었어요?"

"그게 아니라 재하 씨한테 정장이 참 잘 어울려서요. 누가 보면 패션모델인 줄 알겠어요."

선영은 여전히 재하에게서 눈을 못 뗐다.

"펜션 모델이 아니라 패션모델이라고요? 선영 씨가 저를 너무 띄워주는 거 아니에요?"

재하는 쑥스러워하면서도 타이를 매만지며 기분이 좋아 보였다.

"아, 그거 좋겠네요. 이참에 재하 씨가 거북이 펜션의 공식 모델이 되는 건 어때요?"

"에이, 그냥 해본 농담이에요." 재하가 손사래를 쳤다. "거북이 펜션의 공식 모델은 선영 씨가 해야죠."

그때 선영이 휴대 전화 카메라로 재하의 옆모습을 찰칵 찍었다.

"아무리 생각해도 나 혼자 보기 아까우니까 사진 찍어놨다가 나중에 펜션 식구들한테 보여줘야겠어요." 선영이 재하의 사진을 들여다보며 생긋 웃었다. 그러더니 "아, 나중에 차에서 내려서 한 장 더 찍어야겠다." 하고 혼잣말했다.
 재하는 "예?" 하면서 허허 웃었다. 그러다가 사랑의 징표인 커플링을 맞추러 간다는 말을 꺼내려니 가슴이 두방망이질 치기 시작했다.

43

 선영이 서서히 눈을 떴을 때 초점이 나간 밝은 불빛이 눈으로 쏟아져 들어와 선영은 반사적으로 눈을 감고 말았다. 다시 눈을 떴을 때는 조금 전보다 눈부심이 조금 덜했다. 하지만 눈에 들어온 사물들이 하나같이 낯설어 일순 머리가 지근거렸다. 목이 말라 메마른 입술을 떼고 연신 마른침을 삼켰다. 그때 왼 손가락에 차가운 금속 물질이 느껴졌다. 손을 조금 들었더니 링거줄이 손등에 연결되어 있었고 손가락에는 반지가 끼워져 있었다. 그 반지를 본 순간 선영은 "재하 씨!" 하고 소리쳤다.
 "어? 누나, 깼어요?"

준석이 눈에 들어왔다.

"준석아! 여기가 어디야? 재하 씨는?"

"누나, 여기가 어딘지 모르겠어요? 어떻게 된 건지 기억 안 나요?"

"교통사고……. 재하 씨는 어딨어? 재하 씨는 괜찮아?"

"지금 형은…… 중환자실에 있어요."

"중환자실에? 왜?"

선영은 중환자실이라는 말에 놀라 몸을 일으키려 했지만, 몸이 따라주지 않았다.

"누나, 링거 맞는 중이니까 일어나지 말고 그대로 누워있어요. ……사실, 형이 머리를 다쳐서 수술받았거든요."

"뭐, 수술을?"

"네. 다행히 수술은 잘 끝났어요. 근데 언제 깨어날지는 두고 봐야 안대요."

선영은 깨어나지 못하고 있다는 재하를 생각하자 눈물이 앞을 가렸다. 동시에 선영의 머릿속에서 흐릿했던 사고의 기억이 되살아났다.

재하는 선영에게 사랑한다고 고백했고 선영도 재하와 같은 마음이라고 말했다. 재하는 사랑의 징표로 커플링을 하러 가는 길이라고 했고 선영은 커플링을 하기엔 너무 빠른 것 같아서 조심스러웠지만 재하를 실망시키고 싶지 않아서 자신도 좋다고 했다. 광주에 도착한 두 사람은 커플링을 하러 고속버스 터미널과 나란히 있는 한 백화점에 들어갔다. 다행히 그곳에 맘에 드는 커플링이 있어 그 자리에서 서로의 손가락에 끼웠다. 반지를 꼈을 뿐인데 둘이 맞잡은 손에서 느껴지는 온기가 사뭇 달랐다. 다른 사람들은 배경으로 물러나고 오로지 상대만 눈에 들어오는 순간이었다. 앞으로 무슨 일이 일어나더라도 손을 놓지 않고 끝까지 함께 할 사람이라 생각하니 마음이 뭉클했다.

두 사람은 사소한 것 하나에도 웃음을 흘리며 차를 타고 구례로 향했다. 그런데 어느 순간 맞은 편에서 오던 승용차가 중앙선을 넘어 1차선에 있던 경차와 충돌했다. 그런 다음 2차선에서 주행하던 재하의 차를 덮쳤고 선영은 의식을 잃었다.

재하와 선영은 광주에 있는 대학병원에 입원 중이었다. 선영은 이마가 찢어져 열 바늘 넘게 꿰매고 여기저기에 멍이 들었지만, 심각할 정도는 아니었다. 이제 재하가 깨어나기만 한다면 더 이상 바랄 게 없었다.

선영이 깨어났다는 소식을 듣고 경찰이 다녀갔다. 경찰에 따르면 사고를 낸 운전자는 만취 상태였고 먼저 충돌한 1차선 경차 운전자는 현장에서 사망했다. 경찰이 다녀가고 간호사는 선영의 손등에 연결된 링거줄을 제거했다. 선영은 온몸에 통증이 느껴졌고 어지러웠다. 그래도 병실에만 있을 수가 없었다. 그래서 준석의 도움을 받아 중환자실 앞 대기실로 가서 재하가 깨어나기를 기다렸다. 준석은 재하가 깨어나면 알려주겠다며 선영을 병실로 돌려보내려고 했다. 하지만 선영은 병실에 있으면 마음이 더 졸일 것 같다며 그대로 있기를 고집했다.

면회 시간에 중환자실에 들어가서 본 재하의 모습은 아파서 누워있는 것이 아니라 단잠을 자는 것처럼 너무나 평온해 보였다. 선영은 그런 재하의 손을 잡고 기도했다. 문득 마치 꿈만 같았던 지난 며칠이 떠올랐다. 그러면서 삶은 밤하늘의 섬광 같다는 재하의 말이 떠올라 소리 없이 울었다.

3일째 되던 날 수도원에서 돌아온 미자는 선영과 재하의 사고 소식을 듣고 놀라 얼굴이 하얘진 채로 병원을 찾았다. 미자는 선영과 재하 사이에 있었던 일을 듣고 재하는 곧 깨어날 테니 그때까지 인내심을 갖고 기다리자고 선영을 다독였다. 미자도 담당 의사를 만났다. 의사는 수술은 잘 됐으니, 생명에는 지장이 없고 다만 깨어나는 데 시간이 조금 걸릴 뿐이라며 기다려 보자고 했다. 선영은 미자를 펜션으로 돌려보내고 준석과 함께 병원에 남았다. 준석의 아버지 기동도 사고 소식을 듣고 병원에 왔다가 준석이 병원에 있겠다고 해서 재하를 면회만 하고 돌아갔다.

선영은 면회 시간마다 중환자실에 들어가 물수건으로 재하의 얼굴과 손발을 닦았다. 재하는 여전히 평온한 모습이었다. 그 상태로 5일이 지났다.

'과연 꿈같았던 며칠간의 섬광은 이대로 영원 속으로 사라지고 마는 것인가. 그럴 리 없다. 삶이 이토록 잔인할 리 없다.'

선영은 재하가 이대로 영원히 깨어나지 못하면 어쩌나 하는 부정적인 생각을 떨쳐버리기 위해 더욱 기도에 매달렸다.
6일째 되던 날 의사는 재하가 깨어나기까지 생각보다 오래 걸릴 수도 있겠다고 했다. 수술 직후 걱정하지 말라며 위로하던 모습과는 달랐다. 그 소리에 선영은 순간적으로 눈앞이 아찔했다. 문득 재하가 커플링을 하자고 했을 때 너무 빠른 건 아닌가 하고 잠시 망설였던 게 떠올랐다. 자신이 그때 왜 그랬는지 후회가 되고 재하에게 미안했다. 하지만 희망을 잃지 않으려고 다시 두 손을 모으고 간절히 기도했다.

'아주 오래전부터 예견된 사랑이라면 여기가 끝일 리 없다. 그렇지 않고서야 재하의 모습이 저렇게 평온할 수 있겠는가. 모든 사랑의 시작과 끝을 주관하시는 하느님, 당신은 자비의 근원이시니 지금 평온하게 잠들어 있는 재하 씨에게 자비를 베푸시어 인제 그만 잠에서 깨어나게 하소서. 저희 두 사람을 사랑으로 맺어주신 분도 당신이시니 우리의 사랑을 여기서 끝맺게 하지 마시고 저희를 더욱 사랑하게 하시어 그 사랑으로 당신을 찬미하게 하소서.'

어느새 7일째 아침이 밝았다. 선영은 대기실 앞 의자에 엎드려 있다. 그때 간호사들이 중환자실을 분주하게 드나든다. 잠시 후 담당 의사도 중환자실로 들어간다. 선영은 그런 분주함을 두 번 본 적이 있었다. 두 번 다 중환자실 의료진들은 분주한 움직임 후에 서로 눈을 마주치지 않았고 이어지는 무거운 침묵 속에 흰 시트에 덮인 사망자가 실려 나왔다. 선영은 그 기억이 떠올라 심장이 심하게 두방망이질을 쳐서 그대로 앉아 있을 수가 없다. 간절함이 극에 달한 선영은 안이 들여다보이지 않는 중환자실 유리문에 머리를 기대고 기도한다.

'사랑의 근원이신 하느님, 간절히 비오니 제발 당신에게서 비롯된 사랑을 여기서 끝맺게 하지 마시고 이 순간 당신의 자비를 드러내소서.'

중환자실 문이 열리고 담당 의사가 선영의 앞에 선다.

'주님, 자비를, 자비를 베푸소서.'

선영은 눈물을 글썽인 채로 고개를 든다. 심각하리라 짐작했던 의사는 상기된 표정으로 선영을 바라보고 있다.
"조금 전 환자가 깨어났어요."
그 순간 선영은 자신이 잘못 들었나, 하는 착각에 머릿속이 하얘졌다. 다시 정신줄을 붙잡고 바라본 의사의 표정은 자신이 잘못 들은 게 아니라는 걸 말해주고 있었다. 선영은 너무 기쁜 나머지 다리에 힘이 풀려 그대로 주저앉고 말았다.

'오, 하느님, 감사합니다.'

선영이 중환자실에 들어갔을 때 선영을 본 재하가 선영에게 손을 내밀었다. 선영은 눈물을 글썽이며 재하의 손을 꼭 잡았다. 재하는 울고 있는 선영에게 고개를 끄덕이며 무슨 말을 하려는 듯 힘겹게 입술을 들썩였다.
"사랑해요."
재하가 깨어나서 한 첫마디였다. 선영은 그 말을 듣는 순간 숨이 턱 하고 막히면서 눈물이 주체할 수 없이 흘렀다.

"나도 사랑해요, 재하 씨. 깨어나 줘서 고마워요."

선영은 눈물범벅인 채로 재하의 얼굴을 매만졌다. 이윽고 재하의 얼굴에 희미한 미소가 번졌다. 그런 재하를 보고 선영도 활짝 웃었다.

나중에 재하는 선영에게서 중환자실에 있던 자기 모습이 너무 평온해 보였다는 말을 듣고 사고가 나던 순간을 떠올렸다. 순간적으로 밝은 빛에 의식을 잃었고 잠시 후 희미하게 의식을 차렸을 때 죽은 어머니가 나타나 재하의 머리카락을 매만지며 자장가를 불렀다. 재하는 다정한 어머니의 자장가를 들으며 다시 깊은 잠에 빠졌다. 그러다가 시간이 얼마나 지났는지 모르지만, 어머니가 재하를 흔들어 깨웠다. 재하가 눈을 떴을 때 어머니는 재하를 지긋이 바라보며 "이제 일어나야지, 재하야." 했다. 그러더니 다시 말을 이었다.

"재하야, 엄마 때문에 고생 많았지? 미안해, 아들. 그동안 힘들었을 텐데 포기하지 않고 꿋꿋하게 견뎌줘서 고맙다. 이제 일어나서 너를 애타게 기다리는 사람에게 돌아가야지. 사랑해, 아들."

재하는 희미해지는 어머니를 붙잡고 싶었지만, 몸이 말을 듣지 않았다. 그 순간 희미한 빛이 느껴지면서 눈을 뜨게 되었다. 그로부터 얼마 뒤 애타게 자기를 기다리고 있다던 사람이 눈에 들어왔다. 바로 선영이었다.

44

 3월에 들어서자 봄기운을 잔뜩 머금은 운동장 잔디에도 푸른빛이 감돌면서 생기가 느껴진다. 독도와 진순이는 준석이 던진 공을 쫓아 운동장 여기저기를 거침없이 누비고, 준석은 자신이 던진 공을 물어오는 그들에게 칭찬을 아끼지 않는다. 슬기는 아들 율을 태운 유모차 옆에 서서 운동장 위로 드론을 띄우고 촬영 중이다. 봄을 맞아 숙박 앱과 소셜미디어를 새롭게 단장하기 위해서다. 유모차를 탄 율은 손에 쥐어진 딸랑이 장난감을 흔들며 엄마, 엄마 하며 흥겹다.
 "사장님, 저는 준석이가 벌써 아들이 있다는 게 아직도 실감이 안 나요."
 선우가 커피를 마시며 휴게실 창밖으로 하늘에 떠다니는 드론을 올려다보며 말했다. 미자는 식탁에 앉아 기타로 새로운 곡을 연습 중이다.
 "왜, 너무 빠른 것 같아서?"
 "네, 요즘에는 결혼을 늦게 하는 추센데 쟤들은 그런 거 없이 결혼도 하고 애도 낳은 거잖아요."

"결혼이 자꾸 늦어지는 건 갈수록 사는 게 팍팍한 것도 있지만 결혼하려면 이 정도는 갖춰야 한다는 생각도 큰 영향을 미칠 거야. 그런데 사는 게 생각대로만 되면야 무슨 문제가 있겠냐만 현실이 그렇지 못하다는 게 문제인 거지. 그러고 보면 준석이랑 슬기가 현명한 거야. 어떻게 하면 사랑하는 사람과 함께 살 수 있을까만 생각하니까 하나씩 길이 열린 거잖니. 그래서 하늘은 스스로 돕는 자를 돕는다는 말도 있나 보다. 선우 너도 좋아하는 사람이 생기면 함께 할 조건을 생각하기보다는 어떻게 하면 함께 할 수 있을지를 생각하렴."

"저도 가끔 그런 생각하는데, 막상 닥치면 어떻게 될지 모르겠어요. 내 생각대로만 할 수 있는 것도 아니고요."

"그러니까 사람을 만날 때 조건이 아니라 사랑이 우선인 사람을 만나야지. 그러면 남들 하는 대로 따라 살지 않고 둘만의 행복한 삶을 일구는 걸 더 가치 있게 생각할 테니까."

"요즘 같은 시대에 그런 사람을 만나기가 쉽지 않아요, 사장님."

선우는 말끝에 한숨을 내쉰다.

"그건 모르는 일이지. 내일 당장 네 눈앞에 짝이 나타날 수도 있는 거니까. 근데 학교는 복학 안 할 거니?"

"네, 부모님은 펄쩍 뛰시는데, 저는 지금처럼 요리하고 다양한 사람도 만나면서 사는 게 좋아요. 사장님, 저는요, 아침에 눈 뜨면 여기 올 생각에 콧노래가 절로 나온다니까요."

"좋아하는 일을 하면서 행복하게 사는 게 좋은 거지. 아무튼 지금 할 수 있는 일을 열심히 하다 보면 네가 원하는 곳으로 갈 수 있는 길이 열릴 거야."

"사장님 말씀을 들으니까 힘이 불끈 나는데요. 고맙습니다, 사장님."

"그래. 나도 응원하마."

그때 펜션 정문으로 은색 SUV 한 대가 들어와 별관 쪽으로 향했다. 사고로 폐차된 차를 대신해 새로 구입한 재하의 차였다.

"사장님, 재하 형 차 들어왔어요."

"그래? 벌써 시간이 이렇게 됐네. 점심 아직 안 먹었을 텐데, 선우가 두 사람 먹을 식사 준비 좀 해줄래?"

"네, 그럴게요."

잠시 후 휴게실 문이 열리고 재하와 선영이 손을 잡고 나란히 들어왔다.

"다녀왔어요, 고모."

선영이 미자를 보고 말한다. 재하도 미자에게 꾸벅 인사했다.

"다녀왔습니다, 고모님."

"어서 오렴. 수고했다. 재하도 고생 많았어."

"고생은 운전한 선영 씨가 했죠, 뭐."

재하와 선영이 식탁 의자에 나란히 앉는다.

"그래 재활치료는 힘들지 않았고?"

미자가 맞은편 의자에 앉으며 묻는다.

"이제 재활치료 받으러 굳이 병원까지 안 가도 되겠어요, 고모님."

"그게 무슨 말이야? 그래도 좀 더 받아야 하지 않아?"

"걷는 게 많이 자연스러워져서 집에서 운동하면 되겠다고 하더라고요."

"그래? 잘됐네, 잘됐어. 그동안 고생했네."

"목발 짚고 퇴원할 때는 걱정이 태산이었는데 그래도 이렇게 빨리 목발 없이 걸을 수 있어서 얼마나 다행인지 모르겠어요. 이게 다 아침저녁으로 걷기 연습 도와준 선영 씨 덕분이에요."

재하가 애정 어린 눈으로 선영을 바라보며 말한다.

"그만큼 재하 씨가 잘 따라줬잖아요. 재하 씨가 제일 고생 많았어요. 그래도 무리한 운동은 조심해야 하는 거 알죠?"

"그럼요."

머리 수술을 받느라 머리카락을 바짝 밀었던 재하는 다시 머리카락이 자라 교통사고 이전처럼 스포츠머리다. 미자는 재하가 건강을 되찾아 그의 예전 모습을 다시 볼 수 있어서 고마울 따름이다.

"누나랑 형 배고프시겠어요. 식사하세요."

선우가 음식을 가득 담은 쟁반을 들고 주방에서 나온다.

"안 그래도 배고팠는데, 고맙다, 선우야."

선영이 음식을 식탁에 차리는 선우에게 말한다.

"이야 맛있겠다. 잘 먹을게, 선우야."

재하도 눈을 크게 뜨고 웃으며 말한다.

"네, 누나도 형님도 많이 드세요."

선우는 미자 옆에 앉아 선영과 재하가 밥 먹는 모습을 지켜본다. 그러다가 문득 생각이 난 게 있어 선영에게 묻는다.

"근데 이번 달 콘서트 이야기 손님은 누구예요, 누나?"

실제로 선영은 3월 첫 콘서트 이야기 손님 이름 칸에 '당일 공개'라고 공지했다.

"어-, 비밀."

"에이 그러지 말고 저한테만 알려주시면 안 돼요?"

"정 그렇다면 선우 너한테만 특별히 힌트 하나 줄게. 잘 들어."

선우가 기대에 찬 표정으로 선영의 다음 말을 기다린다.

"굉장히 유명한 분이고 재하 씨 팬이야. 힌트는 여기까지."

"재하 형님 팬인데 유명한 분이라고요? 이거 힌트 맞아요? 듣고 나니까 더 모르겠는데요."

선우는 고개를 갸웃거리며 선영과 재하의 얼굴을 번갈아 살핀다. 미자는 그런 선우를 보고 생긋 웃는다.

3월 거북이 콘서트 이야기 손님은 진보라다. 선영과 재하의 교통사고 소식을 들은 보라는 빠듯한 영화 촬영 일정에도 불구하고 병원으로 병문안까지 왔었다. 오래 있지 못하고 금방 서울로 돌아가야 하는데도 그 먼 길을 쉬지도 않고 단박에 달려와 준 보라였다. 선영과 재하는 그런 보라가 가슴 뭉클할 정도로 고마웠다. 보라는 그 뒤로도 자주 전화해 두 사람의 건강을 챙겼다. 그러다가 두 사람이 어느 정도 회복되었을 때는 3월에 다시 시작하는 콘서트에 자신이 이야기 손님으로 참여하고 싶다고 했다. 보라가 콘서트 이야기 손님을 자청할 줄은 생각지도 못한 일이지만, 그것은 선영과 재하가 몸 회복에만 신경 쓰게 하려는 보라의 사려 깊은 배려였다. 나중에 미자를 통해 이 사실을 알게 된 선영과 재하는 보라의 따뜻한 마음에 감격해 눈물이 핑 돌았다.

선영이 이야기 손님을 비공개로 한 이유는 보라의 요청에 따른 것이다. 그렇다고 펜션 식구인 선우에게까지 비밀로 할 생각은 아니었다. 그건 준석과 슬기의 생각이었다. 선우에게 두고두고 추억할 거리를 만들어주자는 의도였다. 그렇게 해서 거북이 콘서트가 처음인 선우에게 이번 콘서트는 서프라이즈가 될 터였다.

콘서트에도 약간의 변화가 있다. 지난해 월 2회씩 열었던 콘서트는 올해엔 한 달에 한 번만 열기로 했다. 선영과 재하에게 무리가 될 수 있을 것 같아서였다. 그리고 콘서트 사회는 선영이 아니라 선우가 맡게 되었고, 콘서트 영상 촬영은 재하를 대신해 슬기가 맡게 되었다.

5월 콘서트는 운동장 잔디밭에서 할 예정이다. 그때 이야기 손님을 따로 초대하지는 않지만, 이야기할 사람은 많을 걸로 예상된다. 그날은 재하와 선영의 결혼식이 있기 때문이다.

선영은 재하가 병원에서 깨어나지 못하고 있을 때 많은 것을 느꼈다. 사랑하는 사람과 함께 있을 수 있다는 것이 얼마나 소중한지를 가슴 절절히 깨닫는 시간이었다. 그래서 선영은 재하에게 말했다.

"우리도 준석이와 슬기처럼 하루라도 빨리 가정을 꾸려요." 선영의 마음을 잘 알고 있던 재하는 선영의 말에 기쁘게 동의했다. 두 사람은 의논 끝에 신록의 계절이자 장미의 계절인 5월에 결혼식을 올리기로 했다. 재하는 그날부터 불편한 걸음걸이를 교정하기 위해 재활에 몰두했고 그때마다 구슬땀을 흘렸다. 그 결과 이제는 사고 이전처럼 자연스럽게 걸을 수 있게 된 것이다. 그러니 재하가 건강을 빠르게 회복할 수 있었던 것은 사랑의 힘이라고 해도 하나 틀린 말이 아니다.

식사를 끝내고 재하의 집으로 올라온 두 사람은 재하의 작업 테이블에 나란히 앉아 멀리 내다보이는 섬진강 물줄기를 보면서 커피를 마셨다.
"이렇게 있으니까 너무 좋아요, 선영 씨. 교통사고로 지금까지 힘들었지만, 그 계기로 우리의 사랑이 그만큼 깊어졌으니까 사고가 시련이었던 건만은 아니었어요. 그래서 모든 일에는 다 이유가 있다고 하나 봐요."
재하가 오른손으로 선영의 허리를 감으며 말했다.
"나도 같은 생각이에요. 몇 년 전에 재하 씨 글을 우연히 보게 된 것도, 구례로 내려오는 고속열차 안에서 재하 씨를 만났던 것도, 재하 씨가 펜션에서 이렇게 가까이 사는 것도 다 우리를 사랑이라는 바다로 이끄는 물줄기였던 거예요. 살다 보면 자신에게 가장 중요한 것이 무엇인지 생각 안하고 살 때가 많은데, 이번에 힘든 일을 겪으면서 저는 확실히 깨달았어요. 소중한 사람과 함께 있을 수 있다는 게 얼마나 큰 축복이라는 걸요."

선영의 말을 듣고 있던 재하가 선영의 볼에 입맞춤하고 그 윽하게 선영을 바라본다.

"선영 씨, 과거에는 선영 씨의 기쁨만을 사랑했다면 지금은 선영 씨의 슬픔까지도 사랑해요. 나 역시 내 안에 있는 밝은 면뿐 아니라 어두운 면까지도 선영 씨가 들여다볼 수 있도록 활짝 열게요."

"그래요. 우리 나이 들어서도 변함없이 흐르는 저 강물처럼 사랑하며 살아요."

선영이 재하의 가슴에 얼굴을 묻으며 말한다. 재하는 그런 선영을 꼭 끌어안으며 선영의 이마에 입을 맞춘다.

콘서트 당일에야 이야기 손님이 영화배우 진보라라는 걸 안 선우는 너무 놀라 자칫 사회를 못 볼 뻔했다. 선영이 진보라를 선우에게 소개했을 때 선우는 그대로 굳어져 아무 말도 못 한 것이다. 그 모습을 지켜보던 슬기와 준석은 웃음을 터뜨리며 "서프라이즈!"를 외쳤다. 선우는 유명 영화배우가 자신에게 말을 걸 줄 전혀 생각 못 했던 터라 진보라를 소개하면서도 계속 버벅거려 관객들을 웃게 했다. 선우는 콘서트 후에 진보라와 찍은 사진을 대학 친구들에게 전송하며 어린아이처럼 좋아했다.

45

 벚꽃이 흐드러지게 핀 4월에는 내년에도 거북이 펜션 영업을 계속할 수 있는 길이 열렸다. 미자를 비롯한 펜션 식구들은 올해 안으로 이사할 곳을 찾기 위해 다방면으로 노력하고 있었다. 그럼에도 지금 영업 중인 거북이 펜션처럼 멋진 곳은 찾을 수가 없었다. 심지어 공장이나 창고로 쓰인 폐건물도 알아보았지만, 펜션을 하기에 적당한 곳은 없었다. 사정이 이렇다 보니 결국 거북이 펜션 영업을 종료하게 되는 건 아닌지 하는 걱정에 펜션 식구들 너 나 할 것 없이 점점 초조해지고 있었다. 그러던 중 이 지역 토박이인 기동의 소개로 매물로 나온 고택을 알게 되었고 미자와 선영은 그곳을 처음 본 순간 매료되어 서둘러 거래를 마무리 지었다.

 구례역에서 차로 10분 거리에 있는 고즈넉한 고택의 대문을 열고 10미터 정도 걸어 들어가면 잔디가 깔린 마당을 사이에 두고 기와집 두 채가 마주보고 있었다. 마당 초입에서 경사가 완만한 돌계단을 따라 20미터 정도 올라가면 다시 평평한 잔디 마당이 나왔고 마당 끝에는 두 채의 기와집이 나란히 서 있었다. 집 뒤로 이어진 오솔길로 조금 걷다 보면 저수지가 그림처럼 펼쳐졌다. 펜션 식구들 모두 펜션을 하기에 이보다 좋을 수는 없다며 흡족해했다. 입구에서 첫 번째 건물은 책방과 출판사 사무실로, 두 번째 건물은 카페와 식당으로 사용하면 좋을 것 같았고, 위쪽 두 채는 손님용 객실로 이용하면 좋을 것 같았다. 그리고 거북이 펜션을 대표하는 거북이 콘서트는 위쪽 넓은 잔디마당에서 하면 좋을 것 같았다.

  5월 재하와 선영의 결혼식이 진행되는 거북이 콘서트에는 수도원에 있는 김 데레사 수녀, 진보라, 김달 작가, 현정과 수창을 포함해 지금까지 이야기 손님으로 참여했던 사람들이 모두 참석했다. 결혼식이 시작되자, 먼저 재하와 선영이 손을 잡고 잔디밭 끝에서 단상까지 걸어들어왔다. 선우의 사회로 두 사람은 서로에게 보내는 편지를 읽었고 이야기 손님들이 돌아가며 신랑 신부에게 한마디씩 덕담했다. 이어서 이환이 자기 제자들과 태권도 시범을 보인 후 오카리나를 연주했다. 그다음에는 미자와 보라가 단상에 올랐다. 축시를 낭송하기 위해서였다. 먼저 호흡을 가다듬은 보라가 준석의 기타 연주에 맞춰 아파치 인디언들의 결혼 축시를 낭송했다.

두 사람

이제 두 사람은 비를 맞지 않으리라
서로가 서로에게 지붕이 되어 줄 테니까
이제 두 사람은 춥지 않으리라
서로가 서로에게 따뜻함이 될 테니까
이제 두 사람은 더 이상 외롭지 않으리라
서로가 서로에게 동행이 될 테니까
이제 두 사람은 두 개의 몸이지만
두 사람의 앞에는 오직 하나의 인생만 있으리라
이제 그대들의 집으로 들어가라
함께 있는 날들 속으로 들어가라
이 대지 위에서 그대들은 오랫동안 행복하리라

다음은 미자의 차례였다.

흔들리며 피는 꽃

도종환

흔들리지 않고 피는 꽃이 어디 있으랴

······

젖지 않고 가는 사람이 어디 있으랴

모든 순서가 끝나고 재하와 선영은 참석자들에게 고마움을 전하기 위해 다시 단상에 올랐다. 선영이 마이크를 잡고 말을 시작했다.

"저는 책과 이야기와 음악이 있는 거북이 콘서트를 통해 많은 걸 느꼈습니다. 우리는 저마다 가슴 속에 많은 이야기를 품고 살아갑니다. 그 이야기 중에는 기쁨도 있고 슬픔도 있어요. 중요한 건 그 이야기가 지금의 우리를 있게 했다는 거예요. 저는 우리가 가슴에 품은 이야기는 다 소중하고 가치 있다고 생각해요. 그래서 사람들은 타인의 이야기가 담긴 책을 읽으면서 때로는 기뻐하고 때로는 슬퍼하며 말보다 더 깊고 진솔한 대화를 나누죠. 그런 과정에서 누군가는 위로받고 누군가는 삶의 원동력을 얻기도 해요. 오늘 저희 두 사람의 결혼 이야기를 들으러 와주신 모든 분에게 감사드리며 언젠가 여러분의 소중한 이야기를 이 자리에서 들을 수 있기를 기대합니다. 여러분의 이야기가 누군가에게 구원이 될 수 있다는 걸 기억하세요."

선영의 말이 끝나자 사람들이 환호하며 박수를 쳤다. 모두 재하와 선영이 힘든 시간을 보냈다는 걸 알고 있던 터라 두 사람이 행복해하는 모습을 보며 마치 자기 일처럼 기뻐했다. 그때 뒤쪽에 서 있던 누군가가 "키스해!"를 외쳤다. 그러자 너 나 할 것 없이 손뼉에 맞춰 "키스해!"를 반복했다.

  재하와 선영은 점점 커지는 외침에 잠시 당황스러워하다가 뭔가 결심한 듯 서로를 지긋이 바라보았다. 그러더니 재하가 선영에게 서서히 다가가 선영의 입술에 키스했다. 사람들은 다시 환호하며 박수를 쳤고, 그 모습을 바라보던 선우와 준석과 슬기가 연달아 하늘로 폭죽을 쏘아 올렸다.